August Trinius

Wenn die Sonne sinkt

I0593565

Verone

August Trinius

Wenn die Sonne sinkt

1st Edition | ISBN: 978-9-92500-162-0

Place of Publication: Nikosia, Cyprus

Erscheinungsjahr: 2016

TP Verone Publishing House Ltd.

August Trinius

Wenn die Sonne sinkt

Thüringer Erzählungen und Skizzen

Einleitung.

Von O. Weltzien

Etwas vom Thüringer Wandersmann sollen die nachfolgenden Blätter bieten. August Trinius ist ja unter diesem von frischester deutscher Wanderlust und zugleich von der wunderbaren Poesie grüner Waldberge zeugenden Namen am meisten bekannt geworden. Und es ist schon ganz recht so, dass der schlichte Ehrentitel ihm zuteil wurde. Denn keiner unter denen, die den Thüringer Gau in der Literatur unserer Zeit vertreten, zeigt sich dem innersten Wesen dieser Landschaft, dieser Berge, die an ureigen-deutschem Waldeszauber im Reich nicht ihresgleichen haben, in dem Maße verwandt wie Trinius. Aus den Blättern seiner Werke strömt ein leises träumendes Sinnen auf den Leser über, ein Sinnen, wie es den Wanderer erfasst, wenn er in Sommertagen von umschatteter, umrauschter und doch freier, lichtumfluteter Höhe hineinschaut in lichtgrüne Tiefen, in blaue Fernen.

Vielleicht darf man dieses Sinnen, das einem inmitten lichtester Wanderfreude hier im Thüringerwald überkommt und das gerade bei Trinius sehr oft hervortritt, mit einem einzigen Wort als *Wartburgzauber* bezeichnen.

Es ist ja freilich wahr: nicht nur um Eisenachs burgge-
krönten Hintergrund, nicht nur um Thüringens,
Deutschlands einzige herrliche Wartburg weht die befreiende Höhenluft des Rennstiegbereichs, nicht hier allein ist Thüringer Boden. Aber doch: An reifer Schönheit, wie an poetischem Zauber und geschichtlichem
Glanz kommt dem hier nichts sonst gleich. Hier sucht
Deutschlands Protestantismus seine heilige Heimat,
Deutschlands geistige Freiheit eine Freistatt, und hier
auch ist es, wo aus grauer Vorzeit die hellsten Lieder
von Lenz und Liebe, von der Herrlichkeit der Gottesna-
tur wie von den ewigen Werten gesunder Lebensfreude
herüberklingen. Und davon ist etwas in Name und Art
Gesamtthüringens hineingeflochten worden.

Trinius aber hat Klängen solcher Art oft gelauscht. So
wurden sie ihm vertraut wie wohl einem anderen Lieder
aus Kindertagen, so gelangen ihm Bilder von der Art,
die sie zu geben vermögen, in reiner herzerfreuender
Weise. So blieb ihm aber doch auch wieder eins versagt,
was er zuweilen erstrebt: die Tiefe ernstester Forschung.
Man darf freilich zugeben, dass Trinius geschichtliche
Streifzüge gut gelingen. Aber dafür ist auch kaum ein
hohes Maß von Forscherernst nötig; dafür genügt schon
ein Aufmerken, ein Erwachen aus den Träumen, die auf
Wanderpfaden eingeholt werden können, Streifzüge
sind keine Beweismittel für Forschersinn.

Ein schlichter Wandersmann wird nun ja auch gewiss
auf die Vorzüge exaktester Forschung verzichten können. Sie passen am Ende gar nicht in seinen Kram hinein. Für ihn ist mehr ein Aufschimmern sorgloser Wan-
derfröhlichkeit am Platze, ein Aufschimmern von der

gleichen Natürlichkeit und Ungezwungenheit, wie es bei sinnendem Rückerinnern der Weise einfacher Menschen entspricht.

Eine glückliche Mischung solchen Schlages zeigt denn auch Trinius' Schaffen. Es ist echt thüringischer Art. Ihm bleiben die Tiefen verschlossen, die sich nordischer Grübelei erschließen; ihm eignet nicht die spielende Leichtigkeit, die lachende Tändelei des Südens. Aber ihm ward ein Geschenk in die Wiege gelegt, das auf Unerreichbares in fröhlicher Genügsamkeit verzichten lässt und das ihm zugleich von überallher jenes unbewusste Gefallen einträgt, das der unbefangenen Natürlichkeit eines frischen Thüringer Waldkindes ohne eigenen Wunsch und Willen entgegenfliegen muss, weil diese Art halt gar so herzig ist. –

August Trinius entstammt der Provinz Sachsen; er wurde am 31. Juli 1851 zu Schkeuditz im Regierungsbezirk Merseburg geboren. Aber schon in den ersten Monaten seines Lebens kam der heutige Thüringer Wandersmann selber ins Reich der grünen Waldberge. Erfurt, das damals noch den Charakter einer ein wenig düsteren Festungsstadt hatte, wurde ihm eine zweite Heimat, bot ihm bis zum zwölften Lebensjahre eine Heimstätte. Dann kamen lange Jahre, die in Berlin verlebt werden mussten, in der Stadt, die Trinius' Bildungsgang am meisten beeinflusste und deren nähere und weitere Umgegend ihm danach den Stoff zu ersten schriftstellerischen Versuchen bot. »Märkische Streifzüge« sind's, die die ersten Wanderfrüchte einschließen. Man hat bei ihrem Erscheinen davon gesprochen, dass sie sich Fontaneschen Wegen in eigenartigster Weise anschlössen, dass Trinius der »Matthisson der Mark« sei. Man kann das ja zugeben, wird aber doch wohl sagen können, dass der kongenialste Wanderführer der Mark Brandenburg Theodor Fontane ist. Beim Thüringer Gau liegt die Sache anders; hier verwächst die Triniussche Eigenart mit dem innersten Wesen von Land und Leuten einheitlich zu einem Ganzen. So liest man denn die Bände des »Thüringer Wanderbuchs« samt den zahlreichen sonstigen Einzelartikeln und Sammlungen, die das »grüne Herz Deutschlands« zur Heimat haben, mit immer neuem Wohlgefallen.

Außer diesen Wanderbüchern ist auch sonst noch mancherlei aus Trinius' Klause (der Dichter wohnt nun schon seit Jahren im Städtchen Waltershausen, in Koburg-Gotha, dessen verstorbener Herzog Alfred Trinius den Hofratstitel verlieh) hervorgegangen. Das dreibändige »Alldeutschland« nähert sich wohl noch am meisten den Wanderskizzen. Bei dem vierbändigen Werke »Geschichte der deutschen Einheitskriege 1864/71« ist davon aber schier gar nichts zu spüren. Hier zeigt Trinius vielmehr eine gewisse Schärfe des Urteils, namentlich in Bezug auf die Schilderung des Übergangs nach Alsen, die dem Verfasser sogar ein Militärvereins-Boykott zuzog, ihm allerdings auf der anderen Seite die Anerkennung des berufensten Sachkenners, Moltkes, eintrug.

Sehr oft ist Trinius weiterhin als Erzähler hervorgetreten. Wohl ein Dutzend Bände Novellen und Erzählungen sind von ihm erschienen. Sie erweisen sich allesamt als echte Kinder Triniusschen Geistes, als Wandergaben, die mit leichter Hand gegeben wurden, die angesehen sein wollen als die Erträgnisse einer nicht gerade tiefschürfenden, aber doch gefälligen, geschickt unterhaltenden Art. Auch solche Gaben wird man ja willkommen heißen dürfen. Bieten wir denn also einen Strauß kleiner Erzählungen und Wanderskizzen dar. Möge der anspruchslose erfrischende Hauch Thüringer Volkstums, der sie alle belebt, viele erfreuen! Damit: Glückauf dem »Thüringer Wandersmann« und all denen, die ihm nachzufolgen vermögen in herzstärkender Wanderfreude!

Eisenach.

O. Weltzien.

Wenn die Sonne sinkt.

Über den Kuppen und dem lang gewellten Kamm des Waldgebirges lag der volle Goldglanz eines Spätsommertages. Die Sonne stand schon ziemlich tief. Höher und höher rückte sie an den Wänden empor, und wo ein ihr voll und breit zugewandter Hang unter ihrem Scheine magisch erglühte, da zeichnete sich der gegenüberliegende Berg in ernstem Dunkel auf ihm ab.

Quirlend und schäumend rauschte ein Bergbach unter moosbefransten, niederhängenden Tannen talab. Das klang wie heimlich Jauchzen und verstohlenes Lachen. Wenn eine Forelle unter einem Stein hervorschoss und blitzschnell sich hob, so leuchtete es silbern auf und erstarb dann wieder in einem verzitternden Ringe. Dazwischen scholl leis gedämpft das Tirilieren der Waldvögel. Sonst war alles feierlich still in dieser Abendstunde.

Die schwermütigen Tannenhäupter schienen der Sonne sehnend nachzuschauen, ehe diese hinter der jenseits ferner Höhen aufdämmernden Wolkenbank niederging. Durch das sich bereits leis färbende Laub der Buchenwipfel aber leuchtete es im wundersamen Geflimmer von Gold und Purpur, Wunder auf Wunder dem schauenden Auge in Höhe und Tiefe entschleiernd. Ein zarter Duft schwebte über die entzündeten Höhen dahin und rieselte zwischen den Baumstämmen hernieder, weich und träumerisch wie der Frieden, der dieses weite, herrliche Waldgewoge bis zu den blauen Bergen am Horizonte einzuhüllen schien. Wie ein Abendgebet lag es auf der Natur.

Da mitten hinein kracht ein Schuss von irgendeiner Waldblöße!

Die Bergwände geben dröhnend seinen Schall wieder, der sich im Echo von Tal zu Tal allmählich verhallend fortpflanzt. Und erschreckt scheint der erschauernde Wald aufzuhorchen. Als habe eine Frevlerhand die geweihte Andacht dieser Stunde trotzig aufgehoben. Dann aber liegt alles wie zuvor.

Die Felszacken und Fichtenstreifen der Bergwände glühen geheimnisvoll weiter; in der Tiefe rauscht der Wildbach, die Vögel singen sich sacht in Schlummer ein, der Abendwind setzt auf den Höhen ein und zieht mit tiefberuhigendem Rauschen durch die hohen Wipfel und Buchenkronen hin.

Um diese Zeit stieg eines der wildeingerissenen Quelltälchen, die pfadlos zum Gebirgskamm hinanführen, ein kräftiger Bursch empor. Die Spielhahnfeder auf dem etwas nach hinten geschobenen Hute stand gut zu dem trutzig ausschauenden, tiefgebräunten Gesichte des hübschen Dorfbewohners. Seine Rechte hielt einen derben Knotenstock energisch umspannt. Er schien in dieser Wald- und Felsenwirrnis zu Haus zu sein. Mit seinen schwer beschlagenen Schnürschuhen sprang er von Stein zu Stein, glitt gewandt durch eine moosfeuchte Schlucht, von deren Hängen Farnwedel in dichten Büschen niederhingen, jetzt schwang er sich über einen abgestürzten Baum, duckte in eine Dickung hinein, bohrte die Hacken in das Gestein und klomm der nahen Höhe zu.

Das Bächlein an seiner Seite hatte gegluckert und geflüstert: Ich weiß, wer es tat! Ich weiß, wer es tat! Hüte dich! Hüte dich! Aber all sein Raunen und Warnen hatte dem Aufwärtsstrebenden das siegesfrohe Lächeln nicht vom Antlitz bannen können. Da war das Bächlein nach und nach still geworden. Nun war es gar nicht mehr zu schauen. Der Bursch aber schwang sich mit einem letzten Anlauf über eine vorspringende Felskante. Und dann stand er oben, wo über den schmalen Kamm eines seitlichen Bergzuges ein schwach ausgetretener Fußsteig lief. Jenseits in der Tiefe, bereits in leicht webende Abendnebel eingehüllt, grüßten die schiefergedeckten Dächer eines Walddorfes herauf. Von diesem wandte sich im malerischen Bogen eine hellleuchtende Straße zum Hauptkamme des Gebirges empor. Man konnte sie von dem waldumstrüppten Platze, auf dem der schlanke Bursch jetzt auslugend und atemschöpfend hielt, ein gut Stück übersehen. Ein scharfes Auge vermochte wohl auch die einzelnen Menschen nach Gang und Haltung von hier aus zu erkennen.

Der Einsame hier droben jedenfalls. Denn jetzt flog ein halb boshaftes, halb triumphierendes Lächeln über seine wetterharten Züge. Die glänzend braunen Augen funkelten geradezu übermütig nach der Straße, auf der eine etwas nach vorn gebeugte Förstergestalt dem Hochwalde eiligst zustrebte.

»Aha!« lachte der Bursch.«Der Schuss vorhin hat ihn aus seiner Ruh' aufgeschreckt! Da vergisst auch wohl einer sein Podagra dabei. Wie oft er nun wohl umsonst sich die Beine abgerannt hat! Auch heute wieder! 's war ein Kernschuss – kapitaler Bock! Er mag nur herumschnüffeln. Er find't den Bock nicht und den Jäger auch nicht.«

Ein finsteres Sinnen war über ihn plötzlich gekommen. Eine Weile blickte er schweigend über die glutangehauchten Bergspitzen nah und fern. Aus den Wäldern und Tälern drang der feine Abendgruß der Erde herauf.

»Das ist meine Rache!«, murmelte der droben Stehende. »Einst hätte ich's nicht getan. Aber er nahm mir alles, das Beste meines Lebens. Bin ich schlecht geworden – er trägt allein die Schuld. Bah, schlecht! Jeder sucht zu vergessen. Der eine säuft, der andere verlumpt anders. Ich habe mir den Wald dazu ausgesucht und dem Alten das Leben vergällt. Ruh' soll er nicht mehr haben!«

Er wandte seine Augen wieder zu der Straße, von der soeben der Förster seitwärts in den Hochwald eintauchte. Ein pfeifender Ton glitt dem Burschen durch die Weißen Zähne. Es klang wie das Schleifen eines Birkhahns.

»Vier Jahr' tappt er nun umsonst im Dunkeln umher, wenn's auch noch so taglicht ist. Er muss einen Rüffel nach dem andern von oben her einstecken. Das frisst ihm am Herzen. – Mir auch ... mir auch! Nur noch brennender wie ihm ... all die Jahre, heute ... solang' ich noch leben werd'.«

Er ließ sich auf einer stark bemoosten Baumwurzel am Wege nieder, die wie eine Naturbank zum Rasten lockte. Den Kopf grübelnd gebeugt, stocherte er mit der Eisenspitze des Stockes im Boden umher. Plötzlich hielt er inne. Sein Gesicht hob sich. Ein Stückchen davon, wo er sich vorhin über die Felskante hinaufgeschwungen hatte, zog sich ein von Regengüssen stark ausgewaschener Hohlweg heran. Von dort kamen Schritte herauf. Bald darauf tauchte die kraftvoll jugendliche Gestalt einer jungen Frau empor, die, halb bäuerisch gekleidet, kräftig ausschritt. Ihr von starken braunen Flechten umrahmtes Gesicht zeigte Gesundheit und Frische. Oben angekommen, blieb sie, ein paar Herzschläge lang atemschöpfend, stehen. Dann setzte sie ihre Wanderung fort. Erst als sie nahe dem Baum war, unter dem der Einsame Platz genommen hatte, bemerkte sie diesen.

Ein jäh aufschießendes Rot, das sie in sichtlicher Verlegenheit gern verborgen hätte, färbte ihre Züge. Ihr Gang stockte, fast wie Hilfe suchend irrte ihr Blick an dem Burschen vorbei in das Leere.

Ihm war die Selbstbeherrschung leichter geworden.

Es klang fast nachlässig und gleichgültig, als er ohne Erregung die Frage an das junge Weib richtete:

»Na, sieht man dich auch 'mal wieder, Theres'?«

Als sie wohl nicht gleich eine Antwort zu finden schien, fuhr er ruhig fort:

»'nen schöner Tag heut'! Warst gewiss bei der Freundschaft drunten in Wahldorf? Gelle?«

Sie nickte kurz.

»Hast's geraten, Bartels! Man muss schon alle Jahr 'mal hinüber. Sonst nehmen sie's übel!«

»Ja, ja!«, fügte der Bursch mit leichtem Spott hinzu. »Soweit darf man's nicht kommen lassen, das tut sonst weh! Gelle?« Er blickte auf die noch immer unschlüssig vor ihm Stehende und sagte dann: »Brauchst mir nicht die Ruh' mitzunehmen. Komm, setz dich ein bisschen her. Ich mein', 's ist lang' her, dass wir uns nicht sprachen. Da gibt's mancherlei zu schwatzen. So, hier ist noch Platz. Brauchst nicht zu fürchten, dass ich dich hernach begleit'. Um des Geredes willen schon nicht!«

Die junge Frau schien noch einen Augenblick zu zaudern. Aber als sie dem Blicke des Burschen begegnete, der fest und mit ganz eigenem Ausdrucke an ihrem verwirrten Antlitz hing, da war es, als banne eine seltsame Macht sie nieder. Ihr Auge glitt noch einmal über die Waldfläche zum Dorfe hinab. Dann nahm sie hart neben dem andern Platz am Wegrande.

Ein paar Herzschläge lang sprach keiner ein Wort. Dann löste sie das lastende Schweigen.

»Du warst im Holz? Gelt?« fragte sie. Man fühlte es aus ihrer Stimme, dass sie nach einem Anknüpfungspunkte tastete.

Ein heimliches Leuchten glitt über sein Antlitz. Es kam und ging so rasch, dass sie es gar nicht merkte.

»Ja, ja!« bestätigte er dann. »Wir wollen demnächst Holz rücken für unsere Glashütte. Ich hab' mir's angesehn, wo es liegt. Drüben an der Rabenwand – weißt, wo wir früher immer beide die meisten Erdbeeren fanden.«

Sie nickte nur stumm, während ein leichtes Rot ihr über die Schläfen huschte.

»Du warst wohl lange nicht dort?«, fragte er.

Sie schüttelte den Kopf.

»Ich komme jetzt seltener in den Wald«, fügte sie dann hinzu.

»Ja, ja! Kann mir's denken: Würde bringt Bürde! Ich bin ledig geblieben und so verschlägt's mir nicht. Ich bin dem Walde treu geblieben und habe auch sonst nichts weiter. Daheim ist's still – da treibt's mich fort. Ich dachte auch 'mal, es hätte anders kommen können – 's hat nicht sein sollen. Nun muss man zufrieden sein.« Er warf den Kopf auf, und die Augen jagten über die schweigenden Bergwälder in die duftverschleierte Ferne. Etwas wie Trotz und Schmerz schienen in seinen Zügen zu kämpfen. Aber er suchte die Erregung niederzudämmen. Es war der alte Ton wieder, als er jetzt fortfuhr:

»Wir waren übrigens immer gute Kameraden, Theres'? Nicht? Weißt du noch, wie ich dir 'mal am Hangeberg die Eichkatze aus dem Neste herunterholte? Das Teufelsvieh biss und kratzte – aber du warst mir gut, und die zerrissene Jacke hast mir auch nachher geflickt.«

Ein Lächeln lief verschämt über das blühende Gesicht des jungen Weibes.

»Drunten am Meisenbach wächst noch immer der Haselbusch, von dem ich uns beiden manchmal Flitzbogen zurechtmachte. Du hast 'ne sichere Hand damals gehabt, just wie ein Junge. Aber unser Kantor auch. Als du einmal nach der blauen Glaskugel in seinem Rosengärtchen zieltest, gab's einen hübschen Knall. Du ducktest unter, ich blieb stehen und meinte mich halbtot zu lachen. Dafür habe ich dann für dich die Dresche gekriegt.«

»Aber verraten hast doch nichts, Bartels! Das war brav von dir!«

Er zuckte die Achseln.

»Verraten? Um dich hätten sie mich damals können totschlagen! Ich hätt' die Zähne zusammengebissen – aber ich hätt' stillgehalten. Ich war ein dummer Junge wie alle in den Jahren, und dass wir alle wilden Streiche so hübsch zusammen ausheckten, das hielt mich zu dir. Heut' weiß ich, dass es noch mehr war ... dass 's in unseren Bergen nichts Schöneres hat gegeben ... als dich, Theres'!«

Er presste die Zähne aufeinander und starrte in die verlöschende Abendglut.

Da fühlte er seine Hand leicht berührt. Weich und fast traurig klang die Stimme der neben ihm Sitzenden.

»Wozu das? Und heute? Wir haben ja alle zu tragen. Der eine so – der andere so. Man kann lachen und doch insgeheim sein Leid spüren.«

»Du aber nicht ... Du nicht, Theres'! Du bist Frau Förster geworden und kannst, wenn du nur willst, dich der Jugendbekanntschaft schämen. Ich bin ein Gläser geblieben, wie es die meisten drunten im Dorfe sind, und habe nicht höher hinausgewollt, weil ich's nicht hab' anders kennengelernt. Aber früher war ich glücklich und vielleicht auch gut. Jetzt aber ist's mit der Zufriedenheit dahin ... und ich bin schlecht geworden!«

»Bartels!«

»Was denn?«

»Du sollst nicht so sprechen ... nicht heute ... nicht zu mir!«

»Ha, ha! Hast recht! 's nützt ja auch nichts. Aber du bist ja noch immer die einzige, zu der ich's sagen könnt'. Hast recht! 's geniert dich – und es ändert ja auch nichts mehr daran. Aber manchmal, da überläuft 's mich heiß und kalt und schnürt mir die Kehle zu, dass es so hat kommen müssen. Seitdem ist da drinnen mir etwas wie zersprungen und ich hab' die rechte Freud', aber auch den Glauben an die Menschheit verloren.«

Er zwirnte finster den dunklen Schnurrbart und seine Augen hafteten am Boden.

Da klang die Stimme der jungen Frau weich an sein Ohr und Herz:

»Bartels, weißt noch das letzte Maienfest drunten im Dorfe, ehe du unter die Soldaten gingst? An der alleralleroberoberstensten Spitze flatterte ein seidenes Knüpftuch als bester Preis. Alles andere war schon von den Burschen heruntergeholt worden. Dort hinauf aber war keiner gekommen. Mir ist's noch wie heute. Ich starrte immerfort in den blauen Pfingsthimmel hinein, in dem das bunte Tuch so luftig wehte. Die Musik spielte, Burschen und Mädchen standen lachend in Gruppen und musterten die heruntergeholten Preise und tranken sich dabei zu. Auf einmal standest du vor mir. ›Theres'!‹, sagtest du, ›möcht's du das Ding da oben wohl haben? Es ist hübsch!‹ Was keiner vermocht hatte, wolltest du für mich tun .. für die vielleicht Ärmste im Dorfe. Mir schlug das Herz höher. Du musstest es mir wohl angesehen haben. ›Also ich darf's für dich holen?‹ drängtest du. Ja, ja! Wenn du ... Da warst du schon an der Maie und dann ging's hinauf, höher und höher den spiegelglatten Fichtenstamm hinan. Die Musik schwieg. Allmählich verstummte auch das junge Volk. Aller Augen gingen hinauf zu dir. ›Hm! Ob er's schafft?‹ ›Wird's wohl bleiben lassen!‹ – ›Soweit bin ich auch gekommen, aber dann ..‹ – ›Aha! Jetzt heißt's frischen Atem einsetzen!‹ – ›Donnerwetter! 's sieht wahrhaftig so aus, als ob ...‹ – ›Der Bartels hat den Teufel im Leibe!‹ – So schwirrte es durcheinander. Dazwischen sahen die Mädchen zu mir herüber, aber ich tat, als merkt' ich's nicht. Ich sah nur dich, hatte nur den einen Wunsch, dass es dir gelingen möge. Nicht um des Tuches willen mehr! Das hätte ich gern geopfert! Aber mir war's, als stünde deine Ehre auf dem Spiele. Ich glaube, ich habe in jenen Augenblicken um dich gebetet. – Und dann auf einmal drang jauchzender Ruf an mein Ohr. Alles schrie ›Hoch!‹ und ›Hurra!‹, die Musik fiel ein, ich sah, wie du mit dem bunten Ehrenpreise niederwinktest, und dann war es mir, als schwanke der Boden und Himmel und Berge tauchten ineinander. Ein paar Minuten später standest

14

du, hochrot noch von der Anstrengung, mit leuchtenden Augen vor mir. ›Da, Theres'!‹, sagtest du. ›Ich wünscht', es macht dir etwas Freude!‹ – – Bartels! Dieses Tuch ist mir ein Heiligtum geworden, ein Abschiedsgruß aus meiner Jugendzeit. Jeden Sonntag trage ich es, wenn ich zur Kirche gehe.« Er hatte die Ellbogen auf die Knie gestützt und das Haupt in die Hände gelegt. Nun lief ein Jucken über seinen Leib.

»Allsonntäglich!«, murmelte er halb für sich hin. »Allsonntäglich ... und dorthin, wo du vor dem Altar mich verrietest ... unsere Jugend ... unsere Liebe ... alles – alles und für immer. Ach!« Er stöhnte schwer auf und schüttelte den Kopf.

Sie aber legte ihre Hand auf seinen Arm und näherte ihr Gesicht dem seinen.

»Bartels! Nicht so, nicht so! Du sollst mich nicht verdammen ... du nicht ... du nicht! Die ganze Welt will ich gegen mich haben ... nur dich nicht. Ich tat dir weh ... ich weiß es. Unter Tränen und Jammern tat ich es, nicht weil mich gelüstete, mehr zu werden, als was ich bisher gewesen. Ich habe dich betrogen ... aber auch mich ... auch ihn! Ja, auch ihn! Aber ich ging über mein eigenes Gefühl und Empfinden hinaus und brachte ein Opfer. Und darum solltest du mich nicht schelten, wohl aber beklagen. Denn ich tat uns beiden das Schlimmste an, was zwei Herzen erfahren können, die von Kindheit an zusammen erklangen, die zusammengehörten ... füreinander vielleicht bestimmt waren. – Hör' mich heute an! Einmal muss es ja doch herunter und vielleicht ist's darum gut, dass wir einmal allein zusammentrafen.«

Sie hielt inne und wartete auf Antwort wohl. Doch keine erfolgte. Unbeweglich saß der Bursche neben ihr, den Kopf noch immer in den Händen vergraben.

»Siehst du, Bartels! Als du unter die Soldaten gingst, als du zum letzten Male mir die Hand drücktest ... da hätt' ich dir mögen ins Gesicht schreien: Nimm mich mit! Eine unbeschreibliche Angst kam über mich, wie eine Ahnung, dass etwas Furchtbares zwischen uns treten müsste ... etwas, das ich nicht wusste, nicht kannte ... das uns aber für ewig trennen sollte. Wir waren ja noch immer nur die alten Spielkameraden ... große Kinder, denen aber die Liebe im Herzen saß, obgleich keiner von uns jemals dieses Wort hatte fallen lassen. Bei diesem Händedruck, bei einem letzten Blick blieb es ja auch damals. Wir glaubten an unser Glück auch ohne Worte, weil es gar nicht anders sein konnte.« Sie legte die Rechte einen Augenblick über die Augen, dann fuhr sie fort: »Du warst kaum vier Wochen fort, da verfiel die Mutter in eine lange, schwere Krankheit. Meine Angst stieg, aber auch die Sorgen wuchsen. In jenen Tagen näherte er sich uns. Er hat damals für uns geschafft und gesorgt, und ohne seinen hilfreichen Zuspruch hätte meine Mutter dieses monatelange Leiden nicht überstanden. Das hat mir der Doktor fast jedes Mal gesagt. Denn es fehlte bei uns am Allernötigsten. Und welche Freude, als es dann wieder vorwärtsging, als die Gesundheit wieder in die Wangen und die Hoffnung in unsere Hütte zurückkehrte. Nur eines fehlte immer mir zum vollen Glück: ein Lebenszeichen 'mal von dir! Du bist still geblieben all die Zeit, gerade da, wo ich am heißesten mich nach dir sehnte. Das war nicht gut. Für mich nicht ... und für dich nicht.« Der neben ihr Sitzende nickte stumm. »Als der Doktor nicht mehr kam ... da kam der Förster. Schließlich fast jeden Tag. Er sah nach der Mutter und schwatzte mit mir. Ich war ihm immer freundlich, denn wir dankten ihm alles ... an etwas anderes hätt' ich nie gedacht bei seinem Alter. Eines Tages aber nahm mich die Mutter her und stellte mir alles vor: unsere Armut, was ohne ihn aus uns geworden wäre ... wie gut und bescheiden er sei, gar nicht aufdringlich. Und dann zog sie mich näher und flüsterte mir zu, dass in meiner Hand jetzt mein Glück ruhe ... ich könnte es auch gar nicht abschlagen, das sei ganz unmöglich ... ich hätte sie doch lieb, das wüsste sie, und ohne ihn hätte ich keine Mutter mehr. Bald darauf stand er selbst vor mir und bat mit ruhigen, freundlichen Worten um meine Hand. Ich muss wohl blass geworden sein, denn er beruhigte mich und sagte: Er wolle nicht drängen, er würde morgen wiederkommen und bis dahin würde ich wohl erkannt haben, dass er nur unser aller Gutes im Auge habe. Soll ich dir noch sagen, was darauf kam? Ich hab's der Mutter gesagt, wie's mir ums Herz war ... dass ich bisher noch nicht darüber nachgedacht hätte, nun aber wüsste, dass es ein anderer wäre, dass es nur einen geben könnte, dem ich mich mit Leib und Seele dürfte hingeben. Da ... da hab' ich - dich genannt ... dich, Bartels!« »Theres'!«Ein schmerzlicher Ton drang von den Lippen des Lauschenden. »Ob die Mutter es geahnt hatte, ich weiß es nicht. Aber sie entgegnete mir, du müsstest doch noch zwei Jahre dienen und dann seist du auch noch nicht so weit. Und ob wir uns fest versprochen hätten? Was sollt' ich darauf erwidern? Dann aber drang sie heftiger in mich ein. Wir wären dem Manne Dank schuldig. Dank sei auch Liebe. Er wäre ein braver Mann, tüchtig und geachtet. Dann wären wir für alle Zeit geborgen. Ich könnt' ihn doch unmöglich hassen. Wenn das nicht wäre, dann würde sich auch alles andere finden. So ging's weiter. Ich tat diese Nacht kein Aug' zu. Ich hab' geweint und gerungen, gebetet und geflucht. Wäre der Tod gekommen, ich hätte gejauchzt. Aber der kam nicht. Aber am nächsten Tage stand der Förster wieder vor mir. Er las in meinen Augen wohl manches. Er sprach freundlich zu mir und sagte, er wolle warten. Es wäre mir wohl überraschend gekommen. – Ein halbes Jahr hat er gewartet ... dann gab ich den stillen Kampf auf. Die Dankbarkeit entschied. So ward ich sein Weib!« »Und bist, doch mit einer Lüge vor den Altar getreten!« »Bartels!« »Willst du's leugnen? Vor Gott und vor dir selber kannst du nicht bestehen! Das hieße sonst gegen die Natur sündigen. Das Jawort war erlogen, dein Schwur war ein Meineid. Es muss ein Schauder dich überlaufen, dem Mann dich hinzugeben, während ein anderes Bild vor dir schwebt, während deine Seele nach einem andern schreit!« »Bartels! Ich beschwöre dich! Hab' Erbarmen!« »Erbarmen! Erbarmen! Wer hat mit mir Erbarmen gehabt? Wer hat daran gedacht, dass man in mir das Beste mit Füßen trat, dass man mich schlecht machen würde?! Als ich's damals erfuhr, ich hab' gemeint, ich hätt' müssen lang hinschlagen. Aber ich saß ja fern im Elsass, sah nicht, was mich alle Tage grämt und tritt und an mir frisst. Als ich aber dann zurückkam, da hat's angefangen. Tag und Nacht hat's in mir gebohrt all die Zeit, dass ich wieder hier bin. Siehst du, Theres': Von den Qualen hast du doch nichts erfahren ... und diese ... die haben mich dahin getrieben, wo ich jetzt bin. Die haben mich schlecht gemacht! Jeder Wurm krümmt sich , wenn du ihn trittst, und mich hat man getreten, getreten bis ins Innerste.« »Bartels!« Sie rief es mit flehender Stimme. Ihr Antlitz, leicht blass geworden, tauchte vor dem seinen auf. Er fühlte den Hauch ihres Mundes, den warmen Druck ihrer Hände auf seinem Arm. »Bartels!« klang's noch einmal bittend. »Du kannst's nicht ausstreichen, nicht totmachen, was du die letzten Jahre aus mir gemacht!« »Nein, nein! Aber bitten kann ich dich: Sprich nicht so weiter ... nicht so! Du bist nicht schlecht ... du wirst's auch nie werden.« Er lachte kurz auf. »Was weißt du! Aber was ich geworden bin ... man hat mich dazu getrieben.« Wieder suchten ihn die Augen des jungen Weibes. Aus dem Grunde seiner Seele schien ein Leuchten heraufzudringen, vor dessen Glanze des Mannes Innerstes heiß erzitterte. »Kannst du mir nicht vergeben? Wir tragen ja beide Leid.« »Wenn ich's auch tu' ... vergessen ... vergessen, das kann ich nicht. Das kannst auch nicht von mir verlangen. Das geht über Menschenkraft. Als wir Kinder waren, war ich dir gut. Heut' aber weiß ich, dass ich dich geliebt habe ... dass ich ohne dich nicht mehr fertig werden kann.« Schwer ging sein Atem, seine Finger glitten unsicher über die warme Hand des Weibes, von dessen Gesicht er nur noch mühsam seine Blicke abzulenken suchte. Ein wilder Kampf durchschüttelte ihn. Vor diesem Flirren und huschenden Blitzen schlug die Frau die Augen nieder. »Weißt du noch, Theres'? Damals die fröhliche Jagd an der Wand des Silbergrabens hin? Wir waren beid' noch nicht konfirmiert. Es ging heimwärts und – ich weiß nicht, wie's kam! – auf einmal liefst du mir zu: Hasch mich doch! Los ging's! Über Wurzeln und Geröll, um Felsecken und durch Buchenschlag hin. Eine tolle Jagd! Das Haar hatte sich dir im Busch gelöst. Ich sehe noch die Zöpfe vor mir flattern. Eine verrückte Lust überkam mich, dich daran zu fangen. So ging's hinunter in den Grund. Jetzt noch ein paar Sprünge! Du wendest dich um und lachst. Ich strecke schon die Arme nach dir aus – da schreist du auf, gleitest hinab und dann ist's still. Unten liegst du stumm und von deiner Stirn quillt's rot herunter. Siehst du, Theres': Da wusst' ich zum ersten Male, dass ich ohne dich mir ein Leben nicht mehr denken konnte.« Er legte seinen Arm um ihren Hals und zog sie sacht an sich. Willig wie ein Kind ließ sie es zu. Einen Augenblick hatte sie die Augen geschlossen. Nun öffnete sie diese wieder. Weich, wie halb im Traume, klang ihre Stimme: »Und als ich wieder aufwachte ... da lag ich in deinen Armen ... so wie jetzt ... so wie jetzt ... und du sahst mich an, so besorgt, so gut. Ach!« Wieder senkten sich ihre Lider halb. Dann aber traf ein Strahl des Dankes, wie ein Nachglanz verwehten Glückes, sein Gesicht. »Wär' ich doch damals nicht wieder aufgewacht ... eingeschlafen bei dir ... schöner hätte meine Jugend nicht enden können. Und mitten im Walde, an dem wir zwei beid' so hängen.« Er streichelte ihr sacht das krause Haar aus der Stirn und sie duldete es still. »Theres'!« »Was denn?« »All' die Jahre sind wie ausgewischt, nun ich dich einmal wieder habe. Es ist so lange her!« »Lange ... lange, Bartels!« »Damals hielt ich mein Glück im Arm und dacht' nicht daran, dass es jemals anders werden könnte.

Theres! Hast du niemals wieder daran gedacht?« »Warum fragst du?« »Weil ich mir nicht denken kann, dass du im Arm eines anderen das auch nur eine Stunde gefunden, was uns beschieden sein sollte, nach dem ich gehärmt mich habe.« Vor seinen zehrenden Blicken schlug sie die Augen nieder. Er aber umfasste in aufquellender Leidenschaft mit beiden Armen ihren blühenden Leib und zog ihn unter glühendem Erschauern ihrer Seelen an sich. Ihre Brust hob sich ihm entgegen, ihr heißer Atem umwehte stoßweise sein brennendes Gesicht. Doch ihre Blicke gingen noch aneinander vorüber in banger Erkenntnis aufdämmernder Schuld. »Gäb's ein Recht«, fuhr er mit leiser Stimme fort, »so gehörtest du mir und ich dir. Aber man hat es uns gestohlen ... über Nacht ... während wir schliefen ... und nun sitzt die Sehnsucht uns beiden im Herzen und quält uns, raubt uns die rechte Freude am Leben! Was man aber fühlt ... das kann sich wiederholen, Theres'!?« Sie hielten sich mit heiß zitternden Händen, und Auge in Auge tauchte tief ein leidenschaftlich Sehnen. Näher und näher rückten die Gesichter, über welche es in jähen Flammen floss. Und dann fanden sich zum ersten Male die Lippen. Und alles Stammeln von Schuld und Abwehr, Verlangen und seligem Genießen erstarb in diesem langen Kusse. Dann aber raffte sich das junge Weib zusammen. Seine beiden Hände ergriffen die des Jugendfreundes. Liebe und Scham rangen in ihm. »Bartels! Bartels! Wir tun nicht recht! Gewiss nicht!« Er aber fasste ihren Kopf mit seinen Händen und blickte ihr leidenschaftlich in das glühende Antlitz. »Höher als Menschenmacht ist die Liebe! Das fühl' ich in dieser Stunde wieder, da wir vergaßen, was man an uns gesündigt hat. Mir ist das Herz voll zum Springen. Dich hab' ich lieb, von dir kann ich nicht lassen. Und auch du – du sollst mich wieder lieb haben ... wie einstens. Niemand weiß davon – nur wir allein. Tun wir unrecht – man hat noch viel mehr an uns gesündigt, dass man uns gereizt, heimlich unserer Liebe nachzugehen.« Sie hatte den Kopf gebeugt und lauschte bebend seinen Worten. »Komm morgen wieder ... Theres'! Bitte, komm! Hier hinauf ... um diese Abendstunde! Bitte! Hab' mich lieb! Ich will dich hier erwarten ... wenn die Sonne sinkt! Komm! Willst du?« Er sah den stillen Kampf in ihren Zügen und drängte stürmischer. »Du wirst kommen ... du kannst gar nicht anders ... du musst kommen! Wir wollen noch einmal vergessen und glücklich sein.« Sie war aufgestanden und blickte über die schweigenden Berghäupter in die nächtliche Ferne. »Wenn die Sonne sinkt!«, murmelte sie. Er hatte ihre Hand wieder ergriffen. Lockend drang es an ihr Ohr: »Wenn die Sonne sinkt! Ja! Dann bist du mein und ich dein!« Er wollte sie noch einmal an sich ziehen. Doch sie entwand sich ihm. »Leb wohl! Auf Wiedersehn!« Hastig folgte sie dem Fußsteige, der zum Dorfe hinabführte. Er blickte ihr sinnend nach, bis ihre Gestalt längst im Tannicht entschwunden war. Dann schlug er langsam einen anderen Pfad ein, der sich rasch zwischen dem Felsgewirr verlor. Wie mahnend rauschten die Wipfel über ihn hin, vom einsetzenden Nachtwinde sacht bewegt. Traumhaft gluckerte ein Quellbach ihm zur Seite. Von irgendwo tönte der heisere Ruf eines Käuzchens durch den aufhorchenden Wald. –

Es war am Nachmittage des nächsten Tages. Der Förster stand an der Holzplanke seines Gartens, der sich an den Hof des Hauses anschloss. Das Forsthaus lag über den Hütten des tief in einer Talsohle eingebetteten Dorfes und gewährte einen schönen Blick auf die angrenzenden Waldberge und weiterhin, dem Laufe des Tales folgend, ins offene Land hinaus, aus dem nun vereinzelte Höhen wie Inseln über den Fluren sich erhoben. Die buschigen Brauen des ältlichen Mannes zogen sich leicht zusammen. Etwas wie geheime Freude glomm darunter aus den gutmütigen Augen hervor. Er drehte den grauen Schnauzbart stillvergnügt, indem er aufs Neue die Blicke hinüber zum Walde richtete, und murmelte dabei für sich: »Heut' wird's! Heut' wird's! Oder es sollte doch sonst ein heiliges –« Er brach ab und lachte leise auf. Dann pfiff er dem bräunlichen großen Jagdhunde, der unter den Obstbäumen schnüffelnd Kreise im Grase zog, und wandte sich durch eine schmale Tür in den rings abgeschlossenen Hof. Einige Waldarbeiter waren hier mit Reisigaufschichten und Holzschlagen beschäftigt. »Brückner und Seeber!« »Jawohl, Herr Förster!« Die beiden Angerufenen blickten von der Arbeit fragend auf. »In anderthalb bis zwei Stunden seid ihr oben an der Dickung neben der Fuchswiese. Bringt den Karren und ein Paar feste Stricke mit. Ich denke, ihr sollt eine gute Ladung kriegen! Verstanden?!« »Jawohl, Herr Förster!« Wieder leuchtete der eigentümliche Freudenstrahl unter den grauen Brauen des alten Grünrocks hervor. Ein Nachschimmer davon lag noch auf seinem verwitterten Gesicht, als er jetzt in die Wohnstube, begleitet von dem Hunde, eintrat.

Therese saß am Fenster mit einer Handarbeit. Aber die Arme ruhten im Schoße. Zurückgelehnt, mit halbgeschlossenen Augen, lag das jungblühende Weib wie träumend im Stuhl zurück.

Beim Geräusch der sich öffnenden Tür fuhr es erschrocken in die Höhe. Hitze und Blässe wechselten jählings in seinem Antlitz. Fast wie im Gefühl begangener Schuld hob es die Augen nur halb zu dem Manne hin und ließ sie dann unsicher durch den gemütlich ausgestatteten Raum gleiten, bis sie endlich einen Ruhepunkt auf der wieder aufgenommenen Arbeit fanden.

Der Förster schien von alledem gar nichts zu bemerken. Er schritt zu der Wand in der Nähe des Kachelofens, wo Waffen und allerlei Jagdwerk an einem hölzernen Pfostenrahmen hingen. Ein ausgestopfter Bussard breitete wie spähend seine weitklafternden Schwingen darüber. In den Fängen lag als Beute eine graue Spitzmaus.

Des Försters Auge musste wohl zufällig darauf gefallen sein. Denn während er die Patronentasche ob ihres Inhaltes prüfte, zog wieder das stille, siegbewusste Lächeln über sein Gesicht. Wie im Selbstgespräch polterte er stückweise und halblaut für sich hin: »Wenn's die Maus noch so schlau anfängt ... einmal geht's ihr doch an'n Kragen! ... Hahaha! ... Mausefalle – Bussard ... das bleibt sich gleich ... Leben um Leben! ... Hahaha! ... Jahrelang hat er mir 'nen Possen gespielt ... so manche Nase musst' ich von oben her einstecken ... nun hat's ein End' ... ein End'!«

Er ließ einige Patronen in die Tasche seines graugrünen Jägerrockes gleiten, dann griff er zur Büchse, hakte sie vom Pfosten ab und hing sie über die Schulter.

»So! Und nun wird Abrechnung gehalten! Scharfe Abrechnung!« Er stand vor der jungen Frau und schmunzelte vergnügt. »Was sagst du da, Albert?« »Dass ich Abrechnung heut' halten will! Aber das verstehst du natürlich nicht.« Er fasste sie behutsam am Kinn, als fürchte er gleichsam durch rauen Druck sie zu verletzen, und hob ihr glühendes Gesicht empor, in das er mit seinen offenen, ehrlichen Augen eine Weile stumm blickte. Unter diesem Blicke wuchs ihre Befangenheit. Sie versuchte das Gesicht ein wenig zu wenden, doch gelang es ihr nicht. Lachend bog er sich ein Stückchen zu ihr nieder.

»Wenn du wüsstest, Theresel!« Das war der Kosename, den er ihr gab, wenn er sich glücklich fühlte. Es schoss ihr heiß zu Herzen bei diesem Tone. Als müsse sie etwas gut machen, als müsse sie Abbitte tun für eine Schuld, die ja nur Gedankensünde bis jetzt geblieben war, die aber immer wieder an ihr Herz herankroch, lauernd, lockend, die ihr diese Nacht, den ganzen Tag heute klares Denken, sichere Hand, die stille Fröhlichkeit eines guten Gewissens geraubt hatte – so kam es plötzlich über sie. Mitleid, Dankbarkeit, Liebe wie zu einem sorgenden Vater stritten in ihr heftig.

Die eine Hand ließ die Stickarbeit fallen und strich jetzt zärtlich über seine Wange und blieb dann an seinem Halse leise hängen.

»Na, was denn, Albert? Was weiß ich denn nicht? Du bist ja ganz aufgeregt.«

»Weil du von jetzt ab sollst einen vernünftigen Ehemann kriegen. Jung kann ich mich leider nicht mehr machen – so gern ich's wohl auch tät'! Damit ist's vorbei! Aber das Ärgern und Schimpfen soll doch jetzt besser werden, nun die Maus in der Falle sitzt.«

»Die Maus?« Sie sah ihn fragend an. Ein gewisses Interesse wuchs in ihr empor.

»Abrechnung wird heut' gehalten, Theresel! Abrechnung!« Es wetterte über sein Gesicht. »Jahrelang hat mich der Malefizhund geärgert und vergrämt; in Sturm und Wetter bin ich ihm nachgeschlichen, hab' mir das Podagra geholt, oben manch langes Gesicht bekommen – alles umsonst. Wenn ich schon glaubte, ich hätt' ihn, war er mir wieder durch die Lappen gesetzt. So ist's Jahr um Jahr gegangen. Ich hätt' ihn so gern übern Haufen geschossen und muss doch immer wieder sagen: 's ist ein Teufelskerl! Er hat seine Hintermänner im Dorfe und niemand schwatzt drum aus. Gestern Abend aber habe ich ihm die Falle gestellt. Einen starken Bock hat er niedergeschossen und in die Dickung nahe der Fuchswiese so geschickt – mit wahrer Indianerschlauheit! – zu verstecken gewusst, dass es mir noch jetzt fast wie'n Wunder erscheint, dass ich ihn finden konnte. Na, Pascha hat freilich auch sein Anteil dran! Gelle, Pascha?« Er streichelte das sich klug anschmiegende Tier und fuhr dann fort:

»Jetzt muss ich schleunigst hinauf und im Versteck mich sichern. Der Kerl wird ja heute kommen und vermutlich den Bock auswirken. Da heißt's dingfest machen. Jedenfalls fällt jetzt die Maske. Dann kann ich wieder aufatmen. Dann wird's Ruhe in meinem Revier!«

Er stülpte sich die Mütze auf und griff zum Knotenstocke.

»Adieu, Theres'! Drück den Daumen gegen Abend. Das hilft!« Er lächelte und schüttelte ihr dann die Hand, die heute wie teilnahmslos in der seinen ruhte.

»Na, also adje!«, wiederholte er.

»Adje!«

Er wandte sich zur Tür. Die junge Frau sah starr vor sich hin, dann ihm nach. Und mit einem Male sprang sie auf. Die Handarbeit fiel zur Diele. Sie flog auf den Mann zu, der sich lachend noch einmal nach ihr umwandte.

»Albert!«, schrie sie auf. Es zitterte eine Flut von Empfindungen durch den Namen. Sie warf ihre Hände um seinen Hals und blickte ihn nur zitternd, schweigend an.

»Na, was denn? Was ist denn? Ich glaube gar ... Unsinn! Unsinn! Adje, Theresel! Auf Wiedersehen! Wir haben noch 'ne Pulle alten Rotspon von unserer Hochzeit unten im Keller ... die hol heute Abend 'rauf. So, und nun adje! Sonst komm' ich noch zu spät!«

Er küsste das bebende Weib auf die Stirn und wandte sich dem Ausgang zu.

»Hiergeblieben, Pascha!«, rief er dem wedelnden Hunde zu. »Ein andermal!«

Die Tür schloss sich geräuschvoll hinter ihm. Therese war in der Mitte des Zimmers stehen geblieben. Sie lauschte seinen verhallenden Schritten. Jetzt sprach er zu den Holzhauern ... sie lachen ... der Herr ist heute aufgeräumt ... noch ein paar Schritte ... Die Hoftür knarrt ... dann hört sie nichts mehr von ihm.

Sie blickt wie eine Irre in der Stube mit flackernden Augen und wogender Brust umher. Auch auf die Maus und den Raubvogel fällt ihr Blick. Ein Zittern überläuft ihren Leib.

»Wenn die Sonne sinkt!«, murmelte sie. »Wenn die Sonne sinkt!«

Sie schlägt die Hände vors Gesicht und schluchzt krampfhaft auf.

Draußen auf der stillen Straße des Walddorfes liegt blanker Sonnenschein. Er wandert von Haus zu Haus und blickt in die niedrigen Schubfensterchen hinein, hinter denen alt und jung emsig und gebeugt für des Daseins ärmliche Notdurft schaffen. Er klettert die steilen Bergwände in die Höhe und legt sich dort droben wie flutender Goldschimmer über die leis atmenden Wälder, welche bis zum fernen Horizonte alle Bergkuppen als ein grünwogendes Meer badeten. Dort hinauf in den Wald schreitet jetzt der Mann, dem das Herz im Leibe vor Freude klopft, endlich dem Feinde nahe zu kommen, seine Försterehre wieder blank zu waschen. Auch er freut sich des goldenen Sonnentages!

Eine Stunde später verließ auch Therese das Forsthaus. Sie hatte gewartet, bis die Holzhauer auf dem Hofe ihre Arbeit eingestellt hatten. Jetzt stand sie im Hofe still und ihre Augen glitten wie Abschied nehmend über das Haus. Sie sah blass aus und wer ihr näher ins Antlitz geblickt hätte, dem wäre eine gewisse Aufregung wohl nicht entgangen. Etwas Schweres, Peinigendes schien auf ihr zu lasten. Dann schien es plötzlich wieder heiß in ihr aufzuwallen. Ihre Brust hob sich leidenschaftlich, schwer ging der Atem und in den matten Augen glomm verzehrendes Feuer auf. Da drückte sie die Hand aufs Herz und ein verhaltener Seufzer entfloh ihren Lippen.

Aus dem stillen Hofe schritt sie in den anstoßenden Garten. Einige Sommervögel lärmten noch in den Obstbäumen; vom Felde her drang das süße Tirilieren der Lerchen aus der blauen Luft. Sie öffnete eine niedrige Tür im Holzgatter und betrat die Wiese. Von hier aus kletterte ein schwach betretener Pfad über Wiese und mageren Triftboden und verlor sich allmählich droben im Walde. Hier konnte sie unbemerkt von dem Dorfe sich aus dem Hause entfernen. Auch heute war niemand in der Nähe sichtbar.

Ehe sie in den Eichbuschwald eintrat, der sich vor den höher ansteigenden Tannenforst wie ein lichtgrüner Gürtel legte, blieb sie noch einmal stehen. Sie schaute zu dem heimatlichen Dorfe nieder, dessen schieferbeschlagene Dächer und Wände bereits im Schatten des Tales standen; dahinter aber stand über dem dunkeln Waldstreifen, der die schroffen Berghänge krönte, die volle Glutscheibe der Sonne, Büschel zuckender Lichtstrahlen nach allen Seiten sendend. Sie flammten in den blauseligen Himmel hinauf und zitterten abwärts wie Funkensprühen durch die scharfgezackten Tannenwipfel.

Therese blickte schweigend in das rote Feuermeer hinein.

»Die Sonne rückt!«, murmelte sie. »Und wenn sie sinkt ...« Sie deckte für ein paar Herzschläge lang die Augen mit der Hand und heimlich Zucken ging ihr über Gesicht und Leib. Als sie die Hand wieder langsam löste, blieb ihr Auge an dem Forsthause hängen. »Allein trage ich nicht die Schuld!« sprach sie leise. »Ich gab, was ich geben konnte ... man hat mich gezwungen und ich hab's auf mich genommen. Und nun ist's doch wieder über mich gekommen! Die Treue hielt ich ihm bis heute ... da ich seinen Namen trug ... aber meine Jugend hat auch noch Blut, und die Jugendliebe könnt' man mir auch nicht aus dem Herzen reißen. Nur einmal noch, nur ein einzig Mal will ich den an meinem Herzen halten, für den ich einst bestimmt war ... dem alles zu eigen war ... meine Liebe ... mein ganzes Denken und Fühlen ... auch heute wieder! – Und ist's eine Sünd', so verzeiht's mir Gott! Eine Sünd' war's ja auch, als ich mich zum Opfer brachte. Da habe ich ihn und ihn belogen ... und mich auch. – Nun rächt's sich! – Nun schreit das Blut nach seinem Recht!«

Sie wandte sich langsam um, in den Eichbusch einzutreten.

Da stutzte sie. Jähe Blässe deckte ihr Gesicht. Was war das?

Ganz aus der Ferne rollte deutlich im ersterbenden Echo ein Schuss. Und noch einer! Kaum einen Atemzug später! Einen Atemzug! Großer Gott! Was war geschehen? Das konnte aus der Richtung kommen, wo drinnen in den Bergen die Fuchswiese eingeschlossen lag. Vielleicht aber täuschte sie sich auch! Es gibt Stunden, wo man am helllichten Tage glaubt, Gespenster zu sehen. Und heute hatte sie diese Stunden! Das böse Gewissen! Glück hatte sie nicht in dem Forsthause gefunden. Nur ein stilles, fast wunschloses Ausruhen war es gewesen. Wie dichter Nebel hatte es sich seit Jahren zwischen ihr und dem Traume ihrer Jugend niedergesenkt. Erst der Sturm gestern hatte mit einem Schlage den Wolkenvorhang beiseite gepeitscht, und nun sah sie den Freund ihrer Mädchentage lockend vor sich stehen, hörte nur noch seine Stimme ... ein Gefühl unsäglicher Trostlosigkeit war über sie gekommen. Nun war auch der Frieden des Hauses dahin und sie auf dem Wege, die Ehre desselben ... ihre eigene in dem wilden Taumel ihrer Empfindungen hinzuopfern.

Und über den Waldbergen stand noch immer die strahlende Feuerkugel! Groß und feierlich ragten die Höhen in den durchglühten Abendhimmel hinein. Dort oben wohnte der Friede ... da war die Heimat des Glückes.

Des Glückes! Sie fasste sich an die hämmernden Schläfen, sie warf den Kopf auf, als wollte sie eine Last abschütteln, eines besonderen Gedankens sich heftig erwehren, der immer wieder an sie und all ihr brausendes Denken und Fühlen heranschlich. Des Glückes! Vielleicht brach nun auch die Sonne ihres Glückes an! Das war wie ein Stück Wahnsinn! Sie hätte mögen laut aufjubeln und sich dann wieder schluchzend ins Gras niederwerfen.

Konnte ihr Geschick sich nicht bereits erfüllt haben?! Vielleicht hatte eines Wilderers Hand ihn getötet und er war gefallen wie ein Held im Kampfe. Und mit seinem Falle war diejenige befreit, deren armes, gedrücktes Herz in dieser Stunde laut nach Liebe, warmblütiger junger Liebe schrie ... Dann wollte sie ihn beweinen und betrauern, der in ihr Leben zum zweiten Male wohltätig eingegriffen hatte ... der ... sie schauerte zusammen, sie horchte hinauf und hinaus, als müsse es aus dem todstillen Bergwalde droben jetzt wie ein Sturm von Klageliedern hervorbrechen ... Hilferufe ... Menschentritte. Menschengewirr ...

Stumm rang sie die Hände.

Wo hatte ihre Fantasie sie hingeführt?! Konnte nicht auch der andere liegen? Keiner von beiden? Wusste sie denn, wo die Schüsse gefallen waren? Ja, sie sah wirklich Gespenster am lichten Tage! Sie raffte sich innerlich auf, den Aufruhr ihrer Gefühle niederzukämpfen.

Hastig eilte sie den Waldsteig hinan, als wollte sie unsichtbaren Verfolgern entfliehen. Nach und nach aber mäßigte sie ihren Schritt, und als sie endlich oben auf der Waldblöße anlangte, lag wenigstens äußerlich wieder die Ruhe auf ihrem Antlitz.

Sie ließ sich auf der Baumwurzel sacht nieder, auf der sie gestern Abend um dieselbe Stunde mit dem Freunde ihrer Jugend gesessen hatte, dessen Bild und Wesen heute ihr ganzes Herz füllte. Weich und warm legte es sich auf ihr Gemüt.

»Könnt' ich doch auswischen, was dazwischen liegt«, murmelte sie leise, »wär' ich doch arm geblieben, wie ich war. Die Welt sollte mich neiden um meines Reichtums willen!«

Sie hob die Augen auf. Im sachten Wehen ging es wie ein halblaut Gebet durch das Wipfelmeer der Waldberge. In ihren bläulichen Umrissen zeichneten sie sich wie scharf hingebeizt von dem Horizonte ab, über den noch ein letztes Glühen und Flimmern ging. Der feine Abendgruß der Erde umwitterte die Einsame.

»Wenn die Sonne sinkt!«, flüsterte sie, während es leicht in ihren Augen aufschimmerte. »Dann kommt er ... dann will ich noch einmal vergessen, was sich auf mein Leben gelegt hat ... nur noch einmal ... heute! ... Damit auch ich sagen und davon träumen kann: Ich habe das Glück für eine einzige Stunde in meinem Arm gehalten.«

Dann auf einmal schnellte sie auf.

»Bartels!«, rief sie jubelnd. »Er kommt ... er kommt!«

Aus dem Tannengewirr ihr gegenüber arbeitete es sich jetzt empor. Dann tauchte der Kopf des Burschen auf. »Bartels!«, schrie sie noch einmal auf. Im nächsten Augenblicke hing sie zitternd, selig an seinem Hals.

»Du siehst, ich halte Wort! Denk was du willst von mir! Ich kann nicht anders, es geht nicht mehr, Bartels! Freust dich nicht, dass ich da bin – so lache doch! ... Oder möchtest auch bald weinen wie ich, dass ich dich noch einmal halten darf, noch einmal lieb haben darf ... weil ich dich immer lieb gehabt habe ... immer ... wenn du's auch nicht hast gemerkt, nicht hast mehr glauben können!« Sie barg aufschluchzend ihr Haupt an seine Brust. »Nur heute noch einmal ... dann will ich alles vergessen ... unsere Jugend ... dich, mein Bartels ... mich ... , dann mag mir Gott verzeihn, wenn ich mich einmal vergaß um unserer Liebe willen, die heiliger ist, als ... küsse mich ... halte mich ... Nicht wahr, nun glaubst du's, dass ich dich lieb habe ... nun musst du's glauben!«

Jubel und Schmerz, Scham und Liebe zitterten durch die Stimme des jungen Weibes.

»Theres'!« Es klang fast wie ein Hilferuf.

»Ja, ja, mein Bartels! Ich weiß, dass du mich lieb hast! Nun müssen wir beide darum leiden!«

Sie nahm seinen Kopf in ihre beiden Hände und zog sanft sein Gesicht an das ihre. So schauten sich beide eine Weile an. Ihr Atem mischte sich. Seele tauchte tief in Seele. Dann ging ein glückselig Lächeln wie Sonnenleuchten über ihr schönes Angesicht.

»Weißt du noch, Bartels? Damals... als du mir den Ehrenpreis hoch, von dem Maienbaum herunterholtest ... damals« – sie lachte heimlich still auf – »da wär' ich dir am liebsten um den Hals gefallen und hätte dich geküsst. Aber es ging ja nicht vor allen Leuten, und ich wüsst' auch nicht, ob du dir was draus gemacht hättest,« Wieder dieses selbstvergessene, glückliche Lachen! – »Heute, Bartels, heut' weiß ich's anders ... heut' will ich's nachholen ... den Dank von damals ... damit ich die Schuld los werde!«

Sie schmiegte sich fest an ihn und presste Mund auf Mund.

Endlich gab sie ihn frei. Aber ihre Arme blieben leicht um seinen Hals geschlungen. Sie blickte hinüber zum Waldgebirge, und dann huschte mit einem Male ein Schatten über ihre glücklichen Züge.

»Wenn die Sonne sinkt!«, murmelte sie.

Da war es, als würde der Bursch wie aus einem Zauberbann befreit. Blässe überzog sein Gesicht, die Augen sanken wie erloschen zurück, ein Krampf schien seine Brust zu überfallen und den Hals hinaufzusteigen. Er wollte reden und vermochte es doch nicht. Zitternd ergriff er ihre beiden Hände, die noch immer auf seinen Schultern ruhten, und löste sie dort los.

Seine Augen gingen wie scheu an ihr vorüber, dorthin, wo man die Dächer des Dorfes lauschig gebettet sah, und die helle, mit Ebereschen bepflanzte Straße, die zum Walde emporführte. Und auf einmal schienen sich diese Augen schreckhaft zu dehnen, ein verzweifelt-furchtbarer Ausdruck trat in ihnen hervor ... es war, als wollte er die Geliebte weit von sich stoßen ... die eine Hand hob sich wie mechanisch in der Richtung nach der Waldstraße ... und dann brach sich ein erschütternder Schrei aus seinem Munde Bahn.

Therese war in gesteigerter Angst seinem Blicke gefolgt. Auf der Straße sah man langsam einen kleinen Trupp Männer hinab zum Dorfe steigen. Schwere Last ruhte auf leicht zusammengestellter Bahre. Edelwild!

Wie ein Blitz der Erkenntnis schlug es flammend in ihre Seele ein. Ein grauenvoller Blick streifte den Mann vor ihr, dann brach sie, von seinen Armen aufgefangen, stumm zusammen. –

Bartels trug die liebe Gestalt die wenigen Schritte bis unter den Baum. Dort ließ er sie sacht auf das Moospolster niedergleiten. Sie noch immer haltend, kniete er vor ihr nieder, angstvoll seine Blicke auf ihr blass gewordenes Antlitz heftend. Dann barg er seinen Kopf in ihrem Schoß und schluchzte leise, sie immer wieder mit Namen liebkosend, hilfeflehend rufend.

Nach einigen Minuten kehrte das Leben wieder in ihre Gestalt zurück. Er fühlte, wie sie begann, sich leise zu regen. Mit tränenfeuchten Augen schaute er ihr ins Gesicht. Nun schlug sie die Wimpern langsam in die Höhe. Als sie den vor ihr Niedergesunkenen erblickte, brach ein warmer Strom von Liebe aus ihren Augen.

»Bartels! Mein lieber, guter Bartels!«

»Theres'!«

Liebkosend strich ihre Hand statt aller Antwort über sein volles, dunkles Haar. Dann aber schien ihr erst wieder Erkenntnis, volles Bewusstsein zurückzukehren. Schrecken und Schauder malten sich in ihren Augen. Vor diesem bannenden Blicke wich er wie betäubt zurück.

Die Hände ineinandergerungen, den Kopf gebeugt, klang es jammervoll von seinen Lippen:

»Theres! Hab Erbarmen, hab Erbarmen! Ich möcht' der Stunde fluchen, da ich geboren ward ... aber du – du sollst es nicht. Zum Unglück bin ich auf die Welt gekommen ... Unglück zu bringen ... Unglück zu leiden. Nun ist's zu spät. An dich glaubt' ich einst wie an einen Stern. Du leuchtetest mir voran, bis die schreckliche Stunde kam, da dein Licht für mich erlosch. Und nun ich mich noch einmal daran erfreuen wollte, da wir beide wollten schuldig werden ... da hat der Himmel gesprochen, da musste ich noch eine größere Schuld auf mich nehmen, um dich frei zu lösen, dich vor dir selbst zu retten!

Nicht diesen Blick, Theres, nicht diesen Blick ... als wolltest du sagen: ›Blut klebt an dir! Rühr mich nicht an!‹ Ich weiß es, ein höherer Richter hat entschieden. Wir sollen uns nicht freuen! Unsere Liebe war nach menschlichen Satzungen eine Schuld, ein Verbrechen.

Was fragen die Menschen, ob ein Herz älteren Anteil an einem anderen hat? So ist's denn gekommen, Schlag auf Schlag!

Aber wie ich jetzt vor dir liege, verabscheut, verachtet und gerichtet: allein, ich allein trage nicht die Schuld! Als er dich zwang, ihm in sein Haus zu folgen, als er nicht danach fragte, ›liebt dieses junge Herz nicht einen anderen?‹ – siehst du, da nahm er die erste Schuld auf sich, der dein Vater sein konnte, nicht aber dein Geliebter, der genau fühlte, dass nur Dankbarkeit dich an ihn fesselte. Du aber nahmst den andern Teil Schuld auf dich, da du ihn, mich, dein eigenes Herz belogst und betrogst. Ich aber bin schlecht geworden. Ich hätt' ihm können den Hals zudrücken, der dich in den Armen halten durfte, dich, die vor Gott und unseren Herzen mir allein gehörte. Ja, schlecht, schlecht! Und da ich nicht durfte, wie ich am liebsten getan, so hab' ich ihm wenigstens das Leben sauer gemacht, verbittert, aufgestört. Keine Ruh' sollt' er mehr haben all die Jahre lang. Jeder Schuss im Forste ging ihm durchs Herz. Das wusste ich. Mir lag nichts am Gewinn, nur an der Rache! Die aber genoss ich in satten Zügen. Er war pfiffig, ich noch schlauer. Du nahmst mir mein Weib, ich dir deine Jägerehre. Aug' um Auge, Zahn um Zahn!« Die Stimme Bartels sank jetzt zum Flüstern herab.

»In der Nähe der Fuchswiese streckte ich gestern gegen Abend einen Rehbock. Um die Stunde, da wir hier Wiedersehen feierten, hat er ihn aufgespürt, zum ersten Male meine Spur entdeckt. Vor einer halben Stunde stand er plötzlich vor mir. Kaum zwanzig Schritte trennten uns voneinander. Triumph lag auf seinem Gesicht. Ich aber ... fürchtete mich. Um deinetwillen, Theres'! Droben wartet sein Weib, hier gilt's Mann gegen Mann. Ich hätt' mich ja können ergeben ... aber ein Wilderer hat auch seine Ehre. Ich sprang auf. Am nahen Baumstamm lehnte meine Büchse. Ich ergriff sie nicht. Ich dachte nur immer an dich, an dich, Theres'! ›Hab' ich dich endlich!‹ höhnte er. ›Gib dich freiwillig mir!‹ Nein, rief ich! Aber ich will Euch einen Vorschlag machen. An Eidesstatt verspreche ich Euch, es soll heute mein letztes Mal gewesen sein. Von heut' an sollt' Ihr Ruhe vor mir haben!

Er lachte laut auf. ›Noch einmal!‹, rief er. ›Willst du dich ergeben?‹ Nicht um meinetwillen bitt' ich Euch, entgegnete ich, um Eures Glückes willen, um – einer – aber ich bracht' den Namen nicht heraus. Er hat nicht erfahren, dass das Herz seines Weibes an einem anderen hing. Er hatte seine Büchse ergriffen und hob sie an. Im nächsten Augenblicke lag auch die Meinige an der Backe. Um Euretwillen ... hört mich ... gebt mich frei ... glaubt mir's, ich mein's in dieser Stunde ehrlich ... wir wollen Blut schonen ... seid vernünftig! Er aber rief: ›Die Büchse herunter!‹ – Nein! ›Eins ... zwei ... drei!‹ Er schoss zuerst, ich kurz hinterher. Als der Dampf sich verzogen, lag er am Boden. Lautlos, schmerzlos war er gefallen. Mitten ins Herz hatte die Kugel getroffen ... wie er mich einst mitten ins Herz getroffen hatte.« Bartels schwieg ein paar Augenblicke. Dann fuhr er düster fort.

»Gott hat entschieden, Theres'. Wir sollen uns auf dieser Welt nicht lieben. Einst bannte uns der Lebende, jetzt steht bis an unser Lebensende der Tote dazwischen.« Er schlug die Hände vors Gesicht und verharrte so in Schweigen.

Langsam hatte sich die junge Frau erhoben. Etwas Starres, Feierliches lag auf ihrem todblassen Angesicht.

»Ja, der Tote!« sprach sie halb wie für sich, halb zu Bartels gewandt, der vor dem Ausdruck ihrer Züge scheu zurücktrat. »Sein Schatten wird nimmer zwischen uns weichen, und wollten wir über alle Meere in fernste Länder fliehen. Wir sollten uns nicht lieben. Gott hat's gewollt! Aber recht hast du in einem: Wir tragen alle Schuld! Und dass du nun das Schwerste auf dich nehmen musst, das wird mich peinigen und verfolgen bis in meine eigene Todesstunde.«

Das eine weiß ich, Bartels: Wir müssen beide weiterleben: du und ich! Wir müssen sühnen, ausgleichen! Was geschehen, wissen nur wir allein. Der Tote nahm das Geheimnis mit sich. Höre mich und folge mir! Du musst's mir versprechen, dass du's tust. Geh hinunter und nimm das Nötigste zusammen. Durch einen Boten lasse ich dir ein Stück Weggeld heute Abend noch zugehen. Heute Abend noch verlässt du das Dorf. Keiner ahnt, wer den Schuss getan. Morgen fährst du nach Hamburg und mit dem nächsten Schiffe hinüber, dir drüben eine neue Heimat zu gründen. Dies mir zu versprechen, ist die einzige Bedingung, die ich stelle. Und hast du nach Jahr und Tag dir festen Boden erkämpft ... dann ... dann ein paar Zeilen, dass ich's weiß, dass ich auch drüben meine Ruhe find'. Du wirst alles so tun, Bartels. Du musst es tun! So! Und nun geh hin! Vielleicht gelingt's uns beiden, doch noch einen Schein von Glück einmal zu erhaschen.« Sie wandte sich um, ihre heftige Bewegung zu verbergen.

Zweifelnd, zögernd hielt Bartels noch immer auf seinem Platze. Dann sagte er leise:

»Leb wohl, Theres'! ... Und tausend Dank!«

Sein Blick umfasste noch einmal ihre liebe Gestalt, dann wandte er sich langsam zum Gehen.

»Bartels!« Wie der Hilferuf eines Ertrinkenden schlug es an sein Ohr. Im nächsten Augenblicke sah er ihr bebendes Gesicht dicht an dem Seinigen. Noch einmal fühlte er ihren blühenden Leib, die weichen Arme, den warmen Atem, noch einmal, zum letzten Male, presste sich in langem, wehevollem Kusse ihr Mund auf seine Lippen. Dann noch ein heftiges: »So – so! Und nun geh! Geh! ... Ich will für dich beten ... werde glücklich ... leb wohl!« Sie winkte mit der Hand und hieß ihn gehen.

Die Tannenzweige schlugen hinter ihm zusammen.

Einsam blieb droben die junge Frau zurück. Schmerzvoll gingen die Augen hinüber zum Gebirge, hinter dessen Bergwellen die Sonne längst nieder war.

»Wenn die Sonne sinkt!« kam es halblaut von ihren Lippen. »Nimmer wird sie meinem Leben wieder aufgehen!«

Eine Friedensfeier.

Lautlos sinkt der Schnee von dem grauen, so verdrossen herabblickenden Himmel nieder. Tief in blendende Wälle hat er bereits die niedrigen Hütten der armen Nagelschmiede des Dorfes eingemummelt, das sich lang gewunden in einem engen Tale hinstreckt. Hoher, dicht verschneiter Wald blickt von überall nachbarlich auf die Wohnstätten nieder. Dahinter stehen in leuchtender Majestät die Berge, Wache haltend über dem Tale seit Jahrtausenden, da hier noch wirre Wald- und Felswildnis sich breitete. Das Wildwasser, das vom Frühling bis zum Herbste so ungestüm und freiheitsdurstig vom Gebirge niederrauscht, heute vernimmt man sein Murmeln kaum, mit welchem es unter schneebedeckter Eiskruste dicht an den Hütten dahingleitet.

Noch gespenstisch stiller aber liegt's über dem einen Häuschen am oberen Dorfrande, wo die Straße sich zum Gebirge durch einen Felsspalt windet. Verwettert, wacklig, mit blinden Fensterscheiben und verfallenem Ziegenstalle schaut es drein. Hier drinnen haust der alte Simmer, Simmers Christian im Walddorfe genannt. Sein Weib liegt längst droben an der Bergwand, von wo in der Sonne die Kreuze und Engel niederleuchten. Sein Junge, das einzige Kind dieser Ehe, wanderte vor Jahren hinüber über das große Wasser. Geschrieben hat er nur ein einziges Mal. Vielleicht ist er gestorben. Verdorben war er längst. Die Ziege ward verkauft. Von da an hauste Simmers Christian allein in der elenden Hütte.

Er schmiedete am Tage Nägel, wie fast alle Männer des Dorfes, des Nachts aber strich er mit gespannter Büchse durch den Bergwald seiner Heimat. Er war ein Wilderer, wie so mancher im Orte. Das lag wohl im Blute. Alle Strafen zusammengerechnet, hatte er wohl manches Jährchen hinter Schloss und Riegel zugebracht. Er fühlte sie aber gar nicht als verlorene Jahre. Denn sie hatten ihm dazu gedient, seine Rache groß zu ziehen, Rache an denen, welche sich ein Recht über den von Gott den Menschen geschenkten Wald anmaßten. Rache auch

41

dem einen, mit dem er fürs Leben gern hätte blutige Abrechnung gehalten.

Das war nun alles dahin. Für immer! In dem Bette am Fenster des niedrigen Gemachs lag Simmers Christian. Zu Häupten aber stand ihm der Tod. Er fühlte dessen Atems Wehen und wusste, dass es mit ihm zu Ende ging. Aber etwas schien ihn zu bedrücken. Der Nachbar, auch ein alter Nagelschmied, war heute bereits ein paar Mal bei ihm gewesen. Zu helfen war ja nicht mehr, hatte der Arzt erklärt, aber letzte Liebesdienste konnte man doch noch erweisen.

Doch Simmers Christian hatte alles mit einer stummen Handbewegung zurückgewiesen, weder Arzenei noch etwas von der mitgebrachten Suppe gewollt. Nur ein Paar Schluck Wasser auf die fiebertrockenen Lippen. Auf den Stuhl am Bett hatte er gewiesen und da hatte sich der Nachbar still und wartend niedergelassen. Ein tiefer Kampf schien den Scheidenden zu durchtoben. Seine Brust hob sich, unhörbar murmelnd zitterten seine Lippen. Und dann wandte er mühsam den Kopf zu dem Nachbar, ein lauernder Blick ging über diesen hin. Die magere, von hochstehenden blauen Adern bedeckte Hand tastete nach ihm.

»Nachbar!«

»Willst du was?«

»Ja!« Rau klingt der Ton der Stimme. »Komme näher ... näher! So, so! Ich weiß, jetzt geht's mit mir hinüber. Schüttle nicht den Kopf. Meine Stunden sind gezählt ... ich fühl's, aber etwas bedrückt mich. Ich möchte ... in Frieden hingehen. Das bisschen, was ich habe ... ist dein.

Hörst du? Dein! Ich habe ja niemand mehr, der drauf wartet. Mein Junge? Hä! Ihr beide ... deine Alte ... Ihr wart gut zu mir. Bezahlt das bisschen Beerdigung ... was übrig bleibt ... du weißt's. Aber mir ist's schwer auf dem Herzen, den ich gehasst habe wie keinen auf der Welt ...«

»Fichtners Andres? Er ist wieder hier!«

»Ja, ja! Hier! Aussöhnen will ich mich mit ihm ... Hörst du's? Sonst ... das Sterben ist ja kein Kunststück ... aber glatt muss alles sein ... glatt! Geh hin! Sag ihm, er soll sich beeilen. Simmers Christian will mit ihm abrechnen ... die Quittung fehlt ... aussöhnen ... damit die Sache leichter hinübergeht. Geh! Sput doch! Bring ihn mit, Nachbar! Den letzten Dienst für mich. Dann adje!«

Da war der Nachbar aufgestanden und hinausgegangen, kopfschüttelnd hinüber zu seiner Frau.

»Schau, Kathrin'!«, hatte er gesagt, »vor unserm alten Herrgott haben sie doch alle noch Respekt. Simmers Christian kann nicht sterben. Erst will er dem Fichtner die Hand noch 'mal drücken.«

»Ist es die Möglichkeit? Na, denn mach hin!«

Und der Alte war hinausgetappelt auf die Suche nach Fichtners Andres. Das war vor einer Stunde gewesen.

Wartend lag der Sterbende seitdem, auf jeden Laut gespannt, lauschend.

Wer die Tore zur Ewigkeit bereits vor sich leise öffnen sieht, dem werden Minuten des entschwindenden Lebens selbst zu Ewigkeiten. Als der Nachbar die Stube verlassen hatte, da horchte Simmers Christian, bis der letzte Schritt verhallt war. Dann begann er, sich mühsam halb aufzurichten. Ächzend, bebend, mit verzerrten Zügen gelang es ihm endlich. Zitternd tastete er nach der Wand über dem Stuhl. Eine kleine Wandschranktür öffnete sich. Ein Griff ... und mit einem Aufschrei physischen Schmerzes sank er kraftlos wieder in das Kissen zurück. Dann, nach Minuten schwacher Erschöpfung ein schnappendes Geräusch unter der Decke. Ein eigenes Lächeln huschte über das fahle Gesicht. Dann lag er ruhig, lauschend, harrend.

Seine Gedanken begannen zu wandern. Wie im Fluge zogen die Jahre seines Lebens an ihm vorüber. In alle Bilder, in alle Erinnerungen rauschte ihm der heimatliche Hochwald hinein, sein Wald, der von da droben tief verschneit ihn heute zum letzten Male zum Fenster hereingrüßte, den er über alles lieb gehabt hatte, der ihm Lieder von Freiheit in die Seele gerauscht, der ihn Not und erbärmliches Hungerdasein vergessen gemacht. Und nun alles vorbei! Erst noch Frieden feiern und dann .. hinüber! Frieden! Hahaha!

Wer hatte ihm denn zuerst die Büchse in die Hand gedrückt? Heimlich aber fest? Damals, als der Mond über dem Felsen oben im Tale hing und zwischen den Stämmen es, wie mit tausend Augen auf ihn starrte? Hatte da nicht eine Stimme ihm immer dringlicher zugeraunt: Nur zu! Der Wald ist groß und der Fürst ist ein reicher Mann! Ein Druck! Es war ein Meisterschuss gewesen. Ein stattlicher Zehnender hatte mit seinem Leben den Schuss quittiert. Das war ein königlicher Anfang gewesen! Da war sein Mut und seine Tollkühnheit gewachsen. Wie oft hatte er dann den verhassten Grünrücken ein Schnippchen geschlagen!

Aber einmal kam das Verhängnis doch über ihn. Man schleppte ihn vors Gericht. Drei Zeugen waren geladen. Sie alle wussten darum. Aber zwei von ihnen waren ehrliche Kerle. Sie schworen einen Meineid, dass sie nichts gesehen hätten. Das waren Männer. Der dritte aber zeugte gegen ihn. Fichtners Andres! Seit diesem Tage war sein Stern gesunken. Von jetzt an war er ein Verfemter. Sein Tun und Treiben stand unter Aufsicht. Hinter jedem Baum meinte er eine Büchse auf sich angelegt zu sehen; Lauscher, Späher auf Schritt und Tritt.

Als er wieder frei kam und ins Dorf zurückkehrte, da war er ein anderer geworden. Rache! Schrie es in ihm. Doch Fichtners Andres war fortgezogen. Über das Gebirge hieß es, ins Schwarzburgische. Aber sein Häuschen stand noch da, leer, zum Verkauf ausgeschrieben. Dem Verräter ein Feuermal aufdrücken, das ging nicht mehr an. Aber! ... Warum stürmte es auch in jener tollen Herbstnacht wie auf einem Heer von Rossen nieder vom Gebirge übers Dorf!? Hussa! Wie lustig saß doch der rote Hahn auf dem Dache des Feindes und krähte hinaus, dass alles zusammenlief. Aber zu retten gab's da nichts mehr. Nur zu schützen, dass die Flammen nicht weiter rasten. Wer es gewesen? Beweise! Beweise! Diesmal zeugte kein Schurke gegen ihn. Dafür knallte er einen Rehbock zwei Stunden weit davon im Finstertal nieder.

Als er dann zum zweiten Mal aus dem Kerker kam, da war sein Junge über alle Berge. Der war nicht nach seiner Art geschlagen, dem lag das Wildern nicht im Blute, und so war ihm Haus und Heimat vergällt. Ein Jahr später drückte er seiner Frau die Augen zu. Jetzt war er ganz allein; allein mit seinen Erinnerungen und seiner Rache. Noch einmal wurde er dann später des Verbrechens überführt und büßte seine Schuld. Als ein gebrochener Mann kehrte er endlich heim.

Dumpf und öde gingen ihm die Jahre hin, bis endlich der Tod anpochte. Er war nicht zum Kranksein geschaffen. Seit Wochen quälte er sich auf seinem Lager. Inzwischen war der Winter hereingebrochen. Wirbelnd tanzten die weißen Flocken an seinem Fenster seit zwei Tagen auf und nieder, über die Erde das große, grausige Leichentuch spinnend, unter dem nun auch er bald ruhen sollte.

Da, heute Morgen, da hallte ein fester Schritt draußen auf der Gasse vorbei. Simmers Christian war's plötzlich, als ginge ein Ruck durch seine Seele. Er hebt sich auf und starrt hinaus. Er meint, das bisschen Herzschlag müsse ihm stille stehen. Fichtners Andres ist's, der soeben vorüberschreitet.

Nun ist der Nachbar hin, ihn zu suchen, damit er seinen Frieden mit ihm machen kann. Er fühlt, wie die Kräfte mehr und mehr schwinden. Diese große Aufregung des heutigen Tags! Aber er will leben, er muss leben, so lange wenigstens noch, bis ...

Horch! Klang's nicht wie Stimmen? Nahende Schritte?

Der Sterbende wendet sich mühsam um und stiert nach der Stubentür. Sein rechter Arm zuckt unter der Bettdecke.

Nichts, nichts! Es war eine Täuschung. Wie heiß es ihm über die Stirne läuft. Und unten die Füße eiskalt, als stünde er selbst im Schnee, und der Schnee, der wächst immer höher, höher ... jetzt ist er ihm schon an den Knien, rückt langsam herauf zum Leib. Und nun rauscht's auch über ihm, immer deutlicher. Das ist sein Hochwald ... Hahaha! Er erkennt alles wieder. Dort kommt Fichtners Andres, der Schurke, der nicht 'mal einen Meineid für ihn übrig hatte ...

»Nur heran, heran! Wollen Frieden machen ... Frieden! Endlich! Damit ich kann einen Strich unter dies verfl... Leben machen!«

Mit verglasten Augen richtet sich der Sterbende auf.

»Bist's endlich? Hahaha! ... Du!«

Ein Schuss aus dem Revolver kracht gegen die Stubentür. Ein verwehendes Röcheln; dann wird's still. Nur die alte Wanduhr tickt und im braunen Kachelofen bricht leise der Stoß verbrannter Holzscheite zusammen.

Wenige Minuten später betreten der Nachbar und Fichtners Andres die Stube.

Mit großen Augen starrt sie der im Bette Zurückgesunkene an.

»Nachbar! Hier bring' ich dir den Andres! Nun mach deinen Frieden!«

Stumm bleibt alles.

»Nachbar!«

Nichts regt sich mehr.

Nun treten beide dicht heran ans Bett. Die zusammengekrampfte Hand des Toten hält noch die Mordwaffe fest umschlossen. Auf dem verzerrten Antlitz liegt ein letztes gesättigtes Hohnlachen.

»Zu spät!«, sagt Fichtners Andres. »Er ist hinüber!«

Der Nachbar drückt ihm die Hand.

»Hier hat Gott gerichtet. Möge er ihm verzeihen, wie wir es tun müssen.«

Das Leberle.

Im Walde verklang die Jagd.

Das wilde Toben, Schlagen, Pfeifen und Schreien der Treiber verstummte nach und nach; ein letzter Schuss weckte mit scharfem Knall das Echo der Berge, an deren obersten Fichtenwipfeln der verglühende Goldhauch der sinkenden Sonne hing.

Auf einer von drei Seiten umschlossenen Waldwiese hatte man die Strecke gelegt. Es waren nur einige Herren, die der Oberförster Ollendorf für heute eingeladen hatte. Und so blieb das Ergebnis der zwei Treiben ein verhältnismäßig nur bescheidenes. Im taufeuchten Gras der Wiese sah man friedlich nebeneinander ruhen: einen stattlichen Rehbock, einen Fuchs, zwei Waldhasen und ein Kaninchen.

Ein halbes Dutzend stockbewaffneter, armselig gekleideter Treiber hielten mit einem Waldwart Wache bei der erlegten Jagdbeute. Mit den hastig an den Riemen zerrenden Hunden erschien bald darauf die kleine Jagdgesellschaft. Neben dem Oberförster, einem breitschultrigen, blondbärtigen Manne, hüpfte der Fabrikant Mohr. Seine Bewegungen hatten etwas Nervös-Zappelndes, zuweilen fast Känguruhaftes. Er bildete in allen Jagdgesellschaften ein unbewusst komisches Element, wozu seine krampfhaft festgehaltene Thüringer Aussprache auch noch ihr Teil beitrug. Der Sanitätsrat *Dr.* Böhmer wie der Amtsrichter Wendelmuth folgten als Nachhut.

Der Fabrikant Mohr war zuerst bei den geschossenen Tieren angelangt.

»Ä Kapitalbock! Herr Oberfärschter! Ä Kapitalbock! Frau Gemahlin wärd sich freien! Wärd sich freien!«, wiederholte er noch einmal. »Hätt'n ja au können niederknallen ... grad im Schuss gestanden! ... aber als ich 'n so heraustreten sah ... mit das sanfte, freindliche Auge ... nee, dacht' ich: Mohr! 's eigentlich 'ne Hinterlist unn 'ne Gewaltsache ... unn da hab' ich 'n au nur freindlich angeblinzelt ... Da is er denn weggehuppt, um gleich darauf sein schönes Läben zu verbluten. Ha! Wär' mer der Fuchs in die Beine geraten ... hähä! Nee, meine Herren, da gab's»keinen Pardon, da wär' ich Sie unerbittlich gewesen. Nu, ä ander Moal!«

Treiber und Waldwart guckten erst die anderen Herren an. Und als sie deren Gesichter vergnüglich lachen sahen ob der Rede des weichherzigen Fabrikanten, da stimmten auch sie in das Lachen ein.

Ein Karren wurde vorgefahren und das Wild darauf gelegt.

»So, Bertuch!«, sagte der Oberförster. »Weiden Sie daheim den Bock gleich aus und sagen Sie meiner Frau: 'nen schönen Gruß, und sie möchte um acht Uhr die Leber gebraten fertig halten.«

»Jawohl! Herr Oberförster!«

Waldwart und Treiber verschwanden in dem abendlichen Walde.

Der Oberförster hatte nach der Uhr gesehen.

»Bald sechs«, sagte er. »Ich denke, meine Herren, wir begießen erst 'mal, ehe wir zum Leberschmause daheim gehen, den Erfolg der heutigen Jagd im Gemeindewirtshause mit ein Paar kräftigen Männerschoppen.«

Sanitätsrat und Amtsrichter stimmten zu. Nur der gute Mohr schaukelte mit Kopfschütteln den Oberkörper.

»Ihr habt gut lachen!«, meinte er, nach seiner Art das vertrauliche »Du« anschlagend. »Aber ich armes Luder! Was ich will schieße, kommt mer nich vors Rohr, und was sich so hinstellt, als wollt's sagen: Dhu mer nichts! bei dem bring' ich's nich ibers Härze! Guckeda! Da kommt der Mond! Scheen guten Abend! Da muss ich immer dran denken, als ich noch in Kanada war – da driben –« er deutete auf einen Jungbuchenwald, als rausche dahinter der Atlantische Ozean – »seht ihr, Kinder, das war au so'n Abend, justement wie heite, Mond, stiller Abend ... unn da .... da habe ich einen Härsch geschossen, den ersten und den letzten Wohl in meinem Läben!«

Alles brach in laute Bewunderung aus. Stillvergnügt drückte Herr Mohr die kullerrunden Äuglein halb zu.

»Joa, joa! Kenn' eich schon! Uzen wollt ihr mich! Unn doch ist's wahr ... unn ä Staatskärl war's au! Sinn äben driben doch noch ganz andere soziale Verhältnisse als hier in unserm deitschen Polizeistaat. Ach Gott, ach Gott, ach Gott! Freilich, schwimmen muss mer können, sonst geht mer unter. Au darben unn entsagen manchmal. Aber dafür geht's vorwärts!« Er warf einen schwermütigen Blick zu den Fichtenspitzen des nahen Berges, über denen der Mond still heraufstieg.

Eine lebhafte Unterhaltung über deutsche und amerikanische Verhältnisse schloss sich an und man war fast am Wirtshause angelangt, als der Oberförster bemerkte:

»Mein lieber Mohr! Es kommt denn doch alles auf Charakter und Erziehung an. Ich würde, an meiner Stelle, nicht 'mal einen Hund nach drüben senden, der sich nicht wüsste in die Verhältnisse zu schicken.«

»Ä Hund?« Herr Mohr blickte etwas argwöhnisch zu dem Antlitz des Sprechers auf, das aber völlig ernst blieb.

»Ich meine, ein Hund muss angesichts schmackhaftester Genüsse darben können, will er sich mit Ruhm in soziale Verhältnisse einfügen. Meiner hat's gelernt!« Die beiden anderen Herren stießen sich heimlich lachend in die Seite.

»Wacker soll Ihnen drinnen eine glänzende Probe seines Verstandes ablegen«, sagte der Oberförster. »Es ist mir nicht leicht geworden, ihm diese feinsinnigen Unterschiede in den Lebensführungen von Herr und Hund beizubringen. Jetzt darf ich stolz sein!«

»Da bin ich doch aber neigierig ... Ei, Gott's Dunner! Der da soll ... äne Ahnung von sozialen Verhältnissen ... Jemersch! Das wär' ja ä ganz aparter Hund ... ä Hund ... ne! ne! ne! Ich sag' ja, mer lernt nich aus!«

Die vier Jagdteilnehmer hatten drinnen in der Gaststube an einem Tisch Platz genommen, und während der Wirt zum Schenktisch schlurrte, um Bier einzufüllen, zog der Oberförster aus seiner Jagdtasche etwas Brot, schnitt ein Stück davon ab und warf es auf die Diele. Etwas entfernt davon legte er auf Papier den Rest einer gar lieblich duftenden Blutwurst.

Herr Mohr verfolgte mit Spannung den Vorgang.

»Hihihi! Verstehe schon alles! Dort: Obere Zehntausend ... hier: Das Rachechor der Enterbten. Hihihi! Soziale Verhältnisse! Hängen lasse ich mich, wenn der Köter nicht an de Wurscht geht.«

»Denken Sie an Ihre Familie, lieber Mohr!«, entgegnete ihm feierlich der Oberförster.« Man spielt nicht so leichtsinnig mit seinem Leben!«

»Hihihi! Au das noch! Hihihi!«

Die anderen Hunde blieben angeleint. »Wacker! So! Nun pass auf!« Der Oberförster deutete auf die Wurst. Drohend hob sich die Hand. »Herr!«, rief er. Dann zu dem Brote weisend, klang es weicher, lockend: »Hund!« Noch ein strenger, langer Blick, dann erscholl der Befehl: »Friss!«

Wacker hatte bisher unverwandt den Herrn im Auge behalten. Jetzt streifte sein Blick noch einmal die Wurst, ein Seufzer schien sich seiner Schnauze zu entringen, ein stummes Ringen und Entsagen, dann ergriff er das Brot und verschwand damit nach dem Fenster zu.

»Großartig!«, schrie Herr Mohr. »Wenn den Hund der Präsident von Amerika kaufen könnte, Oberfärschter ... ich glaub', du könnst verlangen, was du wolltst!«

In diesem Augenblicke schob der Wirt die vier Gläser Bier auf den Tisch.

Da erhob sich der Sanitätsrat.

»In kurzer Zeit werden wir im gemütlichen Heim unseres verehrten Freundes sitzen und der Duft der gebratenen Leber wird gar verlockend unsere Nasen umspielen. Eine Rede zu halten, will mir jetzt nicht gleich gelingen, aber ich mache den Vorschlag, dass jeder der Gäste, unseren Gastfreund und sein Haus zu ehren, einmal wieder einen Leberreim steigen lässt.« Er ergriff sein frischgefülltes Glas und deklamierte:

>»Die Leber ist von einem Bock
Und nicht von einem Has',
Dir, Freund im grünen Jägerrock,
Weih' ich mein erstes Glas!«

»Hoch, hoch, hoch!«, brüllte Herr Mohr. »Sehr scheene! Na denn: ä freindliches Preestchen!« Man stieß an, man trank, lachte und trank wieder. Herr Mohr war immer der erste, der sein geleertes Glas dem geschäftig hin und her trottenden Wirte hinhielt.

Nun schnellte der Amtsrichter Wendelmuth empor. Er verbeugte sich leicht gegen den Oberförster, fasste sein Glas und sprach:

>»Die Leber ist von einem Reh
Und nicht von einem Dachs!
Schwingt drum die Gläser in die Höh':
Das Weidwerk blüh' und wachs'!«

Die Gläser klappten aneinander. Lebhaft wogte die Unterhaltung. Nur Herr Mohr war still geworden, ganz still. Er hielt zuerst die Hände über dem Bauch gefaltet, dann legte er die Rechte auf die Tischplatte und begann zu skandieren. Als ihn sein Nachbar, der Sanitätsrat, einmal scharf anblickte, fuhr er grimmig auf:

»Liebe Freinde: bitte, jetzt keine Störung. Ihr seht doch, ich dichte!«

Endlich glitt ein wonniges Lächeln über sein rundes Gesicht. Er ließ sich das Glas zum siebenten Male füllen und erhob sich dann augenzwinkernd:

>»Das Leberl is von 'em hibschen Dier,
> Geschossen von meinem Freind –
> Unn drum sinn mer nu alle vier
> Heit abend zum Schmaus vereint!«

»Bravo! Großartig! Selbst übertroffen!« So umtönte es den lächelnden Dichter.

»Ach, ihr! Uzt mich nur! Ä Schelm macht's besser wie er kann.«

In angeheiterter Stimmung verließ man das Wirtshaus und nahm die Richtung zur Oberförsterei. Man war einig, dass lange keine Jagd einen solch fidelen und harmonischen Abschluss gefunden hatte. Herr Mohr sang, warf dem Mond Kusshände zu und kam dann wieder auf sein Jagdglück in Kanada zu sprechen. Und als einmal der Amtsrichter bemerkte, ob er sich nicht täusche, vielleicht wär's doch wohl ein grauer Bär gewesen, da brauste Herr Mohr in gutmütigem Zorne mit der heiligen Versicherung auf, dass er noch niemals einen Bär mit Geweih gesehen habe. Solche Dinger möchten wohl in den Wäldern umherstrolchen, wo seine, des Amtsrichters, Wiege gestanden habe, sein Tier wäre ein Hirsch gewesen. »Man muss äben die sozialen Verhältnisse driben kennen«, schloss er seine geharnischte Verteidigung, schob seinen Arm in den des Sanitätsrates und begann mit etwas öliger Stimme die Hymne vom freien Sternenbanner anzustimmen.

Der letzte im Zuge war Wacker. Er ließ die Ohren hängen und schien in seinem armen Hirn Probleme über eine Umwertung aller sozialen Verhältnisse zu wälzen. Ab und zu hob er seinen braunen Kopf. Die gutmütigen Augen blickten den Mond an. Und dann seufzte er lange und vernehmlich. – – –

Fünf Minuten darauf hielt man vor der Tür der Oberförsterei.

Behaglichkeit, Licht und ein angenehm prickelnder Duft aus der Küche empfingen auf dem Hausflur die Männer.

Frau Oberförster trat ihnen entgegen und begrüßte sie mit warmer Freundlichkeit, Herr Mohr war in seligster Verfassung. Er dienerte unaufhörlich vor der Hausfrau, lächelte über das ganze Gesicht und hielt dabei den Zeigefinger der Rechten steif aufgereckt ihr entgegen.

»Frau Oberfärschter ... hihihi! Das Läben is doch scheen! Sehr scheen! Hihihi! ... Unn auf Ihren Hund ... den Wacker ... da können Se stolz sein! Der kennt die sozialen Verhältnisse unn ... unn weiß sich damit abzufinden. Gelle, Wacker? Er streichelte den aufmerksam lauschenden Hund, dessen Kollegen man draußen im Hofe untergebracht hatte.

»Meine Herren! Wenn ich bitten darf?!«, sagte die Hausfrau und öffnete die Tür zur Wohnstube, wo unter der Hängelampe vor dem Sofa ein traulich gedeckter Abendtisch winkte.

»Hihihi! Sehr freundlich, sehr freundlich! Na, ich werde denn so frei sein!«

Und Herr Mohr stolperte voran in die Stube, während der Oberförster seinem Ehegemahl einen bezeichnenden Blick zuwarf.

Drinnen ließ man sich gemütlich im Scheine der Lampe nieder. Der Oberförster löste den Pfropfen einer Weinflasche und stellte sie auf den Tisch.

Gleich darauf trat die Hausfrau wieder ein. Sie warf noch einen prüfenden Blick über den Tisch. Dann sagte sie:

»Schenk inzwischen ein, Robert, ich bringe sofort die Leber. Sie steht fertig auf der Anrichte.«

»Hihihi! Frau Oberfärschter! Wärklich ä scheener Tag, unn alles so harmonisch! Nich, liebe Freinde?«

In diesem Augenblicke vernahm man draußen ein Poltern und Klirren, dann einen dumpfen Fall. Wütendes Hundegebell setzte ein, das dann in der Ferne des Gartens verhallte.

Die Hausfrau war hinausgeeilt. Gleich darauf stieß sie einen Schrei aus und erschien wieder im Rahmen der Stubentür. Zorn, Schrecken, Verlegenheit malten sich in ihrem Gesicht.

»Robert! ... Du!« stammelte sie. »Unerhörte Frechheit! Das Leberle ist fort ... Nur der Wacker kann das getan haben!«

Das war ein kalter Wasserstrahl auf die so fröhlichen Gemüter. Der Oberförster wütete, seine Tischnachbarn suchten mit Humor und Scherzen ihn über die Enttäuschung hinwegzuhelfen. Herr Mohr aber lächelte. Diesmal ganz intensiv. Es war das Lächeln des Siegers! Endlich erhob er sich aus der Tiefe des Sofas, in das er sich hatte gleiten lassen.

»Hihihi! Mein lieber Fremd und Oberfärschter! Der Wacker, das ist ein Racker! Was sagt' ich, was das gute Dier wert sei? Das Doppelte is es wert! Das Doppelte! So'n neinmal kluger Hund! Hihihi! Der kennt wärklich die sozialen Verhältnisse ... unn weiß sich in jede Sachlage zu schicken! Ä Prachtkerl!«

Und mit boshaftem Lächeln schlug er an sein Weinglas und verkündete:

»Das Leberl war von einem Reh,
Mutmaßlich fraß's der Hund!
Ach! Scheiden und Meiden dhut immer weh:
Na, bleiben mer hibsch gesund!« – – –

In einer gesicherten Ecke des Gartens saß um dieselbe Zeit der treffliche Wacker. Er leckte sich nach allen Hunderegeln die Schnauze und guckte dann steif in den Mond, als wolle er dem erzählen, welche zufriedenstellende Lösung er den herrschenden sozialen Verhältnissen abgewonnen habe.

Wenn die Quellen brechen.

Die Tinte in dem Federhalter des jungen Oberförsters Bendler war längst eingetrocknet, als dieser sich endlich aus seinem Sinnen emporriss, den Halter auf das Schreibzeug warf, den Deckel des letzteren schloss und darauf die Schreibmappe zuklappte. Bei diesem Geräusch hob der braune Jagdhund, der unweit des Tisches auf der Diele lag, den Kopf, blinzelte mit den klugen Augen zu seinem Herrn empor und pochte lebhaft mit dem Schwanze, als wollte er freudig sagen: Gott sei Dank! Endlich ist er mit dem verdammten Schreibwerk fertig! Und nun geht's hinaus in den Bergwald! So erhob er sich, gähnte herzhaft, schüttelte sich und blickte auffordernd zum Gebieter hinüber.

Über diesen aber schien ein neues Sinnen gekommen zu sein. Und dann plötzlich schloss er schnell ein Schubfach auf, riss die Hülle von einem eingerahmten Bildchen und bohrte dann gleichsam seine Augen in das Antlitz eines blühenden, jungen Weibes, das so schalkhaft und lebensfroh ihn anschaute. Da zuckte es über das Gesicht des Mannes. Er drückte heiß seinen Mund auf das Bild und barg es darauf wieder im Pultfache. Und nun stand er auf. Büchse und Krimstecher umgehängt, den Rock fest zugeknöpft, Hut auf, ein Lockruf dem Hunde, der freudig aufkläffte – dann standen beide draußen.

Die Oberförsterei lag kaum einen Büchsenschuss oberhalb des Dorfes auf einer sanften Hügelwelle. Schaute man talab, so blickte man über die Dorfhütten hinweg hinaus ins offene Land, durch dessen Felderstreifen sich die Eisenbahn hinschlängelte, mit einem Seitenarm auch das untere Dorf berührend. Hinter der Oberförsterei setzte bald ansteigender Bergwald nach Westen hin an, und dann drängten sich Berge an Berge, immer höher zum Gebirgskamm sich hebend. Die Sonne stand tief über der Höhenkette in der Ferne. Dort drüben erglänzte noch alles im weißen Hermelinschmucke des Winters, während in den Vorbergen die Sonne tagsüber bereits still und heimlich an die Arbeit gegangen war, zu lösen, zu befreien. In violettem Dufte schimmerten die Blatthülsen der Buchen; die Wiesen zeigten wieder ihr grünes Kleid, und in den Haselsträuchern begann bereits das erste sanfte Läuten. Nur die Bachläufe hielten noch ihre Eisdecke fest. Aber lauter denn sonst scholl doch schon verdecktes Rauschen ans Ohr. Wie großes, heiliges Ahnen ging es durch die Natur.

Um diese Stunde pflegte der Oberförster regelmäßig seinen Abendgang in den Bergwald zu unternehmen. So hatte er es gehalten, als er vor ungefähr zwei Jahren hier als frisch ernannter Oberförster einzog und auch dann weiter, nachdem ein junges Weib lachend und neugierig auslugenden Blickes hier in dem einsamen Heim an seiner Seite Einzug hielt. Über der Haustür hatte ein Kranz mit der Inschrift »Willkommen!« geprangt; zwei stattliche Tannenbäume zu Seiten, das ganze Haus von unten bis oben duftend nach waldfrischem Tannengrün. Und da hinein hatte er sie stolz und selig zugleich geführt, und sie hatte in seinem Arm, an seiner Brust gelegen wie ein gefangenes liebes Vögelein und hatte drinnen in der Stube ihn aus halbgeschlossenen Augen glücklich angeblickt und leise, heimlich-scheu ihm zugezwitschert: »Ist das schön hier! Hier bleiben wir immer, Rudolf!«

Ehe der Oberförster droben in den Hochwald eintrat, wandte er sich noch einmal um und schaute auf sein Haus zurück, das einst so viel Glück und Sonne umfangen hatte und aus dessen Winkeln und Ecken ihm nun schien überall Trauer und Sehnsucht anzustarren.

Wer trug die Schuld, dass alles dahingehen musste, zwei Menschen sich trennen sollten, die sich fürs Leben eingeschworen hatten in Treue und Liebe? Er sah empor zu den leis schwankenden Wipfeln. Der Abendwind ging durch sie hin, und was sie ihm rauschten, war nur ein Murmeln, eine bebende Rede von Schuld und Sühne, Anklage und Verzeihen. Aber das Rauschen schien ihm heute so wundersam zu wachsen. Erst floss es nicht nur über ihn durch die Kronen dahin, auch aus den Gründen und Bergfalten begann es ganz heimlich zu tönen, wie von fernen, sacht sich lösenden Silberstimmen, wie ein Erwachen, wie ein Aufbrechen nach langer, banger Trauerzeit. Er meinte, das feine Lachen und Kichern seines Weibes zu vernehmen. Und dann war es ihm wieder, als schlüge verhaltenes Weinen an sein Ohr. Unruhe, Angst, ein sich sehnender Jubel, alles mischte sich zusammen und ließ seine Brust unruhig wogen.

»Die Quellen brechen!«, murmelte der einsame Mann. »Aber auch drinnen im Herzen schreit etwas nach Erlösung aus Not und Pein!«

Er war auf eine freie Kuppe vorgetreten und blickte nun hinüber in den verglimmenden Abend. Ein weicher, lösender Wind rührte ihn an. Wie aus Millionen Poren rang sich wieder das süße Geheimnis nahenden Frühlings aus dem Schoße der Mutter Erde. Und es schüttelte den Mann droben.

Wer trug die Schuld? Seine Gedanken begannen zu wandern.

Vor drei Jahren zur Winterszeit war's gewesen, in Eisenach, auf einem Balle der ersten Gesellschaft. Ihn hatte die Sehnsucht einmal wieder nach der alten Lutherstadt getrieben, in der er einst als ein Lernender so manch lustiges Jahr verlebt hatte. Und dort in dem glänzenden, lichtüberfluteten Saale war sie ihm zum ersten Male entgegengetreten, die stillen, klugen Augen weit und leuchtend auf ihn gerichtet, voll Grazie, Duft und schalkhafter Lebensfreude. Da hatte er gemeint, alles Licht, alle Wärme und Schönheit, die der Festsaal bisher ihm spiegelte, habe sich nun in diesen kindlich-fragenden, wundersamen Augen gefangen, dass er nur immer noch diese anschauen musste. Als habe sich plötzlich vor ihm eine seltsame Blume erschlossen, taufrisch, voll Sonne, Glück gebend und Glück heischend. Und er müsse nun diese Blume pflücken und in sein Haus tragen, damit es fortan hell und lichtfroh werde.

Er sah nur noch sie und hörte nur noch ihre Stimme diesen Abend, und der schmucke, blonde Forstassessor hatte auch ihr Herz im Sturm gefangen. Sie war aus Berlin zu Besuch hier und dachte in einigen Tagen wieder abzureisen.

»Darf ich Ihnen meinen Vater vorstellen?« hatte sie ihn angelacht. »Er sitzt nebenan und vertrinkt seinen Kummer in Rotspon. Die armen Ballväter!« Da war denn für den Nachmittag ein »Katerbummel« nach der Wartburg verabredet worden. Mondschein breitete sich verwirrend über den tief verschneiten Waldbergen. Er hatte ihr, der Glätte wegen, beim Abstieg von der Feste den Arm geboten. Beide bildeten das letzte Paar des kleinen Zuges. Noch ehe man Eisenach in der Tiefe erreicht hatte, da ruhten Hände und Augen warm ineinander, da fanden sich die Lippen zum Geständnis und zum ersten Kusse. Noch an demselben Abend beichtete Gabriele ihr Herzensgeheimnis dem Vater, und am nächsten Vormittage hielt Rudolf Bendler feierlichst um ihre Hand an. Als eine Braut kehrte Gabriele bald darauf nach Berlin zurück. Schon der nächste Frühling sah sie dann als junge Frau Oberförsterin Einzug droben im Forsthause am Walde halten.

»Wie im Sturm kam alles!«, sprach der einsame Mann auf dem Berge und blickte traurig über die wogenden Wälder fort. »Und im Sturm ging denn auch alles wieder dahin ... Frieden und Glück!«

Mit Entzücken und lebhafter Neugier hatte die junge Frau alles in ihrem neuen Wirkungskreise aufgenommen. Das Aufrauschen des frischen Morgens, das Kommen und Gehen in Haus und Hof, das Treiben in den Ställen, am Brunnen, der prächtige Wald, in den sie gar oft ihren Mann begleitete auf nicht zu langen Wanderungen, der reine Sternenhimmel, wenn vom Walde her der Ruf des Käuzchens scholl oder aus der Dorfschenke halbverweht Tanzmusik heraufklang: Alles war so neu, so ganz 'was anderes, so eigenartig, dass sie gar oft ihrem Mann um den Hals fiel und ihm zärtlich zuraunte: »Hätt' ich's mir denn besser wünschen können? Wo liegt Berlin? Ich glaub', Rudolf, das hab' ich bereits ganz und gar vergessen!«

Flitterwochen! Rauschtrunk liebeheißer Seelen!

Leise, ganz leise begann sich in ihr, ein Umschwung vorzubereiten. Zwar suchte sie jeden Ansturm noch abzuschütteln, schließlich aber erlag sie doch den locken-den Bildern. Aus der Einsamkeit sehnte sich ihre Seele immer stärker nach Wechsel der Eindrücke, nach flu-tendem Leben, bunt sich drängenden Bildern. Wie eine leuchtende Fata Morgana tat sich Berlin wieder auf vor ihr; mit tausend Stimmen schien es zu rufen, mit tau-send Armen nach ihr zu greifen. Und nun immer hier fern aller rauschenden Lust, andauernder Geselligkeit die Jahre kommen und gehen zu sehen?! War denn ein Nebelschleier über den frischen Bergwald gefallen? Ihre Seele begann zu suchen; mächtiger wuchs die Sehn-sucht. Wie selten sah sie doch eigentlich ihren Mann! Oft dann kam er todmüde, verärgert nach Hause. Pfarrers im Dorfe waren ja gute Menschen, aber so einfach wie die Frauen von den Kollegen ihres Mannes. An einen innigeren Anschluss war für sie nicht zu denken.

Was blieb ihr denn da noch übrig? Hühnerzucht, nach dem Rechten in den Ställen sehen, der Gemüsegarten, die Milchkammer, Backen, Schweinschlachten und an-dere schöne Dinge. Und dass sie es dann ihrem Mann nicht recht machte, das hatte sie längst empfunden. Erst hatte er sie damit geneckt, dann begann er sanft zu rü-gen, ernste Vorstellungen über den Rückgang der Wirt-schaft folgten, und endlich hatte er noch eine zweite Magd angenommen, sie zu entlasten, wie er schonend sich ausgedrückt hatte.

Da war sie still und stiller geworden. Ihr Lachen und Trillern versiegte, das lichte Rot ihrer Wangen verblasste langsam. Wenn er aus dem Walde oder aus der Kreis-stadt heimkehrte, fand er sie verweint, wortkarg, abge-wandt. Ein heimlicher Riss bereitete sich vor.

Einmal war Holzauktion im Walde. Vergeblich hatte Gabriele auf ihn zum Mittagbrot gewartet. Zum Kaffee hatte sich ein Forstreferendar aus der Stadt eingefunden. Da dröhnten plötzlich die komischen Töne einer wandernden böhmischen Musikkapelle durch die Stille. Erst lachte man sich nur an. Dann aber brach bei beiden die Jugendlust durch. Draußen auf dem Hausflur drehte man sich lachend im Walzer. So traf der Oberförster den Gast und seine Frau.

Als sie sich dann abends allein beide gegenüberstanden, da kam's zur Aussprache. Er tadelte sie scharf, dass sie so manches in der Wirtschaft vernachlässige, dass sie eine andere geworden sei. Sie aber begehrte in blindem Unmute auf:

»Sag's doch ehrlich heraus: Du bist eifersüchtig gewesen?!«

Ein eigentümliches Lächeln war seine ganze Antwort. Das erbitterte sie noch mehr.

»Dass ich wie eine fremde Pflanze hier ohne Licht und Luft dahingehe, das freilich siehst du nicht. Da wär's wohl am besten gewesen ...« Sie vollendete nicht. »Nun: Was? Dass du vielleicht lieber nicht hierher gekommen wärst? Ich bin kein Egoist. Ich halte dich nicht!« Das Wort war heraus. Die ganze Nacht hatte sie gehofft, dass er am nächsten Morgen es zurücknehmen würde. Doch mit stummem Gruß ging er in den Wald. Als er heimkehrte – war sie verschwunden. Ein kurzer Brief sagte ihm, dass sie zu ihren Eltern nach Berlin gereist sei. Das lag nun über vier Monate zurück.

Trug er wirklich nicht ein gut Teil Schuld. Hatte er nicht das blutjunge, verwöhnte Weib zu sehr der Einsamkeit überlassen? Anforderungen an sie gestellt, die zuerst doch langsam gelernt werden mussten? Er seufzte tief auf. Wie eine Binde löste es sich ihm plötzlich von den Augen. Eine Amsel schlug weich und melodisch an. In der Abendstille hörte er lauter, tiefer der aufbrechenden Quellen jauchzenden Sang. Da kam es über ihn. Er stürzte nach Hause und mit bebendem Herzen warb er aufs Neue um den Sonnenschein seines still und dunkel gewordenen Heims. – – – – –

Zwei Tage tödlichen Wartens. Kein Brief, kein Telegramm. Und heute war beider Hochzeitstag. Wieder senkt sich die Sonne hinter fernen Höhen. Ihn hält's nicht mehr im Hause. Als müsse das Dach über ihn zusammenbrechen. Er schlägt den gewohnten Abendgang ein. Sein Hund mit ihm. Wieder steht er droben über der niederfallenden Bergmatte, verdüstert, tief traurig. Da stößt der Hund einen Freudenlaut aus und eilt in mächtigen Sätzen abwärts. Dem Oberförster ist's, als beginnen, Wald und Berge zu schwanken.

Dort unten ... im lichten Gewande ... da steht sein Weib und lacht ihn an und winkt. Ein Schrei aus tiefster Mannesbrust! Dann stürmt er nieder. »Fang mich!«, ruft sie lachend und eilt ihm voran. Und während die Abendvögel im Walde lärmen, heller auch die Bäche rauschen, da erjagt er noch einmal das Glück seines Lebens. Und endlich hält er es im Arm. Atemlos, überselig schauen sich beide an, als könnten sie es noch immer nicht fassen, was ihnen aufs Neue geschenkt ward. Dann schreiten sie eng aneinander geschmiegt, Arm in Arm, heim.

»Meine Sachen«, flüstert sie, »sind noch auf dem Bahnhofe. Ich bin hierher geflohen ... ich wusste ja, du musstest kommen ... mich wieder für dich einfangen!«

»Gabriele! O, du ... du!«

»Und wie lange hast du mich warten lassen, ehe ich wiederkommen durfte! Am liebsten wär' ich damals gleich am anderen Tage umgekehrt!«

Da stehen sie vor dem Forsthause. Er reißt die Tür auf. Dann hebt er sein Weib hoch und trägt es auf den Armen hinein.

»Nun lasse ich dich nimmer wieder!«, stammelt er. »Anders soll's werden, Gabriele.«

»Und ich gehe mit dir bis ans Lebensende!«

»Weißt du, was heute ist?«

»Unser Hochzeitstag!«, antwortet sie leuchtenden Auges und birgt dann bebend und errötend ihr blondes Haupt an seiner starken Brust.

Das rote Tuch.

(Eine Kindergeschichte.)

Selbst das geringfügigste Ding hat schließlich seine Geschichte. Auch wenn es nur ein kleines rotes Tuch ist. Auch wenn es nur im Leben eines Kindes eine Rolle spielte, nur eine Kindergeschichte ist. Es ist Sommerzeit und um die Mittagstunde. Soeben setzt die erste Fabrikdampfpfeife zum Verkünden der einstündigen Arbeitspause ein; gleich darauf fallen schrill aufheulend die Pfeifen der übrigen Fabriken des kleinen Bergstädtchens ein. Vom Kirchturm, Rathaus, Stadttor und Schloss schlagen die Uhren durcheinander und dann beginnt das Mittagsgeläut der Glocken.

Da trippelt ein kleiner blonder Mann – vier Jahre mag er wohl ungefähr zählen – durch den Vorgarten zum Wohnhause des Amtsrichters Wehnert, der Bube, das einzige Kind des Nachbars Dr. Falke. Seine Eltern sind beide heute einmal zur nahen Hauptstadt gefahren und haben bei der befreundeten Nachbarsfamilie ihren Jungen bis zum Abend als Gast angemeldet.

Frau Amtsrichter empfängt den kleinen Burschen bereits an der Haustür.

»Na, Hans, da bist du ja! Das ist aber schön von dir!«

»Tante, heut' darf ich aber lange bei dir bleiben! Vater und Mutter haben's erlaubt.«

»So, so! Na, wir werden uns schon vertragen! Gelt?«

Der Junge nickt ganz ernsthaft, als wollte er damit sagen: »Wenn du nicht zuerst zu zanken anfängst!«

»Was hast du denn da eingewickelt, Hans?«

»Das da?« Der Junge öffnet das kleine Paket. »Das ist mein Löffel, Messer und Gabel! Tante, du dachtest wohl, ich esse alles noch mit dem Löffel? Nein, schon lange nicht mehr!« Er deutet auf die in das Silber eingegrabenen verschlungenen zwei Buchstaben. »Siehst du, hier steht auch mein Name: Hans Falke. Hier, was so 'rum geht, was so länger ist, heißt Falke. Kannst du's auch lesen?« »Ei gewiss, Junge! Das haben wir selbst dir ja zur Taufe geschenkt!«

»Ihr?« Der Kleine guckt erst die junge Frau groß an, dann blickt er auf sein Silberzeug. In seinem Gesichte steht deutlich geschrieben, dass er es von heute ab noch lieber haben wird.

»Na, dann lass dir's nur recht gut heut' bei uns schmecken, Hans!«

»Was mir schmeckt, ess' ich, was mir nicht schmeckt, spuck' ich wieder aus!«

»Aber Hans!«

»Na ja! Ich kann doch nicht anders?! Siehst du, Tante, neulich war ich bei Karl Meißner eingeladen ... da musste ich am Abend Salat essen ... der hat mir zwar nicht geschmeckt, aber ich hab' ihn mir doch 'reingezwingt ... und dann bin ich die Nacht krank geworden ... ganz krank. Und da hat Mutterchen gesagt, wenn mir was nicht schmeckt, soll ich's lieber stehen lassen. Siehst du, Tante: wenn ich's aber schon im Munde habe, da ... da muss ich's dann doch wieder ausspucken! Nicht?«

Die Frau Amtsrichter hat ihren kleinen Gast an der Hand in die Wohnstube geführt, wo bereits der gedeckte Tisch wartet.

»So, Hans! Hier ist dein Platz. Onkel kommt auch gleich. Ich will bloß noch mal in der Küche nachsehen.« Sie wendete sich zur Tür.

»Du, Tante!«, ruft der Junge ihr nach und sein Gesicht leuchtet hell wie in einer inneren Offenbarung, »weißt du, Tante, Schokoladensuppe ess' ich immer! Immer, Tante!«

»So, so! Na, ein andermal!« - - - - -

Schokoladensuppe hat's zu diesem Mittagsmahl nicht gegeben, trotzdem hat Hans Falke tapfer seinen Mann gestellt, und als man sich endlich vom Tische erhob, zeigte sein rundes, liebes Gesicht einen Ausdruck vollendetster Befriedigung.

Den Nachmittag jagte er im Garten umher, und als er endlich ein wenig müde ward, da kam er in die Laube gesprungen, in welcher Frau Amtsrichter mit einer Handarbeit beschäftigt saß.

»Tante; nun erzähl mir was! Ach, bitte, bitte! Ich sitz' auch ganz still!«

»Vom Schneewittchen? Aschenputtel?«

»Nein, nein! 'mal so 'was von großen Rittern ... die auf schönen Pferden sitzen ... ach, du weißt ja schon, was ich meine, Tante!«

Und die junge Frau beginnt zu erzählen, und wenn sie 'mal den Blick hebt, dann sieht sie in zwei mächtig große, sie gespannt und starr anblickende Jungenaugen. Vom lustigen Turnier und Burgzauber geht die Rede. Da reiten die Ritter herein mit geschlossenem Helm und rennen und stechen aufeinander los. Oben aber auf dem Balkon sitzen die schönen Frauen und loben jeden Ritter, der den Gegner in den Sand warf. Purpurne Decken hängen da gar köstlich herab ...

»Tante, was ist purpurn?«

»Purpur? Hans, das sind feurig rotglänzende Decken und Tücher.«

»Hm, hm! Na, weiter!«

Gegen Abend kommen die Eltern und holen ihren Erbprinzen von den Nachbarsleuten wieder ab. Die ganze Nacht träumt Hans von Rittern und schönen Frauen.

Am anderen Vormittage schlich Hans prüfend und abwartend um die Dienstmagd in der Küche herum. Die stand mit aufgerafftem Kleide vor dem Waschfasse, sodass der rote Unterrock im breiten Streifen sichtbar ward. »Du! ... Minna! ... Ziehst du den roten Rock heute nicht aus?«

»Nein! Warum denn? Gefällt er dir nicht?« »Sehr! ... Hm! Also nicht! Das ist schade!« Hans schritt aus der Küche, blieb ein Weilchen im Treppenflur nachdenklich stehen und dann stieg er zu einer Bodenkammer empor, in welcher seine Mutter einige Kisten und Kasten mit Flicklappen und sonsterlei Stoffresten aufbewahrte.

Es mochte wohl eine halbe Stunde verflossen sein, da stürmte er die Treppe herab, riss die Stubentür auf, und ein kleines rotes Tuch in der Hand schwingend, trat er leuchtenden Auges vor seine am Nähtisch sitzende Mutter.

»Mutterchen, schenk mir das rote Tuch! Bitte, bitte!« »Meinetwegen! Aber wozu willst du's denn?« »Ach, das brauche ich sehr, sehr nötig!« Und damit rannte er wieder zum Zimmer hinaus.

Geheimnisvolles bereitete sich im Hause vor. Als Frau Dr. Falke nachmittags wieder an ihrem gewohnten Fensterplatz in der Wohnstube saß, tauchte Hans auf. Er stellte einige Stühle im weiten Kreise auf und auf jeden Stuhl setzte er einen Kegel. Dann schob er noch einen Stuhl dicht vor den Sitz der Mutter und behängte die Rücklehne mit dem Tuch.

»So!«, sagte er und hielt befriedigt Umschau. »Nun kann's losgehen!«

»Was wird denn das, Junge?« »Das alles sind böse Ritter, die ich jetzt niederstechen muss, Mutterchen! Du aber bist das schöne Ritterfräulein. Siehst du ... wenn sie alle im Sande liegen, da musst du dich so über die Purpurdecke bücken und mich belohnen! Verstehst du?« Er verschwand noch einmal. Dann aber öffnete sich wieder die Tür. Auf dem Kopfe einen selbst geklebten Papierhut, zwischen den Beinen den Küchenbesen, und in der Rechten einen Meterstab schwingend, so ritt er stolz in die Schranken. Zuerst nach dem Nähtisch zu. Da nickte er ganz ernsthaft seiner Mutter zu.

»So, nun musst du auch grüßen! Das gehört dazu!«

Nachdem Frau Doktor ihm den Willen getan, gab er dem Küchenbesen die Sporen und stürmte erst ein paar Mal durch die Arena. Dann aber auf den ersten Gegner. Ein Stoß mit dem Meterstab. Krach, Pautz! Da lag der erste Feind im Sande, das heißt, der Kegel rollte über die Diele. Ein anderer unter das Sofa, wieder andere unter Schrank, Kommode, Tisch. Denn Schlag auf Schlag warf der tapfere kleine Mann die Gegner aus dem Sattel.

Das war eine Lust! Wie sein Jauchzen wuchs, wie seine Wangen glühten, die schönen, klugen Augen strahlten! Kampfesfreude in jedem Nerv, jeder Muskel! Als dann der letzte Ritter ächzend vom Rosse glitt, da schwenkte Hans seinen Küchenbesen und ritt stolz und erhobenen Hauptes unter den mit einer Purpurdecke überhängten Balkon, aus schöner Frauenhand den Preis des Siegers zu empfangen.

Und die Mutter beugte sich zu ihrem Jungen nieder und küsste ihn.

»Herr Ritter,« sprach sie dann mit feierlich gehobener Stimme, »Ihr seid tapfer gewesen wie kein anderer! Nehmet denn hin den wohlverdienten Lohn!«

Dabei drückte sie dem Sieger ein Stück Schokolade in die Hand. Und dieser bedankte sich mit Mund und Kopfneigen, schwenkte sein reichgeschirrtes Roß und sprengte hinaus, draußen im Garten die Ehrengabe so rasch als möglich zu vertilgen. – – –

Hans konnte sich kaum entsinnen, jemals einen so schönen Tag verlebt zu haben. Turnierspielen blieb für die nächsten Wochen seine Wonne, dann trat wieder, dem Abwechselungsbedürfnis des Kindes entsprechend, etwas anderes an dessen Stelle.

Aber eins war ihm doch dabei ans Herz gewachsen, weil verknüpft mit stolzen und auch – süßen Erinnerungen: das rote Tuch. Sein rotes Tuch ging ihm fortan über alles. Es war fast, als hätte es Leben und Seele für ihn gewonnen. Es hatte seinen bestimmten Platz auf der Kommode neben seinem Bette. Wenn er abends ausgezogen war, dann nahm er es in den Arm und hüpfte darauf ins Bett. Zusammengerollt hielt er es fest umschlungen, auch während des kurzen Nachtgebetes. Und dann flüsterte er noch heimlich mit ihm, streichelte und liebkoste es, bis die Augenwimpern sich fest schlossen. Ein paar Jahr blieb es sein Schlafgenosse, sein rotes Tuch.

Als einmal die Eltern zur Ruhe gehen wollten, da meinte der Vater, dass der Junge nun doch wohl zu alt schon sei, immer noch mit dem Tuch zu Bett einzuschlafen.

Die Mutter trat leise an das Lager des fest schlafenden Jungen und zog behutsam das Tuch aus seinem Arm.

Da überkam eine merkwürdige Unruhe den Knaben. Er wand sich hin und her, tastete mit den Händen über die Bettdecke hin und wie ein leises Anklagen kam es über seine Lippen:

»Rote Tuch! ... Rote Tuch!«

Von da ab ward kein Versuch mehr unternommen, ihn seines nächtlichen Lieblings zu entwöhnen.

Im nächsten Frühjahr war's. Der Wasserfall rauschte an dem Garten hin und im Gezweig der wie mit leuchtendem Schnee übergossenen, blühenden Obstbäume sangen Fink, Meise und Amsel um die Wette.

Hans spielte mit einem jungen Schulkameraden auf dem Rasen unter den Bäumen. Auf dem Komposthaufen hatte man eine ausgeleerte Konservebüchse entdeckt, die nun als Fangball lustig durch die Luft blitzte, bald von dem einen bald von dem anderen Jungen emporgeschleudert.

Und jetzt war Hans wieder an der Reihe. Hoch flog die Blechbüchse empor ... aber dann ... ein geller Aufschrei ... und, von dem scharfen Rand des halbgelösten Deckels getroffen, blutüberströmt, stürzt der Spielkamerad nieder, an der Stirnhaut verletzt.

Starr stand Hans da. Dann eilte er zu dem Schulfreund, kauerte nieder und betrachtete mit geheimem Grausen die Verwüstung, welche er schuldlos angerichtet hatte.

»Otto! Still, Otto! Ich helfe dir gleich!«

Und er jagte ins Haus und kehrte gleich darauf mit dem roten Tuch zurück, das er nun auf die Stirn des wimmernden Knaben legte. Doch dessen Geschrei hatte auch Häuschens Mutter herbeigerufen. Besorgt leistete sie dem Verwundeten die erste Hilfe, bis das Blut gestillt war und er den Heimweg einschlagen konnte.

»Aber, Hans, warum nahmst du denn dein rotes Tuch?«

Verlegen, beschämt und traurig sah der Junge zur Erde. Dann hob er wieder die Augen und erwiderte leise und stockend:

»Weil ... weil ich es so gerne habe ... und ... weil man doch das Blut nicht so sah!«

Die Stirnwunde ist wieder geheilt und sie hat auch der Jugendfreundschaft keinen Abbruch getan. Frau Dr. Falke hat das rote Tuch ausgewaschen und still wieder auf seinen Platz gelegt. Hans aber nahm es fortan nie mehr mit in sein Bett. Die Erinnerung, welche mit ihm verknüpft war, hatte zu mächtig auf ihn eingewirkt.

Am Tage nach der Konfirmation übergab Frau Dr. Falke ihrem Jungen einen Kasten. Darauf stand: »Jugenderinnerungen!« Er enthielt das erste Stiefelpaar von Hans, Strümpfe, Klapper, Hampelmann, das erste Schreibheft und vieles andere mehr. Aber auch das rote Tuch fehlte nicht dabei.

Hans Falke hat sich diesen Jugendschatz bis heute treulich aufbewahrt. Er ist längst ein Mann geworden, dessen Namen man mit Achtung nennt. Mit Waffen geistiger Art hat er bereits so manchen Gegner aus dem Sattel gehoben und in den Sand gestreckt. Und das »rote Tuch« hält er noch immer in Ehren.

Gesprengte Fesseln.

Das junge Ehepaar Bartenstein rüstete sich zum Ausgehen. Schmuck und nett stand das blonde Frauchen vor dem großen Spiegel, die letzte Hand an die Toilette zu legen. Abseits ein paar Schritte hielt der Ehemann, eine schlanke, vornehme Erscheinung im lichtgrauen Sommeranzug. Mit dem zierlichen Stöckchen, das einen Silbergriff zeigte, schlug er sich mechanisch gegen das rechte Bein, während seine Augen hinaus zum Fenster und die Straße entlang spazierten, über welche ein blauer Sonnen- und Sonntagshimmel sich spannte. Der junge Mann trug deutlich ein leichtes Missbehagen auf seinem Gesicht. »Lächerlich!« stieß er endlich hervor.

Frau Annie Bartenstein zupfte just die Spitzenschleife auf ihrer Bluse zurecht.

»Was hast du denn nur, Alfred?«

»Ich behaupte, es ist einfach lächerlich!«

Sie wandte den Kopf ihm erstaunt und fragend zu.

»Deine Laune? Ich begreif dich gar nicht? Vorhin noch so ausgelassen? ...«

»Laune? Sehr gut! Hahaha! Natürlich kannst du mir nicht nachfühlen ... bist ja in solchen Anschauungen groß geworden! Bei euch geht alles nach Schema F. So war's, so ist's, so bleibt's! Basta! Wer da aufbegehrt, wird als Revolutionär, als Störer des Familienidylls angeklagt. Ich aber hab's satt! Ich will kein Gefangener mehr sein. Ich will die Freiheit genießen ... dich genießen ... nicht am Gängelbande der treuen Schwiegereltern durchs Leben gehen ... verstehst du mich? Die Fesseln müssen gesprengt werden! Sonst ... sonst gibt's ... ein Unglück!«

Jetzt war's an der jungen Frau, den Gatten zu besänftigen. Sie schlang ihre Arme um seinen Hals und sah ihm fröhlich lachend in das Gesicht.

»Also ein Unglück gibt's? Puh! Das wird ja interessant.« Sie küsste ihn ein paar Mal. »Du lieber, dummer Kerl! Glaubst du denn, dass es mir immer angenehm sei, trotzdem es doch meine eigenen Eltern sind? Aber ich weiß, wir machen ihnen eine Freude. Es sind doch alte Leute!«

»Und wir sind junge! Wollen genießen, was man so den Frühling der Liebe nennt. Späterhin ... nun ja! Da kommen andere Pflichten ... große, kleine, ganz kleine ...«

Sie gab ihm einen leichten Backenstreich und schaute ihn verschämt-glücklich an.

»O, du Tyrann! Du lieber, böser Herzenstyrann!«

»Nun ja, Annie! Als ich dich heiratete, da habe ich mir alles anders ausgemalt!«

»Denkst du denn, ich nicht?«

»Jetzt aber bin ich ein Gefangener. Wochentags arbeite ich in der Fabrik deines Vaters als wohlbestallter Teilnehmer, muss die Messen besuchen, all die kleinen Reisen unternehmen, und wenn dann der Sonntag kommt und ich mich freue, endlich 'mal dich allein zu haben, mit dir hinaus in unsere grünen Berge zu ziehen ... Prost Mahlzeit! Wenn deine Alten wenigstens doch das Zipperlein oder irgendein angenehmes Leiden hätten, dass sie jedes Jahr vier Wochen ins Bad müssten ... natürlich mit einer Nachkur! ... nein, nicht 'mal den Gefallen tun sie einem!«

»Aber Alfred!«

»Na ja, fast dreiviertel Jahr sind wir verheiratet und noch nicht ein einziger Sonntag gehörte uns beiden ganz allein. Wie wird's denn heut'? Immer dasselbe Lied, die gleiche Melodie! Da kommen die edlen Eltern, die braven Tanten Hermine und Malchen – beide so alt, dass ich mutmaße, sie haben bereits Moos auf dem Rücken – –«

»Aber Alfred!«

»Wenn's Glück gut ist, gesellen sich auch noch Kommerzienrat Fricke und Gemahlin hinzu – er hat Asthma, sie Hühneraugen! – Fünfzig Schritt laufen, dann japsen sie nach einer Bank! Dann geht's, wie heute geplant, mit der Bahn erst im weiten Bogen ums Gebirge, dann mit dem Omnibusschleicher fast eine Stunde bis Oberhof, da wird dann höchst vernünftig Kaffee getrunken, über die Promenade ein paar Mal geschlendert, um Kurgäste anzustarren ... und endlich ... Juchheidi! – geht's mit Omnibus und Bahn wieder heim. Und das soll mich auf die Dauer nicht verrückt machen? Ich werde ...« Hier fasste er sein Frauchen bei beiden Ohren und sah es in komischer Verzweiflung zärtlich an – »ich werde mich von meiner Frau scheiden lassen, ich werde aus der Fabrik austreten ... ich – ich – ich werde, mit einem Worte, die Fesseln sprengen ...«

»Und ich, Alfred, werde dir dabei helfen! Hoffentlich heute noch. Aber nun komm! Sonst erreichen wir den Zug nicht mehr!«

»Das wär' ja ein Glück!«

»Nein, das müssen wir anders anfangen! Komm!« Sie küsste ihn noch einmal herzhaft und ließ dann den zarten Schleier über ihr Gesicht niedergleiten.

Wenige Minuten später schritten sie Arm in Arm die Straße hinab zum Bahnhof. Eine Gruppe Mitfahrender erwartete sie dort bereits. Man sah einige Schirme und Taschentücher, welche dem jungen Ehepaare Willkommen entgegenwinkten. Herr Fabrikbesitzer Rohrschmidt war den Ankömmlingen ein Paar Schritte entgegengegangen.

»Aber Kinder ... Kinder! Wo bleibt ihr denn?«

»In vier Minuten geht der Zug!« hüstelte der Kommerzienrat Fricke und schob eine Pastille in den Mund!

»Mir ist's ganz brühheiß schon vor Erregung geworden,« lächelte Tante Malchen nett. »Ein Herzklopfen ...«

»Und dabei zieht's hier!«, fügte Tante Hermine mit sanft vorwurfsvoller Stimme hinzu und zog ihren Schal fester um die dürre Jungferngestalt.

»Danke für allseitig gütigen Empfang,« sprach Herr Bartenstein mit etwas gepresster Stimme.

»Ihr müsst entschuldigen«, fügte Frau Annie hinzu, »aber es ...« Das Läuten der Bahnhofsglocke enthob sie ihrer Rede.

»Herrgott! Kinder! Einsteigen, einsteigen!« Und Hals über Kopf kletterte die aus acht Personen bestehende

Gruppe in ein Abteil zweiter Klasse. Gleich darauf setzte sich der Zug in Bewegung.

Anfangs ging's noch durch offenes, leichtgewelltes Gelände. Dann aber rückten die dunklen Waldberge immer näher, bis der Zug mit einer scharfen Schwenkung in ein von steilen Höhen eingerahmtes Tal einbog. Tief unten rauschte schäumend ein Gebirgswildwasser über Blöcke und Wehre; Sägemühlen und Pochwerke waren längs seines Laufes angereiht. Doch Räder und Hämmer feierten heute. Goldener Schein wallte über den Felsen und Firsten der Berge, deren Tannenwipfel still und feierlich in den klaren, blauen Himmel ragten.

Da Herr Kommerzienrat Fricke behauptete, es zöge ungemein und gerade im Sommer müsse man sich dagegen vorsehen, so war denn richtig auch das zweite Fenster bald geschlossen worden. Nun erst erklärte er die Fahrt für geradezu ideal, eine Bemerkung, welcher beide Tanten eifrig zustimmten. Herr und Frau Rohrschmidt nickten nur, sahen darauf so halb nach dem jungen Ehepaare und dann wieder sich an, als wollten sie sagen eins zum andern: Du! Da drüben stimmt 'was nicht!

Ein greller, lang gezogener Pfiff ließ alle aufhorchen.

»Jetzt kommt der Tunnel!« erklärte Frau Kommerzienrat. »Ich bin immer froh, wenn wir erst wieder draußen sind.«

»'s passiert zu leicht 'mal ein Unglück! So in der Dunkelheit!« warf Tante Malchen hin. »Grässlich, wenn man sich das ausmalt.« »O, mein Gott! Man liest so viel davon in den Zeitungen,« fügte die andere Tante hinzu und ließ ihre ängstlichen Blicke in dem Abteil auf und nieder irren.

»Hier kann ja gar nichts passieren,« beruhigte Herr Rohrschmidt.

Aber etwas passierte doch. Kaum dass der Zug in den Tunnel hineingetaucht war und tiefste Finsternis alles einhüllte, da fühlte der junge Ehemann plötzlich zwei Arme sich um seinen Hals schlingen, ein paar Lippen suchten die seinen und eine liebe Stimme flüsterte ganz, ganz leise:

»Gut sein! Hörst du, Alfred? Wir sprengen die Fesseln und fangen heute noch damit an.«

Ein paar Minuten später hielt der Zug am Tunnelausgang vor Station Oberhof.

»Ah! Da steht ja schon der Omnibus!« rief der Kommerzienrat.

»Ja, ja! Bester!« setzte Herr Rohrschmidt hinzu, »das Fest verläuft programmmäßig!«

Wenn's das nur auch wäre! Doch als sechs der Gesellschaft bereits im Omnibus saßen und nun rückten, um den jungen Bartensteins Platz zu machen, da geschah etwas ganz Unerhörtes. Die junge Frau erklärte, ihr Mann habe sich die letzten Tage gar nicht recht wohl gefühlt, der Arzt habe Bewegung in freier Luft verordnet, und darum zögen sie es vor, müssten es leider vorziehen, den Weg nach Oberhof hinauf zu Fuß zurückzulegen. Sprach's, schob ihren Arm in den des Mannes, nickte noch einmal und zog im Schreiten entschlossen die stärkere Hälfte mit sich die Straße hinan.

»Aber davon hat mir Alfred doch gar kein Wort gesagt?« sprach kopfschüttelnd Herr Rohrschmidt und blickte ganz fassungslos seine Frau an. »Und der Weg?« warf Tante Malchen ein. »Erhitzt kommen sie oben an.«

»Eine Erkältung ist zweifellos!« bekräftigte hüstelnd der Kommerzienrat.

Noch einige Mitfahrende nahm der Omnibus auf, dann setzte er sich langsam und schaukelnd die steile Straße hinauf in Bewegung. Bei einer Kehre derselben, den Blicken der Nachkommenden entzogen, hielt für einen Augenblick das vorangeeilte Ehepaar. Tapfer sah Frau Annie ihren Mann in die Augen und lachte.

»Alfred, der Anfang ist gemacht! Du hältst die Rolle des Leidenden fest. Das andere wird sich dann schon finden. Und nun *allons*!«

Als der Omnibus nach einer Stunde droben im Kurort vor dem verabredeten Gasthause hielt, öffneten Bartensteins, wie aus der Erde herausgewachsen, den Wagenschlag.

»Ihr seid schon hier?«, trompetete laut und überrascht Frau Rohrschmidt.

»Über eine Viertelstunde bereits, Mama!«

»Wie geht's dir, Junge?«, fragte besorgt Herr Rohrschmidt seinen Schwiegersohn.

»Etwas besser, danke! Nur der Blutandrang ... hier ... an den Schläfen ...«

»Hm, hm! Es wird gut sein, wenn wir morgen doch 'mal ernstlich den *Dr.* Kurte konsultieren.«

»Lass nur, Schwiegervater! Ich hoffe, mir schon selbst zu helfen, 's wär' ja auch noch schöner, gleich die Flinte ins Korn zu werfen.«

Programmmäßig hatte man den Kaffee eingenommen, wobei in eine Pyramide von Kuchen tapfer war Bresche geschlagen worden. Ebenso programmmäßig hatte sich der Gang auf der Lästerallee des Kurortes angeschlossen, und nun saß man wieder, die Stunde bis zum Abgang des Omnibusses auszufüllen, im Gasthause und ließ sich einen Imbiss mit bayrisch Bier gut munden. Da bog Alfred eiligst um die Ecke des kleinen Vorgartens.

»Ist Annie hier?«

»Annie? Ja ... aber ...«

»Nicht hier?«

»Ich denke, ihr wolltet hinüber zum Silberblick?«

»Wie? Zum Silber ... Ihr macht Scherz! Wirklich nicht hier? Mein Gott! Ich muss doch gleich ... Auf Wiedersehen!« Fort war er.

»Alfred scheint wirklich bedenklich leidend zu sein! Dieses Auge, die Hast!«

»Wenn er sie nur findet!«

»Es gibt ein Unglück! Den ganzen Tag hat's mir auf der Brust gelegen,« jammerte Tante Malchen.

Doch es gab kein Unglück. Am Waldrande trafen sich die zwei, welche heute sich entschlossen hatten, koste was es wolle, sich die Freiheit zurückzuerobern.

»Nun? Und?« Sie lachte ihn hell an.

»Ich denke, meine Rolle gut gespielt zu haben,« versetzte er heiter. »Du bist entflohen, verirrt, verunglückt –

und ich suche dich. Und nun komm. Jetzt wandern wir wie zwei Kameraden heim und lassen die andern fahren. Augen werden sie machen, wenn sie uns eher zu Hause anfinden.«

Er nahm ihre Hand, und wie zwei glückliche, ausgelassene Kinder hüpften, sangen, schritten und sprangen sie die Waldstraße hinab, immer weiter und weiter. Und die Sonne rollte vor ihnen über die Berge hin, Abendvögel lärmten in den Wipfeln, ab und zu schlug das Rauschen eines Wildwassers an ihr Ohr. Er hatte ihren Hut, ihre Brust mit Waldblumen geschmückt, und wenn sie einmal für Minuten innehielten, dann sandte er seine Jodler hinaus in die weite, heilige Abendstille. Es war ein Wandern wie in den Himmel hinein!

In höchster Aufgeregtheit schritten Rohrschmidts vom Bahnhof zum Hause ihrer Kinder. Die andern hatten sich bereits unterwegs empfohlen.

»Weißt du, Minna, wir werden im Hausflur warten, bis sie kommen, wenn das Dienstmädchen nicht da sein sollte.«

Als sie um die Ecke bogen, sahen sie Licht in der Wohnung Bartensteins.

»Mein Gott, wenn das Spitzbuben wären! Wer kann es wissen?«

Unter Herzklopfen stürmten sie hinüber. Da, im Hausflur packte Rohrschmidt den Arm seiner Frau.

»Minna, horch doch! Keine Räuber ... Alfred ... seine Wallungen ... hör doch! Irre redet er, irre!«

Die Gatten rissen die Wohnstubentür auf und prallten vor dem ungeahnten Anblick zurück. Auf dem Schoße ihres Mannes saß Annie strahlend und lauschte dem Vortrage desselben, der mit gehobener Stimme Othello aus dem Stegreif mimte. Jeder von ihnen hielt einen halbgefüllten Römer in der Hand, welchen sie nun den Eltern entgegenschwangen.

»Vivat hoch! Ihr sollt leben!« Und dann sprang sie vom Schoße und stürmte zu den Eltern. »Alfred sollte Bewegung haben, und da er von euch nicht zu trennen war, so entschlüpfte ich, bis er mich fand. Und dann, ob er wollte oder nicht, bin ich ihm vorausgetanzt ... und er mir immer nach ... drei Stunden lang ... und bekommen ist es ihm großartig! Seht doch nur, wie er wieder lacht! Und am nächsten Sonntag laufen wir wieder ... und ihr mit ... vier Stunden ... jeden Sonntag eine Stunde mehr, bis Alfred gesund ist ... und Frickes laufen auch mit ...«

»Und Tante Hermine!«

»Und Tante Malchen!«

»Gute Nacht, gute Nacht, Kinder! Uns wirbelt's im Kopfe!«

Rohrschmidts haben im Interesse ihres Schwiegersohnes von einer sonntäglichen Begleitung der jungen Leute abgesehen.

Wenn man sich aber sonntags mal wieder zusammenfindet, so ist es für beide Teile stets ein doppelter Feiertag.

Kirmesjubel.

Nicht das Weihnachtsfest mit seinem sinnigen Zauber, nicht das von Blütenduft und Sonnenschein umwobene Pfingsten ist dem Thüringer Waldbewohner so hoch und heilig wie die Kirmse. In seiner Kirmse begeht er das größte, seligste Fest des Jahres. In ihr verkörpert sich für ihn frischquellende Lebenslust, Übermut, Tafelfreude, Ausruhen, Tanz und süße Minne. Für sie wird gearbeitet, gespart, gehofft, gedarbt. Und war das Jahr eine Niete, schlugen Hoffnungen fehl, saßen Sorge und Kummer am Herde: zur Kirmse heißt's sich austoben, genießen. In dem Strudel dieser Tage begräbt man dann alles, was bisher das Herz bedrückte. Je mehr die Zeit heranrückt, umso stürmischer wallt das Blut auf. Selbst über die Alten kommt's mit Wundermacht. Die Augen leuchten wieder, alles strafft sich noch einmal auf. Denn Kirmse bedeutet goldene Jugend – wenn auch nur noch in der Erinnerung.

Von oben bis unten wird das Haus gesäubert, frische Fichtenzweige werden vor die Haustüre niedergelegt. Alle Fenster blitzen, der beste Staat wird hervorgesucht, vom Morgen bis zum Abend sieht man erregte Weiber mit runden Kuchenblechen auf den Köpfen die steilen Berggassen auf und nieder eilen. Der Junge kommt als Krieger aus der Stadt, die Tochter, wenn sie nicht in die Fabrik geht, dient irgendwo und wird auch erwartet. Und gibt die Herrschaft keinen Urlaub, dann gibt sie ihn sich selbst. Dann flieht sie – koste es auch ihre Stellung. Denn kein Städter kann es ahnen, was der Waldschönen Kirmse bedeutet, welch ein Rauschtrunk ihr im Vorgefühl naher Seligkeiten durch die Adern braust. Nur einmal ist man jung, nur vor der Jugend wogt das Leben wie ein buntes Blütenfeld. In der Kirmse verdichtet sich alles: Jauchzen und stammelnde Liebe, Lachen und – heimliches Weinen.

Auch die Natur hat heute ein so prächtiges Feierkleid angelegt. Sehen auch die mageren Felder müde, farblos und abgeerntet aus, der Bergwald strahlt umso feierlicher! Blutrot und gelb, braun und goldig schimmert er in allen Schattierungen der Buchen und Eichen, Birken und Lärchen. Dahinter ragt der dunkle Nadelwald auf, vom Grün bis zum Blau verblassend und verdämmernd in der Ferne. Und der lachende Himmel spannt seinen leuchtenden Azurbogen wie ein Riesenzelt über all diese Herrlichkeit aus, so klar, so duftig, dass man meint, man müsse hinüberschauen können in die Gefilde der Seligen, die da friedvoll einherwandeln und den musizierenden Engelein lauschen.

An solch einem Tage scheint selbst die Luft wie durchsättigt von Freude zu sein. Wie feierlich heute der Morgen, als ich von dem Bergstädtlein an der Ilm hinan zum Gebirge stieg! Aus einem Dorfe an der Waldsaumstraße drang das Geläut einer Glocke empor. Und als weckte ihr Klang die schlafenden Schwestern, so hob es jetzt an, da und dort, aus Schluchten und dem offenen Lande, melodisch, feierlich durcheinander hallend, die laue Luft durchzitternd, zwischen den Stämmen des Hochwaldes verschwimmend. Und dann verklang und versank alles hinter mir.

Aus stundenlanger, einsamer Wildbahn bin ich gezogen und habe mich der ruhevollen Grüße unseres Bergwaldes gefreut. Ab und zu ein Blick jach in die Tiefe auf schiefergedeckte Hütten, auf Wasser, die aus Fels- und Waldnacht in ein von Mühlen und Pochwerken durchpulstes Tal silberschäumend rannen. Und dann umraunte mich wieder das Gewirr der Tannen. Eichkätzchen schossen über den Pfad, im Dickicht brach aufgestörtes Wild durch. Einmal donnerte ein Auerhahn ab.

Noch einmal vernahm ich fern Glocken aus den Walddörfern. Der Kirche war ihr Recht gegeben, die Lust, das Leben pochte da unten nun auf seinen Schein. Meinen Kirmseschmaus hielt ich allein ab inmitten zerklüfteter Felsenpracht. Tief unter mir, dem Auge nicht erreichbar, rauschte ein Wildwasser durch einen engen Grund. Darüber buckelte sich Berg an Berg. Einige Ortschaften grüßten mit ihren silbergrauen Hütten im Sonnenglaste von fernen Höhen. Ein Bussard zog schweigend seine Kreise über dem Waldtale, der einzige Genosse meiner Einsamkeit.

Dann ging's im frohen Wandern weiter über Berg und Tal. Die Sonne ist mit mir gewandert, schneller denn ich. Jetzt rückt sie drüben dem dunklen Bergwalde näher, dessen höchste Wipfel allmählich in das purpurgoldene Flimmern hineintauchen. Noch über eine kleine Bergmatte hin, durch einen schmalen Waldstreifen. Kinderlärm, Hundegebell dringen näher. Das Dorf, in dem ich für die kommende Nacht bei alten Freunden Unterschlupf suchen werde, kündet sich an.

Da liegt's vor mir ausgebreitet: grauschiefrige Hütten, unregelmäßig ausgestreut; hier die ragende Kirche, dort, noch höher, die Porzellanfabrik mit hohem Schlote, die aber heute feiert. In dem Moose unter blutroten Buchen sitze ich nieder. Vor mir ruht ein Teich; die Felswand zur Seite beschattet ihn. Vom Winde niedergewehte Blätter treiben langsam darauf hin; ab und zu rieselt es von den Bäumen hinter mir lautlos im bunten Regen nieder auf die melancholische Flut.

Als ich vor langen Jahren zum ersten Male hier weilte, da taufte ich ihn in elegischer Stimmung den »Tränenteich«. Die Freunde lächelten damals, aber der Name blieb zwischen uns bestehen. Und dann kam eine Stunde, da hat er ihn auch verdient.

Horch! Horn und Fiedel klingen herüber. Der Brummbass ächzt, dazwischen schallt deutlich das Stampfen und Johlen der Tanzenden. Kirmsejubel!

War's nicht auch an einem Kirmsetage, als ich damals auf dem Tanzboden die Annemarie zum ersten Male im wilden Reigen schwenkte? Die Freunde hatten mit mir auf ein Paar Stunden das Wirtshaus aufgesucht. »Die Leute erwarten es«, sagten sie, »und Sie werden dabei viel Ursprünglichkeit, Landesübliches schauen!«

Da war mir die Annemarie rasch in die Augen gefahren. Sie war die schönste aller Mädchen, aber wohl auch die ärmste. Noch sehe ich sie vor mir, das dunkelblitzende Auge unter vollem, leis gekräuseltem, nussbraunem Haar. Von dem straffgespannten Mieder floss ein grüner Rock nieder, vielfach gefaltet und mit schwarzsamtenen Streifen unten umgeben. Dazu weiße Zwickelstrümpfe und Rosettenschuhe. Noch fühle ich den heißen, süßen Atem, der mich umwehte, als sie, fest an mich gedrückt, mit mir dahinflog.

Sie lächelte kaum, wenn ich ihr ab und zu einen Scherz zuflüsterte. Die Augen halb geschlossen, leise die vollen Lippen geöffnet, trinkend wie im Rausche das Glück der Stunde, so lag sie in meinem Arm. Nur einmal flüsterte sie fast unhörbar:

»Ach! Tanzen ist schön ... so schön!«

»Möchtest wohl immer so hintanzen, Annemarie? Durchs ganze Leben?«

»Möcht's freilich ... wenn's nur anging'!«

Das war das erste und das letzte Mal, dass ich das hübsche Mädel im Arme hielt. Denn für diesen Abend gehörte sie einem andern. Das war der Sohn des Schultheißen, der auf Urlaub daheim war, ein gesundheitstrotzender, etwas siegesgewiss und selbstgefällig in die Welt schauender Bursche, dem man's ansah, dass er es wusste, wie gut ihm des Königs Rock stand. Die anderen Burschen wagten sich gar nicht an die Dorfschöne. Nur dem »Städter« war es als Gast des Fabrikherrn gestattet gewesen, Annemarie durch den Saal zu schwenken.

Was fragte Annemarie danach, dass man hinter ihrem Rücken tuschelte, lachte, wohl auch mitleidig die Achseln zuckte? Sie wollte glücklich sein, sie war es. In diesen Stunden konnte sie doch all das Unglück daheim vergessen: das Siechtum der Mutter, den trunkenen Vater, Elend, Schläge, Not. »Tanzen ist so schön!«

Hatte sie sich denn ihm aufgedrängt? Am Tage vor der Kirmse war er heimgekehrt. Sie kam aus dem Holze. Da trafen sie sich. Die Straße war ja für jedermann. Da hat er sie begrüßt, ihr die Hand geschüttelt, ihr lange in die Augen geblickt, so sonderbar, dass es wie ein Schauer über ihren Leib lief. Und dann hatte er sie gefragt, ob sie für die Kirmse seine Tänzerin sein wollte.

Fast ungläubig hat sie ihn angeschaut. Aber er drängte immer heißer in sie – da sagte sie's ihm zu. Burschen und Mädel wollten ihren Augen nicht trauen, als dann die beiden Arm in Arm im Tanzsaal auftauchten. Der Schultheiß-Volkmar und die arme Kirchenmaus aus der letzten Hütte droben im Dorfe! Für Annemarie aber war der Himmel zur Erde niedergestiegen. Drei Tage durfte sie an seiner Seite bleiben. Was hatte er ihr alles heimlich versprochen! Und ihr Herz glaubte daran, musste daran glauben, sonst gäbe es ja keine Gerechtigkeit auf Erden. Alle Hindernisse wollte er beseitigen, sein sollte sie sein ... nicht nur für diese Tage ... fürs Leben. Denn sie wäre schöner und klüger als alle anderen, und nach Geld brauche er doch nicht zu fragen. Jedes Wort sog sie ein, jeder Herzschlag galt ihm, dem sie vertrauend Leib und Seele, all ihre Seligkeit hingegeben hatte.

Der Vater lag irgendwo berauscht im Wirtshause ... Mutter schlief fest ... und die Tannen nahe am Häuschen, die Sterne droben, die blieben verschwiegen.

»Ostern komme ich wieder, und dann wollen wir es festmachen vor aller Welt!«, hatte er zu ihr gesagt. »Da bringe ich dir auch einen Ring mit, ein Herz darauf und Vergissmeinnicht.« – –

Wohl kam Ostern in das Land, aber der Volkmar blieb aus, schrieb auch nicht. Aber im Sommer erschien er plötzlich, dem Vater draußen zu helfen. Nur die Annemarie schien er vergessen zu haben. In verzehrender Ungeduld, in Weh und Not sah sie die Tage kommen und gehen. Und dann kam eines Tages eine Nachricht ihr ins Haus, welche ihr Blut fast erstarren ließ. Es hieß, der Volkmar habe sich mit einem reichen Mädchen im Nachbardorfs unten verlobt.

Da hat sie ihn abgelauert im Walde zur Abendzeit, als er hinüber ging, und hat ihn unter Tränen zur Rede gestellt. Aber die Tränen versiegten und machten Hass und Abscheu Platz, als er lächelnd ihr erklärte, sie solle doch keine Torin sein und sich die Jugend verderben. Er hätte ja gern sein Wort eingelöst, doch sein Vater würde ihn verstoßen haben. Er habe sich gefügt, und sie solle es auch tun. Sie wollten beide noch oft an die schönen Stunden denken. Sie sei so hübsch, dass sie nur die Hand auszustrecken brauche, um einen Mann zu bekommen.

»Und das ist dein letztes Wort, Volkmar?«

Er zuckte gleichmütig die Schultern.

»Nun sei doch gut! Ich kann doch nichts dafür!« Dann ist er gegangen.

Im Herbst, ein paar Wochen nach der Heimkehr Volkmars vom Militär, fand im Nachbardorfs die Hochzeit statt. Der Saal des Gasthofes »Zum Wilden Mann« vermochte kaum die Zahl der Geladenen zu fassen. Das war 'mal wieder eine Hochzeitsfeier, wie sie der Wald lange nicht gesehen hatte!

Als nachmittags die Festtafel abgeräumt und beseitigt war, die Musikanten wieder auf der Estrade Platz genommen hatten und Volkmar und sein junges Weib sich anschickten, den althergebrachten Brauttanz zu beginnen, da geschah etwas Außerordentliches.

Durch die Festmenge drängte sich plötzlich Annemarie, in dem Kleide, das sie damals zur Kirmse getragen hatte, auf dem Kopfe aber eine langbebänderte, von Goldflittern übertupfte Brautkrone. So trat sie vor die erschreckt zurückweichende junge Frau.

»Den du heute heimführst«, rief sie laut, dass alle es hören mussten, »ist mein vor Gott, mein nach Menschenrecht. Er versprach mir die Ehe und nahm mir Glück und Ehre. Seinen Schwur hat er gebrochen, die Ehre kann ich nimmer von ihm mehr fordern. Aber auf dem Brauttanze will ich bestehen ... den soll ... den muss er mir geben. Dann mögt ihr so glücklich werden, wie er mich unglücklich gemacht hat.«

Betroffen, wie zermalmt blickte der Ehemann zu Boden. Die junge Frau aber sprach:

»Nimm den Brauttanz, den er dir eher als mir einst versprach!«

Im nächsten Augenblick flog Annemarie mit Volkmar durch den Saal. Noch einmal bettete sie ihr Haupt an seiner breiten Brust, noch einmal trank sie alle Wonnen und Wehen dieses letzten Tanzes. Dann war sie hinaus, von der Nacht umfangen.

Am anderen Tage sah man ihr todblasses Antlitz langsam im Tränenteiche dahintreiben. – – –

Hinunter ist die Sonne, in eine andere Welt. Abendwind setzt ein und überrieselt stärker als zuvor die Flut mit sommermüden Blättern. Aber der Kirmsejubel tönt jetzt noch lauter in die feierliche Stille der Natur.

Martinsfest.

Ein frischer Oktoberwind streicht über das Gelände, das sich angesichts der alten, einstigen freien Reichsstadt Erfurt nach dem Steigerwald hin breitet. Von den grünen Hügelwellen blickt das Auge hinüber zu der turmreichen Stadt, über deren Dächerschar die hehren Gotteshäuser des hoch und dicht beieinanderliegenden Doms wie St. Severi feierlich in die Abendluft ragen. Die Sonne ist bereits niedergegangen. Doch ihr Leuchten taucht noch einmal alles in feurige, überirdische Glut. Und in diesem wundersamen Feuerspiel tummeln sich hoch in den Lüften einige Papierdrachen lustig durcheinander. Wohl ein halbes Dutzend halbwüchsiger Jungen begleiten das bewegte Spiel unter Lachen und Schreien, indem sie wie aufgeregte Wasserfliegen hin und her schießen.

»Haha! Meiner steht doch am höchsten!« Ein ungefähr zwölf Jahre alter Junge ruft es stolz. Die großen blauen Augen leuchten auf, da er jetzt den Blondkopf in die Höhe wirft.

»Meiner war vorhin ebenso hoch! Gelle, Viktor?« Der dies schreit, blickt dabei nach einem dritten, der nur als Begleiter sich angeschlossen hat, gleichsam zur Bestätigung seines Widerspruches.

»Natürlich! Ich hab's ganz genau gesehen,« erwidert der Angerufene.

Martin Brink aber, der den kleinen Streit hervorgerufen hat, weist jetzt mit der freien Hand im Triumph in die Höhe.

»Und jetzt geht er noch höher!« Er beguckt den Rest des Bindfadenknäuels in seiner Hand. »Na, hoffentlich langt die Strippe!« »Aaaah!« Aus den Kehlen der übrigen Jungen dringt da plötzlich ein Ton schlecht verhehlter Schadenfreude. »Aaaah! Jetzt geht's runter! Der hat genug! Der ist müde! Au! Und wie er wackelt! Du, Martin: Wenn's nur nicht in die Bäume geht! Da ist es schlecht wiederkriegen.«

Martin verfolgt das Schwanken und Sinken seines unsicher hin und her schaukelnden Drachens. Dann auf einmal dringt es wie ein halb unterdrückter Schmerzensruf von seinen Lippen. Der Drache, müde der Luftreise, und wohl auch nicht recht geneigt, Erdstaub für Himmelswonne einzutauschen, ist plötzlich mit einem Ruck in das Zweiggestrüpp einer Erle gefahren und sitzt da nun fest, der Dinge harrend, die da kommen können.

»Mein schöner Drache!« Martin blickt traurig empor zu dem ungetreuen Flüchtling. In seinen großen Augen scheint es heimlich feucht aufzuschimmern.

»Den kriegst du nicht wieder!« trösteten die Kameraden. »Lass dir nur 'n andern machen!«

»Und ich krieg' ihn doch wieder!« Martin zieht die Jacke aus und trifft Anstalt, den Baum zu erklimmen.

»Du! Lass das lieber!« Warnende Stimmen wollen ihn zurückhalten.

Ein geringschätziger Blick streift die anderen Jungen. Martin denkt daran, dass er das letzte Mal im Turnen sich eine Eins in der Zensur erworben hat, dass er im Klettern noch immer der Geschickteste seiner Klasse war. Im nächsten Augenblick hat er bereits Arme und

Beine um den Stamm geworfen und beginnt den Aufstieg. Staunend sehen die Zurückgebliebenen ihm nach.

»Du, der schafft's wirklich!«, raunt der eine dem anderen zu. »Jetzt ist er bald oben.«

Martin ist inzwischen nahe seinem Drachen angelangt und versucht nun, das papierne Ungetüm loszuhaken. Doch Schnur und Schweif haben sich arg in das Gezweig verwirrt. Eine Weile bastelt er herum. Dann ruft er hinab:

»So! Nun hab' ich ihn! Haha!«

Dann ein Aufschrei, schrill und fürchterlich. Im nächsten Augenblick klatscht der Körper des Jungen zu den Füßen seiner Kameraden nieder, die entsetzt und bleich zurückweichen.

***

Am Friedrich Wilhelmplatz zu Erfurt, da steht ein altes, hohes, graues Haus. Jahrhunderte sind über sein steiles, fensterreiches Dach gerauscht. In dieses Haus trägt man in später Abendstunde den verunglückten Jungen. Kühler Oktoberwind streicht über den weiten Platz, an dessen einer Seite Dom und St. Severi gespenstisch in den sternenklaren Himmel ragen. Ein paar seiner Kameraden haben stumm und verstört Martin das Geleite gegeben.

Der Arzt hat soeben das Zimmer verlassen. Außer einigen Abschürfungen hat er wunderbarerweise keine Verletzungen feststellen können. Doch eine schwere Gehirnerschütterung scheint der Junge erlitten zu haben. Auf die Frage nach Genesung hat der Doktor ernst vor sich hingesehen und dann erwidert: »Wir dürfen das Hoffen nicht aufgeben. Die Folgen so schweren Sturzes lassen sich erst mit der Zeit ermessen. Vorläufig heißt es: tiefste Ruhe. Fieber wird sich bald einstellen. Aber auch Pausen klaren Bewusstseins schieben sich dazwischen. Morgen früh komme ich wieder.«

Die Mutter ist am Bette zusammengebrochen. Der Vater steht am Fenster und lässt die Blicke über den nur matt erhellten Platz schweifen. Wie im Traume ziehen die Jahre an ihm vorüber, seit Martin als einzigstes Kind ihm Sonne ins Haus brachte. Die erste Ausfahrt des Jungen, sein kindliches Spielen drunten im Sandhaufen, dann der erste Schulgang, wie er so tapfer neben den exerzierenden Soldaten einherschritt, beim Sonntagskonzert auf dem Platze stolz mit anderen Jungen Notenblätter hielt. Und dann das Martinsfest! Erfurter Martinsfest! Am 10. November war ihm der Junge geschenkt worden. Da war er mit seiner Frau übereingekommen, ihn nach dem deutschen Glaubenshelden auch Martin zu taufen.

Und nun? Kaum noch an einem Faden hängt sein Hoffen, dass ihm der erhalten bleibe, dem er eine frohe Zukunft aufzubauen gedachte. Der Arzt weiß es, wenn er es auch noch aus Rücksicht verschleiert. Auf solch einen Sturz gibt's gewöhnlich nur zwei Antworten: Tod oder geistiges Siechtum! Er fasst sich an die Stirn. Er möchte laut aufschluchzen. Doch da am Bett kniet ja noch ein armes Menschenkind, das in dieser Stunde mit seinem Gotte hadert. Und er wendet sich leise um und hebt die Gefährtin seines Lebens sacht empor an seine Brust.

»Stark sein!«, flüstert er mit weicher Stimme. »Aus Gottes Hand in Gottes Hand!«

Da läuft ein Zucken über den Leib der Frau.

»Theodor!«, schreit sie leise auf. »Ich müsste ja mit ihm sterben!«

Sanft legt er die Hand auf ihr Haupt.

»Nein, nein! Nur noch fester müssen wir beide dann zusammenhalten, damit er droben seine Freude hat, so ihn Gott uns doch nehmen sollte!«

Am anderen Morgen ist der Arzt wieder erschienen. Sein Gesicht bleibt still und unbewegt. Doch als er die Mutter nach etwas hinausgeschickt hat, da wendet er sich plötzlich an den Vater und greift nach dessen Hand:

»Herr Direktor! Wir sind Männer – Sie müssen sich auf das Schlimmste gefasst machen. Bereiten Sie langsam Ihre Gattin vor. Es kann heute eintreten – es kann auch noch Wochen dauern. Unberechenbar ist solcher Zustand. Ihr Junge wird auch wieder lichte Augenblicke zeigen – aber täuschen dürfen Sie sich nicht. Schwere Gehirnhautentzündung. Dagegen gibt es nichts.«

Die Blicke beider Männer treffen sich. Dann ein fester Händedruck. Wie versteint blickt der Vater hinaus auf den Platz. Da tönt es aus dem Krankenbette:

»Nicht wahr, Vater: Wenn Martinsfest ist, da darf ich wieder aufstehen? Bitte, bitte!«

Ein wildes, kurzes Aufschluchzen. Dann erwidert der Vater, an das Bett tretend: »Gewiss, Martin! Dann gehen wir alle mit. Deine neue Laterne steht ja schon in meiner Stube!«

»Oh, das wird schön! – Das wird –«

Der Kranke ist wieder in Halbschlummer versunken. Währenddessen ist die Mutter leise eingetreten. Sie fasst ihren Mann hastig am Arm.

»Sprach nicht der Martin eben?«

»Ja, ja! Er will das Martinsfest mitmachen!«

»Das hat er gesagt? O mein Gott! Nun wird er auch wieder!« Und sie beugt sich über ihren schlafenden Jungen, und ein paar heiße Dankestränen rieseln sacht hernieder.

Fast zwei Wochen sind seitdem vergangen. Der Zustand des Kleinen ist fast unverändert geblieben. Freie, lichte Minuten wechseln mit Fieberfantasien. Dann wieder schwerer, ächzender Schlaf, der von Pfeifen und Rasseln aus der Kehle des Kranken begleitet wird. So kommt der 10. November. Erfurt wird wieder einmal sein Martinsfest begehen. Haus für Haus werden bunte Papierlaternen und Lampions zurechtgelegt; da und dort hat man auch Kürbisse ausgehöhlt und lustige, fratzenhafte Figuren hineingeschnitten. Die Lichterzieher haben heute einen goldenen Tag. Selbst das ärmste Kind will heute nicht zurückstehen, sein Martinsfest zu feiern, sobald der Abend sich über die alte Lutherstadt gesenkt hat. Dann flutet es aus allen Häusern und Hütten, durch alle Gassen und Straßen, schwärmt über den weiten Platz vor dem Dome, und was zu Luther aufschaut, das singt aus frischer Kehle den uralten Vers:

»Martin, Martin!
Martin war ein braver Mann,
Steckte viele Lichter an,
Dass er oben sehen kann,
Was er unten hat getan!
Was er unten hat getan!«

Die Katholischen aber feiern daneben den Namenstag ihres Heiligen, der auch dem Luther einst als Pate an der Wiege stand:

»St. Martin! St. Martin!
Das war ein braver Mann!
Der teilte, der teilte
Sein' Mantel mit den Arm'n!«

Zuweilen aber begehrt ein protestantisches Gemüt lichterloh auf, dann tönt als Trutzreim dem anderen entgegen:

»St. Martin! St. Martin!
Da schlacht' mein Vater 'n Bock,
Da tanzt meine Mutter, da tanzt meine Mutter,
Da wackelt meiner Mutter ihr Rock!« –

Das abendliche Martinsfest hebt an. Zappelnde Kinderherzen; am Fenster, vor den Haustüren stehen die Kleinen und halten Ausschau hinauf nach den ersten Sternen! Da läuft auch schon der Laternenmann hastig vorüber, als wüsst' auch er, dass heute gedoppelte Eile nottut. Von den Türmen singen die Glocken, und viel Tausende kleiner Silberglocken klingen in ebenso vielen bebenden Kinderherzen jubelnd auf und nieder.

Martinsfest! Selige Jugendzeit! Wie fernes Läuten tönt's in der Erinnerung jedem nach, der einst in der alten Lutherstadt seine Kindheit verleben durfte. Jetzt tauchen die ersten Laternchen auf. Ganz kleine Kinder sind es, die an der Hand der Mutter ihren Rundgang durch die Stadt antreten. Aber der Strom schwillt. Er schiebt sich mit viel Tausenden von irrenden Lichtpunkten über Markt und Gassen, als seien ungezählte Sterne heute vom Himmel plötzlich zur Erde niedergefallen.

Martin liegt in seinem Bette. Das Gesicht ist tief eingefallen. Blaue Ringe haben sich um die geschlossenen Augen gelegt. Heftiges Pfeifen dringt aus seiner wogenden Brust. Vor einer halben Stunde ist der Arzt wieder fortgegangen. Ein eigener Blick zum Vater sagte dem alles. Der Tod steht am Bette seines Jungen, dass er mit ihm die große Reise antrete.

Vater und Mutter sitzen nahe dabei. Sie hat das Fragen aufgegeben, doch auch das Hoffen. Da dringt vermehrter Lichterglanz durch die Fenster. Singen und Jubel hallt herauf. Droben auf der Plattform, die sich um den Dom entlang zieht, hat man soeben Rotfeuer entzündet. Die qualmende Glut vermischt sich mit dem Lichtgefunkel der über den Platz tanzenden Lichterchen.

Der Vater hat das Fenster leise geöffnet.

In diesem Augenblicke ertönt aufs Neue Gesang einher. Da wird es im Bette lebendig. Martin öffnet die Augen. Ein verklärtes Leuchten, fast überirdisch anzuschauen, bricht hervor.

Er richtet sich etwas empor. Er lauscht. Dann auf einmal ruft er freudig:

»Mutter! Darf ich aufstehen? Nicht wahr, jetzt bin ich wieder ganz gesund? Horch doch nur! Martinsfest! Martinsfest! Wie sie rufen! Ja, ja! Ich komme gleich! Ach, wo habt ihr meine Laterne hingelegt? Ich muss ja hinunter! Gebt mir sie doch!« Er wendet sich halb zu den näher getretenen Eltern. »Warte nur, ich hole sie dir gleich!« Und der Vater eilt hinaus, um bald darauf mit der brennenden, an einem Stabe befestigten Laterne wieder zurückzukehren.

Mit strahlendem Antlitz empfängt ihn der Kranke. Stürmisch reckt er seine dürren Händchen danach aus.

»Ach, meine Laterne! Und wie schön sie brennt!« Seine Augen saugen sich förmlich fest an dem bunten, schaukelnden Ding. »So, nun kann ich auch hinunter. Brauchst mich nicht anzufassen, Mutter! Ich finde meinen Weg ganz allein! Martin! Martin! Martin war ein – ach, da steht auch der Dr. Martin Luther – ganz gewiss! Und der ganze Himmel ist voller Lichter – ja, ja, ich komme – Martin, Martin!« –

Sacht hat ihm der Vater die Laterne aus den sie umklammernden Händen genommen. Nun löscht er sie aus. Martin merkt es nicht mehr. Er ist in das Kissen zurückgesunken. Beide Hände strecken sich empor. »Ja, ich komme! Ich – Martin! Martin! – Mutter – Vater –«

Die Arme sinken nieder, aber das Leuchten in den Augen bleibt. Noch ein paar stoßweise, schwere Atemzüge, dann ist's still. Das kleine Herz hat zu schlagen aufgehört. Vater und Mutter sind vor dem Bette wimmernd niedergesunken. Vom Platze aber herauf tönt es im jubelnden Anwachsen:

»Martin!   Martin!
Martin war ein braver Mann – –«

Weihnachtsfeier.

Die Sonne stand schon tief drüben im Westen jenseits der spitzkegligen Basaltkuppen der Hohen Rhön, als ein Mann über den Kamm des Thüringer Waldes bergein mit kräftigen Schritten zog. Droben auf der Höhe war er aufatmend ein paar Minuten stehen geblieben, die Blicke noch einmal rückwärts wendend. Er sah, wie das Feuer am fernen Horizonte wuchs und sich breitete. Ein Abglanz davon glitt über das beide Gebirge trennende Werratal und ließ die in Schnee leicht eingehüllten Städtchen, Teiche, die Dorfsiedelungen und den Flusslauf sanft erglühn.

Da schüttelte der Einsame droben fast wie unwillig mit sich selbst den dunklen Kopf. »Einmal und nicht wieder!«, sagte er halblaut für sich. »Mich bringt kein Mensch wieder dort hinüber. Gott sei Dank, dass es vorbei ist. Henner, da hast du 'mal wieder einen dummen Streich gemacht!« Bei den letzten Worten ging ein eigenes, fast schalkhaftes Lächeln flüchtig über sein Gesicht. Dieses Lächeln schien zu sagen: Wenn's nur wenigstens dein letzter Streich gewesen wäre! Aber dein heißes, unruhiges Blut! Du hast dir zwar ernstlich vorgenommen, nun ein vernünftiger Kerl zu werden, Henner, und es ist Zeit! Hohe Zeit! Eigentlich setzt sich dein ganzes Leben aus Streichen zusammen. Ein vernünftiger allein war es, als du die Gretlies zur Frau nahmst. Aber das hat dich wahrscheinlich gefuchst, dass du einmal der Vernunft die Ehre gabst, und dann bist du umso hitzköpfiger geworden und hast wieder verdorben, wozu doch der Pfarrei und der Himmel »Ja« und »Amen« sagten. Und nun kehrst du heim, deiner Schuld bewusst, und musst mit jedem Tage dir nun Mühe geben, an der armen Gretlies wieder gutzumachen, was du an ihr und ihrer heiteren Liebe so arg gesündigt hast. Heim am Weihnachtsabend! Zum eigenen Herd!

Dem hochgeschossenen Manne wurde es mit einem Male ganz seltsam zumute. Er wusste nicht, sollte er beschämt den Kopf hängen lassen oder einen Juchzer ausstoßen, dass ihn die Berge im Echo weitertrügen, vielleicht bis zu ihr, dass sie in ihrer einsamen Hütte höre, er kehre wieder, und nun sei alles gut. Er rückte den Ranzen fester an den Riemen, und dann stürmte er ein Stück abwärts das Waldtal, dem Wirrwarr der Gefühle zu entfliehen. Die hohen Tannen zur Seite der bergein sich wendenden Waldstraße zeigten dichten Schneebehang. Auf den ruhig emporstarrenden Wipfeln lag letzte Abendglut und rötete prächtig die noch festgeschlossenen Zapfen. Ihn wie ein munterer Wanderkamerad begleitend, sang unter leichter Eisdecke ein Wildwasser, gleich ihm zur Tiefe stürmend. Just strich auch noch mit hellem Schrei ein Bussard hoch über ihn hin. Tannenzapfen, Bergbach und der kreisende Vogel: Alles erinnerte ihn wieder an sich, seine Jugend, sein heißes Leben.

Schon als Knabe war ihm kein Baum zu hoch gewesen. In den Wipfeln hatte er sich gewiegt, an den Porphyrwänden festgeklebt, Nester auszunehmen, der Eichkatze nachzustellen und, da er älter geworden, für die Samenhandlungen die Zapfen herunterzuholen. Ein gefährliches Handwerk, das schon manchem den Hals gebrochen! Nur er war immer wieder lachend und gesund nach Hause gekommen. Keiner war so geschickt im Vogelfange wie er im Dorfe gewesen; vom glatten Maienbaume hatte er sich stets die besten Preise heruntergeholt. Dann war er ein Zimmermann geworden, recht und tüchtig. Nur der auffahrende Sinn war ihm geblieben. Einst fing er Singvögel des Waldes, jetzt singende Dorfschönen. Die Mädchenherzen flogen ihm ja nur so zu. Er brauchte ja nur zuzufassen ... festzuhalten ...

Aber dann kam die Gretlies. Blondzöpfig, frisch und fest und von einer wahrhaft strahlenden Heiterkeit. Alle Herzen nahm sie im Sturme, männliche und weibliche, und jedem neigte sie sich freundlich zu. Nur ihm nicht, der doch so ans Siegen gewohnt war. Das machte ihn erst stutzig, dann ärgerlich. Endlich aber fühlte er etwas brennen, was er bisher noch nie empfunden hatte.

Von da an wurde er ein anderer. Er sah kein Mädchen mehr, nur noch sie. Ein stilles, ehrliches Werben ging von ihm aus, nicht mit Worten, aber mit den Augen, im Tun. Und sie fühlte es mit geheimer, wachsender Freude, ließ es ihn aber nicht gleich merken, um seiner Neigung auch ganz sicher zu werden. Dann aber kam die Stunde, da er mit heiß klopfender Brust und leis bebender Stimme das sagte, was ein Mädchen mit Schauern ahnungsvoller Wonne füllt.

So wurden sie Mann und Frau. In einem schlichten Häuschen am oberen Dorfende hatten sie ihr Nest begründet, und mit ihnen war die Liebe und die Fröhlichkeit eingezogen. Bartels Henner und sein Gretlies, das war so ein Paar, das sich schon sehen lassen konnte.

Fast zwei Jahre waren so vergangen. Kinder waren dem Zimmermann Bartels nicht beschieden gewesen. Keiner der beiden jungen Eheleute hatte es zum andern ausgesprochen, dass er das bedauere. Sie nahmen das Schicksal hin, wie es sich ihnen bot. Man regte die Arme tüchtig bis zum Abend und ging des Sonntags, wie einstens, ins Wirtshaus zum Tanze. Die Jugend und ein gesunder Hang am Vergnügen trieben beide dazu.

Nur eines bereitete Henner zuweilen ein Missbehagen. Seine Frau war sich in ihrer zutunlichen Heiterkeit jedem gegenüber gleich geblieben. Wie sie es als Mädchen gehalten, tat sie es noch jetzt. Es kam vor, dass er geradezu einen Tanz bei ihr Voraus für sich festlegen musste, wollte er mit ihr im Saale dahinfliegen. Und da sie seine Unlust merkte, neckte sie ihn.

»Bist etwa eifersüchtig, Henner?« lachte sie ihm voll ins Gesicht. »Denk doch dran, wie ich's hätte früher sein können!«

»Ja, früher! Aber jetzt sind wir Mann und Frau!«

»Nun? Und? Auf dem Tanzboden hat doch jeder ein Recht, mich aufzufordern?!«

»Dass ich nicht wüsst'! Ich hab' zuerst das Recht! Zuerst und zuletzt!«

»Schau! Ja! Wenn du mich zuerst aufforderst! Sonst aber ... siehst du, da kommt schon Pfannschmidts Welm ... jetzt hat der mehr Recht als du! Adje, Henner!« Sie lachte ihn herzlich und offen an und flog mit dem anderen durch den Saal.

Henner biss sich auf die Lippen und blieb für den Abend stumm zu ihr. Er überließ seine Gretlies auch völlig den anderen und entschädigte sich dafür am Schanktisch.

Nach Mitternacht kehrten beide heim. Er zürnte ihr, und sie war traurig über seinen Trotz. Noch vor dem Zubettegehen kam es zur heftigsten Aussprache. Anfangs versuchte sie, seine Vorwürfe zu entkräften. Da sie aber die Nutzlosigkeit ihrer Bemühung erkannte, verstummte sie. Das reizte ihn noch mehr. Seine ganze Leidenschaft brach durch. So hatte sie ihn noch nie gesehen. Ein Gefühl der Furcht wuchs in ihr empor. Doch es kam nicht zum Ärgsten.

Am anderen Morgen waren beide schon früh auf. Henner kramte und packte allerhand zusammen, und dann trat er vor seine junge Frau.

»Es wird dir ja am liebsten sein, wenn ich dir aus den Augen komme«, sagte er stockend, ohne sie dabei anzusehen. »Ich gehe hinüber in das Meiningensche. Da gibt's flott Arbeit. Was du brauchst, schicke ich dir jede Woche. Und ... wenn ... du mich wieder haben willst ... so ... so ... kannst du mir's ja schreiben. Adje!«

Er reichte ihr die Hand. Aber ihre Hände blieben schlaff niederhängen. Etwas würgte ihr den Hals zu. Nicht 'mal einen letzten Gruß konnte sie herausbringen. Dann war er fort. Das war vor einem halben Jahre gewesen. Man fuhr gerade das erste Heu ein. Jeden Montag traf das Geld pünktlich ein. Aber stets dabei nur ein kurzer Gruß. Er wartete, dass sie ihn rufen solle, und sie, in welcher der verletzte Frauenstolz erwacht war, harrte aus, bis dass bei ihm das rechte Gefühl durchbrechen musste. Denn sie fühlte sich schuldlos und hatte nicht die Schmach vor dem ganzen Dorfe verdient.

So verging Monat auf Monat. Da brach die Rinde. In einem kurzen Briefe fragte er an, ob sie noch immer böse sei und ob das Haus nicht wieder Platz für zwei hätte. »Liebe Gretlies!« stand darüber. Wie oft sie diese zwei Worte heimlich jauchzend geküsst hatte, das wusste sie nicht mehr. Aber am Abende des folgenden Tages hielt auch er ein Brieflein in der zitternden Hand, das nur wenige Worte brachte:

»Mein lieber, guter Henner!

Komme sobald als möglich. Böse bin ich dir nicht eine Stunde gewesen.

Deine Gretlies.«

Und nun kehrte er heim, die Christnacht mit ihr zu feiern.

Die Nacht ist nun aus dem Walde auch in das offene Tal getreten. Leichte Nebel schwimmen näher. Kälter setzt die Luft ein. Am Himmel ziehen die ersten Sterne auf. Die Stunde ist da, wo die Engel durch das Land schreiten, der aufhorchenden Christenheit die alte, selige Botschaft zu verkünden.

Henner beschleunigte seine Schritte. Noch eine Stunde Weges, dann ist er daheim. Am Wegrande taucht jetzt ein einsames Wirtshaus auf. Holzfuhrwerke halten vor der Tür. Rötliches Licht fällt durch die beschlagenen

Fenster auf die schneebedeckte Waldstraße. Henner zögerte hier ein Paar Augenblicke. Ein gesunder Durst regt sich in ihm. Da schlägt rohes Lachen an sein Ohr. Und er geht weiter. Nur nicht heute! Nicht heute! Wie ein schöner Stern leuchtet ihm das Bild seiner Gretlies voran.

Nun blicken die ersten Lichter aus der Tiefe. Das ist das Dorf, seine Heimat. So seltsam wird's ihm ums Gemüt. Seine Schuld an ihr, Jugenderinnerungen – alles drängt sich zusammen. Sieh da! Im Turme oben leuchten heute wieder die acht Lichter zur Feier der heiligen Nacht. Da er ein Kind war, konnte er diese Pracht nicht genug bewundern. Späterhin hat er sie kaum mehr bemerkt. Seltsam! Jetzt kann er den Blick kaum von dem Turme wenden.

Da ist schon der Kirchhof. Hügel, Kreuze und Engel – alles verschneit. Aus dem hellerleuchteten Kirchlein dringt brausender Orgelschall. Dazu singen sie:

>»Vom Himmel hoch, da komm' ich her
Und bring' euch gute, alte Mär!«

Er muss stehen bleiben. Er muss lauschen. Wie so manchmal hat er's einst mitgesungen, gläubigen Herzens, frommen Sinnes. Und heute rührt's wieder an sein Herz, zieht ihn empor, macht ihn so still und jubelnd zugleich.

Noch eine Biegung. Da steht sein Häuschen im Schatten. Doch aus dem Schatten winkt ein sanftes, warmes Licht. Daheim, daheim!

Schon ist er im Flur und tappt nach der Stubentür.

»Gretlies! Gretlies! Ich bin's!«

Da wird die Tür von innen geöffnet. Eine alte Frau tritt ihm entgegen.

»Der Henner! Der Henner ist da!« sagt sie leise und legt dann den Finger bedeutsam an den Mund und winkt dem Ankömmling, einzutreten.

»Sie kommen gerade recht! Vor einer Stunde hat das Christkind für Sie was abgegeben. 'n großen Jungen!«

Wie betäubt steht noch immer der Henner, als könne er die Wundermär gar nicht fassen. Seinen Ranzen, Stock und Hut legt er nieder. Da regt sich's schon drüben im Bette. Ein blasses, blondes, liebes Gesicht wendet sich ihm zu. Eine Hand streckt sich nach ihm aus.

»Bist wieder da, Henner?«

»Gretlies!« Auf den Fußspitzen nähert er sich ihrem Lager.

»Bist nun mit mir zufrieden?« lächelt sie matt. »Wie du schaut der Junge aus!«

Da überläuft ein Zucken den starken Mann.

Er beugt sich nieder und vergräbt sein Gesicht in ihrer heißen Hand.

»Gretlies! Gretlies!« stammelt er leise, »das hab' ich nicht verdient!«

Starke Mächte.

Auch der blanke Neid musste es der Familie Meißner lassen, dass sie ein kraftvolles Geschlecht darstellte. Tief drinnen im Hochwalde ragten über einem engen Talgrunde Mauern wild geborstener Felsgebilde empor, die Falkensteine. In den Namen dieser Porphyrriesen lag ein

Stück Jugendgeschichte der Mutter Meißner. Sie war ein strammes Mädchen von vierzehn Jahren gewesen, da hatte ihr Vater, ein Unterförster, sie gar manchmal an Seilen über den schwindelnden Grund in die Tiefe hinabgelassen, um die Nester der in den Felsriffen horstenden Falken auszunehmen. Sie hatte nie dabei gebebt, trotzdem ihr Leben mehr denn einmal in Gefahr geschwebt hatte. Von diesen Erlebnissen erzählte die tapfere Frau gern zuweilen, wenn die Rede auf frühere Zeiten kam. Und weil an ihr alles Feuer und Spannkraft gewesen, so hatte sie sich denn auch den stärksten Mann des Dorfes geheiratet, den Holzhändler Meißner. Der nahm es an Kraft mit jedem auf. Blitzweiß leuchteten ein paar volle Reihen Zähne ihm zwischen den derben Lippen. Mit diesen Zähnen hatte er einmal im Gemeindewirtshaus eine tolle Wette glänzend gewonnen. Keiner hatte es ihm glauben wollen, dass er einen Tisch mit seinen Zähnen heben könne. Da hatte er den Rock rasch abgeworfen, hatte plötzlich den kleinen Schneider, ein etwas verwachsenes Lebewesen, ergriffen und lachend auf den Tisch gesetzt, um nun letzteren mit seinen Zähnen langsam in die Luft zu heben. Tisch und Schneiderlein! Seit dieser Stunde war sein Ansehen im Dorfe noch mehr gestiegen.

Nur eine einzige Tochter war dem starken Ehepaar geschenkt worden: Marsilia. Auf diesen etwas seltsamen Namen hatte Frau Meißner trotz des anfänglichen Widerspruches ihres Mannes fest beharrt, und da es in der Stunde war, da sie den starken Mann zum Vater gemacht hatte, so willigte er ein, und die junge Mutter sah ihren Traum erfüllt, der einst beim Lesen eines spannenden Romans in ihr aufgestiegen war. Trotz des romantischen Namens wuchs Marsilia als ein starkes Wesen empor, mit langen blonden Flechten, blauäugig, in einer prachtvollen Leibesschöne und -stärke, welche jeden Bildhauer in Entzücken versetzt haben würde.

Starken Leibes wie starker, heißer Sinne war Marsilia. Sie war der Tapfersten eine in harter Arbeit. Doch die Arbeit allein genügte ihr nicht. Mehr! Mehr! Rief es in ihr. Auch die Männer des Dorfes ließen sie gleichgültig. Sie war sonntags die Erste und Letzte auf dem Tanzboden, wie eine Bacchantin stürmte sie im Tanze einher, sodass mancher Bursche sich hütete, zum zweiten Male die wilde Marsilia aufzufordern. Mit jedem tiefen Atemzuge trank sie gleichsam das Leben vor sich wie die Luft ein. Wenn sie aber daheim dann in der Morgenfrühe auf ihr Lager sank, da kam es wohl vor, dass heiße Tränen aus ihren Augen brachen, dass sie im wilden Schmerze sich in die Kissen bohrte, wenn das erhitzte Blut sie wie ein hochwallendes Meer fasste, rüttelte, zu verschlingen drohte. Sie suchte in der Welt etwas, ohne bisher es gefunden zu haben. Sie blieb eine Hoffende.

Eines Tages musste das Große, Befreiende in ihr Leben treten, eine Fackel musste sich entzünden, welche alles, was sie umgab, mit flutendem Lichte füllte, eine ungeheure Helle in ihre Seele brächte. Und dieser Tag kam, die Stunde, da sie sehend ward.

An einem Juliabend war's, als von einer Bergmatte der letzte Heuwagen Meißners heimschwankte. Hoch droben, die prächtigen Glieder zur Ruhe aufgelöst, lag Marsilia in dem schwerduftenden Heu, die Augen ruhig in die Ferne gerichtet. Und da auf einmal, sie wusste selbst nicht, welche Macht sie dazu zwang, musste sie hinauf zur Kante des umbuschten Hohlweges blicken, als bannte eine unbekannte Macht ihre Augen dort empor. Und da hielt einer zwischen dem Buschwerk fest die grauen, scharfen Augen auf das herrliche Frauenbild gerichtet, als könne er sich nicht losreißen von der Erscheinung. Da trafen sich beider Augen, nur einen Herzschlag lang. Aber es war ein Augenblick, der über beide entschied.

Marsilia war unter diesem Blick heimlich zusammengezuckt. Unwillkürlich richtete sie sich etwas empor, ihre bequeme Lage ändernd. Doch ehe der Wagen gänzlich in dem Hohlweg verschwand, streifte noch einmal ihr Blick hinauf zu dem jungen, rötlichblonden Jägersmanne. Und als hätte er nur noch auf diesen stummen Gruß gewartet, so nickte er jetzt bedeutsam dem Mädchen zu und war im nächsten Augenblicke zwischen dem Gebüsch verschwunden. Marsilia aber fühlte, wie es wie ein trunkener Schauer ihr über den Leib fuhr.

Der Wagen näherte sich bereits dem Dorfe, da richtete sie endlich an den Wagenlenker das Wort:

»Du, Henner, wer war denn das vorhin?«

»Wo denn?«

»Na, am Frankenweg! Wo's 'nunter geht!«

»Hab' nichts gesehn!«

»Der im Jägerrock! So halbrotes Haar!«

»He! Das ist ja der neue Forstassessor!«

Die Besorgung im nahen Nachbardorfe war gar nicht so dringlich. Marsilia aber hatte sich nicht abhalten lassen, sie noch diesen Abend auszurichten. Nun sie heimschritt, hielt sie die an dem Forsthause vorüberführende Straße inne. Unterwegs hatte sie ein paar Heckenrosen an ihren Busen gesteckt. So näherte sie sich dem Hause. Immer langsamer ward ihr Schritt. Und dann fühlte sie wieder den Blick auf sich ruhen, der vor ein paar Stunden sie jählings aufgeschreckt hatte. Er stand am Gartenzaune. Der Mond beleuchtete sein ernstes Gesicht, das sich scharf abhob.

Sie tat so, als wollte sie vorübergehen, hielt jedoch sofort inne, da er sie anredete.

»Guten Abend!« Er trat ein paar Schritte vor und reichte ihr seine Hand, in welche sie wie mechanisch einschlug. »Ich wusste«, fuhr er fort, »dass ich Sie heute noch wiedersehen würde.«

»Sie wussten –« Unsicher, fragend schaute sie nun in sein Gesicht. Er ließ ihre Hand nicht frei, da er nur entgegnete:

»Ja gewiss! Als ich Sie heute zum ersten Male vorüberfahren sah, da – ich weiß selbst nicht, wie es kam, da war es mir, als hätten wir nur aufeinander gewartet, dass wir uns die Hände reichten, wie wir es nun tun.«

Sie versuchte, ihm die Hand zu entziehen. Da aber ging wieder dieses eigene Leuchten aus seinen Augen in die ihrigen hinüber – und willenlos ließ sie ihm ihre Hand.

»Ich muss heim«, flüsterte sie, »man wartet auf mich.«

»Ich habe auch mit Sehnen auf Sie gewartet. Seien Sie nicht grausam. Der Abend ist schön. Wir gehen ein bisschen hier auf und nieder. Um diese Stunde kommt niemand mehr aus dem Dorfe vorüber.«

Vom Kirchturm schlug es bereits zehn, da Marsilia sich trennte.

»Leben Sie wohl, Herr Assessor!«

»Unsinn! Ich bin der Heinrich, wie Sie die Marsilia sind! Nicht wahr? Wollen wir es nicht so halten?«

Sie blieb machtlos. Sie konnte nur stumm nicken.

»Die Rosen an Ihrer Brust – wollen Sie mir sie nicht geben? Zur Erinnerung? Dass ich von Ihnen diese Nacht auch träume!«

Verwirrt löste sie die Blumen und reichte sie ihm.

»Da! Nun aber lassen Sie mich gehen! Gute Nacht!«

»Gute Nacht, Marsilia!«

Wie ein Zucken traf es ihn aus ihren Augen. Dann eilte sie rasch heim.

An dem neuen Herrn Forstassessor hatte die Tafelrunde des Gemeindewirtshauses keine Erwerbung gemacht. Nur selten ließ er sich einmal im Dorfe sehen. Auch im amtlichen Verkehr blieb er kurz angebunden und schweigsam. Die Mädchen meinten, dass man sich vor ihm fürchten müsse, wenn er so finster hinblickend an ihnen hinstreife. Nur eine von ihnen, kicherten sie, brauche sich nicht zu fürchten, das sei die Marsilia. Denn die halte es mit ihm, wie heimlich sie auch tue. Das gab ein Tuscheln und Höhnen! Nun konnte man der stolzen Marsilia doch endlich auch etwas anhängen, die immer so unnahbar sich gegeben hatte.

Eines Abends lag Marsilia schluchzend an der Brust des jungen Forstmannes. Ihre Hände hatten sich krampfhaft um den Hals des Geliebten geschlungen.

»Heinrich!« Es klang so wehevoll.

»Was hast du? So sprich doch, Mädchen!« Er strich ihr sanft über das volle Haar.

»Ich soll dich lassen, Heinrich!« würgte sie endlich hervor. »Das ganze Dorf neidet mich um deine Liebe. Es ist herausgekommen, wie heimlich wir es auch gehalten. Ach Gott! Zu meinem Vater haben sie es auch getragen und –.« Erneutes, wehes Aufschluchzen unterbrach ihre Stimme.

»Und? Was ist geschehen? So sprich doch!«

»Er hat mir verboten, dass ich dich wiedersehen soll. Da habe ich ihm erklärt, dass ich nicht mehr von dir lassen könnte, dass ich lieber sterben würde, als – – o, mein Gott! – – da – hat er mit der Peitsche mich wie einen Hund geschlagen – hat mich eingesperrt. Ich aber bin doch frei gekommen und nun, Heinrich, rette mich! Rette mich vor der Welt! Rette mich vor mir selber!« Wie leises Wimmern drang es jetzt leise aus ihrer Brust, da sie sich noch fester an den Geliebten klammerte.»

Still, still doch, Marsilia! Armes, liebes Mädchen! Und alles um der Liebe willen! Wir müssen stark sein, müssen unsere Liebe noch geheimer halten. Wir sind ja jung, beide! Es ist über uns gekommen wie ein Wetter aus Frühlingshimmeln. Da heißt's stille halten. Nicht den Mut verlieren. Einmal kommt auch uns eine Stunde, wo wir – weine nicht mehr! Sei gut!«

»Du wirst mir immer treu bleiben, Heinrich?« Angstvoll suchte ihr Blick den seinen.

»Was bangst du dich? Immer, Marsilia!« erwiderte er mit starker Stimme. »Bisher habe ich es dir noch nie gesagt. Nun aber, dich zu beruhigen – seit Langem quält man mich von zu Hause, ich soll mir ein Mädchen suchen – heiraten – standesgemäß – Hahaha! Als ob ein liebendes Herz nach Stand und Würden frage! Ich weiß ja, dass ich dich nicht heiraten darf, aber dich lieb bis zuletzt behalten, das soll mir niemand wehren!«

Sie hielten sich beide stumm umfangen und ihre Seelen sprachen ohne Worte das Geständnis ewiger Treue.

Wenige Tage darauf, als der Forstassessor spät aus dem Walde heimkehrte, lag auf dem Boden seines Zimmers, sichtlich durch das offene Fenster hineingeschleudert, ein Brief. Wie von Ahnungen erfasst, öffnete er ihn unter leichtem Zittern. Er enthielt nur wenige Zeilen.

»Mein lieber, lieber Heinrich!

Nun müssen wir doch scheiden! Man trennt mich gewaltsam von dir. Mein Vater bringt mich morgen in aller Frühe weit fort zu Verwandten, damit wir uns aus den Augen kommen. Aus den Herzen können sie uns aber doch nicht reißen. Was werden wird, weiß ich heute noch nicht. Nur dass ich dir treu bleibe. Lebe wohl und sei tausendmal geküsst von deiner armen Marsilia.«

Das war im Herbst. Marienfäden zogen bereits durch die blauen Lüfte und alle Firnen leuchteten wie schimmerndes Gold. Wer jetzt dem Forstmann im Walde begegnete, der wich am liebsten im weiten Bogen aus. Finster, in sich gekehrt, schritt er einsam dahin. Nun hatte er auch den letzten Verkehr mit dem Dorfe abgebrochen. Selbst die lauten Freuden der Kirmse lockten ihn nicht hinab unter die lustig feiernde Gemeinde. Tagsüber lag das Forsthaus totenstill und verlassen. Erst wenn die Nacht längst auf die Waldberge sich niedergesenkt hatte, dann kehrte der einsame Bewohner wieder heim. Von Marsilia hatte er kein Wort wieder vernommen.

Die Schwelle zum neuen Jahre war seit ein paar Tagen überschritten. Eisiger Ostwind heulte durch die aufstöhnenden Wälder und türmte blendende Schneewälle immer höher. Scharf geschnitten stand die Mondsichel am Himmel. Den Hund zur Seite, den einzigen Gefährten seiner Einsamkeit, kehrte der Assessor schweren Trittes aus den Bergen heim. Unweit seines tief verschneiten Hauses hob plötzlich der Hund zu schnobern an. Dann rannte er voran, um gleich darauf einen kurzen Laut auszustoßen.

»Kusch dich! Was hast du denn?«

Der Hund hielt vor der Haustür und gab einen halb winselnden, halb freudigen Ton von sich.

Im nächsten Augenblick war auch der Forstmann heran. Auf den steineren Stufen seiner Haustür hockte eine vermummte, weibliche Gestalt. Sie musste wohl bereits lange hier gesessen haben, denn der sacht rieselnde Schnee deckte schon ihre Füße vollständig zu.

Wie von einer Ahnung ergriffen, ging ein Beben durch die starke Mannesgestalt. Er beugte sich nieder und dann schrie er wie ein weidwundes Tier:

»Marsilia!«

Und als ob die hier Kauernde nur auf dieses Erlösungszeichen gewartet, so schlug sie jetzt das Tuch ein wenig zurück und hauchte mit matt jubelnder Stimme:

»Heinrich! Kommst du endlich? Ach, mich fror so nach dir!«

»Du hier?« Er richtete sie auf. Er presste sie an sich, warmes Leben ihrem Leben zu geben.

»Nur noch einmal wollte ich dich sehen, Heinrich, ehe sie mich gemordet haben. Ich bin geflüchtet. Seit gestern bin ich zu Fuß – hierher trieb es mich, wo wir so glücklich einst waren – so glücklich! Nimm mich auf, Lieber – nimm, mich friert so – sehr.«

Da schloss und stieß er die Tür auf. Dann hob er die Zitternde auf seinen Arm und trug sie in sein Haus.

Am nächsten Morgen pochte eine Fiebernde an das Haus des starken Meißner. Zwei Wochen später trug man Marsilia hinaus auf den Gottesacker an der Berglehne. Fast das ganze Dorf gab ihr das Geleite. Nur einer blieb fern. Dieser eine hat sich dann bald versetzen lassen und hat niemals geheiratet. Er ist ein Einsamer mit seinen Erinnerungen geblieben.

Die Notflagge.

Die Morgensonne schien wirklich ganz warm und freundlich über die Dächer und in die reinlichen Straßen von Lerchental, doch als Brigitte Köllner jetzt aus einem Häuschen der Vorstadt trat, da war es mit einem Male, als ginge ein noch hellerer Schein über die Gasse.

Ehe sie das kleine Vorgärtchen durchschritt, bückte sie sich rasch, brach ein Paar Nelken vom Rabattenbeete ab und befestigte diese an dem Blusenschlitz. Dann hob sie den Kopf und blinzelte wie dankbar hinauf zur Sonne, die heute wieder einen schönen Sommertag versprach.

Brigitte Köllner war nicht mehr die Jüngste, und doch lachte alles an ihr wie in unverwüstlicher, lebensprühender Jugend. Diese rosig gesunden Farben! Dieser federnde, leichtbeschwingte Gang! Wie sie sich in den weichen, runden Hüften wiegte! Wie über der vollatmenden Brust auf zierlichem Halse sich das Köpfchen aufbaute, anmutigen Trotz und Schelmensinn verratend! Ein bisschen keck die breite, leicht abwärts geneigte, stroherne »Wippe« zum Hinterkopf geschoben, so stand sie da und grüßte vor ihrem Ausgang das Himmelslicht. Und aus was für Augen! Langbewimpert, groß und brennend! Wie Angelhaken, die sich in Männerherzen festschlagen, dass diese zappeln und nicht wieder davon loskommen können. Eben diese Augen waren das Wundersame an ihr, aus denen herzbetörende Frauenwonne leuchtete.

»Ihr Auge ist alles! Sie ist ganz Auge!« hatte einmal im »Lamm«, als das Gespräch auf die Näherin Brigitte Köllner gekommen war, der lyrisch veranlagte Volksschullehrer Apfelstedt geäußert. »Schade, schade!«»

Adrett und appetitlich!« fügte der Buchhalter Amberg hinzu. »Zum Anbeißen! Schade, schade!«

Der Schlächtermeister Abendroth aber hatte sich den Mund gewischt und dann den Bart gekraut, worauf er mit dem sicheren Nachdruck eines Kenners bemerkte:

»Und diese Brust! Diese Schulterstücken! Wärklich, ä Staatsmäjen! A proppres Ding! Schade, schade!«

Schade, schade! So hatten sie alle bisher gesagt. Dem einen war sie zu arm, der andre stieß sich an die eingebildete Niedrigkeit ihres Berufes. Dieser fühlte sich noch zu jung und hatte selbst nur so viel, um gerade noch in Ehren sich durchs Leben zu schlagen, jener hätte sie gern vom Fleck weg heimgeführt, wäre er nicht längst bereits im Besitz einer besseren Hälfte gewesen. Allen aber brannte lichterloh das Herz, wenn sie einmal wieder in die heißen Augen der Brigitte Köllner geschaut hatten.

Diese selbst aber schien sich um dies alles wenig zu kümmern. Die Jahre kamen und gingen. Sie aber lachte tapfer und hell weiter, und aus ihren Augen ging ein Leuchten, als wolle sie mit jedem neuen Jahre erst mit ihrem Leben und Hoffen beginnen. Dass sie den Männern nicht gleichgültig geblieben war, wusste sie natürlich. Das klang aus jedem Gruße, das gestand ihr jeder Mannesblick, der über sie hinstreifte. Ob hoch oder niedrig: In diesem Punkte blieben sich alle gleich. Mit einer ehrlichen, auf redlichen Grundsätzen aufgebauten Neigung aber war ihr bisher noch keiner nähertreten – und sich einem an den Hals werfen und den Genüssen der Jugend nachjagen, das wollte sie nicht. Davor schützte sie die Tapferkeit ihrer Seele. Dazu dünkte sie sich zu gut. Sie wollte keine Frucht sein, deren süßen Inhalt man auskostet, um dann die Schalen achtlos an den Weg hinzuwerfen. »Komm mit!«, hatten die andern Mädchen früher so manchmal zu ihr gesagt. »Man ist ja doch nur einmal jung, und hernach guckt uns keiner mehr an!«

Immerhin! Ihr war es bisher gar nicht so gewesen, als wäre sie bereits aus der Mädchenjugend heraus, trotz ihrer nun fünfundzwanzig Jahre. Alles straffte sich an ihr, die Arbeit machte ihr Freude, und einen Abbruch ihrer inneren Heiterkeit hatte sie ebenfalls nicht feststellen können. Es war bisher ohne Mann gegangen, sogar recht gut, da brauchte sie nicht um die Zukunft zu bangen.

Sie rückte ein wenig an dem roten Bande, das ihren Hals einrahmte, sodass die Schleife mitten unter dem dunkelbraunen Haarzopf des Nackens saß. Dann drückte sie die Gartentür ins Schloss.

Aus dem offenen Fenster im Erdgeschoss des Nachbarhauses klang gedämpftes Klopfen. Auf dem Dreibein hinter der wassergefüllten Glaskugel saß der Schuster Metzler und hämmerte unbarmherzig auf das Leder los.

»Guten Morgen, Herr Nachbar!«

Da hob er lächelnd den struppigen, rotblonden Kopf.

»Ei, guckeda! Scheen guten Morjen, Freilein Köllner! Au schon so früh uff'n Zeich?« Seine Augen weideten sich behaglich an dem hübschen Mädchen.

»Ich geh' heut' zur Frau Kantor nähen!« Sie nannte den Namen eines Nachbardorfes.

»Unn immer fröhlich! Immer ä freindliches Gesicht! Hähä!«

»Was soll man sonst machen? Das Schlechte muss man nicht rechnen und sich freuen an dem, was einem sonst noch bleibt.«

»Gelle? 's is ja schon so! Aber manche lernen's nie!«

»Weil sie dumm sind, Meister Metzler! Adje!«

»Is so! Is so! Adje, adje! Den Nagel uff'n Kopp getroffen!« Und er hieb lachend auf seine Arbeit los, als wollte er damit sinnbildlich die Wahrheit des soeben Gehörten bekräftigen, »'s is unn bleibt ä Staatsmäjen,« wandte er sich dann an seine Frau, die im Hintergrund der Stube just das gemeinsame Ehebett aufschüttelte. »Nich, Aujuste? Schade, schade!«

Diese schien aber andrer Meinung, Die unverhüllte Begeisterung ihres Eheherrn erweckte jedes Mal wieder unfrohe Stimmungen in ihrer Brust.

»Bekümmre dich lieber um deine Arbeit,« entgegnete sie spitz. »Jedem alten Esel verdreht sie den Kopp, unn du machst keine Ausnahme. Guck se doch an! Der reine Herrenwinker! Nadierlich is das was für eich Mannsleite! Unn hinten die rote Halsschleife! Ha! Das is die Notflagge! Die zieht jede alte Jungfer uff, wenn's bedenklich wird!«

Meister Metzler antwortete nichts darauf. Er kannte die völlige Zwecklosigkeit solchen Unterfangens. Aber er blickte der hübschen Nachbarin nach, bis sie um die nächste Ecke gebogen war. Und dann meinte er noch immer ihre großen, brennenden Augen auf sich gerichtet zu sehen. Er schmunzelte stillvergnügt und begann darauf aufs Neue das Leder zu bearbeiten.

Brigitte Köllner hatte die Stadt bereits im Rücken. Manchen Gruß hatte sie ausgeteilt, noch mehr vielleicht erwidert. Dann kam das letzte Haus, Gärten, ein paar Streifen Ackerland, darauf der Wald. Wie feierlich still war's heute noch unter seinen hohen Wipfeln! Nur die Vögel lärmten, ein halbversteckter Bach murmelte zur Seite, und von irgendwo klang eine Dorfglocke durch die Morgenfrühe. So frisch und würzig herb ging die Luft einher. Ein paar Mal blieb sie stehen und atmete tief den Hauch der Bergwälder ein, und dann blickte sie fröhlich über sich. Unbeweglich griffen die Fichtenwipfel in die klare, blaue Luft; im Sonnenglast schimmerten die braunen, langen Fichtenzapfen zwischen den grünen starren Zweigen. Wie schön war doch die Welt!

Der Weg, den sie eingeschlagen hatte, stieg langsam empor, um auf der andern Seite des Berges ziemlich steil sich in ein weites Wiesental wieder hinabzusenken. Droben auf der Höhe blickte man durch den breiten Waldeinschnitt nieder zu den rotgedächerten Hütten des Dorfes. Dahinter baute sich das Gebirge stufenförmig bis zum Kamm auf.

Einen Augenblick blieb Brigitte stehen und freute sich des im Morgenduft ruhenden Bildes. Dann schritt sie leise trällernd die Straße hinab. Plötzlich vernahm sie hinter sich das schrille Anschlagen einer hellen Glocke. Sie wandte sich um. Droben auf der Höhe stand ein Mann, der sich soeben auf sein Zweirad schwang und nun anschickte, den Berg hinunterzusausen. Noch einmal gab er das Warnungszeichen, dann flog das Rad mit seinem Reiter talab.

»Solch ein gefährlicher Unsinn!«, murmelte das Mädchen halblaut und trat darauf seitlich in die Tannen, den tollen Radler vorüberzulassen. Jetzt war er heran. Ein kecker Seitenblick, ein Rühren an der Mütze.

»'n Morrn, Fräulein!«

»Allheil!«, antwortete sie. Es klang fast unmutig.

Waren es ihre Augen, die ihn zu lange vom Beobachten des Weges ablenkten, hatte sich ein Stein ihm zwischen die Maschine geschoben? Kaum dass sie seinen leicht herausfordernden Gruß beantwortet hatte, sah sie, wie

Stahlross und Reiter schwankten. Im selben Augenblick flog das Rad klirrend nieder. Daneben brach der Mann zusammen.

Ein leichter Aufschrei entrang sich ihren Lippen. Dann war sie hinüber. Sie beugte sich nieder und sah betroffen und mitleidig in das Gesicht des Gestürzten. Er hatte die Augen geschlossen und stöhnte leicht.

»O, mein Gott! Sind Sie verwundet?« Sie hatte seine Mütze, die daneben lag, ergriffen und blickte immer noch unentschlossen auf den Verunglückten. Ihre Verwirrung und Bestürzung war noch so groß, dass sie nicht recht wusste, was sie zuerst beginnen sollte. Nun aber legte sie ihm eine Hand leicht auf seine Stirn, und nochmals erklang leise und teilnahmsvoll ihre Frage.

Da öffnete er langsam die Augen und blickte sie verwundert an. Dann allmählich schien die Erkenntnis des Vorgefallenen in ihm zurückzukehren.

»Ich ... ich war etwas betäubt von dem Sturz ... aber jetzt ... jetzt ... es wird schon besser ... der Anprall war zu heftig ... wenn Sie mir gütigst etwas helfen wollen ... mm! mm! Mein Bein! Fatale Sache! So, so! Danke Ihnen ... hier am Waldrand ... so, danke vielmals! Äh!«

Er hatte sich nicht erhoben, sondern war, von ihren kräftigen Armen unterstützt, rückwärts bis zu der nahen, sanft sich neigenden Böschung gerutscht. Aufseufzend blieb er da sitzen, und ohne dass sie es eigentlich selbst sich bewusst geworden, hatte sie sich neben ihm niedergelassen. Sie fühlte nur mit dem Instinkt des Weibes, dass hier jemand Unterstützung, Hilfe und Pflege brauchte.

Sie schaute leicht verwirrt den Weg am Berghang auf und nieder. Niemand sonst war zu erblicken. Um diese Morgenstunde war es hier immer still. Wer weiß, welch lange Frist noch verstreichen konnte, ehe ein dritter hier helfend mit einsprang.

Der junge Mann, er mochte im Anfang der Dreißiger stehen, versuchte das linke Bein ein wenig emporzuziehen. Es gelang ihm nur mühsam. Dabei biss er die Lippen zusammen.

»Sie haben Schmerzen? Nicht wahr? Heftige?«

»Hoffentlich ist der Fuß nur verrenkt«, antwortete er, »'s ist mir doch noch nie passiert ... nun gerade heute ... ich weiß selbst nicht, wie's kam. Ich wollte Sie grüßen, und ... da ...« Ein Blick streifte über ihr Gesicht, der das zu sagen schien, was nun der Mund nicht eingestehen mochte.

Brigitte schlug die Augen nieder. Wenn doch nur jemand endlich käme. Wie lange sollte sie denn hier bei dem Fremden sitzen? Und die Frau Kantor! Die wartete ja auch da unten! Auf einmal rief sie erschrocken:

»Sie sind ja auch noch verwundet?« Sie deutete auf die eine Hand. Unter der vorgeschobenen Manschette rieselte sacht ein dunkelroter Blutstrom hervor. »Sie sind zu leichtsinnig gewesen! Den Tod konnten Sie sich holen!« Ihre Stimme klang scheltend und unmutig. Er ließ alles über sich ergehen.

»Vielleicht haben Sie recht! Ich will's auch nie, nie wieder tun, wie die kleinen Kinder immer so hübsch sagen,« erwiderte er leicht lächelnd.

»Um es beim nächsten Male doch wieder zu tun!« entgegnete sie. »Aber wir müssen den Arm untersuchen.«

Sie knöpfte die Manschette ihm ab und streifte dann, von ihm unterstützt, erst den Rockärmel empor, dann den des Hemdes.

»Eine hübsche Schramme!« lachte er.

»Das kommt von der Eitelkeit der Radler!« zürnte sie. »Immer sich hervortun, damit sie auch ja die Bewunderung ernten.«

»Tadeln Sie nur immer zu, Fräulein, die Meisterschaft Europas habe ich heute nicht errungen. Aber ... vielleicht ...« Er brach ab.

»Erlauben Sie«, sagte sie kurz und zog aus der Brusttasche seines Jacketts rasch das kokett hervorlugende weiße Tuch, erhob sich und eilte über den Weg in die Tannen zu einer kleinen Mulde, durch die ein schmales Rinnsal leise gluckerte. Dort durchtränkte sie das Tuch mit dem frischen Wasser, bückte sich darauf noch einmal und riss hastig einige saftige Pflanzenblätter ab. Darauf kehrte sie zurück. An der Seite des Fremden ließ sie sich wieder nieder.

»So!«, sagte sie und presste das feuchte Tuch auf die Wunde. »Nun halten Sie mal recht fest. Jetzt muss ich den Doktor spielen.« Sie öffnete ihre Handtasche und entnahm dieser ein Stück Leinwand, ein Paar Zwirnsfäden sowie eine Sicherheitsnadel. Sie riss die Leinwand in Streifen. Dann wusch sie mit dem Tuch die Wunde rein, legte flink und geschickt die Pflanzenblätter darüber, wand die Leinwand herum, umband sie und steckte sie mit der Nadel noch zu.

»Fürs erste!«, lachte sie. »Noch hübsch still gehalten!« Mit dem einen Teil des Tuches säuberte sie noch seinen Arm, schob dann die Ärmel wieder vor und eilte noch einmal zum Bache, dort das Tuch von dem frischen Blut zu reinigen. Wie verträumt ließ der junge Mann alles über sich ergehen.

»Wie soll ich es Ihnen jemals danken, was Sie mir heute an Güte und Barmherzigkeit erweisen?«, sagte er, als sie zu ihm zurückkehrte.

»Gar nicht«, erwiderte sie. »Oder ja doch: indem Sie mir versprechen, niemals wieder solche Dummheiten zu begehen.«

»Ich will es Ihnen versprechen«, antwortete er fast treuherzig. »Aber nun geben Sie mir auch mal Ihre Hand. So! Ich danke Ihnen, ich danke Ihnen viel, vielmal! Sehen Sie, so ein Händedruck, das ist wie eine feierliche Unterschrift. Nun kann man gar nicht anders ... nun muss man Wort halten ... ob man will oder nicht!«

»Sie sollen aber wollen!«

»Ich will ja auch! Wahr und wahrhaftig!«

Sie hatte ihm ihre Hand wieder entzogen und blickte mit leiser Unruhe den Weg auf und nieder.

»Es kommt wahrhaftig kein Mensch«, sagte sie. »Ich kann Sie doch unmöglich hier allein lassen.«

»Nein, nein! Um Gottes willen! Ich fürchte mich sonst! Ich müsste ja sterben!« Seine Augen blitzten sie so froh und übermütig an, dass sie nun doch lächeln musste, so ernsthaft sie auch zu bleiben gedachte.

»Sie verdienen es gar nicht!« sprach sie.

»Das weiß ich ja alles, Fräulein! Aber es tut so wohl.«

»Meine arme Frau Kantor Macheleidt!«, seufzte sie halblaut. »Die wird auch denken, ich halte nicht Wort.«

»Da unten?« Er deutete auf das Walddorf in der Tiefe.

»Ja. Es ist heute mein Nähtag bei ihr.«

»Herrgott, da wollt' ich ja auch hin!«

»Sie hat eine neue Nähmaschine bekommen. Heute wollt' ich sie einweihen.«

»Hahaha! Die ist ja von mir! Vorige Woche hab' ich sie ihr geliefert.«

»Sie? Von Ihnen?«

»Na, gewiss! Ich mache ja in Nähmaschinen.«

Jetzt musste sie lachen.

»Wie das klingt! Hübsch eigentlich nicht.«

»Aber immer noch besser, als wenn einer ganz ernsthaft erklärt: ›Ich mache in Fadennudeln!‹ Oder ›in gestrickten Unterjacken!‹ Meinen Sie nicht?«

Da lachte sie wieder. Diesmal ganz laut, dass es gar fröhlich durch den Wald klang. Und dann sagte sie:

»Also Herr Berthold Küchler aus Gotha?«

»Sie kennen mich?«

»Per Renommee! Ich habe der Frau Kantor Ihre Adresse empfohlen und auch noch andern meiner Kundinnen. Meine eigne Maschine ist auch von Ihnen.«

»Ists die Möglichkeit? Herrgott, da sind wir ja schon lange bekannt?«

»Zwei Jahre.«

»Bekannt, ohne uns zu kennen.«

»Brigitte Köllner aus Lerchental.«

»Da müssen Sie mir aber noch einmal Ihre Hand geben. Bitte, Fräulein! Bitte! Nein, solch ein Wiedersehen!« Er lachte über das ganze Gesicht.

»Da kommt Rettung!«, rief sie plötzlich. »Das ist der Jagdwagen des Oberförsters. Der muss Sie mitnehmen bis zum Bahnhofe, denn heute wird's mm doch nichts mehr mit dem Besuche bei der Frau Kantor.«

»Leider!«, seufzte er. »Muss dieser dumme Wagen auch jetzt schon kommen!«

»Seien Sie doch nicht so undankbar!«

»Ach! Sie haben gut spotten. Grüßen Sie nur die Frau Kantor recht schön. Beim besten Willen aber wär's mir nicht möglich gewesen.«

»Ich kann's bezeugen,« lächelte sie schelmisch und eilte dann dem langsam heraufkommenden Gefährt entgegen, um mit dem Oberförster einige Sätze zu wechseln.

Nun war der Wagen heran. Der Oberförster sprang herab und näherte sich dem am Waldrande Sitzenden.

»Herr Oberförster Eberhard – Herr Küchler aus Gotha,« stellte Brigitte die Herren vor.

»Heute müssen Sie 'mal den barmherzigen Samariter spielen, Herr Oberförster,« lachte sie.

»Nachdem Fräulein Köllner mich bereits gerettet und gepflegt hat,« ergänzte der Verwundete.

»Hoffentlich haben Sie stillgehalten?«, scherzte der Oberförster.

»Musterhaft artig gewesen! Tadelloser Patient! Was, Fräulein?«

»Na, denn zu!« feuerte der Oberförster an. Er und Brigitte unterstützten den sich mühsam Erhebenden und geleiteten ihn zum Wagen. Dann ward das Rad aufgeladen.

»Tausend Dank vorläufig, Fräulein Köllner! Und grüßen Sie die edle Kantorsfrau.«

»Wird alles besorgt!«

»Wir sehen uns wieder?«

Statt einer Antwort reichte Brigitte dem Oberförster die Hand hinauf.

»Schön Dank auch. Adje!«

»Adje, adje! Vielen Dank! Hühott!«

Die Pferde zogen an, der Wagen rollte weiter zur Höhe empor, um dann jenseits zu verschwinden.

Brigitte Köllner schritt eiligst dem Dorfe zu. ›Na, die Frau Kantor wird Augen machen! Hoffentlich zürnt sie mir nicht allzu sehr.‹

Wie sie aber, so still vor sich hinlächelnd, bergein zwischen den Tannen dahinschritt, lag nichts auf ihrem lieben, schönen Gesicht, das von Angst und Kummer etwa sprach.

Mitten durch das tägliche Gesprächsthema des Schusterpaares Metzler zog sich seit Wochen bereits wie ein roter Faden Brigitte Köllner. Die dunkeläugige Nachbarin war den beiden schlichten, kurzblickenden Seelen eine Art Sphinx geworden, ein lächelndes, aber leider schweigendes Geheimnis, das aufzulösen wohl des Schweißes der Edeln wert war.

Jetzt war es nicht mehr die Notflagge, die der wackeren Schusterfrau rascher das Blut durch die Adern trieb. Neue, bisher noch nicht beobachtete Erscheinungen hatten das Interesse aufs Höchste gesteigert. Die Neugier glich einem überheizten Dampfkessel. Wenn sich nicht bald ein Ventil öffnete, so stand die dräuende Gefahr eines Zerberstens in Aussicht.

Seit Wochen prangten in den Fenstern des Stübchens der Nachbarin immer neue, frischgeschnittene, kostbare Rosen. Es schien geradezu, als füllten allnächtlich fleißige Heinzelmännchen Vasen und Gläser im Heim Brigittens damit.

»Aus ihren Garten sinn se nich, das sieht doch ä Blinder«, meinte die Meisterin.

»'s is ja richtig! Sonne Rosen wachsen überhaupt hier nich«, stimmte der Meister zu.

»Na, unn denn ... ich will ja nichts Schlechtes sagen: aber wie oft kommt jetzt eener von der Post. Bald ä Brief, bald ä Paket, 's geht mich ja nischt an, aber ... hm! ... ob's moralisch is? ... Hm! ... ich wasch' meine Hände in Unschuld!«

Und Frau Schuhmachermeister Metzler fuhr denn auch fort, ihre Hände in lilienreiner Unschuld zu waschen. Er aber freute sich noch immer, wenn der helle Gruß der Nachbarin an sein Ohr schlug, ihre geschmeidige Gestalt die Gasse hinunterschwebte.

»Hm!«, murmelte er dann wohl, »auffallend is es ja, von wegen der vielen Bliemerchen ... aber, du lieber

Gott, mich brennt's nich, unn Schlechtes kann man ihr au nich nachsagen.« Poch, poch, poch! Vollendete darauf der Hammer den tiefsinnigen Satz.

Es war an einem stillen Sonntagnachmittag. Der Sommer ging bereits zur Rüste. Über dem Wald, dem offenen Lande, dem Bergstädtchen lag es heute wie Blau und Gold. Wie ein von Sehnsucht durchhauchtes Abschiedslied des Sommers, der noch einmal mit all seinem Glühen und Blühen, Drängen und Schwellen an das Menschenherz rühren wollte.

Nachbar Metzlers waren im Sonntagsstaat nach einem beliebten dörflichen Sommergarten gepilgert. Wie ausgestorben lag die Straße. Brigitte hatte erst lesend an einem Fenster gesessen. Dann erhob sie sich und schritt hinaus. Hinter dem Häuschen lag eine hübsche Laube. Von da konnte man drüben die grünen Buchenberge schauen. Dort ließ sie sich nieder. Ihre Hausleute waren ja auch ausgegangen. So war sie heute Alleinherrscherin im Hause.

Auf einmal schreckte sie leicht auf. Waren das nicht Schritte im Hausflur? Und jetzt ging die Hoftür ... die niedere Gartentür ward aufgestoßen. Brigitte erhob sich und trat aus der Laube. Da blieb sie wie angewurzelt stehen.

»Herr Küchler! .... Nein, haben Sie mich erschreckt!«

»Habe ich das nicht schon einmal? Damals ... da oben im Walde?« Sein ganzes Gesicht leuchtete, als er jetzt näher trat, ihr die Hand fest und warm reichte und ihr für ein paar Herzschläge lang stumm ins Angesicht sah.

Dann fuhr er fort, stockend, erregt, immer noch ihre Hand in der seinen festhaltend: »Der dumme Fuß. Sechs Wochen musste ich stillhalten ... Heute ist mein erster größerer Ausflug ... und der musste Ihnen gelten ... Ihnen, der ich so viel verdanke.«

»Sie sollen nicht so reden! Ich kann's nicht hören!«

»Sie müssen es! Bedanken will ich mich für alles noch einmal ... Ihre lieben Briefe ...«

»Es war nicht recht, dass ich schrieb. Ich weiß es. Aber Sie baten so energisch darum ... immer wieder ... da bin ich schwach geworden.«

»Und mich hat's stark gemacht! Sie glauben gar nicht, wie ich mich schon vorher auf jeden neuen Brief freute! Wie ein Junge auf das Christkind!« »Nun sind Sie wieder ganz gesund?«

»Körperlich – wie der Fisch im Wasser! Aber ein andres Leiden hat sich bei mir eingestellt ... und da sollen Sie mir wieder helfen ... wie schon einmal Geschäftlich!«

»Geschäftlich?« Sie sah ihn verständnislos an. »Geschäftlich?« wiederholte sie.

»Ja, ja, geschäftlich! Sonst mache ich Pleite! Und das möchten Sie doch nicht, wenn Sie auch sonst mir alles Böse wünschen. Die Generalagentur für Nähmaschinen Berthold Küchler will sich vergrößern, muss sich ausdehnen, soll wachsen, um jeder Konkurrenz die Spitze zu bieten. Sie haben bereits für mich gewirkt, ehe Sie mich kannten, Ihr unvergleichlicher Scharfblick hat bald erkannt, das Gute von der Mittelware zu scheiden ... Sie sind der geborene Geschäftsteilnehmer! Und darum, Fräulein Brigitte; bin ich heute herübergekommen, Sie in aller Form und Feierlichkeit zu fragen, ob Sie geneigt sind ... in mein Geschäft einzutreten ... als stiller Kompagnon ... Fräulein Brigitte: Meine Knochen sind wieder heil ... aber ... da drinnen ... das arme Herz ... das haben Sie krankgemacht ... und nun machen Sie es wieder heil. Sagen Sie nicht ›ja‹ noch ›nein‹! Schauen Sie mich an, aus Ihren Augen will ich alles lesen!«

Und sie sagte nicht ›ja‹ noch ›nein‹. Ein einziger Blick suchte den seinen, und dann zog er sie an seine Brust.

Das war ein Aufsehen in Lerchental, als beide Blättchen der Stadt in ihrer nächsten Nummer die Verlobung Brigittens mit dem Generalagenten Berthold Küchler in Gotha brachten. Doch jeder einzelne gönnte dem Mädchen das unerwartete Glück.

»Siehste!«, sagte Frau Metzler zu ihrem Ehegespons, »da hammer's! Die hat nich umsonst die Notflagge all die Jahre uffgezogen.«

»Schäme dich, Frau!«, erwiderte der Meister. »Die hat redlich ihr Glück verdient. Schließlich find't jedes Deppchen sei Deckelchen!«

»Nu, unn die Wäsche braucht se au nich umzusticken!« Damit hatte Frau Schuhmachermeister Metzler, weil es das letzte Wort war und weil es auch sonst stimmte, recht.

Das Sommerheim eines fürstlichen Künstlers.

Kunst und Wissenschaft und alles geistige Streben verdichtet sich für uns nicht allein am grünen Strand der Spree; neben Berlin darf noch eine Reihe anderer Hauptstädte rühmlichst ihr Haupt heben, ja selbst die Residenzen kleinster Thüringer Fürstentümer haben sich in der Kunstgeschichte einen ehrenvollen, hell tönenden Namen errungen. Auf dem Gebiete der Politik im Schatten stehend, gewannen sie dafür in den verschiedenen Künsten eine oft führende Stellung. Dass im Thüringer Lande, der Wiege deutschen Volksgesanges, die Musik den Vorrang stets beanspruchte, darf also nicht befremden. Aber auch sonst blühten hier zwischen Ilm und Werra fröhlich alle Künste. Weimar, das einst den deutschen Parnass versammeln durfte, hat klassischen Klang. Auf dem Kampffelde der Musik hat Meiningen unter genialer Führung seines Feldherrn Fritz Steinbach in den letzten Jahren Sieg auf Sieg errungen. Vorher aber war es das Theater, welches Meiningen über Europa hinaus einen leuchtenden Ruhm gewann. »Die Meininger« waren etwas geworden, was bis dahin noch kein Theater erträumt hatte: ein fest umgrenzter Begriff, ein Zauberwort, eine Welt voll Schönheit und Farbenfreude. Noch heute denke ich klopfenden Herzens jener Tage, da ihr Siegeszug in Berlin begann, da es wie ein Rausch und Wirbel über unsere Spreeathener kam, dem sie sich willig und staunend unterwarfen. Der Zaubermeister aber, der in die Massen seiner Künstlerschar Leben und Seele gehaucht, der Harmonie, gesättigte Farbenglut, Bilder von bisher unerhörter Treue und Schönheit geschaffen, der saß abseits in seinem waldumrauschten Ländchen und freute sich aus der Ferne des Siegeszuges seiner Treuen. Seitdem füllen Name und Tat Herzog Georgs II. von Meiningen eines der leuchtendsten Blätter in der Geschichte des deutschen Theaters.

Dass ein Fürst von so ausgesprochen künstlerischen Talenten und Eingebungen diese auch in seiner eigensten Umgebung, den Räumen seiner wechselnden Residenzen, zur Geltung bringen musste, leuchtet ein. Dies hat denn auch Herzog Georg von Meinungen im vollsten Maße getan, und er hat damit in dem langen Zeitraum seiner Regierung nicht nur den bildenden Künsten manch schöne und ehrenvolle Aufgabe gestellt: Er hat vor allem auch innerhalb seines intelligenten Ländchens das Kunsthandwerk zu hoher Blüte emporgeführt. Meininger Holzschnitzer und Kunstfachschulen genießen Ansehen im deutschen Vaterlande. Der Sinn und das Behagen an der Kunst im eigenen Hause ward damit im Meininger Lande stark gefördert, wie auch dank dem Vorangehen des Herzogs der prächtige, malerische, einheimische Holzfachwerkstil – ich nenne ihn sonst immer den »Werrastil« – in Profan- und Privatbauten wieder hoch in Ehren kam.

Fein geläuterten Kunstgeschmack atmen alle Besitzungen des Herzogs von Meiningen. Alles Schwülstige, Barocke, kokett Französierende ist da ausgemerzt. Wie das äußere Bild des greisen Fürsten so recht dem eines echten, edlen deutschen Burgherrn entspricht, so spiegelt sich auch in seinen Schlössern und waldeinsamen Jagdsitzen echt deutscher Sinn wider. Die Stile vergangener und heutiger Zeit reichen sich da die Hand. Unter den Sommersitzen Georgs II. nimmt *Altenstein* am Westhange des Thüringer Waldes den Vorrang ein. Sein Park, seine Lage lassen ihn als eine der schönsten Sommerresidenzen Deutschlands erscheinen. Auf jäh niederfallenden Dolomitklippen sich erhebend, umrauscht von einem weiten Mantel stolzer Waldberge, blickt es hinab zum weitgezogenen, von Ortschaften, übertupften Werratale, hinüber zu den still und feierlich aufragenden, blau umdämmerten Kuppen und Gipfeln der Hohen Rhön. Es ist in der Tat ein Stückchen Paradies, ein Zaubersitz von bannender Schönheit. Es war vor wenigen Wochen, als ich wieder einmal über das Gebirge hinüber nach Altenstein zog. Blühen, Grünen und Singen ringsumher. Von den Berghängen scholl das melodische Geläut der Rinderherden, und die Wildwasser taumelten wie trunken ob all der blühenden Schönheit talab den Landen zu. Auf dem Inselberge, unserem »Thüringer Rigi«, ward kurze Rast gemacht. Dann ging es auf dem vergrasten Rennstieg, dem uralten Grenzpfade zwischen Thüringen und Franken, weiter. Tiefste Waldeinsamkeit, von Höhenluft umwittert! Nach einer guten Stunde berührt man einen der Dreiherrensteine, jener Grenzzeichen, welche die Politische Hoheit dreier sich berührenden Länder kennzeichnen, hier: Meiningen, Gotha und Preußen (Hessen). Scheffel hat in seinem frischen Gedichte »Der Rennstieg« (»Frau Aventiure«) just diesen Stein köstlich besungen, auf dem nach vollzogenem Grenzumritte die drei Abgesandten gemeinsam sitzen, aus einer Schüssel essen, doch ihre Füße auf des eigenen Landesherrn Gebiet dabei setzen. Auch eine wehmütige Erinnerung ruft dieser Stein wach. Der im tiefsten Elende umgekommene Thüringer Komponist Ludwig Böhnert belegte seine Oper mit dem Namen »Der Dreiherrenstein«. Der Schauplatz ihrer Handlung ist in dieser Gegend zu suchen.

Noch ein Stück waldumrauschten Rennstiegs weiter und dann links seitlich hinab in ein immer glänzender sich aufrollendes, tief eingerissenes Tal. Der Steinbach durchplätschert es, und am Ende winkt mit malerischen Fachwerkhütten das Dorf gleichen Namens. Funkensprühen und Hammerschlag hier Haus für Haus! Steinbach ist eine der vielen Thüringer Stätten der Eisenindustrie, deren Erzeugnisse dann als »Solinger Ware« in die Welt gehen. Die Berglehne empor, über die alte Lutherstraße fort, auf welcher einst der Reformator aufgehoben und nach der Wartburg geführt wurde, und dann umfängt uns der Park von Altenstein. An dem hübschen Gasthause vorüber, längs der Hofgärtnerei hin, und vor uns öffnet sich eine freie, von Baumgruppen eingefasste Rasenfläche, Blumenteppiche leuchten herüber, eine hohe Wassersäule steigt leis singend empor, Terrassen, Steinbilder, blütenüberwucherte Wandelgänge, efeuumschlungene Ruinenreste, sanft geschwungene Seitentäler, Wipfel an Wipfel gedrängt, blaue, sehnsuchtweckende, ferne Höhenzüge ... und inmitten dieses berückenden Bildes: Schloss Altenstein!

Es ist ein Meisterwerk des jetzt in Karlsruhe lebenden Professors Albert Neumeister, eines Kindes des Landes Meiningen, dem dieses eine Reihe fesselnder Kunstschöpfungen verdankt. Der giebelreiche Abschluss nach oben zeigt den Tudorstil (Eselrückenbogen); sonst aber machen sich deutsche und flämische Einflüsse geltend.

Über die Terrasse fort gelangt man in ein luftiges Vestibül des Erdgeschosses, welches einen Gartensaal, Audienz- und Fremdenzimmer und Räume für die Dienerschaft umschließt. Ein verdeckter Gang führt hinter dem

Schlosse zur Küche, die in den Felsen eingebaut ist, welcher die Reste des eigentlichen Altensteins auf seinem Scheitel trägt. Sämtliche Räume des Schlosses – ausgenommen die englischen Gemächer der Gemahlin des Fürsten, Freifrau von Heldburg – sind im Stil deutscher Renaissance ausgeführt. Das in glühenden Farben leuchtende Treppenhaus und der herrliche Speisesaal, geschmückt mit Fantasiemalereien des Malers und Dichters Arthur Fitger in Bremen, sowie der Gesellschaftssaal im oberen Stockwerke bilden Hauptglanzpunkte des Schlosses. Charakteristisch für alle diese Räume ist der schwarze Grundton gebeizten Holzes im wirksamen Gegensatze zu den lichten Decken. Alle Künste und Kunsthandwerke wetteiferten in der reichen und doch so deutsch anheimelnden Ausschmückung dieser Säle und Privatgemächer. Und von allen Seiten nicken durch die Fenster schwankende Baumwipfel, dringen Blütenduft und Vogelsang herein, blaut eine leuchtende Ferne, in welche sich der Blick weit hinaus verlieren kann.

Und was birgt dann noch der stundenweite Waldpark an Schönheiten, Fernsichten, auch an sogenannten »Überraschungen« einer Zeit, deren Geschmack heute längst durch einen gesünderen Sinn verdrängt wurde! Da ist die sentimentale Ritterkapelle, die in einem Felsen heimlich klingende Äolsharfe, das lachende chinesische Häuschen mit lustig bewegten Glasglöckchen – Überbleibsel einer süßlich empfindenden Zeit, da man noch in Reifrock und Puderperücke einherschritt und galante Verschen drechselte. Prächtig wirkt das Morgentor, eine Felsbastei, von welcher sich ein köstlicher Blick auf das

Gebirge, Bad Liebenstein zu Füßen und das heitere Werratal eröffnet. Unter diesen Felsklippen birgt sich die bekannte Altensteiner Höhle mit Wasserfall, Kahnfahrt und interessanten Felskammern. Stundenlang vermag man im Parke zu Altenstein umherzuwandern und wird nicht müde, sich der immer neu erschließenden Schönheiten zu freuen.

Uralter Herrensitz ist hier. Einst saßen hier die Frankensteiner, abwechselnd mit den Herren von Stein. Am 10. Dezember 1492 kam Altenstein dann in die Hände des Türknechts (Kammerherrn) Hans Hund von Wenckheim. Um der Treue willen – der Sage nach – trug jeder dieses Geschlechtes den Namen Hund. Ein Hund von Wenckheim war es auch (Burkhard II.), welcher in Gemeinschaft mit dem Schlosshauptmann Hans von Berlepsch am 4. Mai 1521 *Dr.* Martin Luther unweit Altenstein aufhob. Reich und fesselnd ist die Geschichte der Hunde von Wenckheim. Erhard Friedrich beschloss den langen Reigen derselben. Ein Verdienst von ihm bleibt auch, dass er energisch den furchtbaren Hexenprozessen seiner Vorfahren ein Ende machte. Er starb am 8. Juli 1722, und seine feierliche Beisetzung fand am 13. Dezember in der Kirche von Schweina statt. Nach ergreifender Ansprache eines Anverwandten trat ein Trauerherold hervor, zerbrach Schild und Schwert der Hunde von Wenckheim und warf sie mit anderen Insignien hinab in die Erbgruft des ausgestorbenen Geschlechtes. Als Burg Altenstein verfallen war, hatte man dicht dabei 1557 ein neues Schloss erbaut. Am 27. April 1733 aber sollte dies in Flammen aufgehen. Die Rache eines Jägerburschen hatte die Brandfackel hineingeschleudert. Dabei ging gar viel Ehrwürdiges und Unersetzliches verloren. Herzog Anton Ulrich – Altenstein war nach dem Erlöschen des Mannesstammes der Hunde an das Haus Meiningen gefallen – ließ nun durch den Wiener Baumeister Rossini sich einen neuen Sommersitz errichten. Er selbst ging auf Reisen lange hinaus. Als er nun 1737 nach Altenstein zurückkehrte und sah, dass Rossini die Hauptfront des Schlosses dem Garten zugewandt hatte, anstatt dem Werratale zu, da kehrte er ergrimmt Altenstein den Rücken und ist dann auch nie wieder droben gewesen. Es war nur ein in schlichtesten Formen gehaltener, weiß getünchter Bau gewesen, der erst 1889 dem neuen stattlichen Schlosse weichen musste. Auch dieses kehrt der lachenden Tallandschaft den Rücken. Nur seitwärts erschließt ein malerischer Anbau den entzückendsten Blick über terrassenförmig niedersteigende Laubgänge, Baumwipfel und duftende Bosketts in die farbenreiche Ferne.

Hier oben im Zauberreiche von Altenstein weilt das herzogliche Paar am liebsten. Altenstein ward das Lieblingskind des fürstlichen Künstlers. Wenn die Buchen grünen, hält der greise Landesherr hier seinen Einzug und verlässt erst zögernd wieder beim ersten Fallen des Laubes die ihm ans Herz gewachsene Stätte. Fern der lauten Welt und doch durch Tausende heimlicher Fühlfäden mit ihr verbunden! Tief im Grunde des weiten, lachenden Werratales sieht er von seinem Sommersitze aus das Dampfross zwischen blitzenden Teichen, blühenden Ortschaften auf und nieder jagen zwischen Nord und Süd, Länder verbindend, die er einst alle mit dem Ruhme seiner künstlerischen Taten füllte.

In der Zillbach.

Was für die Hohenzollern die Schorfheide bedeutet, das ist für die weidlustigen Fürsten von Sachsen-Weimar-Eisenach stets die Zillbach zwischen Werra und Vorderrhön gewesen. Hier hielten sie ihre Galajagden ab und führten ihre hohen Gäste herüber. Hier auch streift mit Vorliebe Kaiser Wilhelm II. durch den morgendlichen Wald zur nervenanspannenden Springjagd auf den balzenden Auerhahn. Die Zillbach, wie das schöne Waldglied schlankweg geheißen wird, ist nicht nur durch ihren Hochwildbestand, ihren Reichtum an Auerwild eine Freude des Jägers, auch die wahrhaft königlichen Wälder üben einen mächtigen Reiz aus, die so feierlich über den bergigen Grund rauschen, den manch quellenreicher Bach durchströmt. Auch alte Sagen haben hier noch sichere Heimstatt, und mit wuchtigen Schritten ging wiederholt hier die Kriegsfurie entlang. Linksufrig der Werra breitet sich die Zillbach in einer Länge von dritthalb Stunden aus. Ihre Breite betragt ungefähr zwei Stunden. Das grüne Waldtal der Schwarzbach teilt sie in die große (nördliche) und kleine (südliche) Zillbach. Nach der Werra hin begrenzen den Gesamtforst die Ortschaften: Wernshausen, Schwallungen und das von der Ruine Maienluft überragte, originelle meiningische Städtchen Wasungen. Wer hätte nicht schon von Wasunger Tabak gehört? Der »Wasunger Arie«? Vor allem aber von den närrischen »Wasunger Streichen«? Durch Jahrhunderte hindurch musste der bedauernswerte Ort als Zielscheibe des Spottes auf und ab im Werragrund gelten. Wasungen teilte das tragikomische Geschick mit Addern, Schilda, Schöppenstedt,

Krähwinkel wie Kochem an der Mosel. Seine angedichteten Narreteien füllten schließlich Bände. Das haben die Wasunger mit Recht denn auch übel genommen, und als vor einigen Jahren 'mal ein fürwitziger Fremder hier in einem Gasthaus einkehrte und voll Übermut um einen echten Wasunger Streich bat – da ist ihm denn auch einer zuteilgeworden, dass er sein dummes Gesicht am andern Morgen nicht hätte mögen einem Fotografen preisgeben. In dem Rosagrund, welcher den Nordsaum der Zillbach begleitet, kann man noch heute zwischen verfallenen Ruinen von alter Ritterzeit und auch Klosterpoesie träumen, und folgt man dem Grund noch höher hinan, so erreicht man zuletzt das in einem Talkessel versteckte Roßdorf, hinter dem der kahle Nebelberg still in den blauen Himmel steigt. Am 4. Juli 1866 rangen auch hier um den Besitz des Nebelberges brave Bayern und Preußen. Es war ein gar grimmer Kampf deutscher Brüder, und gar viele mussten da ihr Herzblut lassen. Neben der hochliegenden Kirche von Roßdorf, im Angesicht des Nebelberges, erheben sich die Hügel, welche die irdischen Reste der gefallenen Helden decken.

In der großen Zillbach finden wir den Bach, welcher einst diesem Jagdgrund den Namen lieh, sowie das Dorf Zillbach. Ein echtes, welteinsames Walddorf, welches auch das großherzogliche Jagdschlösschen sowie die Oberförsterei umfasst, in welch letzterer bisher der Sohn des früheren Wartburgkommandanten von Arnswald saß. Aus dem Dorf Zillbach wanderte im Jahre 1739 ein gewisser Simon Schenk hinüber nach Ruhla im Thüringer Wald, dort den Beschlag der Pfeifenköpfe einzuführen. Er hatte damit den Grundstein zu einer Industrie gelegt, deren Erzeugnisse heute über alle Meere gehen. Denn Ruhla versorgt längst die ganze Welt mit Pfeifen und Zigarrenspitzen, wenn auch der Geschmack an dem Meerschaum bedeutend verloren ging. Inmitten der Großen Zillbach finden wir auch eine schone Waldeshalde, »Die zehn Buchen« genannt. Manch lustig Weidmannsfest ist hier schon unter den schattenden Wipfeln gefeiert worden. Trotzdem soll es hier nicht ganz geheuer sein. Ein Bäuerlein weiß davon zu erzählen. Das hatte in Wasungen einen langwierigen und kostspieligen Prozess gegen seine Eltern beendet und – verloren. Als es nun so unter den Buchen hinschritt, verfluchte es sein verfehltes Leben, schimpfte auf Eltern, das Gericht und wünschte sich laut einen Strick, dem Dasein ein Ende zu machen. Und plötzlich lag vor ihm auf dem Waldplatz ein neuer und sehr geeigneter Strick. Da erschrak das Bäuerlein denn doch sehr heftig. Im weiten Bogen schlich es furchtsam um das erbetene Geschenk, trollte dann nach Haus und gelobte sich heimlich, von Stund' an, ein besserer Mensch zu werden. Auch sonst lebt und webt es in der Zillbach von Sagen und Mären. Denn auch die Otterkönigin haust noch hier, und wer ihr goldenes Krönlein erhascht, das am Ufer liegt, während sie in einer Wasserlache badet, der wird unermesslich reich. Ich bin des Öfteren durch die Zillbach einsam oder mit einem guten Wanderfreund gezogen. Wir hoben weder einen Schatz, noch blinkte uns das Krönlein der Otterkönigin entgegen. Was wir aber fanden, das waren Stunden unendlichen Friedens, in unseren Tagen des Kampfes und der Unrast auch ein Glück, das uns diese Stunden heimlich segnen ließ. Tiefe

Einsamkeit umrauscht den Jagdgrund der Zillbach. Durch stille Wälder, wechselnd in Laub- und Nadelholz, geht es hin. Zuweilen streift scheues Wild vorbei, ein Auerhahn steigt auf und fällt dann wieder plump in das schützende Dickicht hinein. Manchmal grüßt die schwebende Rauchwolke eines Kohlenmeilers zwischen den Stämmen. Und dann klimmen wir langsam eine Höhe hinan, um von gerodeter Kuppe Umschau zu halten, hier hinab in den lachenden Werragrund mit seinen ausgestreuten Ortschaften, Ruinen und Schlössern, dort hinüber zu den Basaltriesen der Hohen Rhön, über deren ernste, dunkle Gipfel leichte Sommerwölkchen südwärts schwimmen.

Der kundige Wanderer sucht wohl auch von einer jener Höhen im Westen der Zillbach der Berge Kranz, welche das kunstfrohe Meiningen einsäumen, die »Harfenstadt«, wie sie einmal Jean Paul um ihrer Form willen nannte. Die anmutige Residenzstadt, von wo aus vor Jahrzehnten der deutschen Schauspielkunst neue Bahnen gewiesen wurden, liegt ja nicht allzu weit von der Zillbach. (Dort, in seiner Heimat, lebt nun wieder Rudolf Baumbach, der fahrende Spielmann und Gemeindepoet der feuchtfröhlichen Waldgemeine Gabelbach bei Ilmenau, heute ein gebrochener, vom Schicksal schwer geprüfter Mann. In sehnsuchtsvollen Liedern hat er immer wieder sein grünes Werratal besungen und selbst fern am Gestade der blauen Adria zog es ihn schmerzlich-süß gar oft hierher zurück, und altthüringer Kinderreime, die er einst selbst auf den Gassen mitgesungen, stiegen in seinem Herzen wieder auf. »Daheim, daheim ist doch daheim!«) Hier am Westrand der Zillbach hoben einst auch majestätische Buchen ihre Wipfel empor. Jetzt findet man beim Dorf Eckardts nur noch die Kiefer. Das aber soll folgende Ursache haben. Einmal wurde ein junges Mädchen als Hexe angeklagt und durch das Zentgericht zu Friedelshausen zum Feuertod verurteilt. Alles Bitten und Flehen half da nichts. Als es nun auf seinem letzten Gang beim Dorf Eckardts die Zillbach entlang schritt, da bat es unter Tränen, Gott möge zum Zeichen seiner Unschuld ein Wunder tun und die Wipfel verdorren lassen. Das ist denn auch geschehen. Seitdem will hier, nach der Sage, keine Buche mehr gedeihen, und die Kiefer trat die Herrschaft an. Lange Jahre war auf den morgenfrischen Streifzügen durch den weiten Zillbacher Forst der weimarische Oberförster Kallenbach dem Kaiser ein treubewährter Führer, der auch manch Zeichen kaiserlicher Huld und Anerkennung empfing. Maler Schmidt in Weimar hat damals ein sehr wirksames Bild geschaffen, welches seitdem durch Vervielfältigungen in weiten Kreisen bekannt geworden ist. Es zeigt den jugendlichen Herrscher im schmucken Jagdkostüm, die Büchse schussbereit in den Händen, begleitet vom Oberförster Kallenbach, einer ganz prächtigen, dunkelbärtigen Mannesgestalt. Mit gespannten Blicken, vorsichtig, schreiten beide durch den wirren Hochwald, über den der erste fahle Tagesschein einen schwachen Schimmer breitet.

Zu den edelsten Freuden eines weidgerechten deutschen Mannes zählt voran auch die Balzjagd. Sie ist in Wahrheit noch ein Vergnügen, das nur der Deutsche pflegt. Und darum ist sie auch der viele Wochen vorangehenden, oft recht empfindlichen Mühen und Opfer wert, Strapazen und aufregende Stunden, von denen freilich die mit ihrer Zeit so knapp bemessenen hohen Herren nichts zu spüren und zu kosten bekommen. Dies alles besorgen oft sechs Wochen lang vorher Waldläufer, Unter- und Oberförster, bis die festen Balzplätze bekannt sind, und man über die Zahl der alten und jungen Auerhähne aufs Genaueste unterrichtet ist. Das aber kostet müde Beine, lange Märsche, Verzicht auf die Nachtruhe all die Zeit über, während welcher die Hähne »verhört« werden. Dazu das oft recht Ungemütliche von Frost, Sturm, Schnee und Eisschauer! Wie gar oft vergeblich muss der Weidmann vor Tagesanbruch hinaus in den Wald, gegen das Wetter ankämpfend hinan die Höhen steigen, um nach Stunden ohne jeden Erfolg heimzukehren. Kein Urhahn ließ sich hören, noch sehen! Und doch locken ihn jeden Morgen wieder aufs Neue die Freuden und Verdrießlichkeiten solch einsamer Frühpirsch, fühlt er den Zauber wonniger Art, hinauf im Frühlicht zum Balzplatz zu steigen, während drunten noch die Welt im tiefen Schlummer liegt. Denn ein echter Jäger ist auch ein Stück Poet, vermag er es auch nicht, sein heiß quellendes Empfinden in rechte Worte zu kleiden. Die herbe Schönheit solcher Morgen kennt nur er; ihm rauschen die Stimmen des Waldes verständlich zu, nur sein Auge schaut Dinge in der Natur, welche vieltausend anderen verschlossen und unsichtbar bleiben. Und welch gefällige Freude dann, welch Hochgefühl und Triumph, wenn eines Morgens doch der alte Urhahn nieder in das Heidekraut sinkt! Dann ist alles vergessen, was an Mühseligkeiten und getäuschten Hoffnungen zurückliegt. – Wie der Edelhirsch nur in kalten

sternklaren Herbstnächten seinen gewaltigen Brunft-
schrei über die erschauernden Wälder erschallen lässt,
so balzt auch der Auerhahn nur im bitterkalten Früh-
morgen, wenn noch die Nebelschleier über den Tälern
wogen und Raufrost Moos und Matte deckt. Es ist Jäger-
regel, zuerst die alten Hähne abzuschießen, da sie es
sind, welche die jüngeren so lange verscheuchen, zum
Abstehen bringen. Die rechte Balzjagd hebt eigentlich
schon Anfang März an. Wenn die hohen Herren im April, oft noch im Mai kommen, ist der Auerhahn bereits
unruhig geworden. Es ist dann der grünen Farbe nicht
immer leicht gemacht, die Anerkennung der gefürsteten
Jäger noch zu gewinnen. – Von seinem Salonwagen aus
legt der Kaiser erst ein Stück Weges im leichten Jagdwagen zurück. Dann geht's zu Fuß mit dem begleitenden
Oberförster weiter durch dämmernden Hochwald. Je
näher dem Balzplatz, je vorsichtiger, lautloser! Da – mitten durch das heilige Schweigen der sacht weichenden
Nacht ein leises Schnalzen drüben von der Bergwand!
Das ist er! Näher wird herangepirscht. Jetzt vernimmt
das Ohr deutlich den Hauptschlag, dem das seltsame
Schleifen folgt, wobei der verzückte Hahn die Lichter
schließt und die Unterkiefer über das Gehör legt, sodass
er blind und taub für ein paar Sekunden bleibt. Währenddem gilt es ebenso viele Sprünge vorwärts zu machen. Dann festgerammt stehen! Neuer Ruf, Schleifen –
drei Sprünge! Von Baum zu Baum! Jetzt endlich zeichnet
sich droben im Gezweig der Hahn deutlich gegen den
kalten Himmel ab. Vorsicht, dass er nicht abdonnert!
Aber das Büchsenlicht muss benutzt werden. Lautlos
hebt der Kaiser an. Ein weithin hallender Schuss – und

der Hahn quittiert mit seinem Fall. Weidmannsheil! Nun geht es zu einem anderen Balzplatz schleunigst hin und vielleicht auch noch zu einem dritten. Ist das Glück mit dem hohen Herrn, dann führt er eine Doppelbeute mit hinüber zur Wartburg, zu welcher er nun wieder zurückkehrt, während die ersten goldenen Sonnenstrahlen über die Wipfel der Zillbach stießen und das schöne Werratal füllen.

Rennstiegpoesie auf dem Thüringer Walde.

Wenn der Sommer auf goldenem Wagen durch die blauen Lüfte hernieder in die Lande fährt, da drängt es Menschen wie das Getier des Waldes höher hinan in die Berge, der wachsenden Glut und dem schwereren Pulsschlage gleichsam zu entfliehen und droben, näher dem Himmel, den frischen Hauch der Winde sich um die Stirn wehen zu lassen. Das Rotwild wittert, dass nun droben auf den weiten Bergmatten ein reich gedeckter Tisch ihm winkt, und so zieht es langsam aus den Niederungen, in denen es winterlang in sorgender Menschennähe Schutz gegen die Schrecken drohender Wintergefahren fand, hinauf in höhere Berglagen nahe dem Gebirgskamm, zugleich um dem erhöhten Treiben in den jährlich sich mehrenden Kurorten und Sommerfrischen zu entfliehen. Der Naturfreund, dem die Hochflut städtischer Sommerschwalben ebenfalls Unbehagen erweckt, der sich in seinen Wäldern nicht mehr ganz heimisch fühlt, den treibt es ebenfalls hinan zu jenen Strecken am Bergzinnenpfade, deren Waldreviere noch nicht den »Segen« einer Erschließung über sich haben ergehen lassen müssen, in denen ein echter Wandergeselle noch nicht auf Schritt und Tritt unter Kuratel gestellt ward, sondern frisch und frei nach Laune und Willkür sich hinein in das grüne Wäldermeer werfen darf, ohne an den durch Steine ausgezeichneten Punkten über Mahlzeitüberreste aller Art zu stolpern oder durch Wellblechtempel und gefühlvoll gewidmete »Ruhen« in seinem natürlichen Empfinden gestört zu werden.

Auch ich habe mich jüngst wieder einmal droben zu beiden Seiten des »heiligen« Thüringer Höhenpfades herumgetummelt und habe Freiheit, Waldeinsamkeit in vollen, berauschenden Zügen getrunken. Rennstiegpoesie! Wer sie kennt, wer sie nur erst einmal sehenden Auges und fühlenden Herzens in sich aufnahm, dem wird es allein beim Klange dieses Namens weit ums Gemüt, dem rollt das Blut schneller durch die Adern, dem klingt's hinein ins Alltagssein wie fernes Wipfelrauschen und Quellenmurmeln, der schaut die Wolken hoch über sich in die blauen Weiten segeln, und vor ihm hin dehnt sich die grüne, wild verstrüppte Wildbahn von Gipfel zu Gipfel, Franken und Thüringen seit vielen Jahrhunderten scheidend. Kein Gebirge der Welt besitzt einen solchen Höhenpfad, der sich in sechs Tagereisen über ein Gebirge mitten durch selige Waldwildnis dehnt, den uralte Sagen und Mären umflüstern, zu dessen Lobe einst schon die Minnesänger die Harfen schlugen, der bis heute immer wieder die Herzen mit Begeisterung füllte und der Kunst wie Wissenschaft stets neue Anregungen bot. Nicht nur eine Länderscheide war und ist noch teilweise der Rennstieg, er stellt auch eine Wetterscheide dar, galt als Grenze für Kirche, Münze, Recht, Sprache, Kleidung, Hausbau, Sitten und Gebräuche. Erst die verschiedenen Umwälzungen der Neuzeit schafften in manchen Beziehungen Wandel.

Wie der Rennstieg sich messerscharf nach Osten und Westen, dem Saale- und Werragebiet, unterscheidet, so zeigt auch seine Gebirgsbildung, über die er seinen Weg nimmt, völlig getrennten Charakter. Im Nordwesten, wo der Porphyr vorherrscht, erheben sich kühn gezackte Kuppen und steile Gipfel, während nach Südosten, sobald der Schiefer die Herrschaft antritt, breitgeschwungene Kämme, gedehnte Bergrücken sich einstellen. Ja, dieser Unterschied greift noch auf andere Gebiete über. Im Norden kurze Täler, uralter Kulturboden, Burgromantik, eine Geschichte, welche mit den erhabensten Wandlungen des deutschen Vaterlandes eng verknüpft ist. Im Gebiete der Grauwacke stundenlange, reich von starken Bächen durchpulste Täler, doch sonst fast alles Neuland, ohne den Zauber der Geschichte; Täler, in denen nie die Harfen der Minnesänger erklangen, nur an vereinzelten Stellen Anprall von Schild und Schwert die Wälder aufhorchen machte. Im Nordwesten eine Fülle von Industriezweigen, welche von der Erfindungsgabe des Thüringens ruhmvolles Zeugnis ablegen; im Südosten, sieht man von der Gewinnung der Schieferbrüche im Meininger Oberlande ab, fast nur Herstellung von Porzellan oder Glas. »Gläser« und »Porzellaner« sind hier droben in den hohen, windumsungenen Bergnestern angesiedelt. Doch alle Geschichte dieser Siedelungen, deren Dächer, bretterbeschlagen, grausilbern in der Sonne schimmern, setzt sich im Grunde nur aus den Geschicken zusammen, welche die Fabrik, die Glashütte im Laufe von ein paar Jahrhunderten erfuhr.

Und doch weht hier droben über diesen Nestern eine ganz eigenartige Poesie, hat sich im Allgemeinen der Typus des Wäldlers noch rein und unverfälscht erhalten, was von den nördlicheren Walddörfern, in denen der Einfluss der zahlreichen Kurorte immer bedenklicher sich geltend macht, sich nur noch selten behaupten lässt. Viel weiter ab vom Weltgetriebe hausend, in einer Höhenlage, die selbst der Sperling an einzelnen Orten meidet, die zu den höchsten Lagen von geschlossenen Siedelungen in Europa zählt, also weitaus mehr auf sich angewiesen als die Walddörfer zwischen Eisenach und Ilmenau, schafft und sorgt hier droben ein zäher Menschenschlag, der sich trotz aller Unbill der langen Winter noch eine Lebens- und Sangeslust bewahrt hat, die ihn wirklich poetisch umkleidet. Echte Thüringer Waldvögel sind es, welche hier jahrein und -aus an der Stichflamme sitzen, winterlang das echte Thüringer Leben der Lichtstubenpoesie durchkosten, während draußen der Schnee immer höhere Mauern um die scheu sich duckenden Hütten türmt, in den nahen Wäldern kracht und tobt, wenn der Sturm, die Schneelast alte Waldriesen zu Boden reißen, Nebel wochenlang alles verhüllen: Himmel, Straße, das weit geschwungene heimatliche Bergland. Aber das Hoffen in den Herzen vermag er doch nicht zu trüben. Während alles bis zu den Kindern an der Arbeit hilft, Perlen, Christbaumschmuck und andere schöne Dinge unter den so geschickten Händen hervorzuzaubern, tönt Lied auf Lied, der Kreuzschnabel im engen Bauer nimmt es auf und setzt kräftig mit ein, und die Ahne am schwarzbraunen Kachelofen nickt dazu mit wackelndem Kopfe und gedenkt der eigenen Jugendzeit, da auch sie noch hinaus über die Berge sang und jodelte, im Tanze nicht die Faulste war, da ihre dunklen Augen so manches Männerherz mit sinnbetörenden Glutwellen füllte. – Zu den Glasbläsern und »Porzellanern« war auch ich gegangen, an ihren Liedern mich zu freuen, in den Bergen ihrer Heimat die nimmer ruhende Wanderlust für einige Zeit zu stillen, Sommerfreuden, Sommergewinn mir zu suchen.

Verfolgt man das prächtige Schwarztal bis fast zum Ursprunge seiner Quelle, so gelangt man nach dem Dorfe Scheibe, einem wahren Idyll inmitten stolzer Bergesschönheit. Hier windet sich die Straße steil hinan nach Limbach, einer Siedelung am Rennstieg, die nur aus einer bedeutenden Porzellanfabrik, einigen Hütten, sowie einem Gasthause besteht. Scharf gesattelt ragt hier der Rennstieg zwischen den Landen Meiningen und Schwarzburg empor. Strömt Regen auf das Dach des Wirtshauses nieder, so rinnen die Fluten hier zur Elbe, dort zum Rheine hinab. Nahe dabei bergen sich außerdem noch die Quellen der Werra (Weser). Strebt man dann auf dem Rennstiege weiter, so eröffnen sich wundererreiche Niederblicke in die Wassergebiete dreier deutscher Ströme. Über Bergwellen, deren schweigende Waldmassen vom Dunkelgrün bis zum Lichtblau in der Ferne verdämmern, schweift das Auge nach Thüringen und Franken, bis zu den Höhen des Maintales und den ernsten Gipfeln des Fichtelgebirges. Der Rennstieg selbst aber entfaltet auf dieser Strecke wieder seine ganze geheimnisvolle Macht. Von Farnwedeln und Beerengestrüpp umwuchert, zieht er sich als tiefer Hohlweg durch dichte Waldwildnis. Uralte Grenzmale halten zur

Seite seit Jahrhunderten Wacht, ehrwürdige Wappen und Jahreszahlen auf beiden Seiten zeigend. In den Wipfeln über uns orgelt heimlich der Sommerwind; ab und zu kreuzt ein Stück Rotwild den Höhenpfad, oder ein Auerhahn donnert plötzlich vor uns ab. Man vernimmt mit feinerem Ohr, wie die Quellen leise singend in die Tiefe rauschen, und horcht dann wieder auf, wenn es geisterhaft nun einhergeschwebt kommt, um dann wieder unter den aufhorchenden Bäumen zu entschwinden. Ab und zu reißt der Wald auf und weite Fernblicke öffnen sich, um gleich darauf wieder in der Tiefe zu versinken. Und dann wird's vor uns frei. Durch die Stämme schimmern die ersten grauen Hütten von Neuhaus, neben Oberhof der gesuchteste Höhenluftkurort auf dem Thüringer Walde.

Neuhaus wie das dicht sich anschließende Igelshieb stellen nicht nur in Thüringen, sondern wohl auch in Deutschland die höchsten geschlossenen Siedelungen dar. Igelshieb (838 Meter) hat daher auch bis heute den Sperling auf seiner Straße entbehren müssen. Auch hier nur Porzellaner und Gläser Haus für Haus, Heimarbeit bis zu den Kindern hinab. Der Gläser, das Pack mit Glasröhren auf dem Rücken, im Munde die kurze Tabakspfeife, zählt ebenso zu den typischen Erscheinungen des Waldes wie der Steinbrecher, Holzhauer, Jäger und das Holz suchende Weiblein. Neuhaus ist ein guter Ersatz für ein Seebad. Jahrein, jahraus weht es hier droben über die freie Höhe rein und herb, alles, was die Großstadt in dem armen Menschen ansammelte, luftig wieder hinausfegend. Dazu ein originelles Treiben in den Hütten, deren gutmütige Bewohner sich über jedes

Interesse an ihrer Tätigkeit freuen, auf der Straße, wo wir nur auf Angesessene stoßen. Schlanke, dunkeläugige Mädchen wandern, wenn die Nacht sich auf die Höhen neigt, Arm in Arm singend durch die Dorfstraße, mit schönen, starken Stimmen ihre wehmütig-schalkhaften Lieder hinaussendend. Wenn dann der Mond noch über die schlafenden Berge schwebt, so offenbart sich die Poesie dieser Rennstiegnester in ihrem vollen Zauber.

Wer Neuhaus besucht, der steigt auch jenseits des Rennstiegs nach Lauscha hinab, wo noch der verwetterte Schrotbau der ältesten Glashütte Thüringens steht, wie ein Heiligtum behütet. Denn sie ist die Ahne aller Glashütten auf dem Walde. In den Tagen der Reformation waren es der Böhme Müller und der Schwabe Greiner, welche beide hier den für Thüringen so wichtig gewordenen Industriezweig begründeten. Noch heute sitzen in »der Lausche« fast nur Müller und Greiner, und damit man sie auseinanderhalten kann, hat der Volkswitz einem jeden einen Spitznamen angehängt, welcher auch ernsthaft beim Gericht eingetragen worden ist. Einen übermütigeren Volksschlag als die Lauschaer gibt's kaum noch einmal auf dem Walde. Dazu berühmt durch ihre Sangeskunst, die bewundernswerte Geschicklichkeit ihrer Industrie. Einen besonderen Zweig derselben bildet die Herstellung künstlicher Menschenaugen, welche längst an Güte die Pariser Erzeugnisse überholt hat. Man muss am besten an einem Wochentage nach Lauscha hinabsteigen, um das rührige Völkchen bei der Arbeit zu betrachten. Wie Gämsen klettern die Hütten auf und ab an den steilen Berglehnen. Aus jeder Hütte bricht dann abends eine Lichterflut hervor, was einen tief poetischen Eindruck hervorruft. Und nach vollbrachtem Tagwerk hallen dann Straße, Wald und Wiesen von den Jodlern und Liedern der munteren Waldvögel.

Ja, wenn die Musik nicht wäre! Die Sorgenbrecherin zu allen Zeiten! Da kann man doch hinauskünden, was das arme Herz bedrückt, erfreut und beseligt. Droben in dem kleinen Rennstiegdorf Ernstthal wohnt auch solch ein Waldessänger. Auf und ab am Rennstieg kennt man den alten Dores. Und ob auch sein Haar allmählich weiß wurde, sein Herz mit der tiefen Liebe zur grünen Thüringer Heimat ist jung bis heute geblieben. Da nimmt er es mit den frischesten Burschen noch auf. Jüngst kehrte ich nach einer wunderreichen Rennstiegpilgerfahrt wieder bei ihm ein. Und da hob das Singen und Klingen, Jubeln und Schmettern wieder an. Da ward alles still im Raume. Und das Jungvolk, das heute, durch Irrlehren verführt, beginnt, ein Ideal nach dem anderen zu Boden zu schlagen, es horchte auf und schwieg. In dieser Stunde ward es ihm zur Gewissheit, wie schön die Heimat sei, dass deren Berge ewig stehen werden, wenn längst zerschellt ward, als ein wüster Traum vernichtet, was heute die Gemüter mit einem tollen Rauschtrunke füllt. Rennstiegzauber! Heimatpoesie!

In der »Guten Schmiede«.

Innerhalb der schwarz-weiß-roten Grenzpfähle gibt es keine zweite Schmiede, in welcher dem deutschen Volke so viele Werke kerniger Kraft, edlen Ansporns, Denkmale seines eigenen besten Wesens geschaffen worden sind, wie die »Gute Schmiede« in dem Dorfe Siebleben bei Gotha. Der Literaturkundige kennt sie längst. Hunderttausende jedoch wissen es nicht, dass sie der Sommersitz Gustav Freytags gewesen ist, der dieses ländliche Tuskulum 1851 käuflich erstand, mit jedem Frühling hier Einzug hielt, zum letzten Male im Maien 1895 als ein entschlafener Erdenpilger, den es noch im Tode zu dieser Stätte gezogen hatte, mit der so viel Freud' und Herzeleid, sein bestes Schaffen verknüpft war.

Der gothaische Staatsminister Freiherr von Frankenberg war es gewesen, welcher im Beginne des 19. Jahrhunderts dieses Landhaus im Nachbardorfe der Residenz für sich erbauen ließ. Von einem willensschwachen Herrscher an die Spitze der Regierung berufen, schaltete er nach eigenem Ermessen, sodass Napoleon mit Scharfblick treffend von dem Landgutsbesitzer zu Siebleben sagte: »*Le gouvernement de Siebleben*«. In damaliger Zeit sah das Landhaus gar oft einen vollen Kreis geistreicher, dem Leben nicht abgewandter Männer als Gäste in seinen Mauern, darunter zuweilen auch Goethe und seinen fürstlichen Freund Herzog Karl August, die beide auf der Durchreise nach Eisenach gern hier haltmachten, um sich an dem fröhlichen Tun der Tafelrunde zu beteiligen. In jenen Tagen mag dann wohl die Bezeichnung »Gute Schmiede« aufgetaucht sein. Dem Schlesier Gustav Freytag aber blieb es vorbehalten, diesen Namen in Wahrheit dem freundlichen Landhause zu verdienen. Denn als ein echter deutscher Schmied steht die schlichte, kernige Gestalt dieses Mannes vor uns, der in harter Arbeit und mit redlichem Mühen bis zuletzt bestrebt blieb, mit lauten Hammerschlägen seines deutschen

Volkes Seele zu immer reicherem Tun anzufeuern, die Edelmetalle deutscher Art und Sitte an das Licht zu heben, sie in köstliche, dem deutschen Herzen teuer gewordene Gestalten umzuschmelzen. Alle Schichten unseres Volkes schulden Freytag Dank, am überzeugtesten aber hat er doch deutsche Bürgertugend, deutschen Bauernfleiß in seinen Werken gepriesen. Das gothaische Dorf Siebleben hat der Dichter aus völliger Weltfremdheit in das helle Licht gerückt, nicht allein darum, dass er es durch länger denn vierzig Jahre zu seinem Lieblingsaufenthalt erkor, eine Fülle bedeutender Männer hierher lockte, noch vielmehr dadurch, dass hier in der »Guten Schmiede« die meisten und besten seiner Werke entstanden sind, deren Schauplatz auch zum guten Teil hier in Thüringen zu suchen ist. Denn um deutsches Volksleben zu erfassen, zu beobachten, vermochte Freytag ja keine sprudelndere Quelle sich zu erschließen als Thüringer Volksart mit ihrem Fleiß, der Sangeslust, der ganz besonderen Eigenart.

Da die Nachwehen einer schweren Krankheit sich nicht verlieren wollten, so hatte Freytag sich entschlossen, irgendwo einen stillen Sommersitz zu erstehen, auf dem er die Hauptzeit des Jahres inmitten dörflichen Treibens verleben konnte. Seine Werke, welche so ganz sein eigenstes Wesen widerspiegeln, sagen ja am deutlichsten, wie wenig ihm Großstadtluft behagte, wie stark er mit deutscher Erdscholle verwachsen war. Aus ihr sog er immer wieder seine beste Kraft, nicht vom Parkett, aus Kaffeehausluft und dem Dunst, der Unrast moderner Weltstadtgetriebes. 1851 hielt der »Journalist« Freytag zum ersten Male seinen Einzug in Siebleben, und bereits in den Sommermonaten des kommenden Jahres entstanden hier »Die Journalisten«, in denen er den Stand feiert, dem anzugehören er bis zuletzt, als eine Ehre empfunden hat. Von hier aus nahm das beste Lustspiel des vorigen Jahrhunderts seinen Weg über alle deutschen Bühnen, nachdem Karlsruhe unter Eduard Devrient das Meisterstück aus der Taufe gehoben hatte.

Den Winter in Leipzig, den Sommer über in Siebleben – so wechselt fortan die Schaffensstätte des Dichters; auch dann blieb sein Herz an Siebleben hängen, als er 1876 in Wiesbaden sich ansiedelte. Das Traurige und Niederdrückende, das er in seinen beiden ersten Ehen gefunden hatte, seine Kurzsichtigkeit, dies alles machte ihn scheu vor dem Umgange mit weiteren Kreisen. Der frohe, im Grunde schalkhafte Schlesier ward zum Einsiedler, der selbst in der geistig regen Taunusstadt jeden kongenialen Umgang mied. Aber in Siebleben, da ward sein Herz warm. Zwischen seinen Blumen und Kürbissen fühlte er sich frei und wohl. Die »Lyriker seines Gartens«, seine Singvögel, gaben dem wunden Herzen immer wieder die rechte Stimmung, über allem heimlichen Weh seine reichen Gaben nicht zu vergessen. Hier entstanden »Die Ahnen«, wie eine Reihe anderer Meisterwerke, welche er sämtlich im Diktieren schuf, während er, gleich Goethe, im Zimmer auf und ab schritt und ein intelligentes Bäuerlein alles zu Papier brachte, das dann später von dem Dichter noch einmal peinlich durchgesehen wurde.

Was ihm aber auch Siebleben so lieb und wertvoll machte, das war die Nähe Gothas, der rege Umgang mit dem geistvollen Herzog Ernst II. Man darf fast von einem freundschaftlichen Verhältnisse reden, welches beide Männer verband. Nie hat der »letzte Koburger« – was doch sehr nahe lag – die Feder des politisch streitbaren Dichters für seine Zwecke beansprucht, wie auch Freytag nicht ein einziges Mal seinen »Männerstolz vor Königsthronen« hingeopfert hätte. Dass man sich gegenseitig achten durfte, hat dieses Band zwischen Fürst und Dichter immer fester knüpfen lassen, ein Band, das erst der Tod zerreißen konnte.

Alle äußeren Ehrungen ließ Freytag über sich ergehen, an seinem schlichten, bürgerlichen Wesen vermochte nichts zu rütteln. Er »sperrte den sächsischen Falken in einen Koffer«, damit er sich nicht mit dem »Zähringer Löwen« zanke. Traten Feste an ihn heran, so flüchtete er Hals über Kopf nach Siebleben. Hier atmete er auf. »Wozu überhaupt siebzigste Geburtstage feiern«, ruft er unmutig aus, »nächstens wird der fünfzigste daraus; sorgen doch jetzt bereits Zwanzigjährige für ihre Biografie mit den werten Abbildungen!« Und so verbat er sich jede laute Feier, nur »die Amseln seines Gartens sollten am frühen Morgen im schwarzen Frack den Festgesang anstimmen«. Noch in demselben Jahre – 1886 – entsandte der Kronprinz den Maler Stauffer-Bern nach Siebleben, um Freytag für die Nationalgalerie malen zu lassen. 10000 Mark waren dafür angelegt worden. Freytag aber zeigte sich höchst ärgerlich darüber, zumal das Bild durchaus nicht seinen Beifall fand. »Wie gerecht ist mein Widerwille gegen dieses Abklatschen!«, ruft er aus. »Der Stauffer hat nicht gehalten, was man von ihm erwartete.« Allerdings deutet das Bild nicht auf einen unserer besten Dichter hin. Aus dem Äußeren Freytags den bedeutenden Mann zu konstruieren, wäre vielleicht auch nur Lenbach im besten Falle gelungen. Auch seinen 77. Geburtstag verlebte Freytag in aller Stille in Siebleben. Sein Herzog hatte ihn zur Exzellenz erhoben; im Übrigen empfing er nur eine Abordnung des Kriegervereins von Siebleben; Schulkinder sangen und deklamierten, »und die Bleche der Dorfmusik verkündeten schmetternd den jungen Sperlingen in der Dachrinne, dass am Abend ein Fässel Freibier in Aussicht stehe«.

Wohl empfing der Dichter in Siebleben manchen berühmten Besuch, doch in der Hauptsache gehörte sein Herz seinen Dorfleuten, mit deren Interessen er mehr und mehr verwachsen war. Ein Spätabendsonnenschein war dem einsamen Mann auf seinen Lebensweg gefallen, als er endlich seine dritte Gattin, Frau Professor Strakosch, nach deren Scheidung von ihrem Gatten am 10. März 1891 in Siebleben heimführte. Sein Herzog war nicht nur Trauzeuge gewesen, sondern hatte auch seinen Küchenwagen gesandt, um die stille Hochzeit des Dichters würdig zu feiern. Der Dichter, welcher uns unvergängliche Typen blonder, echt germanischer Weiblichkeit in seinen Romanen hingestellt hat, fand jetzt endlich ein spätes Hausglück im Zusammenleben mit einer hochgesinnten, klugen Jüdin, welche nun mit ihren drei Kindern gleichen Glaubens in die »Gute Schmiede« einzog. Frau Strakosch verdanken wir, dass Freytag eine gesammelte Ausgabe seiner Werke veranstaltete; sie hat den alternden Dichter noch einmal wieder lauter lachen gelehrt; ein regerer Verkehr mit Freunden wurde angebahnt, und in Dankbarkeit ward Frau Anna Strakosch seine verehrte »Ilse«, wie er sie fortan nach der Hauptheldin der »Verlorenen Handschrift« nannte. Ihr Wesen stimmte mit dem der Frau Professorin überein; wie ein Hauch von Jugend kam es noch einmal über den Mann, dass selbst der längst versiegte Quell wieder zu sprudeln anhob. Noch in seinem Todesjahr 1895 singt er der aus der Ferne Heimkehrenden innig entgegen:

> »Weilst du mir fern, leb' ich in Schmerzen;
> Und halt' ich dich an meinem Herzen,
> So sing' ich froh: du mein, ich dein.
> Und dennoch frag' ich: Wann fühl' ich am tiefsten
> Die Seligkeit, dir lieb zu sein?
> Ist's Lieb' in Freude, Lieb' in Leide? –
> Zum höchsten Glück gehören beide.«

Im Jahre vorher war ihm der fürstliche Freund im Tode vorangegangen. »Abgesehen von allem anderen«, schreibt Freytag, »ist es mir in meinem Alter eine ernste Mahnung.« Im März war er noch von Wiesbaden nach Gotha geeilt, um an einer Beratung über ein Denkmal seines Herzogs teilzunehmen. Am 30. April schlummerte er in den Armen seiner Gattin sanft hinüber. Sacht, unbemerkt war seine Seele in die Ewigkeit gegangen. Der Tod hatte an seinen Zügen nichts verändert. Von Wiesbaden ward sein irdisch Teil nach Siebleben übergeführt. In Gotha nahm ein feierlicher Zug ihn in Empfang und geleitete ihn nach dem Nachbardorfe. Hier ward er in seinem Gartenhause aufgebahrt. Bauern hielten die Totenwacht über Nacht; Bauern trugen auf ihren Schultern ihn die Straße hinüber zum stillen Garten der Toten. Noch eine wehmütige Andachtsfeier in der Kirche, und dann ward der Dichter der »Ahnen« neben seiner ersten Gattin hinab in die Gruft gesenkt. Siebleben begrub seinen berühmtesten Mitbürger. Und während die große Trauergemeinde – wohl das gesamte Dorf gab ihm die letzte Ehre! – gemeinsam den Scheidegesang anstimmte, da flogen die Dorfschwalben zwitschernd im Maiensonnenscheine über die offene Gruft, dem Dichter den letzten Gruß dieser Welt bringend. Laut Testamentsbestimmung wird auch dereinst seine dritte Gattin an der Seite des Dichters ihre Ruhestatt finden.

Frau Anna Freytag hat seitdem Wiesbaden mit Berlin vertauscht, doch Siebleben ist ihr eine Stätte teuerster Erinnerungen geblieben, Tausenden guter Deutschen aber ein gefeierter Wallfahrtsort. Auch mich zog's in den letzten Maientagen wieder einmal hinaus. Siebleben bietet heute nicht mehr das anheimelnde Bild, wie es dem Dichter erschien, da er es vor einem Menschenalter zu seinem Ruhesitz erkor. Man darf es fast als einen Vorort der Residenz betrachten, mit einem starken Stich ins Sozialdemokratische. Städtische Wohnhäuser haben starke Bresche in das ländliche Bild eingeschlagen; die Alten des Ortes gehen noch ihren dörflichen Beschäftigungen nach, das Jungvolk hingegen hat sich im falschen Begriffe persönlicher Freiheit der Fabrikarbeit hingeopfert und des Segens gesunder Tätigkeit und Moral freiwillig begeben. Siebleben ist alles andere denn ein Idyll heute. Nur teure Erinnerungen können noch hierher locken. An Mietskasernen mit lärmenden Kneipen, Arbeiterhäusern und verstaubten Feldgevierten vorüber leitet von Gotha her eine breite, schattenlose Straße, die alte Heerstraße nach Erfurt. In einer guten halben Stunde ist Siebleben erreicht. Rechts der Friedhof mit der unschönen Kirche dicht an der belebten Straße, schräg gegenüber, lauschig von Flieder und anderen Ziersträuchern umrahmt, im Hintergrunde begrenzt von einem baumreichen, sacht ansteigenden Parke, dem sich Obst- und Gemüseanpflanzungen anschließen: die »Gute Schmiede«.

Altfränkisch, doch ungemein anheimelnd grüßt uns das denkwürdige zweistöckige Haus, an dem Schultze-Naumburg seine Freude haben würde. In gedrängter Üppigkeit quillt uns überall ein Blütenmeer entgegen. Ein Garten- und ein Gewächshaus schließen sich seitlich an. Im Gebüsche birgt sich das Heim eines Gärtners, der zugleich die Wacht während der Wintermonate hier hält. Der Eingang zum Hauptgebäude befindet sich an der Rückseite. Kleine Räume, ungemein einfach gehalten, wie es immer der Sinn des Dichters war! Über dem Erdgeschosse befinden sich die Gesellschaftsräume, vor allem aber das unendlich schlichte Arbeitszimmer Freytags. Auf dem Wege dahin durchschreitet man ein kleines Trinkgemach mit ländlichen Möbeln; die Wände desselben sind von Regalen umzogen, dicht bedeckt mit Gläsern und Krügen, an deren Sammeln der Dichter anscheinend ein besonderes Behagen empfand. Auf dem Schreibtische nebenan liegt noch alles, wie er es verlassen. Bilder seines einzigen noch lebenden Sohnes, seiner letzten Gattin und deren Kinder grüßen uns. Eingerahmt fällt uns, von seiner Hand beschrieben, sofort ein Stück Papier in die Augen, das die Worte trägt: »Sei tapfer, Ilse, das Leben ist schwer!« Jedes Werk in seiner Bücherei zeigt im »*Ex libris*« den Namen Ilse; Bilder und Zeichnungen an den Wänden sind der geliebten Frau gewidmet, so auch ein sehr charakteristisches Bild von Stauffer-Bern, Freytag im Garten zu Siebleben darstellend. Sie selbst in vollsaftiger Lebenskraft finden wir in Marmor, verführerisch in Öl gemalt oder auch mit dem alternden Gatten freundlich vereint. Unter den Bildern, in »Verehrung« dargebracht, fehlt auch Paul Lindau nicht, der einst den »Ahnen« kein allzu wohlklingendes Loblied sang. Ein stiller Gang durch den schöngepflegten Garten, und dann schreiten wir hinüber zu der Grabstätte. Nichts Intimes, scheu von dem lauten Straßentreiben Zurückgezogenes. Hart an der Gartenplanke erhebt sich der Grabstein, welcher im Relief den Kopf des Dichters aus Bronze zeigt. Blumenbeete zu Füßen, auf der Rückseite die goldenen Worte: »Tüchtiges Leben endet auf Erden nicht mit dem Tode, es dauert in Gemüt und Tun der Freunde, wie in den Gedanken und der Arbeit des Volkes.«

Sommerzauber.

Wie ein großes stilles, schwüles Träumen ist es über die Welt gekommen. Die Natur hält gleichsam den Atem an, als fürchte sie, irgendein schlummerndes Geheimnis aufzuwecken. Kein Lufthauch bewegt die Blätter. Regungslos starren die Wipfel in den blauseidenen Himmel, über den es silbrig von Dunst und Glut flirrt und flimmert. Alles Leben geht so schwer drunten im Lande hin. Sommerzauber ist angebrochen und hält alles Lebende und Sprossende in der Natur mit unsichtbaren Armen in seinem Banne. Müde schleichen die Wasser dahin, als wollten sie nächstens überhaupt ihre Reise hinab in die Tiefebene einstellen. Die Stille der Gärten wird nur noch für Augenblicke aufgestört, wenn ein grüner Apfel sich regendurstig vom Aste löst und mit leichtem Aufprall niederfällt. Drinnen im Walde aber meint man bei jeder Wegbiegung dem gespenstischen Schweigen zu begegnen, wie es der Seher Böcklin uns mit Märchenaugen malte. Aus dieser einschläfernden Stille sehne ich mich hinaus, hinauf zu den Höhen des Bergwaldes, über welche doch selbst in den Tagen tiefsten Sommerzaubers leicht bewegte Luft dahinstreicht, die uns, wenn wir die Augen schließen, wohl glauben machen kann, wir lehnten an der Reling eines Schiffes, das uns über leichtschaukelnde Wellen hinaus in uferlose Fernen trüge.

So bin ich denn empor in die höhere Bergwelt gestiegen, in aller Morgenfrühe, da soeben Frau Sonne sich noch ein wenig schlaftrunken aus ihrem wie Purpurkissen und Rosen glühenden Lager erhob. Ein eigenartiges Empfinden beschleicht einen, wenn man beim Erwachen des jungen Tages durch die totenstillen, sauberen Straßen eines Städtleins allein seinen Weg nimmt. Jeder Schritt scheint die spitzgiebeligen Häuser aus ihrer behaglichen Ruhe aufzustören, ja man meint zuweilen, dass sie sich heimlich anstießen und zuflüsterten: »Natürlich! Immer etwas extra! Als ob der nicht warten könnte, wenn ein vernünftiger Mensch von Wohlerzogenheit sich aus dem Bette erhebt? Lächerlich!« – Und »Lächerlich!« hallt es die Gassen auf und nieder. Dann schlafen die Häuser wieder ein, die Normaluhr auf dem Marktplatze gähnt ein paar Mal kräftig, da sie nun seit einem Jahrzehnte zu unfreiwilliger Ruhe verdammt worden ist, indem ja alles so normal sich im Städtlein abspielt, dass eine Regulierung nur Widerspruch erwecken dürfte. Im Geiste sehe ich meine lieben Mitbürger in ihren Ruhehäfen sich von der garstigen Welt Bedrängnis und dem gewohnten »Deputat« Lagerbier ausruhen; keine Gardinenpredigt zetert durch die Fensterladen, keine Rauchsäule kräuselt sich über den Dächern empor. Alles schläft. Europa hat Ruhe. Und wenn man endlich die Augen in den neuen Tag aufschlägt, dann rollt die Sonne bereits ein paar Stunden über die heimischen Waldberge dahin, das Tagwerk hebt wieder an, und mit ihm die heiligen Pflichten der Morgen-, Mittag-, Dämmer- und Abendschoppen.

Längs des östlichen Waldgebirgssaumes trägt mich der erste Morgenzug ein Stück entlang. In den Schubfenstern der Dorfsiedelungen glüht die Sonne wie in Feuerfunken; der leichte Dunst, welcher noch über feuchter Niederung schwebt, beginnt sich zu regen. Immer sieghafter wirkt das Himmelsgestirn in Tiefen und Fernen. Wie ein Helles Klingen scheint es von Berg zu Berg zu tönen: Auf, auf! Ein neuer Tag ward uns geschenkt! Und durch die Wälder geht ein feierliches Rauschen.

Luisenthal! Allein stehe ich noch am Bahnhofe und sehe den Zug um die nächste Waldecke entschwinden. Sein Gebimmel und eine leichte Rauchfahne deuten noch den Weg an, den er genommen. Vor mir, von allen Schönheitsschauern junger Morgenpracht übergossen, öffnet sich der Ohragrund, dessen Quellfäden unterhalb des Rennstieges bei Oberhof im Waldesdüster sich bergen. Links am Eingang des majestätisch sich aufbauenden Grundes ruht unter starken Baumwipfeln Gasthaus Luisenthal, wo das Tal sich scheinbar schließt, baut sich höchst malerisch Dorf Stutzhaus auf. Mit steiler, dunkel dräuender Wand steigt dicht an Luisenthal der ernste Kienberg empor, zu dessen Grat ich nun hinanklimme, nachdem mich das Gasthaus, wie so manchmal, wieder freundlich bewirtete.

Nicht jedem mag dieser Aufstieg zum Kienberg, der so unvermittelt hoch aus dem Flachland sich wie ein Ungetüm erhebt, besonderes Vergnügen bereiten, denn er setzt Beinschwung und Lungenkraft voraus. Droben aber winkt frischer Morgenhauch. Da soll mir der Wind Freiheit in die Seele blasen und der Hochwald sein Harfenlied von wiedererstandener Sommerpracht singen. Und schon wandere ich droben als ein Einsamer in unsagbare Morgenschönheit hinein. Es ist, als seien alle Tore des weiten Himmels mir geöffnet. Der Vogelsang wird zu Engelschören, Hunderte von Bergaltären flammen, wie vom heiligen Hauche berührt, lohend auf. Natur hält ihren Morgengottesdienst. Wo liegt in solcher Stunde die arme Welt mit all ihren Sorgen, ihren Lüsten und Irrungen?

Wo ein von rotem Fingerhut überblühter freier Schlag sich öffnet, da schweift das Auge über ferne Bergwellen, hier bis zum Inselberge, dort bis zum Schneekopfe und seinen Trabanten. Einmal auch trifft der Blick in die Tiefe. Da ruht wie in enger grüner Muschel eingeschlossen Dorf Schwarzwald mit seinen Hütten, und das Auge vermag den Lauf der Ohra mit ihren Nebenbächen bis hinan zum Rennstieg zu verfolgen. Dann wieder summender Hochwald, vom scharfen Rufe des Eichelhähers für Minuten aus seinen Träumen aufgeschreckt. Als wieder einmal eine sonnige Waldeshalle mir winkt, da werfe ich mich in das zitternde Gras und lasse den

Sommerzauber dieses Tages über mich ergehen. In solchen Stunden spricht die Ewigkeit zu einem Menschenherzen. Das tiefe Wort »von Erde zur Erde«, die Erkenntnis, dass diese schrankenlose Weite und Bläue einstmals die sehnende Seele wird wieder in sich aufnehmen, freudvoll wird es uns zur Gewissheit. Sich auflösen, Verschmelzen mit dem All, wieder eins werden mit all dem, was unsere Seele mit Schönheitsschauern füllt, wie ein reines Glücksgefühl übermannt es uns.

Sommerzauber! Um mich herum gaukeln Schmetterlinge in allen Farben leuchtend von Blume zu Blume, selber tändelnde Blütengeschöpfe, welche ein Sonnenstrahl zu flüchtigem Leben weckt, die sich baden müssen in Licht und Wärme, schillernde Traumbilder, zwischen deren Morgen und Abend das Dasein beschlossen liegt: Erwachen, Liebe und Tod. Echte Sonnenkinder, welche lachend aus der Welt fahren! Dazu summt es um mich, über mir; man weiß nicht recht, zieht es durch die Lüfte, weht es durch die Kronen des Hochwaldes, der so feierlich rings um die Halde Wache hält. Wie dieses geheimnisvolle Leben doch mehr uns die Schleier lüftet denn alles wilde Weltgetriebe drunten in der Tiefe! Ganz in der Ferne, wo der Himmel sich silbergrau auf die Erde zu legen scheint, da wohnen rastlos schaffende Menschen, da windet sich der Eisenweg von Land zu Land, da dröhnt Menschenarbeit, schwirren die Fäden aller Begierden durcheinander; man meint den lauten Pulsschlag alles Seins zu vernehmen: droben auf sonnenbeschienener, schweigender Waldeshalle aber spricht ein anderer Mund doch zu uns. Sonnenzauber!

Die Hochstraße hin! Wie Riesengrenadiere stehen zu Seiten die Tannen. Sie blicken hinüber nach der runden Kuppe des Schlossberges, hinter dem sich Thüringens immer stattlicher emporwachsender Luftkurort Oberhof verbirgt, der wie über Nacht seine anheimelnde Poesie eines echten Gebirgsdorfes abstreifte, aus einer einsamen Siedelung armer Holzhauer sich in ein völlig modernes Luxusbad wandelte. Dort drüben wedelnde Trinkgeldersklaven, ein Durcheinander von Karossen, Menschen, Flirt, Talmi, Reichtum und Lüge – und ich wandele einsam über das Bergland hin und halte mit der Sonne, mit allem, was da singt und klingt, webt und rauscht, Zwiesprach und meine Seele hat ihren Feiertag gefunden.

Hinab in die Tiefe! Zwischen eng zusammengerückten Waldbergen ruht wie ein Geheimnis eine düstere Schlucht. Als ich sie vor zwei Jahrzehnten zum ersten Male gegen Abend durchwanderte, als das, was mir Umwohner älteren Jahrganges an Erinnerungen halb flüsternd erzählt hatten, in dieser Stunde Fleisch und Blut zu bekommen schien, da kam es wie eine Scheu über mich, und ich meinte, jeden Augenblick müsse eine von den verwegenen Gestalten aus dem Gewirr der bemoosten Gesteinhalden hervortreten. Manchmal hallte es wie ein Schrei durch den düsteren Grund, ein Schuss weckte fernes Echo, Kichern und Höhnen drang an mein Ohr, dazu gluckerte der Bach mir hart zur Seite, Wild brach durch das Dickicht, und hoch durch die dunklen Baumkronen harfte der Abendwind.

Die tiefe, wilde Poesie der Lütsche hielt mich in ihrem Banne. Heute bricht von allen Seiten goldener Sonnenschein zwischen Fels und Waldstämmen hindurch. Und dennoch kommt jenes Empfinden wieder ganz leise heran. Es schaut mich wie mit großen, offenen Augen an und scheint zu sagen: Was sind ein paar Jahrzehnte? Was hier kam und ging, wird noch auf lange hinaus spukhaft in diesem Waldrevier sein Wesen treiben. Denn es ging um Heimat und endete mit Mut!

Ja, der Lütschegrund hat seine schweren Geheimnisse! Die sie kannten, sind heimatlos in alle Winde fortgegangen oder der grüne Rasen deckt sie. Diese Erinnerungen und die eigenartige landschaftliche Szenerie leihen gemeinschaftlich dem engen Tale, das die Lütsche durchflüstert, den Stimmungsgehalt. Ein wildes, zum Teil uralt bemoostes Trümmerfeld, wohin auch der Blick irrt. Denn ehe noch Geschichte gemacht und aufgezeichnet wurde, blühte an diesen tannenbesetzten, steilen Hängen des Tales bereits die Gewinnung ausgezeichneter Mühlsteine. Ein Beweis für diese Annahme bietet die Auffindung von Mühlsteinen in der vorgeschichtlichen Befestigung auf den Reinsbergen oberhalb Plaue im Tale der Wilden Gera, Steine, welche in dieser Beschaffenheit (Porphyr mit scharfen Quarzkristallen) bis heute nur in den Steinbrüchen des Lütschegrundes gewonnen wurden. Durch Jahrtausende hat diese Industrie bis heute hier geblüht. Ihre Erzeugnisse wanderten weit hinaus in die Welt. Von den Hängen aber rollte man Geröll und Schutt. Das schuf neue Vorberge und türmte künstliche Mauern im Tale auf, über welche dann die Natur liebend einen grünen Mantel legte. In dem weltentrückten Waldwinkel, der sich dort zeigt, wo die Lütsche aus dem engen Tale tritt, um sich nun seitwärts nach dem Geratale zu wenden, da lagen bis zum Jahre 1864 die wenigen Hütten des Walddorfes Lütsche. Was hier fern vom Weltgetriebe hauste, ging tagsüber als Steinbrecher oder Holzhauer armseligem Tageslohn nach. Wenn aber die Nacht sich über die stillen Berge niedersenkte, dann ward es noch einmal geräuschlos-lebendig in dem Waldneste. Dann ging's in den Wald, dem Reichtum an Edelwild mit der Büchse nachzustellen. Wilddieberei und Holzraub blühten in der »Lütsche«, wie der Ort im Lande nur allgemein hieß. Doch nur selten ward es den Beamten möglich, den Übeltätern auf die Spur zu kommen. Verräter gab es nicht in der Lütsche. Es herrschte Korpsgeist. Denn man machte gemeinsame Sache. Der Wald war ja so groß, predigte Freiheit, und der Fürst war ein reicher Mann!

Endlich entschloss sich die gothaische Regierung dazu, das ganze Dorf anzukaufen, um es dann dem Erdboden gleichzumachen. So geschah es denn auch im Jahre 1867. Ein Teil der heimatlosen Lütscher wanderte weit hinaus, andere gingen sogar über das große Wasser, wohl in der Hoffnung, dass ihnen drüben vielleicht die hier vergällte Freiheit winken könne.

Den letzten Schultheiß von Lütsche aber trieb es nicht in die Ferne. Ihm war's, als müsse er nachbarlich bei der vernichteten Heimat aushalten, bis auch deren letzter Stein unter Moos und Gestrüpp versunken sei. Wache wollte er halten über das Grab seines Dorfes, festhalten aber auch an dem, was einst die Furcht der hohen Herren ausgemacht hatte. In ihm sollte sich der ganze Stolz, die volle Wildheit der Lütscher bis zuletzt noch verkörpern. Ihr letzter Schultheiß gedachte, mit Ehren einmal aus der Welt zu scheiden.

So war er nach dem nahen Gräfenroda gezogen, wo er sich mit den von der Regierung erhaltenen Mitteln ein Haus erstand und nebenbei Holzhandel trieb. Er war ein hochgewachsener, schöner Mann mit weißem Haar. Aufrecht schritt er einher. Kein Sonntag, an welchem er nicht seinen Platz in dem Gotteshause einnahm, um dann nach Schluss draußen am Portal dem Pfarrer noch die Hand dankend zu drücken, wohl auch noch ein Stück ihn zu begleiten, über den Inhalt der Predigt Meinungen auszutauschen. Seinem Dorfe hatte man ein unrühmliches Ende bereitet, umso stolzer musste der letzte Schultheiß den Kopf tragen. Und das tat er, sodass mancher dem ernsten Greise nachsah und sich seiner Erscheinung freute.

An einem Sonnabend war's. Die Sonne war bereits nieder, als ein Paar Schüsse droben im Hochwalde das Echo der Berge wecken. Ein Kapitalhirsch ist in einer Dickung zusammengebrochen. Der letzte Schultheiß der Lütsche und der Scherenschleifer von Frankenhain halten vor dem verendeten Tiere und freuen sich der Beute. Dann schütteln sie sich die Hände.

»Morgen früh also!«, flüstert der Alte.

»Ich komme, Schultheiß!«, erwidert der Scherenschleifer.

Dann raschelt es in dem Dickicht. Nach beiden Seiten sind die Wilderer entschwunden.

Sonntagmorgen. Aus den Tälern hallen verworren die ersten Glockenklänge. Droben im Dickicht knien wieder beide und beginnen das edle Tier auszuwirken. Sie merken in der Erregung nicht, dass zwei Paar Augen jetzt auf ihnen ruhen, dass zwei Büchsenläufe auf sie gerichtet sind. Dann ertönt der Anruf. Kurz und scharf.

Der Scherenschleifer hat Glück. Obwohl erkannt, entzieht ein Seitensprung ihn den Beamten. Der letzte Schultheiß der Lütsche ist auch aufgesprungen. Seine Hand greift nach der Waffe. Sein weißes Haar bäumt sich. Wild ist der Blick, mit dem er die Mörder seiner Ehre misst.

»Ergebt Euch, Schultheiß!« so tönt's ihm entgegen.

Noch ein langer Blick des Alten. Dann wendet er sich um.

Noch ein letzter Anruf. Da setzt der Angerufene zur Flucht an. Ein Doppelschuss ist die Antwort. Dann sinkt der letzte Schulze der Lütsche zu Tode getroffen in das taufeuchte Moos nieder, während drunten die Glocken zur Kirche rufen. Mit seinem Blute hat er die Geschichte der Heimat besiegelt. Das ist das Ende der Lütsche und ihres letzten Schulzen. – –

Sonnenlichter spielen durch die Wipfel nieder, huschen wie lachendes Kindervolk zwischen den Stämmen einher, glitzern auf den kahlen Gesteinhalden, an denen armselige Wetterhäuschen für die Steinbrecher kleben, und streuen blitzende Funken über die blanken Wellen des Wildwassers, aus dessen Wellen ab und zu eine Forelle aufspringt. Das Picken und Schürfen in den Steinbrüchen, die da und dort hoch zwischen den Baumkronen hervorschimmern, ist verstummt. Nur der Bach rauscht, dann und wann streicht leise singend ein Vogel vorüber. Wie verwunschen mutet alles an. Sommerzauber und Mittagszauber einen sich in dieser Stunde. Langsam schreite ich weiter. Nun öffnet sich etwas das Tal. Die Waldriesen rechts und links treten ein wenig zurück und geben einem Riesendreieck Raum. Das ist die Stelle, auf welcher sich einst das Dorf Lütsche erhob.

Wie oft bin ich einst in dieser Wildnis herumgestreift. Nun sehe ich, dass die Natur wie tröstend noch mehr inzwischen in ihr stilles Bereich aufnahm. Über die Grundmauern, welche damals noch kümmerlich aus der Erde ragten, hat sich ein grüner Mantel gebreitet; Blumen leuchten darüber und Schmetterlinge unterhalten sich mit ihnen. Noch aber rieselt der abgezweigte Mühlgraben; zwischen dem Gewirr von wilden Rosen und Beerengesträuch wuchern entartet allerlei Gartensträucher, die einstens die kleinen Vorgärten der Lütsche wohl zierten. Sonst nur Schweigen und Vergessen, das um diese flimmernde Mittagsstunde fast gespenstig berührt. So mögen wohl alle Stätten wirken, auf denen einmal Menschen durch Geschlechter hindurch kamen und gingen.

Zur Rechten zieht sich der Walsberg (Waldberg) in sanft geschwungenem Bogen hinüber nach dem Tale der Wilden Gera, welche zwischen ihm und dem Dörrberg aus einem engeren Tale tritt, um nun über Gräfenroda nach Plaue zu strömen, sich hier mit der Zahmen Gera zu vereinigen. Auf dem Walsberge steht noch hoch droben in verträumter Waldwildnis ein bemooster Stein, der erzählt, dass hier einst der letzte Bär dieser Gegend erlegt worden ist. Ich entsinne mich noch der Stunde, da ich auf einsamer Wanderung das sonderbare Denkmal wieder aus dem Erdreich befreite und aufrichtete.

Eine halbe Stunde später halte ich Einkehr im Dörrberger Hammer, einer wahrhaft anheimelnden Raststätte, mit der mich Jahrzehnte Erinnerungen verbinden. Oberförsterei, Sägemühle und Gasthaus bilden hier eine kleine Kolonie. Der Blick fliegt von hier hin auf das von mächtigen Bergen eingefasste Tal, das sich zum Hauptgebirgsstock emporschluchtet. Und wie immer, werde ich hier mit Freundlichkeit empfangen. Verwehte Stunden, verwehtes Glück, alles taucht wieder vor mir auf. Wer tief sein Herz will in die stillen Freuden und den Frieden einer erhabenen Natur versenken, der halte hier Einkehr. Das hat auch ein anderer an sich erfahren, den die Stürme der Hauptstadt stark geschüttelt, der sich aus Lüge und Unnatur zurücksehnte nach einem frischen Trunk von Wahrheit und Freiheit, der hier wieder jauchzen und glauben lernte: Fritz Lienhard. Er hat seit Langem und für lange hier seinen Wohnsitz aufgeschlagen, damit das Rauschen Thüringer Wälder das verwundete Herz des so deutsch fühlenden Elsässers wieder gesunden lasse. Droben in einem traulichen Heim, inmitten von Bergen und himmelsuchenden Waldwipfeln haust er allein. Dort habe ich ihn jüngst kennengelernt, und in der tiefen Liebe zum Thüringer Walde fanden sich unsere Herzen rasch zusammen.

»Als ich Abschied nahm ...«

Dass doch das Scheiden immer wieder Schmerzen macht! Nun der Sommer sich wirklich zum Abschied rüstet, da fasst es einen doch weh ans Herz. Weit früher denn sonst, entgegen allen papiernen Kalenderabmachungen, hat er sich heuer entschlossen, uns den Rücken zu kehren. Vielleicht ist er selbst der Herrschaft müde, möglich aber auch, dass es ihm etwas ungemütlich in deutschen Landen geworden ist und dass er fürchtet, eines Tages in aller Form darum ersucht zu werden, sein Bündel zu schnüren. Denn der Sommer, es lässt sich nun leider nicht leugnen, hat diesmal doch verschiedenes auf dem Kerbholz. Fast gewaltsam entriss er dem Frühling die Zügel der Regierung und herrschte dann an fünf Monate mit einer Macht und Pracht, welche zuweilen etwas Berauschendes in sich hatte. Mit gleißendem Sonnengolde war sein Thron umflossen; tiefblau spannte ein himmlischer Baldachin sich über seinem Reiche, und wie oft und heiß Natur und Menschheit flehend nach erfrischendem Regen auch emporblickten – der Sommer blieb ungerührt und lächelte weiter. Ein Lächeln, das so manchen wohl zuweilen in Verzweiflung gebracht haben mag.

Mit heimlichem Groll sieht ihn daher der Landmann scheiden. Denn er weiß am besten, hat es am eigenen Leibe erfahren, was dieses Lächeln ihm gekostet hat. Dass der unerhörten Dürre Teuerung und Not folgen muss. Wer aber in diesem Sommer ein lockendes Wirtshausschild herauszuhängen hatte, der reibt sich stillvergnügt die Hände. Dem haben diese goldenen Tage auch einen goldenen Regen durch das Dach tröpfeln lassen, ihm mehr wert denn alles himmlische Nass. Der Wandersmann darf allein diesem Sommer Hymnen reinster Freude nachsingen, unbeeinflusst von allem metallischen Geschmack.

Es war ein Sommer, der auch die kühnsten Hoffnungen noch übertrumpfte, der keinen Plan auch nur einmal zuschanden werden ließ, der uns jeden neuen Tag neue Sonne schenkte, die Wanderlust straffte, den Beinschwung erhöhte und alles Sehnen in die blaue Ferne stillen musste – wenn dieses Sehnen nicht Flügel hätte, erst mit dem letzten Schritte hienieder sacht ausklänge.

Die Quellen versiegten, die Bäche standen still, selbst in den größten deutschen Strömen, deren Kiesbetten sich in öffentliche Kinderspielplätze wandelten, rangen die Fische verzweifelt die Flossen nach labendem Wasser – der Wandersmann jubelte auf. Er warf sich in seine aufrauschenden Wälder und ließ von den freien Höhen die Blicke fröhlich hinausschweifen in die goldzitternde Luft, zu winkenden Fernen, deren verdämmerndes Blau immer wieder neue Sehnsucht wachrief. Ein ewiger Festtag war ihm angebrochen. Und darum ist seine Trauer um den scheidenden Sommer ehrlich und tief. – –

Was in den Steinwüsten der Großstädte zwischen den himmelstürmenden Mietskasernen sein Leben dahinopfert, merkt kaum auf, wenn draußen in der Natur sich ein so einschneidender Prozess vollzieht. Das hat so oft die heimliche Fühlung mit dem wundersamen Weben zwischen Himmel und Erde verloren. Das weiß oft genauer, wenn der berühmte Dramatiker X. seine Koffer gepackt hat, um irgendwie die letzte Feile an sein neuestes und selbstverständlich unsterbliches Werk zu legen – denn dass ihm das Herz unruhig würde, weil 'mal wieder ein Sommer Abschied nahm.

Seit Wochen bereits besteht kein Zweifel, dass der Sommer dabei ist, seine Karten da und dort noch abzugeben, wie solches sich für einen höflichen Gesellen nur geziemt. Dabei kann er noch manches freundliche Geleitwort für seine lange Reise einheimsen. Im Übrigen aber rüstet er sich schon längst. In den Gärten und Laubwäldern hebt das große, zaubervolle und doch wehmütige Farbenspiel an. Vom lichten Gelb an bis zum flammenden Purpur webt es unhörbar an dem Kleide des Herbstes, jeder Windhauch, jede kalte Nacht entblättert gefühllos Baum und Strauch. Das große Sterben in der Natur bereitet sich vor. Wie lange noch, und eine einzige kalte Nacht färbt die Berghänge, wie mit Blut übergossen. Fast abgeblüht zeigt sich bereits das Heidekraut; Marienfäden segeln durch die Lüfte und Jungen lassen ebenfalls schon ihre ersten Drachen jubelnd durcheinander schießen. Herbst auf der ganzen Linie!

Und gestern habe ich auch jene wieder begrüßt, welche wie das Tüpfelchen auf dem i erst dem wahren Herbst sein wahres Gepräge verleihen: die Herbstzeitlose! Nun ists beschlossene Sache, dass der Sommer bereits auf die Wanderung ging. Wem diese blassrötliche Blüte nur als »Manöverblume« gilt, dem kann nur Lustiges bei ihrem Anblick durch das Herz ziehen. Dem ist sie ein lachendes Erinnern an tolle Ritte, strammen Königsdienst, Wachtfeuerpoesie, armselige und üppige Quartiere, an gemütliche Städtchen, Mädchenküsse und verwehende Liebe. Der streicht sich wohl den Bart und lässt seine Gedanken gern noch einmal rückwärts wandern.

Dem Naturfreund aber schleicht es mit heimlicher Trauer ans Gemüt. Seltsam wie ihr Name bleibt auch das

Bild dieser Blüte. Heute noch ruht die Bergmatte im schlichtgrünen Gewande und über Nacht wie aus Nebel und Hauch geboren, breiten plötzlich Tausende von Zeitlosen einen violetten Schimmer darüber. Blätterlos, knospenlos steht sie da und hebt ihr stummes Angesicht zu dir, wie ein Mahnen, Ernte zu halten, ehe Winterschnee alles deckt. Deine Kräfte zu regen, ehe Alter und Gebrechen dich in ihrem Banne halten. Zeitlose! Welche tiefdeutige Poesie entströmt doch diesem Worte! Wie dichterisch geschaut bleibt es doch! Da wird's einem immer wieder Erkenntnis, welch plastisch-dichterische Kraft doch in dem Volke steckt, wie es versteht, eine Fülle von Empfindungen und Eindrücken in ein einziges Wort zu gießen.

Wer in der Nähe einiger Kurorte sein Heim aufgeschlagen hat, der muss, will er mit sich und seinem Walde allein sein, heute geradezu Reißaus nehmen, ein paar Stunden weiter bergein flüchten, der »fremden« Besitzergreifung zu entfliehen, aber auch der bedrohlich anwachsenden Vernichtung reiner, ursprünglicher Natur. Denn die einstige, dem Herzen so wohltuende Wildnis wird jetzt zum Garten, der Hochwald zu einem freundlichen Parke umgewandelt. Was der Techniker noch übrig gelassen hat, das vernichtet teilweise der örtliche »Verschönerungsverein«. Auf Schritt und Tritt ist die Natur und der in ihr Wandelnde unter Kuratel gestellt. Spürsinn und Karten darf man beruhigt daheim lassen. Der wundersame Reiz, sich selbst 'mal einen Weg, ein Ziel zu erobern, wird systematisch ertötet. Promenadenwege zu allen Höhen, in alle Tiefen. Ruhebänke, dass man darüber stolpert, Wegweiser, dass man meint, Spießruten zu laufen. Jeder Felsen ist zurechtgemacht und hübsch umwehrt, das Eisengitter aber der Witterung wegen sauber knallrot angestrichen. Und alle diese nunmehr so herrlich »erschlossenen« Stätten erzählen in dem ausgestreuten Schmucke von Papier und sonstigen Überresten, welche Schlachten hier von begeisterten Naturschwärmern geschlagen worden sind.

Das liegt nun heute alles hinter mir. Aus beengender Niederung zur Höhe! Freiheit schlägt wieder ihren weitgeschwellten Mantel um mich. Und hoch atme ich auf. Über eine hochansteigende, nach allen Seiten sich in den anschließenden Hochwald verlierende Bergmatte schreite ich einsam. Mit ihren geheimnisvollen Augen schaut mich ringsum die Zeitlose an. Wenn ein leichter Wind darüber streicht, dann geht ein Zittern durch die blassen Blüten. Ich werfe den Blick auf. Droben über sturmzerzausten Tannenwipfeln jagen heute Wolkenschatten in wilder Flucht hin. Ab und zu bricht ein Sonnenstrahl durch und spinnt flüchtige Goldnetze über Gipfel und Bergwände. Fern in der Tiefe des offenen Landes aber, wo der Himmel sich so vertraut über den Erdrand beugt, da funkelt es in eitler Sonnenlust. Da wandeln Menschen in sonntäglichen Gewändern einher, freuen sich des hellen Ruhetages und blicken wohl auch nach den Bergen hinüber, die wie in verschleierter Trauer ernst in den Himmel hineinragen.

Geht's doch zum Abschiednehmen! Und auch ich will ja heute dem Sommer Lebewohl sagen. Lustiges Fahnengewimmel täte da nur doppelt weh. Im Halbdunkel träumt es sich auch besser. Zwielicht schafft Märchenstimmung. Droben am Wiesenrande unter den tief hängenden Zweigen einer Einzelbuche, das ist so ein Platz, Märchenstimmungen nachzugehen. Im schwellenden Moose ruht es sich gut. Ein Quell springt da zutage. Weit schweift der Blick ins Land. Und wie ich da ins Moos sinke, ist's mir, als schauten mich wieder zwei große, kluge, blaue Augen an, und eine Stimme sagte bittend: »Vater, erzähle!« Und ich erzähle vom Walde und seinen Geheimnissen, von der Welt draußen und ihren Kämpfen, von großen Männern und ihren Taten, Ernstes und Heiteres durcheinanderwebend. Nur das tiefe Atmen meines Jungen und ab und zu ein leiser Windhauch, der über uns durch die Wipfel schleicht, unterbricht die tiefe Stille. Und als ich geendet, da bleibt's noch eine kleine Weile still. Dann seufzt er auf: »Vater, das war schön!« Und seine Augen bohren sich gleichsam in die Welt tief unten, die er nun erfüllt sieht mit Taten und Helden, in der er auch einmal sich will einen Ehrenplatz erringen. – –

An dies alles denke ich in dieser einsamen Stunde droben am Waldesrande. Und wie Geisterrufe rührt es heimlich jetzt durchs Gezweig. Mein Junge ist's, der mich grüßt, der vor mir noch die große Wanderung an einem Sommertage antrat, da im Garten die Linden dufteten. Dass doch die schönsten Märchen fast immer mit: »Es war einmal – –« beginnen!

Nun stehe ich am Rennstiege droben. Ich schaue die vergraste Wildbahn auf und nieder, ob nicht vielleicht noch solch ein stiller Waldschwärmer hier des Weges kommen könnte. Doch still bleibt alles. Nur die Steinmale, die alten verrunzelten Grenzwächter auf Thüringens Bergzinnenpfade, nicken mir vertraut und freundlich zu, blinzeln noch ein wenig mit den müden Augen und schlafen dann wieder ein. Einmal auch hüpft ein dunkles Eichhorn über den »speeresbreiten« Waldpfad. Eine Weile halte ich ihn inne. Dann tauche ich seitwärts wieder in Tannennacht. Die Erinnerung mir treulich zur Seite. Ein Bächlein rieselt schüchtern neben mir her in die dämmernde Tiefe. Ich weiß, ein Stück tiefer unten, da treibt es bereits eine Sägemühle. Dort bin ich in früheren Jahren zuweilen eingekehrt. Sägemühlen im stillen Walde reden für manchen ihre eigene Sprache. Der Sägemüller gab Bekannten gern einen Trunk zur Erquickung, und aus den Augen des Töchterleins lachte dem fahrenden Manne ein Stück Himmel entgegen.

Schon wird's vor mir licht und hell. Auf eine den schmalen Talgrund hier füllende Wiese trete ich hinaus. Wieder der wehmütige Gruß ungezählter Zeitlosen! Von Weitem sehe ich schon, dass das Wasserrad heute stille steht. Sonntagsruhe! Sie werden vor der Tür sitzen und sich des Ruhetages freuen, dessen Abend die soeben hervorbrechende Sonne vergoldet.

Nun bin ich heran, Hoiho! Hoiho! Ich rufe es hinaus. Und das Tal und seine Berge geben gespenstisch den Ruf im Echo wieder. Sonst aber regt sich nichts. Moos und Farne haben sich um das Rad und den Wassergang gelegt. Die Tür zeigt sich verschlossen; ein paar Fenster sind eingeschlagen, und das Auge dringt in verlassene, halb zerfallene Räume. Sturm und Wintergraus haben stellenweise das Dach zertrümmert. Alles Leben erstorben. Langsam rückt die Natur vor, wieder Besitz von ihrem Eigen zu nehmen.

Drüben sehe ich über fernen Höhenzügen die Sonne zur Rüste gehen. Auf der verwetterten Holzbank vor der Tür sitze ich nieder. Mir ist's, als klänge von allen Seiten, allen Zweigen Rückerts altes Lied einher: »Als ich Abschied nahm – –«. Tiefer und tiefer wandert die Sonne in fernes Land. Und wie sie rings alle Berggipfel in lohendes Feuer setzt, so scheint sich auch alles ferne und nahe Rauschen, Klingen und Flüstern in einen einzigen, schmerzlichen Akkord zu verschmelzen: in ein Abschiedslied auf den dahinfahrenden Sommer.

Heimatszauber.

Eintönig klappert der Webstuhl in der Gefängniszelle Nr. 147. Vier lange, langsam dahinschleichende Jahre schon! Und noch zweimal so lange Zeit wird er sausen und klappern, bis sich für Walter Kettner die wuchtigen, eisenbeschlagenen Pforten zur Freiheit wieder öffnen! Zwölf Jahre unabsehbarer, ermüdender Arbeit! Fast ein kleines Menschenleben lang! Und kein Entrinnen, nicht ein einziges Mal bis dahin freies, tiefes Aufatmen hoch oben in der frischen Bergnatur der Heimat! Nur ein paar Herzschläge einmal lang! Einst schrankenlose Freiheit, heute eingegittert, wie ein wildes Tier, heute und noch lange hinaus!

Eine tiefe Falte legte sich zwischen die Augen des Burschen, und aufs Neue setzt er den Webstuhl in Bewegung. Zwölf Jahre aus einem Leben streichen! Als er die Tat damals getan, da hat er nicht an Folgen noch Freiheitsstrafe gedacht. Ihm war's, als zöge etwas ihm bisher Fremdes, Unbekanntes zu der grausen Tat, ein eiserner Wille, eine unheimliche Kraft, der er sich nicht gewachsen fühlte. Rot wie ein lohender Feuerstrom schoss es plötzlich vor seinen Augen hin, die Hände zuckten, wie von einer Gewalt außer ihm geführt, dass er den Stein heben musste, um seinen bisherigen Spielkameraden im Busch totzuschlagen. Warum hatte der ihm denn das Geld gezeigt, das er auf einem Nachbardorf für den Vater eingezogen hatte? Ein paar blinkende Taler! So viel auf einem Flecke hatte er ja noch nie gesehen. Daheim ging's so armselig her, so erbärmlich. Fleisch nie, außer wenn man sich mal auf die Zunge biss. Immer der gleiche Jammer, die alte Not. Und nun das strahlende Gesicht des Jungen, dieses Dicketun, das Spielen mit der Macht, die er in den Händen trug. Da war's geschehen. Sinnlos war's über ihn gekommen.

»Du, Heinz!«

»Na, was hast denn?«

»Ech ha'n Dompfaffnest funne!«

»I gar?! Wu denn?«

»Kumm har, ech will dir's gezieh! Abber's Mul holten, härscht de!«

Da war der dumme Heinz mit in den Haselbusch gekrochen – und dort – da war's geschehen. Nur ein Schlag. Er hat sich nicht mehr geregt. Eigentlich tot hatte er ihn ja nicht schlagen wollen. Nur still machen. Nun war's auch so gut. Tote legen kein Zeugnis ab.

Er hat den Toten noch einmal mit scheuen Blicken angeschaut, und dann ist er aus dem Dickicht geschlichen. Wohin, das weiß er kaum noch. Stundenlang ist er darauf umhergeirrt, bis ihm einfiel, dass daheim Sorge und Not am Herde saßen. Da ist er heimgestürmt und hat das Geld – sieben Taler – der Mutter in den Schoß geworfen, ohne ein Wort zu sagen. Etwas Schreckhaftes schnürte ihm die Kehle zu.

»Walter! Herr jemine! Wu hast's här? Lauter Taler! Großer Gott, am Ende gefunne? Woas?«

Er aber hat nur den Kopf geschüttelt und ist wieder davongestürmt, als jagte jemand hinter ihm her.

Am Abend ist's lebendig auf der Dorfstraße geworden. Suchende Stimmen schwirren durcheinander. Wie ein Lauffeuer schwoll die Nachricht von Haus zu Haus, dass Blödners Heinz verloren gegangen sei. Soviel stehe fest, dass er das Geld im nächsten Dorfe in Empfang genommen habe. Auch sei er noch auf dem Heimweg im Walde gesehen worden. Das war auch die abendliche Unterhaltung bei Kettners, ehe das letzte Licht verlöschte. Walter hatte sich die Decke über den Kopf gezogen. Er wollte von all dem nichts hören.

Im Laufe des nächsten Nachmittags fand man im Busch die Leiche des Erschlagenen. Ein seltsames Gesetz will es, dass Mörder, wie magnetisch angezogen, wieder nach der Stätte ihrer Bluttat zurückkehren. In der Nähe hatte man beim Auffinden auch Walter bemerkt. Ein tiefes Erblassen zog über sein Gesicht, als die Träger mit dem Erschlagenen an ihm vorbeischritten. Und als einer von diesen ihn ansah, da stieß er plötzlich die Worte aus: »Woas willst? Mänst, ech war's gewasen? Nä!«

Dieses Wort und ein Rockknopf, den der Tote noch in der erstarrten Hand hielt, führten den kommenden Morgen zur Verhaftung. In die Enge getrieben, gestand

Walter angesichts des vor ihm ruhenden Jugendgenossen alles ein.

Er wurde nach der Landeshauptstadt abgeführt und nach einigen Wochen Untersuchungshaft vor Gericht gestellt. Er entsann sich noch deutlich des einen Wortes, das sein Verteidiger wiederholt gebrauchte. Es wäre ein »pathologischer« Fall, so hatte er die Geschworenen belehrt. Der Mörder hätte willenlos unter dem dämonischen Einfluss fremder Mächte gestanden. Bei seinen dreizehn Jahren musste das Gesetz Halt vor der Todesstrafe machen. So ward er zu zwölf Jahren Gefängnis verurteilt. Noch hat er seit jener furchtbaren Stunde zuweilen den Schrei gehört, den seine Mutter ausstieß, ehe sie ohnmächtig zusammenbrach. Dann noch ein letzter Abschied von den Seinigen – und eine neue Welt nahm ihn auf.

Mit der Bahn langte er am nächsten Tag in einer anderen Stadt an; ein Wagen führte ihn zum Gefängnis. Welch ein Schauder, da er vor sich die roten Riesenbauten des Gefängnisses endlich aufsteigen sah. Schwerfällig öffneten sich hohe, eisengepanzerte Tore; über Höfe und endlos lange Korridore ging es hin. Wachen und Wärter überall. Rasseln und Klirren von Schlüsseln und Ketten. Dann steile Eisentreppen empor, die um einen tief gähnenden Schacht sich aufwärts winden. Zelle an Zelle.

Und nun glaubt er, angelangt zu sein. Doch er ist erst im Baderaum. Hier muss er sich entkleiden und unter Aufsicht zweier Wärter sich reinigen. Dann heißt's die grauen Strafkleider anlegen. So führt man ihn weiter. Noch ein paar Stockwerke höher. Und nun betritt er seine Zelle, Nr. 147. Er wird die Zahl niemals wieder vergessen. Hinter ihm schließt sich die Tür. Riegel schieben sich vor. Durch ein hochgelegenes, vergittertes Fenster trifft ein schräger Sonnenstrahl das Lager, das an der einen Wand befestigt ist. Allein! Allein! Zwölf lange, seine Jugend auffressende Jahre mit sich und seinem Verzweifeln allein. Wenn er wieder einst frei sein wird, dann ist er ein Mann. Die Jugend ist tot. Sie ist ihm heute schon gestorben. Er bricht auf dem Lager in die Knie und schluchzt laut auf. Dann aber überkommt ihn eine Wut. Er rüttelt an der Tür. Er versucht gegen das Fenster zu schlagen, er tobt und schreit, bis endlich der Wärter mit dem Direktor erscheint, einem ernst aber freundlich dreinschauenden älteren Manne. Doch auch dessen Vorstellungen fruchten nichts. Das freie Blut des Wäldlers begehrt auf.

Das waren bittere Wochen. Da hat er die Strafzelle kennengelernt. Im Dunkeln hat er da gehaust, im schmalsten Raume. Holz war sein Ruhelager, ein Schrägbrett sein Kopfkissen. – Jeder Sturm lässt nach. Und auch Walter Kenner fügte sich. Man hat ihm die Wahl in der Arbeit überlassen, und so zog er den Webstuhl vor. In der Heimat surrten ja so viele Webstühle. Und immer besser ging ihm die Arbeit von der Hand. Was er über das geforderte Tagespensum schafft, das bekommt er bezahlt. Vier Jahre schon spart er Taler auf Taler. Der Direktor hat ihm einmal bereits eine Summe gesagt, die war schon größer denn jene, um die er den Spielgenossen tot schlug.

Er genießt noch Schulunterricht; um seiner schönen Stimme willen ist er dem Chor der Kirche beigegeben worden. Aber drinnen im Herzen, da ist es bei ihm wie ausgebrannt. Da weint nichts mehr; da sitzt etwas wie dumpfe Wut, die nicht mehr reden darf, die gelernt hat sich zu verbergen, zu verstellen.

Freiheit und Jugend! Wer sie trennt, begeht auch einen Mord. So philosophiert er in seinen einsamen Tagen. Und am tollsten packt es ihn, wenn er in den Freistunden mit den andern drunten spazieren gehen muss. Fünf Meter auseinander, damit keiner mit dem andern spricht. Keiner darf flüstern, was in ihm Tag und Nacht schreit. Und über die hohen Mauern, die den baum- und strauchlosen Garten umschließen, da dringt das Geräusch der Außenwelt herein. Wagenrollen, Hundegebell, Kinderlachen. Als er dies zum ersten Male wieder vernahm, da hat es ihn geschüttelt. Da hat er das nächste Mal nicht wieder mit hinaus wollen. Und musste doch. Um der Gesundheit willen. Und einmal klang ganz deutlich das Lied eines Leierkastens an sein Ohr. Der Wind trug es wohl herüber. Dasselbe Lied, das einst seine größere Schwester bei der Arbeit sang. Die Schwester, die war nun wohl auch verheiratet. Wer dachte noch an ihn?

Surrrrr! Der Webstuhl arbeitet. Wieder wandert die Sonne drüben an einer roten, hohen Wand vorbei. Draußen auf dem düsteren Korridor geht der Wärter auf und nieder. In der Tür seiner Zelle ist eine runde Schiebeklappe mit einem feinen Loch. »Spion« haben die Sträflinge das Loch getauft. Da kann man von außen ihn beobachten, ohne dass er es merkt. Nur wenn draußen einer den Schieber bewegt, dann sieht der Gefangene ein

Auge auf sich gerichtet. Grausig. So blickte ihn damals der Tote an.

Eines Tages wirbelt Schnee vor dem Zellenfester auf und nieder. Schnee! So ist der Sommer hin?! Nun wird's in seinen Bergen auch weiß ausschauen. Handschlitten sausen die Gassen nieder; man rüstet sich zum Weihnachtsfeste. Surrrrrr!

Unwillkürlich presst er die Hand aufs Herz. Ich will meine Jugend wieder! So schreit etwas drinnen auf. Gestern war der Herr Direktor mit ein paar Besuchern in seiner Zelle. Da hat er ihn vor allen gelobt, dass er jetzt so vernünftig geworden sei, einer der fleißigsten in der Anstalt. Wenn er dreiviertel seiner Strafzeit abgesessen habe, so wolle er ein Gnadengesuch für ihn einreichen. Der Herr Direktor meint es doch wohl gut mit ihm. Wenn nur die Jugend in ihm schlafen gehen wollte.

Weihnachten steht vor der Tür. Der Wärter hat es ihm gesagt, da er ihm heute ein neues Buch aus der Bibliothek in die Zelle brachte. Heute ist ja Sonntag. Da darf er lesen, darf für Stunden vergessen, in eine andere Welt flüchten.

Nach dem Mittagessen wirft er sich auf sein Lager. Er klappt das Buch auf. »Geschichten aus dem Thüringer Walde«. Und mit einem Male dehnen sich die engen Wände: Wald rauscht über ihm, Quellen gehen in lauschiger Tiefe. Er hört die Vögel singen, Jodler hallen von den Wänden der Waldberge – er ist daheim, daheim!

Mit fiebernden Augen und wild klopfendem Herzen liest er Blatt für Blatt. Eine Weichheit zieht in sein Herz, wie er sie lange nicht gespürt hat. Und wie die Sehnsucht in ihm wächst nach dem Berglande seiner Jugend, so zieht auch ein Hauch von Versöhnung ein. Die Schicht, die mit jedem Jahre höher, dichter um sein Gemüt emporwuchs, beginnt sich zu lösen. Und ein Erkennen kommt über ihn. Ein Erkennen jener unumstößlichen Wahrheit, dass die Menschen das Gesetz zum gegenseitigen Schutze machten, und dass der, der das allgemeine Recht biegen will, sich ihm dann auch zu unterwerfen habe. Dass er zur Sühne das still auf sich nehmen muss; was er selbst verschuldet hat. Zum ersten Male fühlt er ein heimliches, fast scheues Sehnen, wieder gut zu machen, was er einst gefrevelt.

Surrrrrr! Gut machen! Das heißt stillhalten, nicht mehr Hand und Herz aufbäumen gegen die von Menschen für Menschen eingesetzte Ordnung. In Demut hinnehmen selbstverschuldetes Leid; nicht die es entgelten lassen wollen, die als Hüter und Vollstrecker des Gesetzes eingesetzt sind.

Das Surren des Webstuhles bricht plötzlich ab. Weither durch die Lüfte wird ein schwellender, voller Ton getragen. Kirchenglocken mahnen, rufen. Draußen die freie Welt rüstet sich zur Christmette. Auch daheim stampft man nun bald durch den Schnee empor zu dem kleinen Kirchlein am Bergeshange. Dort hat er stets seinen festen Platz an der Orgel gehabt – da musste er singen – hell hinaus klang seine Stimme. O, nur noch einmal dort oben stehen, reinen Herzens, entsühnt!

Surrrrrr! Ein paar Gänge hin und her – nein, die Arbeit will zur Stunde nicht vorwärts. Immer wieder drängt sich ihm etwas zwischen die Augen. Er lehnt sich gegen die Wand und lauscht so den sacht verhallenden Klängen. So findet ihn der Direktor, als er unvermutet in die Zelle tritt. Er mag wohl fühlen, was in der Seele des Burschen sich aufringt. Freundlich blickt er ihn an, dann überreicht er ihm einen Brief.

»Hier, Kettner, ein Weihnachtsgruß von zu Hause!«

»Von – daheim?«

»Von der Mutter, Kettner. Die hofft noch immer, dass du als ein Mensch wieder heimkommst, der fortan tüchtig und brav sein wird. Und tüchtig bist du ja, denn du hast was gelernt und darfst dich sehen lassen!«

Der Bursche hat aus dem offenen Umschlag den Brief gezogen. Er überfliegt das Schreiben, denn es ist nicht lang. Er zittert am ganzen Leib.

»Es liegt noch was drin«, sagte der Direktor milde.

Kettner greift hinein und zieht einen kleinen grünen Tannenzweig heraus. Der Odem seiner Heimat weht ihm entgegen. Die Arme sinken ihm herab. Zweifelnd, prüfend schaut er den alten Herrn an. Dann auf einmal bricht es aus ihm heraus: »Herr Direktor, ich –« Er kommt nicht weiter.

»Na, was ist denn?«

»Ich will es werden! Ich will's! ... Nur die Jahre, die Jahre!«

Da reicht der alte Herr dem Burschen die Hand.

»Endlich!«, sagt er leise. »Nun wird's auch besser gehen! Schreib deiner Mutter, dass ihr Sohn sich wieder gefunden hat. Und schreib ihr auch, dass ich dahin wirken werde, dich vor der Zeit wieder in die Heimat zurückzulassen!« – –

Durch die Kirche des Gefängnisses weht heute ein Hauch von jener Botschaft, die auch die härtesten Sünder still macht. Vor dem Altar leuchten von zwei hohen Tannenbäumen funkelnde Lichter, seligen Glanz breitend, halb vergessene Erinnerungen an Tage reiner Jugend wieder weckend. Die Orgel braust. Da und dort ein bitteres, heißes Schluchzen, ein leises Stammeln.

Von der Empore aber hallt jetzt der weihevolle Gesang des Chores. Vornan steht Walter Kettner. Weit, weit scheinen seine Augen in die Ferne zu leuchten. Über alle fort klingt seine volle, schone Stimme, allen, die es hören wollen, jenes Heil verkündend, das sich heute auch dem ärmsten Sünder als Gnadengeschenk vom Himmel senkt.

Traumsegen.

Surrrrrr! Dreht sich unablässig das Rädchen unter den steten und fleißigen Tritten des jungen Drechslers Anton Hornschuh. War's heute doch geradezu ein Vergnügen an der Drehbank zu stehen! Weit auf standen die niedrigen Fenster der kleinen Werkstatt. Ein Stieglitz hüpfte in einem Bauer auf und ab, und wenn er einmal scheinbar Atem zu neuem Anlauf holte, dann fiel draußen der volle Chor der Gartensänger ein und füllte die Luft mit Jubeltönen.

Surrrrrr! Wie Frau Sonne dem jungen Handwerker doch auf die Finger sah! Als mache es ihr selbst Spaß, dem geschickten Hantieren seiner Hände zuzuschauen! Über das Bergstädtchen und seine Gärtchen wob sie Feuergirlanden, schlang um die Kupferhaube des Kirchturms einen lohenden Kranz und zitterte durch nickendes Blättergerank in die Werkstadt, wo sie an der Wand auf einem Bilde hängen blieb, just als wollte sie doch auch einmal all die Männlein und Weiblein sich betrachten, welche in malerischen Kostümen zu einem hübschen Gruppenbilde sich vereinigt hatten. Darunter stand zu lesen: »Erinnerung an das Festspiel 1901.«

Und da blieb plötzlich auch der Blick des Drechslers an dem Bilde haften. Die Drehbank stellte für ein paar Minuten ihr Surren ein. Gedanken kamen und gingen.

War das damals eine schone Zeit gewesen! Nun war schon ein Jahr seitdem wieder verflossen. Die Proben und Vorbereitungen, dann der Festtag selbst – und immer in ihrer nächsten Nähe! Ihre Stimme – die dunklen Augen – die so leuchten und wieder wettern konnten! Der weiche Hauch ihrer Nähe, dass er alles darüber vergessen konnte! Da war er ein fahrender Ritter gewesen, stattlich angetan, und sie ein schmuckes, reiches Patrizierkind. Ach, er kannte fast alle Schmeichelworte noch auswendig, Worte, die sie stumm anhören musste, stumm und selig, und dabei ihn endlich anschauen – so wollte es ja die Rolle. Wenn er diesen wundersamen Blick niemals doch aufgesogen hätte, den er nun nicht mehr vergessen konnte, der in ihm brannte wie Feuer Tag und Nacht.

Dreimal hatte man das Festspiel geben müssen, dann war zur Erinnerung dieses Bild angefertigt worden. Abschluss und Abschied zugleich! Noch einmal hatte er da in ihre Hexenaugen geschaut, während er ihren jungen Leib zärtlich umschlungen hielt – ganz im Charakter der Rolle! Ja, Hexenaugen! Sie hatten ihn zu einem andern gemacht.

»Veronika, du!« glitt es von seinen Lippen. Und surrrrrr! Antwortete die fleißige Drehbank darauf. Mechanisch sauste sie weiter.

Bald nach dem Schlusse des Festspieles hatte er an dem Mädchen eine gänzliche Veränderung bemerkt. Als er sich ihr wieder eines Tages nähern wollte, es war gegen Abend draußen an der Stadtmauer, da hatte sie ihn ganz kühl und verwundert angeschaut und ein Mäulchen gezogen, das herzlich wenig nach Freude aussah. Und als er ihr sagte, dass er noch immer der alte sei, der die schönen Tage nicht vergessen könnte – da hatte sie laut aufgelacht, hatte ihn stehen lassen und war fortgeeilt, um ein Stück weiter sich einer Freundin in den Arm einzuhenkeln.

Er musste es wohl ganz und gar mit ihr verdorben haben. An nichts schien sie sich mehr zu erinnern. Wie ausgelöscht jene Tage, an denen er noch mit glühender Seele zehrte. Seine Huldigungen ihr gegenüber blieben unbeachtet. Es schien ihr offenbar eine Luft, ihn wie den Schmetterling an der Nadel zappeln und flattern zu lassen.

An ihrem Geburtstage hatte er ihr eine schön vergoldete Karte zugesandt. Vergissmeinnicht flochten sich darauf zum Kranze, und oben drauf schnäbelten sich zwei weiße Tauben. Da hatte er hineingeschrieben: »Immer denk' ich an dich!« Keinen Namen. Sie musste es ja wissen, von wem dieser Gruß in ihr Haus geflogen war. Aber als er sie tags darauf auf der Straße sah, verriet keine Miene, kein Wort, dass sie seinen Glückwunsch erhalten hatte. Sie schwieg auch still, als der Weihnachtsmann ihr eine reizende Drechslerarbeit für ihr

Stübchen beschert hatte. Auf das Klingeln war sie hinausgehuscht. Doch da war niemand mehr zu schauen. Nur ein dicht verhülltes Paket lag auf der Türtreppe. Darinnen fand sie keine Zeile, nur das Geschenk.

Anton Hornschuh hatte alle Hoffnungen auf diese kühne Tat gesetzt. Als er Veronika dann aber am Silvesterball des Vereins »Frohsinn« im Tanze schwenkte, da schwieg sie. Nur ihre Hexenaugen blinzelten einmal merkwürdig über ihn hin. Das war alles. Die nächsten Tänze weigerte sie ihm. Sie sei bereits versagt, erklärte sie ihm ruhig.

So war's geblieben bis heute. Winter, Frühling kamen und gingen. Nun stand man schon mitten im Sommer. Er wusste keine Mittel mehr, ihr sprödes Herz sich zu erschließen. Nur das eine wusste er, dass ohne sie kein Leben für ihn sei. Und darum, wenn sie so fortfuhr, so blieb ihm nichts anderes übrig, als mit Gewalt sich zu ertrotzen, was sie ihm doch nicht mit werbender Liebe geben wollte.

Surrrrrr!

Zwölf Uhr Mittag schlug es vom Kirchturm. Rathaus, Stadttor und Schloss fielen mit ihren Uhren ein; grelle, unfrohe Dampfpfeifen der Fabriken gellten dazwischen. Dann hob das Glockengeläut an.

Anton horchte auf. Dann stand die Drehbank still. Er warf noch einen Blick auf das Bild an der Wand, dann begab er sich in die Wohnstube, in der seine Mutter mit dem Mittagbrot seiner wartete.

Es war wieder einmal recht still beim Essen hergegangen. Dass ihren Jungen etwas beschäftigte, ahnte seit längerer Zeit die alte Frau. Ihr Frauensinn mochte wohl auch auf der rechten Spur sein. Doch sie hütete sich weislich, mit hinein zu reden. »Er muss sich selber durchbeißen«, dachte sie bei sich, »wie er sich ja schließlich auch das Mädchen selber freien muss. Da geht Taten über Raten!« So schwieg sie über diesen Punkt und sprach nur mancherlei kleine Wirtschaftssorgen mit ihm durch. Auch über das Geschäft ging die Rede, das Anton Hornschuh anstelle des vor einigen Jahren verstorbenen Vaters nun verwaltete, über das gute Heuwetter und was sonst noch einer einfachen Bürgerfrau am Herzen liegt.

Doch die Gedanken ihres Jungen waren heute nicht dabei. Immer wieder tauchten ein Paar braune Hexenaugen vor ihm auf. »Gesegnete Mahlzeit!« Mutter und Sohn hatten sich erhoben. Die alte Frau begann den Tisch abzuräumen, während Anton hinausschlenderte. Er wusste selbst nicht recht wohin. Zum Schlafen fühlte er keine Neigung. Er trat auf den kleinen Hof des väterlichen Anwesens. Einige Hühner gackerten um ihn herum. Ein Taubenpaar ruckste auf der Stange der Bodenluke. Darüber wölbte sich der blaue Mittagshimmel eines wolkenlosen Sommertages. Warum gerade heute so manches ihm wie eine Demütigung erschien, das er an ihr erfahren? Dass es in ihm so brennend aufbegehrte, als gälte es, heute Abrechnung mit der spröden Schönen zu halten?

Er öffnete seitlich eine kleine Mauertür, welche zu einer schmalen, von lebendigen Hecken eingefassten Gasse führte. Diese wandelte er barhäuptig still hin. Die Sonne tat ihm so wohl. Er konnte sich dabei ausmalen, eine weiche Hand streichelte ihm über den Kopf, warme Lippen suchten die seinen, und Augen voll Glanz und geheimer Liebeswonne senkten sich tief in seine Seele. Vielleicht war's auch der Mittagszauber! Er kam sich wie verwunschen vor. Wo die Gärten endeten, da breitete sich eine weite, von Obstbäumen besetzte Wiese aus. Dahinter eine leichte Hügelwelle, dann Wald, immer Wald, höher und höher zum Kamme des Gebirges steigend. Auf der Wiese waren weiße Linnenstücke zum Bleichen ausgebreitet. Eine Gießkanne stand daneben. Unweit davon rann ein Bergbach nieder. Dort im Schatten eines Haselbusches ruhte eine Mädchengestalt.

Der junge Drechsler hatte sie zuerst gar nicht bemerkt. Der weiche Rasen dämpfte seine Schritte, dass auch sie sein Nahen nicht vernahm. Jetzt erst hob sie sich ein wenig und wandte den Kopf herum. Da lief es dem Träumer heiß und kalt über den Leib. Das Ziel, aller Inbegriff seines Sehnens – da ruhte es. Er meinte, sein Herz müsste in Erregung zerspringen.

»Veronika!«, rief er freudig aus. »Veronika!« Alles jubelte in ihm.

Die Angerufene war leicht zusammengeschreckt. Eine Blutwelle schoss ihr über das Gesicht. Dann sprang sie empor. »Du hier? Jetzt?«

»Ja, ich! – Ich, Veronika, den du überall fliehst, der dich sucht – seit jenen Tagen – da ich als Ritter dir etwas galt!«

»Unsinn! Das war doch alles nur Theater! Du bist ja gar kein Ritter mehr!«

»Ja doch – aber das andere – das andere – das, Veronika, ist geblieben – das ...«

»Da wär's ja besser gewesen, du hättest überhaupt nicht mitgespielt! Herrgott! Wenn jeder gleich alles so ernst nehmen wollte ...« Sie sah ihn ein wenig scheu an, als suche sie jemand, der sie aus dieser unverhofften Verlegenheit retten könnte.

»Brauchst dich nicht zu fürchten, ich habe dich nicht abgelauert! Vielleicht ist's eine gute Fügung, dass ich dich jetzt so allein treffe. Siehst du, ich – hätte dir so viel zu sagen – so viel!«

Er suchte ihre Hand zu fassen. Doch sie war bereits ein Stück davongehuscht und hatte nun die Gießkanne ergriffen. »Ich habe wirklich Besseres zu tun, als so etwas mit anzuhören!«

»Lass mich dir helfen, Veronika!«

Sie lachte laut auf. »Damit die Leute etwas zu reden hätten? Gelle?« Sie bog sich zum Bache nieder und ließ das Wasser in die Kanne hineinströmen.

Er legte seine Hand auf die Ihrige und suchte ihr das Gefäß zu entwinden. »Bitte, Veronika! Ich tue es gern! Lass es mich doch!«

»Wenn du meinst, etwa mit Gewalt bei mir etwas auszurichten, dann irrst du dich gewaltig! Nun gerade nicht!«

Sie fühlte den Druck seiner Hand an ihrem Gelenk und wie er suchte, ihr die Kanne zu entwinden.

»Bitte, Veronika! Ich tu es gern!«

»Mit Gewalt? Nein!«

Ein trotziger Blick streifte ihn. Das waren wieder die Hexenaugen! Er fühlte, wie alle Selbstgewalt von ihm wich. »Willst du nicht?« Er stieß es erregt heraus.

Sie schüttelte energisch den Kopf. »Nein! Nochmals: nein!« Ihre Augen sprühten.

Da ließ er die Kanne und ihre Hand los. Er riss förmlich ihren Kopf empor zu sich. Und dann presste er seinen Mund auf ihre Lippen. Wie ein Feuerstrom drang es durch seinen Leib. »O, du – du! Ich habe dich so lieb!« Dann gab er sie frei.

Bebend in Zorn stand sie vor ihm. Dann rang es sich von ihren Lippen: »Also das war's! Von heute ab kennen wir uns nicht mehr! Unverschämt! Such dir ein Mädchen, wo du willst! Für mich bist du nicht mehr auf der Welt! Wir sind für immer geschieden!«

Wechselnde Farbe ging über sein Gesicht. Sie aber hob die Gießkanne in die Höhe und flog unter den Bäumen hin der nahen Stadt zu.

Wie betäubt blieb Anton Hornschuh zurück. Jetzt war alles aus. Das stand mit Flammenschrift am blauen Firmamente. Das fühlte er mit bohrender Gewissheit in seiner Brust. Er allein war schuld an allem. Nur er! Alles aus!

Er sah über Turm und Dächer des Städtchens hin, über welcher Mittagsglut flimmerte. Er kam sich so tief unglücklich, wie von Gott verlassen vor. Dorthin zurück? Nimmermehr! Was sollte er noch dort? Wieder zur Drehbank? Vor allen Blicken etwa Spießruten laufen? Das vermochte er nicht, das ging über seine Kraft. Fort, fort nur! Aus der Welt hinaus! Am liebsten sterben!

Er sprang über den Bach, schritt über die freie Hügelwelle und dann waldein. Immer tiefer und tiefer. Als die
Stadt hinter ihm versunken war, da brach's mit Macht
über ihn herein. Er setzte sich auf einen gefällten Baumstamm und weinte wie ein Kind.

Sterben! Das war schließlich doch wohl das Beste! Das
würde dann ein gar großes Aufsehen im Städtchen geben, und wo die Veronika hinkäme, würde sie aus aller
Augen ihren Richterspruch lesen. Dann vielleicht, dann
würde sie erst einsehen, wie heiß er sie doch geliebt hatte.

Dieser erhebende Gedanke machte ihn fast froh. Seine
Tränen begannen fast, zu versiegen. Ja, so sollte es sein!
Am gebrochenen Herzen wollte er sterben. Dann würden sie ihn finden und zurück bringen – an ihrem Hause
vorbei. Das wollte er ihr doch noch antun. Er stieg ber-
gan, immer höher ins Gebirge, und die Sonne rückte von
Gipfel zu Gipfel dem Abend zu. Die Tannenwipfel über
ihm rauschten so geheimnisvoll, Vögel lärmten, und dazwischen quirlten und plätscherten Quellbäche wie verloren im Selbstgespräche. Und aus allem Rauschen und
Raunen, Singen und Tirilieren schien immer nur der eine Mahnruf zu klingen: Tu's nur! Tu's nur! Stille dein
Leid! Süß ist der Tod!

Die Sonne stand schon tief, da schritt er seufzend über
eine Bergmatte. Zu Haufen lag hier getrocknetes Heu
geordnet. Der würzige, herbe Duft umschmeichelte lockend seine Sinne. Da ließ er sich in einen der Heuhau-
fen niedergleiten. Und wieder seufzte er vernehmlich:
»Mag's denn sein! Was soll ich meine Schmerzen weiter
tragen?« Der Abendwind strich so wohlig-weich über

sein erhitztes Gesicht. Er zwinkerte noch einmal mit den müden Augen über die Bergmatte fort zum Waldesrande, dessen Tannenspitzen feierlich in den stillen Himmelsraum tauchten – dann schloss er die Augenlider.

»So!« sprach er halblaut, »nun will ich sterben!«

»Was willst du?«, vernahm er eine Stimme. Sie klang ein wenig poltrig und derb.

»Sterben!« wiederholte er mit einem Heldenmute, der nur zu deutlich die Lust am Weiterleben verriet.

»Zum Kuckuck ja, muss es denn jetzt schon sein?«

»Leider, ja! Ohne die Veronika – ach!«

»Vielleicht überlegst du dir die Sache doch noch einmal?«

»Ich bin leider fest entschlossen. Hoffentlich findet man mich auch hier, damit auch die Veronika – –«

»Na, meinetwegen! Wenn du durchaus willst! Ich werde mal mit dem lieben Herrgott reden!«

Anton Hornschuh öffnete verdutzt die Augen. Vor ihm stand eine weißbärtige Gestalt. Am Gürtel hing ihr ein großer, blanker Schlüssel. Der funkelte im Sonnenscheine wie eitel Gold. Der junge Drechsler rieb sich gar verwundert die Augen.

»Wer bist du denn?«, fragte er endlich. Es klang halb zaghaft, halb neugierig.

»Mein Name ist Petrus! Wirst schon von mir gehört haben. Ich spazierte just ein wenig draußen an der Himmelsmauer einher, da hörte ich Flehen. Also um der Veronika willen?!«

»Ja, Herr Petrus! Ich denke, es wird wohl das Richtigste sein! So halte ich das Leben nicht länger aus.«

»Hm, hm! Na, komm mit!«

Zögernd und wie im Traume folgte Anton der Aufforderung. Während beide an der Mauer hinschritten, machte er den heiligen Pförtner zum Mitwisser seines Herzensgeheimnisses. Endlich waren sie vor einer mächtigen Bogentür angelangt. Da stand ein Bänklein, und auf diesem saßen zwei rosige Engelein. Das eine sang mit lieber Stimme fröhliche Lieder, das andere blies aus einem Rohre buntschillernde Seifenblasen und freute sich, wenn diese nun so luftig durch den weiten Weltenraum entschwebten.

»So, da setz dich mit daneben«, sagte Petrus, »ich muss dich erst bei unserem Herrgott anmelden.«

Dabei öffnete er mit goldenem Schlüssel die Pforte und verschwand hinter dieser.

Anton Hornschuh sah hinab, und es schwindelte ihn. Da kreisten die Planeten im ewigen Reigen. Sonnen irrten dazwischen. Ein weithallendes, urgewaltiges Tönen und Klingen wogte durch das All. Blendendes, nie geschautes Licht erfüllte alles. Die beiden Engelein schienen sich nicht sonderlich um das arme Menschenkind zu kümmern. Sie waren nur ein wenig zusammengerückt. Das eine sang unverdrossen weiter, das andere ließ Kugel auf Kugel aus seinem Rohre steigen.

Ach! So hatte er auch einst fröhlich in die Welt gesungen! Seine Träume waren auch wie Seifenblasen heraufgeschwebt, dann aber jämmerlich zerplatzt. Wie lange nur der Petrus ausblieb? Das dauerte ja eine Ewigkeit! Aber, freilich, hier droben rechnete man mit Ewigkeiten!

Endlich sprang die Himmelstür auf. In ihrem Rahmen erschien der Erwartete, winkte stumm mit der Hand, und Anton Hornschuh folgte ihm. Durch unermessliche, hohe, wundersame Räume schritten sie hin. Immer näher drang sphärenhaftes Tönen und Jubilieren. Endlich betraten sie das Allerheiligste. Ein Raum ohne Ende und fester Ferne. Da schaute er Gott in seiner Größe und Hoheit.

»Tritt nur näher«, flüsterte ihm Petrus zu, »und dann rede, wie dir's ums Herz ist.«

Und er tat es mit Stocken und mit bebender Stimme, manchmal unterbrochen von leisem Schluchzen.

Der liebe Gott aber verstand ihn.

Als der Bericht beendet war, da schaute er ihn ernst und tief an. Bis ins Herz hinein.

»Anton Hornschuh!«, sagte er milde warnend, »darum möchtest du aus der Welt gehen? Lacht dir nicht jeden Morgen frisch aus jedem Tautropfen meine schöne Welt? Grüßt dich die Sonne nicht in deiner Werkstatt? Grünen nicht mit jedem neuen Frühling dir zur Lust Wiesen, Gärten und die weiten Wälder deiner Heimat? Warum denkst du nur an dich, nicht an die, welche trauernd müssten zurückbleiben?«

Immer tiefer sank des jungen Drechslers Kopf beschämt nieder auf die Brust. Der Herrgott aber fuhr fort: »Hast du denn ein Recht auf ihre Liebe? Liebe muss man sich verdienen, nicht wie du fordern! Wer ein Weib nehmen will, der muss ihr dienen, dass sie ihm später auch dient. Du aber suchtest stets nur mit Eigenwillen, Trotz und Gewalt dir zu eigen zu machen, was doch von allein sich geben muss.«

»O, du lieber Gott!«

»Nun fühlst du Reue?«

»Ja!«

»Möchtest wieder gut machen und ungeschehen, was du schwer gefehlt?«

»Ach. Ja!«

»Du batest um den Tod. Ich lasse dir das Leben! Kehre zurück zur Erde und strebe fortan danach, ein besserer Mensch zu werden!«

»Sag mir, lieber Gott: Glaubst du – dass dann die Veronika wohl –«

Der Herrgott sah ihn groß und tief und milde an.

»Vergiss mich nicht!«, sagte er ernst und ruhig.

Eine leichte Wolke schwamm durch den Himmelsraum und verhüllte alles. Kühl strich es über das Gesicht Antons. Eine Handbewegung, als wollte er den Schleier heben, noch eine Frage an den Schöpfer zu richten – da wachte er auf.

Heuduft umwitterte ihn. Schwarz stand als düstere Wand der Wald vor ihm. Droben leuchteten die Sterne in ewiger Schönheit. Er sah sich um. Auch der alte Petrus war entschwunden. Da kehrten seine Sinne wieder. Richtig! Sterben hatte er gewollt, und dann hatte er mit dem lieben Herrgott gesprochen. Im Traume war er zur Wahrheit, zum Leben, zur Besinnung zurückgekehrt. Gottes Finger hatte ihn angerührt, und der brannte an seinem Leibe. Nach Hause! Wieder gut machen! Verzeihung erflehen, Vergebung erbitten! Dann winkt ihm vielleicht auch seligste Erlösung!

Er stand auf und schüttelte sich. Das lange Liegen, der Nachttau hatten ihn steif und fröstelnd gemacht. Langsam wandte er sich über die Wiese und trat den Heimweg an. Tappend ging es anfangs durch den rabenschwarzen Wald. Dann aber wanderte er rüstig bergein, den durch die einsame Nacht lauter rauschenden Wildwassern nach, immer tiefer und tiefer, bis er das freie Land erreicht hatte. Drei Uhr hallte es vom Kirchturm durch die Stille. Mit wohlbekanntem Klange grüßte ihn die Heimat wieder.

Da war ja auch der Bach, die Wiese, auf welcher er ihr so bitter Unrecht zugefügt hatte. Er verlangsamte seine Schritte, als er unter den Obstbäumen im ersten Morgengrauen der kleinen Gartengasse zustrebte. Bald darauf hielt er an der Hoftür. Sie war verschlossen. Im Hause alles dunkel. Nur setzt nicht wecken! Die arme Mutter! Wie musste sie sich um ihn abgeängstigt haben! Lautlos kletterte er über die niedrige Holzplanke, riegelte vorsichtig den kleinen Heustall auf und warf sich drinnen auf das weiche, duftige Lager nieder.

Das Verschwinden Anton Hornschuhs hatte sich noch am selbigen Abend in der Nachbarschaft wie ein Lauffeuer verbreitet. Dass er ohne Kopfbedeckung das Haus verlassen, steigerte noch die Gewissheit, dass ihm irgendwie ein Unglück zugestoßen sein müsse. Einige Männer waren denn auch nach Feierabend auf die Suche nach dem Verlorenen ausgegangen, kehrten jedoch bei eintretender Nacht zurück, ohne dass eine Spur des

Vermissten zu entdecken gewesen war. Nachbarn und Freunde kamen und gingen. Jeder mit leerem Troste. Erst gegen Mitternacht hatte Mutter Hornschuh gramvoll ihr Lager aufgesucht.

Doch auch Veronika fand keine rechte Ruhe. Als ihr Vater am Abendtisch die Nachricht von dem Verschwinden des jungen Drechslers mitteilte, schrak sie zusammen. Sie allein wusste ja, dass ihm kein Unglück zugestoßen war, dass er mutmaßlich freiwillig in den Tod gegangen sein könnte. Ihre herbe Absage, ihr hartes Wort hatte ihn zur Verzweiflung gebracht. Sie allein trug die Schuld. Wohl hatte er sie beleidigt. Aber hatte er mit seiner Leidenschaft ihr nicht den Beweis gegeben, wie heiß er sie liebe. Und darauf Tod? War's im Grunde denn ein Verbrechen, ein Mädchen zu lieben? Wie begehrenswert musste sie ihm doch erscheinen! Und dann fiel ihr ein, wie er doch die ganze Zeit seit jenen Festspieltagen im Stillen um sie geworben hatte, und dass sie ihm stets kalt und abweisend gedankt habe. Hüben und drüben war's Trotz und Auflehnen gewesen. Und nun waren vielleicht die Lippen, die sie so stürmisch geküsst hatten, blass und stumm! Ein Schauder lief ihr über den Leib. Wäre doch erst diese Nacht vorüber, in der jeder Schlaf ihre Augen floh! Die arme Mutter! Wie würde die ihren Jungen jetzt suchen!

Es war noch ganz still im Städtchen. Nur vereinzelt stieg da und dort eine blaue Rauchsäule über den Dächern empor. Veronika stand bereits fertig angekleidet am Fenster und blickte starr hinüber zu dem Häuschen, über dessen Haustür eine Inschrift verkündete:

»Anton Hornschuh jun., Drechslermeister«.

Sie hatte nur das eine Gefühl, der alten Frau dort drüben die Hand zu drücken in heimlicher Reue. Und jetzt öffnet sich drüben die Tür. Mutter Hornschuh taucht auf und lässt die vergrämten Blicke über die Gasse schweifen. Die suchen den Jungen. Bald darauf schreitet Veronika hinüber. Im Hofe trifft sie die Alte. Die steht wie fassungslos und blickt hinauf in den blauen Morgenhimmel.

»Mutter Hornschuh!« Dann sinkt sie der alten Frau an die Brust.

»Du, Veronika?!«

»Noch immer keine Spur? Kein Lebenszeichen?«

»Nichts, nichts! Veronika! Die Werkstatt ist leer, sein Bett unberührt. O, mein Gott!« Sie schluchzt leise auf. Dann sieht sie das junge Mädchen steif an. »Weißt du auch, dass er dich über alles lieb gehabt hat? Er hat es mir ja nie gesagt, doch ich hab's ihm so lange schon angemerkt!«

Veronika legte die Hand über die Augen. Endlich sagt sie wie in halbem Vergessen: »Käme er doch wieder! Ich wollte alles vergessen! Alles! Eine andere sollte er finden. Das habe ich nicht gewollt. Bei Gott nicht!«

»Ist das dein Ernst, Veronika?«

»Ja, Mutter Hornschuh! Das ist es jetzt!«

Leise, ganz leise hat sich die Stalltür geöffnet. Über das übernächtige Gesicht des jungen Drechslers fliegt es wie Morgenschimmer erwachender Freude. Dann hallt eine Stimme über den Hof: »Veronika!«

Nun ein Aufschrei, Zittern und Erröten.

»Mein Junge! Anton!«

»Frage nicht viel, Mutter! Freue dich, dass ich wieder daheim bin.« Er wendet sich an das Mädchen. »Wo ich war, Veronika? Im Himmel, Veronika! Und nun weiß ich, dass er uns seinen Segen geben wird, wenn du nur willst!« – –

Veronika ist sein Weib geworden.

»Surrrrrr!« schnurrt es wieder unablässig durch die kleine Werkstatt, noch emsiger, noch fröhlicher denn einst. Auch Lachen und Singen hallt dazwischen. Der junge Meister hat in einer stillen Herzensstunde seinem blühenden Weibe erzählt, was ihm alles droben im Bergwalde damals zugestoßen. Das bewahren nun beide als ein Geheimnis auf. Es hat ihnen gedoppelte Lust an Arbeit und Leben gegeben.

Ehen, die im Himmel geschlossen werden, denen kann es auf Erden an Glück nicht mehr fehlen!

Der Einspänner.

Auf und ab im Dorfe hieß der lange Friedel nur noch bei alt und jung der Einspänner. Das Thüringer Waldvölkchen ist ja ohnehin so leicht und gern geneigt, jedwedem irgendeinen Spitznamen anzuhängen, sei es, um damit seine Herkunft, sein Gewerbe oder auch irgendeine Eigenart des Betreffenden zu bezeichnen. Dass dabei der lose Schalk und die übermütige Spottsucht nicht zu kurz kommen, ist selbstverständlich. Der lange Friedel aber trug in diesem Falle selbst die Schuld daran.

Wie oft hatte er im Wirtshause, wenn die Männer mit den langen Pfeifen sich um ihn scharten, zu horchen, was er heute wieder im Walde gesehen – er war Waldwart oder Kreiser, wie sie im Thüringer Walde sagen – auf den Tisch geschlagen und dann mit erhobener Stimme verkündet:

»Es ist ein Unsinn, zu heiraten! Einspänner muss man bleiben! Da bleibt man ein vernünftiger Kerl! Die Liebe! Nun ja, die ist gut für die Grünlinge; wer aber ein Mann geworden, der soll sich vor den Weibern hüten. Der Teufel hat sie alle gemacht!« Und wenn dann ein verlegenes Murmeln, ein verhaltener Widerspruch sich im Kreise geltend machen wollte, dann schlug er nochmals auf den Tisch, diesmal noch wuchtiger, und fuhr fort: »Wollt ihr's etwa leugnen? Unter dem Pantoffel steht ihr allesamt! Hahaha! Das könnte mir passieren! Die stärksten Männer kriechen vor einer Frau mit gut geschmiertem Mundwerk in das nächste Mauseloch. Das ist nun mal so! Ich habe als Bursche bei einem General gedient; er war ein baumlanger Kerl, und seine Regimenter zitterten vor ihm. Wenn daheim aber seine Exzellenz schon von Weitem die Stimme der Alten hörte, da sah er sich verängstigt nach einem Mauseloch um, um ihren Angriffen zu entwischen. Nee, das sollte mir einfallen, mich von den Weibsleuten unterkriegen zu lassen! Das überlasse ich euch!« Und er trank siegesgewiss seinen Krug aus und reichte ihn dann dem Wirte zum Frischfüllen. Die Tafelrunde aber schwieg. Es war das einzigste Thema an der Wirtstafel, das niemals von ihnen weiter ausgesponnen wurde.

Der lange Friedel hatte eben seine eigene Logik. Er hasste ja die Weiber nicht, doch er mied sie, wo er nur konnte, als fürchte er ihren heimlichen Zauber. Dafür aber war er ein merkwürdig großer Kinderfreund. Sein Häuschen lag dicht am Hochwalde, einen Büchsenschuss von dem Dorfe entfernt. Da hauste er allein. Vormittags kam eine alte Witfrau aus dem Dorfe und besorgte das Nötigste in der Wirtschaft. Da er tagsüber im Walde zu tun hatte, so nahm er die einzige warme Mahlzeit des Tages abends im Wirtshause, wo er ein Abkommen getroffen hatte, für ein Billiges ein. Das nächste Haus von ihm nach dem Dorfe zu gehörte einem jungen Weibe, deren Mann vor Jahresfrist beim Zapfensteigen (Herunterholen von Fichtenzapfen für die Samenhandlung der Kreisstadt) tödlich abgestürzt war. Sie lebte dort allein mit einem vierjährigen Mädchen und ernährte sich und das Kind von Handarbeiten, welche sie für eine Puppenfabrik des Walddorfes ausführte. Wenn die Veronika Gläser durch das Dorf schritt, erhobenen Hauptes und mit einem federnden Gang, der verriet, welche gute Tänzerin sie einst gewesen war, dann blickte so manches Mannesauge ihr nicht ohne heimliche Bewunderung nach, und so mancher, der daheim unter der Fuchtel seines Weibes seufzte, malte sich die Lust aus, mit diesem hübschen Weibe durch das Leben gehen zu dürfen. Ihr Kindlein aber mit den blonden Haaren und tiefblauen Augen glich einem vom Himmel niedergestiegenen Engel. Wenn der lange Friedel das Kind am Gartenzaune erblickte, dann blieb er regelmäßig stehen und scherzte mit ihm. Oft lief ihm die Kleine schon ein Stück die Straße entgegen, und dann nahm er sie bei der Hand und geleitete sie bis vor das Haus. »Onkel Friedel« saß fest im Herzen der kleinen Martha. Noch fester aber seit jenen Tagen, da er ihr in einem selbst gefertigten Häuschen eine Eichkatze aus dem Walde mitgebracht hatte. Da war Martha ihm stürmisch um den Hals gefallen und hatte ihn herzhaft abgeküsst. »Du bist doch der allerbeste Onkel!« hatte sie in jauchzender Freude ausgerufen. Und als der lange Friedel dann die Kleine vorsichtig wieder zur Erde niedergelassen hatte, da sah er in die dunklen Augen von Frau Veronika, die in der Haustür stand und ihn gar freundlich anlächelte.

Da war ein merkwürdiges Empfinden über seine Seele geschlichen. Ihm war's, als sei er errötet. Das machte ihn wild und störrisch. Nur sich nicht vor den Weibern beugen! Keine Schwachheiten zeigen! So nickte er nur kurz der hübschen Frau zu und stürmte schneller denn sonst die Dorfstraße weiter. Frau Veronika aber sagte auch nichts. Sie lächelte nur ganz still und fein. Dann hob sie auch das Kind empor und drückte ihre schwellenden Lippen auf deren süßen Kindermund.

Der Sommer war aus dem Tale gewichen, in dem sich das Dorf zum Gebirgskamme hinanzog. Stürmischer warb der Herbst mit rauen Stößen um die Herrschaft. Des Nachts vernahm man das weithinhallende Orgeln der Hirsche, das sich tief und die Seele aufrührend über die Waldberge Bahn brach. Goldene und blutrote Blatter tanzten über die Straße, und ab und zu vernahm man hoch in den Lüften das Geschrei vorüberziehender Wandervögel.

Heute hatte die Sitzung im Wirtshause länger denn sonst sich ausgedehnt. Ein fremder Gast war da gewesen, der sich tüchtig in der Welt umgesehen hatte. Da gab's zu erzählen und aufzuhorchen. Und dann hatte sich ein anregender Disput angeschlossen, dass mancher von den Wäldlern vergaß, was seiner daheim an liebreichen Willkommensworten harrte.

Einer der letzten, welche das Wirtshaus verließen, war der lange Friedel. Er verspürte heute auch so wenig Lust, heimzukehren. Und als er am Hause der Veronika vorüberkam, da blieb er sogar stehen. Der Mond war just hinter Wolken getreten. Was ihn eigentlich stehen bleiben hieß, das wusste er wohl selbst nicht recht. Doch als er an sein einsames Haus in diesem Augenblicke dachte, da schlich ungewollt ein leiser Seufzer über seine bärtigen Lippen. Er dachte an das Eichhörnchen, die stürmische Zärtlichkeit der Kleinen und dann auch an den Blick der schönen Frau. Er war ja Einspänner geblieben, und das war sein Stolz vor dem ganzen Dorfe geblieben. Und so wollte er es auch fernerhin halten. Aber in diesem Augenblicke malte er sich die stille Freude aus, wenn daheim ihm zuweilen auch in der Dämmerung so ein Paar kleine, weiche Kinderhände um seine Knie spielten, zu ihm emporlangten, und er dürfte so ein schwaches Wurm, er, der starke Mann, auf seinen Schoß ziehen und mit ihm kosen. Lächerlich! Das konnte ja nie geschehen! Durfte nicht! Wo blieben denn da all seine Grundsätze?!

Er war bereits ein Stück seinem Hause zu, als er sich noch einmal umwandte und zurückblickte.

Just warf der Mond seinen vollen Schein über die Hütte der jungen Frau und ließ das verhangene Fenster ihrer Schlafstube mit den sauberen, weißen Vorhängen wie im Silberschimmer leuchten. Ein paar Augenblicke starrte der lange Friede! Wie gebannt auf dieses Fenster; dann gab er sich förmlich einen Ruck und wandte sich seiner Behausung zu.

Aber diese Nacht wollte er die sonstige Ruhe und seinen gesunden Schlaf gar nicht finden. Wüste Träume wirrten ihm das Gehirn. Und dann auf einmal schreckte er empor.

Rief da nicht jemand seinen Namen? Klangs nicht daher wie ein Notschrei? Ihre Stimme? Unsinn! Ein paar Glas Bier mehr denn sonst, weiter nichts! Und dann der dumme Mondschein, das stille Fenster, hinter dem sie ruhte! Das war alles!

Jetzt aber sprang er doch auf. Ein Blick aus dem Fenster ... mein Gott! Rauchwolken aus dem Häuslein ... nun sogar aus dem Untergeschoss eine kleine, züngelnde Flamme. Im Nu war er in seinen Kleidern. Ein Zittern war über den so starken Mann gekommen. Dann zur Straße, hinüber im Sturmschritte!

O, mein Gott! Schon hatte das bisher schwelende Feuer weiter um sich gegriffen. Es drang aus den Fugen der Tür und den Fenstern des Untergeschosses. Der lange Friedel raste weiter zum Dorfe hin. Beim nächsten Nachbar donnerte er gegen die Fenster, beim zweiten ebenso. Er brüllte wie ein Tier!

»Heraus, heraus! Feuer!! Bei der Veronika brennt's!« Und als er bestimmt wusste, dass man ihn gehört, dass Leben im Dorfe erwachte, da kehrte er fliegenden Atems zurück zum Hause der jungen Frau. Oben am Fenster stand sie im weißen Nachthemd, in all ihrem Schrecken und der sich im Antlitz malenden Angst fast doppelt schon. Sie hob die weißen Arme jammernd empor, als wollte sie vom Himmel Schutz und Hilfe fordern.

Und jetzt hatte sie den langen Friedel erkannt. Da schrie sie in herzbrechenden Tönen:

»Erbarmt Euch! Ich kann nicht mehr heraus! Die Treppe brennt! Mein Kind!!«

»Wo steht die Leiter?« Er stieß es bebend heraus.

»Hinter dem Hause! O, mein Gott! O, mein Gott!«

Aber da brach er schon hinter dem brennenden Hause hervor. Er warf die Leiter an die Wand. Rauch und aufschlagende Flammen begannen an ihm herumzuwirbeln. Nun war er oben am Fenster.

»Kommen Sie, Veronika!«

»Nein, nein, erst das Kind!« Sie hob das weinende, zitternde Kind von der Diele auf und legte es ihm in den Arm.

»Onkel Friedel! Onkel Friedel!«

»Ja, ja, Mädel, komm!«

Er schwang sich die Leiter hinab und reichte die Kleine an einige Weiber, die sich bereits drunten jammernd versammelt hatten.

»Das Heulen nützt nichts. Anfassen!!! Retten, was noch zu retten ist!«

Er blickte hinauf. Da stand noch immer händeringend Frau Veronika. Doch als sie das Kind nun gerettet wusste, da ging es wie Lächeln über ihr Gesicht. Im nächsten Augenblick drang der dumpfe Krach der zusammenstürzenden Treppe aus dem Hause. Zugleich schlugen aus dem Nebenfenster droben die ersten Flammen heraus. Frau Veronika schien noch einmal wie Lebewohl zu winken; dann verhüllten Rauch und Trümmerstaub ihre weiße Gestalt. Doch schon hatte der lange Friedel wieder die Leiter bestiegen.

»Lasst ab, Ihr werdet selbst erschlagen!« so tönte es hinter ihm drein. Doch er achtete der Worte noch der Gefahr nicht. Schon hing er wieder droben am Fensterkreuz.

»Veronika! Frau Veronika!«

Er schrie wie ein weidwundes Tier. Doch keine Antwort erfolgte. Die Frau war bereits leblos in der Stube zusammengebrochen. Aus der Fensteröffnung, wo sie noch eben gestanden, schlugen die ersten roten Flammen heraus. Da ... ein Sprung in das brennende Gemach! ... Alles hielt auf der Straße den Atem an, während just die Feuerspritze aus dem Dorfe herangerasselt kam. Da aber tauchte der lange Friedel auf. Über seine starke Schulter hatte er das leblose Weib gelegt. Nun aus dem Fenster durch Rauch und Dunst. Die Leiter unter die Füße. Dann langsam, sorglich, fest Schritt auf Schritt herab.

Weiber umschrien ihn. Alles suchte sich heranzudrängen. Er aber hielt wie ein Raubtier, das seine Beute zu verteidigen gedenkt, nur für ein paar Herzschläge inne; dann schritt er mit dem jungen Weibe nach seiner nahen Behausung.

Da legte er Frau Veronika auf das Sofa; er beugte sich über sie, strich ihr leise über das wallende Haar und rief sie bei ihrem Namen. Dann tastete zögernd und keusch seine Hand über ihren weichen, weißen Busen nach dem Herzen. Da war noch Leben drinnen! Gott sei Dank!

Nach einer kleinen Weile schlug sie langsam ihre Augen auf. Wie irrend gingen diese in dem fremden Raum herum. Endlich blieben sie auf dem Manne haften, der noch immer ihre Hand in der seinen hielt, der so traurig und wieder froh ihr ins Auge schaute, der da reden wollte und kein Wort über die Lippen brachte.

»Wo ist Martha? Martha?«

»Ruhe, Ruhe, liebe Frau Veronika! Martha ist in guten Händen und gesund!«

»Ists wahr? O, mein Gott, es war so schrecklich!«

Ihr Blick glitt an ihr selbst hinab. Und ein Erröten lief über sie. Da sprang der lange Friedel auf und eilte nach der Wand. Gleich darauf hatte er seinen weiten Lodenmantel über ihre bebende Gestalt geworfen.

»Nun ist ja alles gut!«, flüsterte er ihr zu.

Sie schüttelte sich noch einmal. Plötzlich aber erhob sie sich halb und dann, ehe er es nur verhindern konnte, schlang sie ihre weißen, vollen Arme um seinen Hals, wie es damals die kleine Martha mit ihm gemacht hatte, und dann presste sie ihre zuckenden Lippen auf seinen Mund. Und der lange Friedel hielt still. – –

Als der Morgen herauf war, ist Frau Veronika zu einer guten Frau Pate vorderhand gezogen. Mildtätigkeit hat ihr für die erste Zeit ausgeholfen. Denn von ihrer Habe war fast nichts gerettet worden. Der lange Friedel hat sich von dem Tage weder im Dorfe noch im Wirtshause mehr sehen lassen. Selbst bei Frau Veronika nicht. Die einen behaupteten, dass er zu stolz sei, Dank anzunehmen, die anderen aber sagten gar nichts. Die munkelten nur allerlei. Darin aber war das ganze Dorf einig, dass man auf den langen Friedel stolz sein dürfe; denn er habe etwas vollbracht, was dem Dorfe nur zur Ehre gereiche. Und darein stimmten sogar sämtliche Weiber, trotzdem sie die schlimme Gesinnung des harten Mannes wohl kannten. Die Nachricht von der kühnen Doppelrettung drang auch zu den Ohren des Landrats, und noch vor der Kirmse prangte im Knopfloch des langen Friedels die Rettungsmedaille am Bande.

Die Kirmse hatte diesmal einen recht frohen Verlauf genommen. Doch auch hierbei hatte der lange Friedel sich nicht blicken lassen. Der war nur noch im Walde zu finden. Und wer ihn dort einmal getroffen, der musste mancherlei dabei denken. Denn fast wie tiefsinnig sah man dort unter den Bäumen den Waldwart einherschreiten; zuweilen auch blieb er stehen und starrte steif in den Himmel. Er hielt mit sich und seinen Grundsätzen strenge Abrechnung.

Als er eines Abends wieder mal vor der Brandstätte der Veronika vorüberkam, da sah er sie selbst in Trauer vor den Trümmern ihres Hauses stehen. Als sie ihn jetzt bemerkte, da glitt ein tiefes Rot über ihr schönes Gesicht. Ja, er meinte wohl, dass ein leichtes Zittern über sie gekommen sei. Nun wandte sie sich langsam nach ihm um. Sie schien reden zu wollen; doch er hinderte sie daran. Aus seinen Augen brach es wie ein Leuchten, das sie noch nie so schön an ihm gesehen hatte. »Veronika!«, sagte er endlich, »es lohnt sich nicht recht mehr, dass Ihr das Haus wieder aufbaut.«

»Aber ...« Sie stockte, denn sie fühlte seinen Blick brennend auf sich ruhen. »Ich kann doch unmöglich auf der Straße bleiben. Wenn ich aus der Brandkasse mein Geld wieder habe, dann ...«

Er ließ sie aber heute nicht weiter sprechen.

»Unsinn! Ich hab's mir überlegt ... anders! Schon einmal trug ich Euch in mein Haus ... seitdem ist's mir da drinnen so still und einsam geworden ... wenn Ihr Euch dazu verstündet, so trüge ich Euch noch einmal dort' drüben hinein, dann aber, um Euch für immer dort zu behalten. Aber Ihr werdet mich jetzt auslachen. Gelt?«

Frau Veronika hat gelacht; aber es klang anders denn Spott und Verdruss. Sie hat es geduldet, dass er sie vor sein Haus noch an diesem Abend führte, und dann nahm er sie abermals auf seinen starken Arm und trug sie über die Schwelle. Und diesmal küsste er sie zuerst. – –

Aus dem Einspänner ist ein Zweispänner geworden. Der lange Friedel schlägt auch gar nicht mehr auf den Tisch des Wirtshauses und schimpft über die Weiber; denn er lässt sich überhaupt seit langen Wochen nicht mehr dort sehen. Er hat daheim mit seiner schönen Veronika so entsetzlich viel zu reden und zu philosophieren, dass er sogar jetzt zuweilen seine Rundgänge durch den Wald abkürzen muss.

Im Hafen.

Dort, wo die Geest vom Lande her mit ihren gelbleuchtenden Dünen und zerrissenen, von Heide und Knieholz bedeckten Abstürzen in Falten und Klüften sich zu dem breiten Spiegel der Unterelbe niedersenkt, da steht in menschenleerer Einsamkeit auf einem schmalen Streifen Uferland ein vereinzeltes Gehöft. Ein paar helle Birken und knorrige Kiefern halten in der Nähe Wacht. Schwer lastend ruht das tiefhangende Dach über dem Hause, so tief, dass nur zu Stunden die Sonne wie auf Umwegen in das Innere hineinblinzeln kann. Wer da droben am Geeststrande entlang wandert und schaut das Haus an, der mag wohl meinen, dunkle Geheimnisse webten ihre Schleier um das Haus, dass es wie ausgestoßen von der Welt sich hier in tiefer Einsamkeit festgesetzt habe.

Vom Geeststrande flog der Blick weit über den bleigrauen Spiegel des Riesenstromes, so weit, dass man sehen konnte, wo Himmel und Wasser zusammenschwammen. Dazu das Kommen und Gehen der großen Schiffe, das Durcheinander der rostbraunen Segel der Fischerflotillen, die lustigen Segel der zahlreichen Jachten. Das gab dieser Landschaft Farbe, Leben, stetig neue Bilder. Und wie auf dem Strome die Segel, so schwammen am lichten Himmel die Wolkenbarken auf und nieder, bis der sinkende Sonnenball sie in ein lohendes Feuer tauchte.

Heute aber raste der Sturm über die Landschaft hin. Lange vor der Zeit hatte sich die Nacht auf Wasser und Geest gesenkt; wie wilde Bestien jagten die hochschäumenden Wogen gegen den Strand, als wollten sie alles Feste in das nasse Grab ziehen. Dazu ächzte es durch die Lüfte, zerrte an den Fensterladen, fuhr mit Geschrei durch die Schlote, und was auf dem Wasser war, das empfahl seine Seele Gott in diesem grimmen Kampfe der Elemente.

Um diese Stunde barg das geheimnisvolle Haus nur ein menschliches Wesen: Frau Martha Nägelein, die Wirtin der einsamen Strandwirtschaft. Nur ein großer Hund war seit Jahren ihr Hausgenosse und Schutz.

Frau Martha hatte das Haustor fest geschlossen. Wer sollte jetzt noch kommen? Droben aus dem Dorfe auf der Geest keiner. Die saßen zusammengekauert am Herd und lauschten wie sie, wie immer dräuender und schreckhafter vom Meere her das Wetter angedonnert kam. Die aber auf dem Wasser sich befanden, strebten alle nach einem Landungsplatz, der in der Nähe ihres Gehöftes sich nicht fand.

Was nur gerade heute ihre Seele so in Aufruhr brachte? Sonst war ihr doch keine Furcht gekommen, wenn draußen der liebe Herrgott zwischen Himmel und Erde seine Macht ertönen ließ. Und diesen Abend! Ging sie die Treppe herab, so lauschte sie, ob nicht hinter ihr noch ein Schritt husche; wandte sie sich wieder in das Gastzimmer, so blieb sie im Flur eine Weile horchend stehen, als müsse jemand draußen Einlass heischen, sturmdurchwühlt, triefend vom Regen, mit irren Augen und tastenden Händen. Dann schalt sie sich wieder ein törichtes Weib. Sie langte aus einer Schale auf einer Kommode einen Strickstrumpf und begann zu arbeiten, während eine kleine Lampe unsicheres Licht im Raume verbreitete. So hatte sie eine Weile stumm gesessen. Da sprang sie plötzlich auf. Sie riss ein Fenster weit auf, den Laden in der Hand festhaltend.

War es Täuschung gewesen? Ihr war, als hätte sie vorhin deutlich eine Stimme rufen hören! Von weit her, wie vom Meere kommend, flehend, wehklagend! Doch nur der Sturm brauste vom Strome her, zerzauste ihre Haare und schlug ihr starke Regenschauer ins Gesicht. Sie schloss das Fenster wieder. Es war ja auch ein Unsinn. Nur ihre Fantasie arbeitete, weiter nichts. Sie war wirklich eine törichte Frau!

Doch die Arbeit wollte heute nicht weiter gehen. Horch! Wieder diese Stimme! Ganz aus der Ferne. Sie kannte sie: Einst hatte sie in diesem Hause neben der ihren geklungen – die Stimme ihres Mannes. Sie schlug die Hände vors Gesicht. Wie ein Schütteln lief es ihr über den Leib. Und draußen tobten die Wetter weiter, als würde eine furchtbare Schlacht auf den Wassern und in den Lüften geschlagen. Dazwischen der eine Ton ... seine Stimme! Ihr Name! Martha! Und sie selbst hatte damals diese Stimme für immer aus diesem Hause fortgescheucht, weil ihre Frauenehre in Empörung aufgeschrien hatte.

Warum das alles heute? Sie zog langsam die zuckenden Hände vom Gesicht. Erst ging ihr Blick wie suchend im Raume umher, dann haftete er plötzlich über der Lampe, in deren Schein an der nahen Wand der Kalender hing. Und dann senkte sie das Haupt. – Morgen war ihr Geburtstag. Morgen der Tag, an dem nun schon seit Jahren alles tot um sie war, an dem kein freundlich teilnehmendes Gesicht vor sie trat, Wünsche auszusprechen, ihr die Hand zu drücken.

An ihrem Geburtstage hatte sie ihn ja kennengelernt, weit unten in Franken, ihrer Heimat. Getanzt hatten sie zusammen – da war denn die Liebe über beide gekommen, so rasch, dass sie ihn später manchmal darum gefragt hatte. Da aber hatte er sie nur geküsst und mit leuchtenden Augen geantwortet: »Sei doch froh, dass es so und nicht anders kam! Wer fragt danach? Die Liebe ist ein Geschenk. Wer's empfängt, der soll's festhalten!«

Sie hatten beide ein kleines Geschäft mit Tuchwaren angefangen, und da dieses nicht recht in Schwung kommen wollte, so wurden beide wandernde Händler. Das ging so ein paar Jahre. Doch das Ruhelose wollte keinem auf die Dauer behagen, wenn es beide auch nicht aussprachen. Da ward sie guter Hoffnung. Oben auf der Geest hatten sie für ein paar Tage Quartier gemacht. Eines Abends kam Walter Nägelein heim. Sein Gesicht strahlte. »Weißt du was, Martha? Wir lassen den Handel fahren! Dir wird's ohnehin bald zu schwer. Drunten an der Elbe ist billig eine Wirtschaft zu kaufen. Heute Nachmittag geh ich hinüber, sie anzusehen. Bist's einverstanden?«

So waren sie Wirtsleute geworden. Das Geschäft nährte sie schlicht und recht, und als der Kleine da war, da war's, als schiene die Sonne in jeden Winkel hinein. Mit Gesang begann der Tag, schloss er wieder. Man hatte ein stilles Glück gefunden.

Das ging so drei Jahre weiter. Da traf der erste Wetterschlag in das stille Haus, Bubi starb, Bubi, der dem Vater wie aus dem Gesicht geschnitten war! Wenn der Abend kam, da hörte man Walter Nägelein über den nebligen Strand in Schmerzen brüllen wie ein weidwundes Tier, dem man sein Junges totgeschossen hat. Die Mutter aber fiel in Siechtum. Die Pflege des schwerkranken Kindes, die Erschütterung ihrer Seele, dies alles hatte sie selbst niedergeworfen. Und da die Wirtschaft doch ein paar derb zugreifende Arme brauchte, so wurde schließlich eine Magd genommen. Sie war rothaarig und besaß volle Formen und einen stechenden Blick, der Männer wie mit Angelhaken festhielt. Sie war eine tüchtige Kraft im Hause, diente mit Lust und war höflich gegen die Frau, welche noch immer den größten Teil des Tages im Bette zubringen musste.

Aber dann kam eine Zeit, da hob im Herzen der Frau ein anderes Leid an, das ihr fast noch schmerzhafter erschien, als der Verlust ihres einzigen Kindes. Da meinte sie öfters, sie vernehme heimliche, schleichende Schritte, als geschähe um sie herum etwas, das zum Himmel schrie in unerhörter Anklage, das ihr das Blut erstarren ließ, dass sie meinte, eines Nachts müsse das Dach über allen zusammenbrechen, auch über sie mit, da wäre doch alles aus, da hätte sie ihre Ruhe gefunden.

Wie vermochte er noch sie freundlich anzuschauen? Wie konnte die rothaarige Dirne noch so kriechend sich vor ihr beugen, scheinbar jeden Wunsch ihr von den Lippen lesen wollen? Argwohn und Eifersucht sind Tiger, die vom Herzblut zehren. Grässlich jene Stunde, da sie leise sich vom Lager erhob und zur Kammer der Rothaarigen schlich! Gewissheit! Schrie es in ihr. Und nun hatte sie diese. Nur ein einziges Mal hatte sie gegen ihren Willen aufgeschrien, da das Unerhörte ihr zur Gewissheit ward. An der Kammertür! Dann war sie mit schlotternden Gliedern wieder zurückgeschlichen.

Und als er dann vor ihr stand, als er suchte mit scheuen Blicken, stoßender Rede, tastend nach ihren fest ineinandergekrallten Händen, sich zu entschuldigen: Da war der ganze Ekel über sie gefahren. Sie hatte sich emporgereckt und ihn noch einmal fest und groß angeschaut.

»Rühr mich nicht an!« hatte sie ihm voll Verachtung ins Gesicht geschleudert. »Wir sind für immer geschieden! Mit der Dirne aber mache kurzen Prozess! Sie und ich können keine Stunde länger unter einem Dache zusammenbleiben! Dir kann ich es nicht verbieten, denn du bist ja der Herr des Hauses!« Und dann hatte sie sich auch noch zu einem kurzen Lachen aufgezwungen, ein Lachen, bei dem ihre Seele zu brechen schien.

»Also keine Verzeihung. Martha?«

»Keine! Wir sind geschieden!«

Sie stürmte die Treppe in ihre Dachkammer hinauf und stieß den Riegel hinter sich zu. Dort fiel sie über das Bett. Wie lange sie da besinnungslos gelegen, das wusste sie nicht. Es dämmerte bereits, als sie erwachte. Sie rieb sich die Schläfen, die Augen, sie richtete sich langsam empor. War sie denn nicht inzwischen gestorben? Alles so tot, so ausgebrannt, so hoffnungsleer in der Seele!

Dann hatte sie aufgehorcht. Nirgends ein Ton im Hause. Nur der Hund rasselte an der Kette und heulte manchmal kurz auf. Sie öffnete die Tür und lauschte wieder. Totenstille! Dort die Tür der Rothaarigen stand weit auf. Ein Seitenblick, ein scheuer. Unordnung überall, die braune Lade, welche ihre Sachen barg, war fort. So hatte sie das Haus verlassen. Schweren Schrittes schleppte sich die Frau die Treppe hinab. Und dann ward ihr zur Gewissheit, dass auch er davongegangen war. Sie schloss das Haus ab, denn die Nacht begann, über das Wasser herüberzukriechen. Sie setzte sich in das Gastzimmer und wartete auf den Herrn des Hauses.

Sie hat noch Wochen auf ihn gewartet, Jahre. Er ist nie wieder heimgekehrt. Aber von den Schiffern hat sie erfahren, dass ihr Mann mit einer rothaarigen Schönen in Cuxhaven gesehen worden war. So hatte die Leidenschaft über ihn gesiegt. Sie waren sicherlich nach »drüben« gegangen, sich dort ein neues Dasein zu gründen. Geschrieben hatte er niemals wieder.

Endlich hat sie sich wieder aufgerafft und ist Herrin über sich geworden. Wohl kamen Stunden, wo sie meinte, es wäre besser, sich den Wellen anzuvertrauen. Die trügen sie hinaus über das Meer, über das auch er in die Weite ging – er, der auf Erden ihr Höchstes gewesen. Auch das Erinnern an Bubi schnitt ihr noch manchmal tief ins Herz. Die grenzenlose Einsamkeit nagte zuweilen an ihr. Und im Laufe der Jahre war noch ein anderes in ihr langsam emporgewachsen: die scheue Frage, ob sie wirklich recht gehandelt habe, ob sie nicht selbst den Mann von Haus und Hof in die Arme des Weibes gejagt habe. Hätte sie ihm damals noch einmal verziehen, vielleicht wäre doch ein Stück Liebe gerettet worden.

Und auch heute im Sturme der Elemente, die wie mit Riesenfäusten an die Fensterladen hämmern, da kommt der alte Gedanke wieder. Warum? Weil morgen ihr Geburtstag ist! Den er einst, war's auch nur mit einer Kleinigkeit, stets zu einem Festtag für sie machte! Horch! Wieder wie aus weiter Ferne eine Stimme! Als trüge der Wind sie weit über Wasser und Geest! Nein, sie vermag es nicht länger zu hören. Sie eilt hinauf in ihr Schlafgemach und wirft sich auf das Bett, den Kopf tief in die

Kissen bohrend. Die Nacht war schon herangebrochen, als droben im Dorfe im Krug ein dunkelbärtiger Mann sich erhob. Ein wirrer Bart umrahmte ein blasses Gesicht, aus dem zwei braune Augen wie suchend aus umschatteten Höhlen schauten. Vergeblich hielt ihn der Wirt zurück. Denn immer neue Wetter prasselten vom Himmel nieder, über den zerrissene Wolken wie wilde Unholde jagten.

»Wartet doch wenigstens bis morgen früh, Nägelein! Das lässt nicht mit sich spaßen.«

Der Dunkelhaarige aber schüttelte trüb den Kopf. »Lass mich nur! Ich habe keine Zeit zu verlieren! Wer so nahe am Hafen, der säumt nicht! Sie hat zu lange auf mich warten müssen! Und morgen ...« Er brach ab, öffnete die Tür und starrte in die wilde Nacht. Gerade in diesem Augenblicke fuhr es grell im Zickzack hernieder. Gleich darauf brüllte der Donner, dass die Erde zu schwanken schien.

»Ihr seht, Nägelein, es soll nicht sein! Ich habe Raum genug, bleibt ruhig über Nacht hier. Wird's hell morgen früh, so könnt Ihr ja ganz zeitig aufbrechen!«

»Zu lange schon hat sie gewartet! Ich will der erste morgen früh sein,« murmelte der andere für sich. Und dann stülpte er die Mütze auf das dunkle Haar und griff zu Stock und Tasche.

Und ehe der Wirt ihn hindern konnte, hatte die Nacht ihn verschlungen.

Kopfschüttelnd schloss der Wirt die Tür hinter sich.

»Das böse Gewissen trieb ihn fort«, murmelte er, »nun treibt es ihn wieder heim!«

Frau Martha war über alle Unruhe und heimliche Qual eingeschlafen. Im Osten begann bereits ein heimliches Drängen und Schieben. Dazwischen schrie die Natur noch immer über Heide und Wasser, der Sturzregen prasselte nieder, und die Wogen schlugen donnernd an den Strand. Da fuhr sie empor. Hatte sie geträumt? Wieder ihr Name? Und diesmal lauter, näher, dringlicher! Sie rieb sich die Augen. Sie suchte nach Licht. Da winselte der Hund auf. Dann ein Freudengeheul. O, mein Gott! Was ist das?

Und wie sie sich aufrichtet, da geht ein Donner durch die Lüfte, ein Schlag scheint das Haus zu durchbeben, ein weher, abgerissener Schrei ... dann ist's still, ganz still. Nur der Hund winselt weiter.

»Wie man sich täuschen kann. Diese Nacht ist fürchterlich!« spricht das einsame Weib. Zwei Stunden später öffnet sie die Haustür. Das Wetter ist still geworden. Wie ein selig Ruhen liegt es jetzt auf Wasser und Geest.

Ein Stück vor der Tür aber liegt, mit dem Antlitz nach unten gekehrt, ein dunkelhaariger Mann. Aus den Wettern und Wolken sprach zu ihm das Schicksal. Daheim, im Hafen, da hat er nach langer Irrfahrt seine endliche Ruhe gefunden.

Schneeflocken.

Mit hellem Jubel hat die Jugend den ersten winterlichen Gruß empfangen. Das gibt nun wieder Schneeballschlachten, rote Backen, derben Hunger! Noch ein paar Tage, und die kleinen Handschlitten sausen wieder die Berggassen nieder.

Schneeflocken sind lustige Himmelsboten dem, dessen Herz frisch und frei in den Tag hinein singt. Weihnachtsfest ohne Schnee! Nur halbe Freude wäre es den Menschen gewesen, welche mit der Natur so innig verwachsen sind. Was am Bergwald haust, kommt nie recht los von Mutter Natur. Das ganze Gefühlsleben ist darauf gestellt. Seit Wochen haben die Lichter in den Berggassen bis tief in die Nacht aus den niedrigen Fenstern geleuchtet, dass, wer vom Gebirge stieg, wohl meinen konnte, Sterne seien aus den Wolken niedergefallen. Fabriken und Heimarbeit schafften Hand in Hand, dass noch alles vor dem Feste fertig würde. Zur Thüringer Lichtstubenpoesie aber gehört der Schnee, damit man recht den Gegensatz zwischen draußen und drinnen spüre. Und nun war er die Nacht gekommen, ein rechtes Weihnachtsgeschenk!

Es schneit unablässig hernieder. Doch die himmlischen Bettfedern verdüstern nicht das helle Firmament. Leicht und sonndurchleuchtet tanzen die Flocken wie kleine, weiße Schmetterlinge durch die Lüfte. Auch an einem niedrigen Schubfensterchen vorüber, hinter dessen sauberen Gardinen eine Greisin sitzt und mit emsigen Fingern niedliche, bunte Lackschuhe für eine Puppenfabrik anfertigt. Auf der einen Seite ruhen die Zutaten, auf der anderen enthält ein Korb bereits eine ansehnliche Ladung fertiger Schuhe. Allwöchentlich liefert sie ab, streicht den schmalen Erlös ein und nimmt den neuen Auftrag mit heim. So hat sie es schon lange gehalten. Auf Lackschuhen ist eigentlich ihr ganzes Leben dahingegangen.

Manchmal hat sie wohl lächelnd gesagt, dass sie so weit gar nicht zählen könne, wollte sie nachrechnen, wie viele Tausende solcher kleinen glänzenden Kunstwerkchen sie hinaus in die weite Welt gesandt habe. In ferne Länder, über alle Meere! Und fremde Kinder haben die Puppen an ihr Herz gedrückt und sich wohl auch dann gefreut, wie hübsch die zierlichen Schuhe den blonden und braunen Lieblingen an den Füßchen saßen. Wie angegossen!

Schon als kleines Kind hatte sie ihrer Mutter Lackschuhe mit helfen machen, und als diese starb, hieß es für die jüngeren Geschwister noch eifriger sorgen. Die sind dann in die Welt gegangen, und schließlich kam einer, der sie zum Weib begehrte. Aber der Ehestand hat nicht allzu lange gewährt. Schon nach vier Jahren trug man den Mann hinaus. Nun war sie wieder auf sich und ihrer Hände Arbeit angewiesen. Aber ihr Junge war ihr in all dem Herzeleid doch geblieben. Sie beide zu ernähren, begann sie wieder mit der alten, vertrauten Tätigkeit. Und sie lernte sich in die Einsamkeit fügen. Sie blieb ledig, trotzdem der jungen hübschen Frau noch mancher Antrag nahegelegt worden war.

Ihr Junge! Das war ihre Welt! Ein Kind besitzen! Das war immer ihr ganz heimlicher Traum gewesen. Für etwas ganz Kleines, Hilfloses sorgen zu dürfen, es Heraufziehen, gesunden Leibes, guten Herzens. Das war eine Aufgabe, um welche es sich schon lohnte, die Mühen dieses Erdenlebens auf sich zu nehmen. Ernestine Gassen war glücklich, »Mutter Gaffen«, wie sie jedermann nannte, war im Grunde eine lichte Frohnatur. Sie gab

Sonnenschein; ihr Lachen und Singen tönte oft fast ausgelassen über die schmale Berggasse.

Der Junge aber wuchs stämmig heran. Er war ihr heimlicher Stolz, ihre Augenweide. Bernhard Gassens Fäuste hatte schon mancher fühlen müssen, der ihm einmal zu nahe getreten war. So band denn auch keiner leicht mit ihm an. Als er eingesegnet ward, ließ ihn die Mutter ein Handwerk erlernen. Er sträubte sich anfangs dagegen. Er wolle es auch so gut wie die anderen haben, welche in die Fabriken gingen und abends frei waren. Doch Mutter Gassen schüttelte den Kopf zu allen seinen heftigen Einwendungen. Sie hatte einen Blick, der ging so aus der Tiefe heraus, war so still und doch bestimmt, dass Bernhard vor ihm nicht bestehen konnte.

»Lass nur, Junge«, sagte sie freundlich, »ich will nur dein Bestes! Dein Vater war auch ein braver Handwerker und stolz darauf. Nun sollst du's auch werden. Du wirst's mir noch einmal danken. Glaub mir's!«

Da wurde Bernhard ein Schlosser, und da er ausgelernt hatte, wollte ihn der Meister kaum ziehen lassen, solch Gefallen hatte er an dem tüchtigen Burschen gefunden. Bernhard aber ging für ein paar Jahre in die Welt. Den echten Thüringer lässt es nicht heim, bei aller Liebe für die grüne Heimat. Dann kam er wieder, trat beim Lehrmeister ein und schaffte nun wieder an alter Stelle. Und eines Tages vertraute er der Mutter an, dass er sich mit der Rose, des Meisters Töchterlein heimlich verlobt habe. Es sollte es niemand wissen, bis er zum Militär müsse. Dann solle es jedermann erfahren, damit die anderen Burschen wüssten, woran sie seien.

Mutter Gaffen ging noch denselben Nachmittag hinaus an den Hügel, unter dem ihr Mann ruhte, und erzählte ihm die Freude ihres Herzens, damit auch er sich freuen sollte. Denn in ihrer schlichten Seele liebte sie es, noch immer den Heimgegangenen als wie anteilnehmend an den Geschicken der Seinen zu betrachten.

Flinker noch denn sonst schaffte jetzt die glückliche Frau. Nur wenn die Rose einmal Einsprach in ihrem Stübchen hielt, dann stockte die Arbeit. Dann holte sie irgendeinen aufbewahrten Leckerbissen hervor, ihr zweites Kind zu erfreuen. Und dann kam eine schwere Stunde, als habe der Böse sich an dem Glücke ihres Hauses neidisch gestoßen!

Eines Tages bekannte Rose ihr schluchzend, dass Bernhard und sie niemals sich angehören könnten. Er habe sich an eine wilde, schlechte Person gehangen, mit der man ihn schon ein paar Mal auf dem Tanzboden zusammen gesehen habe. Das habe ihr das Herz abgedrückt. Alles habe sie ihm gesagt, seine Untreue ihm vorgeworfen. Er aber habe nur gezuckt und erwidert, dass er sich keine Vorschriften machen lasse. Eifersucht sei ihm überhaupt verhasst. Wenn sie jetzt schon so anfange, dann könne es ja später schön werden. Er sei schließlich hitzig geworden. Da habe sie ihm gesagt, er könne ja zwischen ihr und jener noch wählen. Noch wisse ja niemand, wie es um sie beide stünde, dass sie heimlich verlobt seien.

Aber alles sei vergebens gewesen. Wie Feuer sei es aus seinen Augen gesprungen. Seit jenem Abend habe er sich nicht wieder abends draußen am Garten blicken lassen. Mutter Gaffen hatte die Arbeit sinken lassen, als wäre der Himmel eingefallen.

Sie saß noch in gleicher, gebrochener Stellung da, als Bernhard heimkehrte. Da hat sie ihm alles gesagt, an seiner Ehre gerüttelt, sein Gemüt bewegt. Doch kein Echo kam zurück. Als wäre ein Zauber über ihn gekommen. Ein Paar Tage darauf war er heimlich entschwunden. Und wieder einige Tage später teilte er ihr mit, dass er sich freiwillig zum Feldzuge gegen die Schwarzen in Afrika gemeldet habe. Zu Hause bleiben sei ihm unmöglich. Er sei ihr doch nur im Wege. Hoffentlich kehre er gesund wieder. Da war Mutter Gaffen über Nacht eine alte Frau geworden. Ihre Hände fuhren fort in der altgewohnten Beschäftigung, doch ihre Seele wanderte ruhelos umher. Verblasste Bilder flüchtigen Glückes stiegen zuweilen herauf, dann ein jäher Schnitt – und vor ihr dehnte sich endlos und grau die Zukunft.

Die Rose aber war der Alten treu geblieben. So oft es nur ihre Zeit gestattete, huschte sie herüber, der Einsamen tröstend beizustehen. Auch heute in aller Morgenfrühe war sie plötzlich in das Stübchen getreten und hatte einen kleinen Weihnachtsbaum gebracht. »Den putzen wir heute Abend an, Mutter! Zur Christnacht soll keine Seele trauern!« So hatte sie gesagt, und Mutter Gaffen hatte sie nur stumm umarmt und sie unter heiß hervorbrechenden Tränen geküsst. Was sollte ihr noch der Weihnachtsabend bringen?

Sie hob den Kopf hinüber in die Ecke, wo das Bäumchen stand, und dann zum Fenster. Draußen lief der Laternenmann just vorüber. So lustig tanzten die Schneeflocken auf und nieder. Ein ungeheures Weh schüttelte sie. Sie dachte an den fernen Jungen, wie es einst gewesen, und wie nun alles zertrümmert am Boden lag. Da huscht die Rose herein. Die Schürze hat sie mit einigen Paketen geheimnisvoll gefüllt. Diese legt sie in eine Ecke und eilt dann auf die alte Frau zu. »Nicht weinen, Mutter! Jedem will heute das Christkind Freude machen! Auch uns! Was soll ich denn tun, darf's doch niemand merken lassen. Nur dir, Mutter!«

Und sie beginnt den Baum rasch zu putzen, steckt ein Dutzend Lichter drauf und wendet sich dann wieder zu Mutter Gaffen, welche inzwischen ihre Arbeit beiseitegelegt hat. Sie streichelt ihr die eingefallenen Wangen und führt sie sacht zum Fenster, das sie nun öffnet. »Guck doch nur, wie lustig die Schneeflocken wirbeln! Der Türmer hat auch schon die Lichter droben angesteckt! Nun gehen die Engel über das Land, Mutter! Botschaft zu bringen – Botschaft – von dem Heil – – .« Sie kommt nicht weiter. Auf einmal birgt sie ihr Köpfchen an der Brust der alten Frau. »Zusammenhalten, Mutter!«, flüstert sie. »Zusammenhalten! Was soll denn sonst aus uns werden?« Da taucht durch das brauende Schneegeflock ein Schatten draußen auf. Der Postschaffner ist's. Durch das noch immer geöffnete Fenster reicht er einen Brief.

Die beiden Frauen sind zur Lampe getreten. Der Brief hat ein ungewöhnlich großes Format, ein Dienstsiegel schließt es. Mit zitternden Händen, von Ahnen gefasst, erbricht Mutter Gaffen das Schreiben. Ein flüchtiger Blick, dann stößt sie einen Schrei aus. Es wird ihr mitgeteilt, dass in einem Gefechte ihr Bernhard verwundet worden sei. Doch jetzt sei die Krisis überstanden. Mit dem nächsten Truppentransport kehre er nach Deutschland zurück.

»Gott sei Dank!« kommt es von bebenden Lippen.

»Aber Mutter, da ist ja noch ein Zettel beigelegt!«, ruft Rose. Sie hat ihn zitternd ergriffen, die Augen fliegen drüber hin, dann reicht sie ihn der Mutter. Aus ihren jungen Augen taucht ein Schein unendlichen Glückes herauf. Stockend liest Mutter Gaffen:

»Liebe Mutter! Ich komme wieder zu Dir, nach der ich mich jeden Tag gesehnt habe. Ich war dumm und blind. Wenn die Rose mich noch haben will – ich werde ihr nie wieder weglaufen. Tausend Grüße Euch beiden! Dein Bernhard.« –

»Mutter Gaffen! Mutter! Nun darf ich doch das Bäumchen anstecken?« Und Rose fliegt hin, legt ein paar Geschenke unter den Baum, dessen Lichter sie entzündet. Aus den Zweigen, aus beider Augen bricht ein hoher seltener Glanz. Eng umschlossen halten sich zwei Menschen und genießen die Weihe dieser Heiligen Nacht.

Draußen aber rieselt es sacht und unhörbar immer weiter vom Himmel nieder, lustige, flatternde, flimmernde Schneeflocken! Stumme Grüße wie aus einer anderen Welt.

Im Liede.

Frau Professor Wendelstein saß im tiefen Erker ihres behaglich ausgestatteten Salons. Eine schlanke, vornehme Erscheinung mit reichem, blondem Haar, das sich wie ein im Morgenlichte goldschimmernder Behang um den ausdrucksvollen Kopf legte. Sie stand an jener Altersgrenze, an welcher das späte Mädchen heimlich zu beben beginnt, das Weib sich aber erst zu reichster Blüte entfaltet. Ihre Rechte hielt ein schmales Büchlein, in dem sie leicht blätterte, dann und wann eine Seite überflog, um darauf die klugen grauen Augen hinaus über den Garten zu richten, durch dessen Wipfel der laue Sommerwind heimlich rauschte.

Da ward sie aus ihren Träumen aufgestört. Das Dienstmädchen trat ein, auf kleiner Silberschale eine weiß blinkende Karte überreichend. Frau Professor überflog die Karte. Ein ganz leichter Schrei der Überraschung entfloh ihr unwillkürlich. Dabei schoss eine zarte Blutwelle ihr über das Gesicht. Dann erhob sie sich, warf das Buch auf den Tisch und sagte:

»Ich lasse bitten! Führen Sie den Herrn hier herein. Ich bin gleich wieder da!«

Das Dienstmädchen entfernte sich, während die junge Frau einen Augenblick wie verwirrt stand, dann aber in ein Seitenkabinett huschte.

Gleich darauf trat ein Herr ein. Eine untersetzte Männergestalt mit stark profiliertem Gesicht, bartlos, mit Augen, in denen Klugheit, leichte Ironie wie sinnender Ernst gleichsam durcheinander spielten. Seine Bewegungen, die ganze Haltung hatten etwas leis Abgedämpftes, ein gewisses weltmännisch sich Gehenlassen. Er war einfach und doch elegant gekleidet. Er blieb nahe dem Erker stehen und ließ die Blicke hinaus in die leuchtende Sommerpracht gehen. Dabei fiel sein Auge auf das aufgeklappt hingeworfene Buch. Er neigte sich ein wenig, und dann ging ein eigenes Lächeln über seine

Züge, die gewohnt schienen, innere Regungen geschickt zu verbergen. Bald darauf raschelte der Vorhang an der Tür des Seitenkabinetts. Er wandte sich um, eine tiefe Verbeugung, ein Aufleuchten seiner Augen. Und schon war die Hausfrau dicht vor ihm. Beide Hände streckte sie ihm in wenig verhaltener freudiger Erregung entgegen.

»Herr Doktor!? Herr Doktor! Welch eine Freude! Wie lange haben Sie sich nicht bei mir sehen lassen!«

»Sechs Jahre!«, erwiderte er. Es sollte gleichgültig lächelnd klingen. Doch seine Stimme verriet mehr, als er wohl eingestehen wollte. Er beugte sich galant nieder und küsste die eine der ihm dargebotenen Hände: »Und Sie? Wie geht es Ihnen?« Er sah sie ruhig fragend an.

»Mir?« Ihre langen Wimpern senkten sich vor seinem Blicke. »Sie werden wohl gehört haben, dass ich vor anderthalb Jahren meinen Mann verlor. Ein hitziges Fieber ... es ging alles so rasch ... kam so plötzlich ...«

»Ich weiß es, verehrte Frau!«

Sie machte mit der Hand eine leichte Bewegung über die Augen hin, als wolle sie damit einen beengenden Schleier beiseiteschieben. Dann wandte sie sich im herzlichsten Tone wieder an ihren Besucher:

»Wo aber kommen Sie denn her?«

»Aus Rio de Janeiro!« entgegnete er ruhig.

»Und das sagen Sie so gleichgültig, als handle es sich um eine Spazierfahrt hinüber nach unserer kleinen Hauptstadt?«

»Das Leben weitet sich mit den Jahren, verehrte Frau! Als ich mich einst hier als Kind spielend tollte, da meinte ich, die Welt habe hinter den blauen Bergen dort drüben ein Ende. Nun habe ich sie kennengelernt. Diese Welt ist so klein! Und die Heimat war mir jede Stunde nahe!«

»Kommen Sie! Seien Sie gemütlich! Setzen Sie sich hier neben mich! So, in den Erker! Mein Lieblingsplatz! Erzählen Sie mir alles. Es interessiert mich jedes!« Sie ließ sich am Fenster nieder, während er nahe dem kleinen Tische Platz nahm.

»Wissen Sie auch, dass es über sieben Jahre her ist, dass Sie mir nicht gegenübersaßen?«

»Ich weiß es!«

»Es hieß damals, dass Sie nach Berlin gegangen seien. Ist dem so? Dass Sie den Staatsdienst hier im Lande quittierten?«

»Ein halbes Jahr vor Ihrer Verheiratung! Es stimmt.«

»Soll ich Ihnen ferner sagen, dass mir damals Ihre Entfernung fast wie eine Flucht erschien? Nicht einmal ein Lebewohl! Wie ein Fremder gingen Sie.«

»Es kam alles so rasch ... entschied sich so plötzlich ... ich habe ja dann auch schriftlich nachgeholt, was ich persönlich versäumt hatte. Auch meinte ich, dass Sie in jener Zeit kaum würden meinen Fortgang bemerken.«

»Herr Doktor!«

»Sie waren verlobt ... standen mitten in den Vorbereitungen für Ihre Hochzeit ...«

»Und Sie waren mein bester Jugendfreund gewesen! Darum eben bin ich nie recht darüber hinweggekommen.« Sie bog sich zum Fenster, und dann deutete sie plötzlich hinaus: »Sehen Sie dort drüben den hohen Baum? Das war der größte Apfelbaum im Garten meiner Eltern, Wissen Sie noch, wie Sie mir immer heimlich die ersten Äpfel herunterholten? Und als ich größer wurde, da bin ich Ihnen nachgeklettert.«

»Und dann saßen wir im grünen Laubdache wie in einer anderen Welt!«

»Spannen Träume, die wir wie Seifenblasen in die blaue Luft flattern ließen ...«

»Träume, die sich nie erfüllen sollten!«

»Aber das Geschick hat Sie doch endlich in die weite, herrliche Welt geführt! Wer kann da mitreden!«

»Das Geschick gibt und nimmt!« entgegnete er ernst. »Meere habe ich durchkreuzt ... Wunder geschaut ... das größte Wunder aber blieb mir versagt!«

»Wie vielen ist es denn vergönnt, es zu schauen?« sprach sie leise.

»Sie durften Ihr Herz verschenken?«

»Ich folgte dem Willen meiner Eltern. Sie haben ja Einblick in den Verlauf unserer Verhältnisse nehmen dürfen. Als der große geschäftliche Schlag meinen Vater traf, da siegte die Liebe in mir. Die Kindesliebe, Herr Doktor! Ich reichte dem die Hand, der um mich so stürmisch warb. Ein anderer war ja nicht gekommen! So habe ich den Lebensabend der Eltern ein wenig vergoldet. Vergoldet sogar im realen Sinne!«

»Und die Liebe? Das große Wunder?« Seine Stimme klang wie aus der Ferne. Wie ein heimliches Weh zitterte es durch sie.

»Das große Wunder? Ich habe einen Mann in die Erde gelegt, dem ich jede Stunde höchste Achtung zollen durfte!«

Eine kleine Pause war eingetreten. Sie hielt ihren Blick still hinaus in den blühenden Sommertag gerichtet, während er wie gelassen mit dem Buche spielte, das sie vor seinem Eintritt in der Hand gehalten hatte. Endlich brach sie das Schweigen.

»Warum Erinnerungen so oft uns verstummen machen! Wir sollten uns doch freuen, dass uns diese Stunde wieder einmal zusammenführte. Wie eng muss Ihnen jetzt alles hier erscheinen!« lachte sie ihn herzlich an. Er nickte.

»Kleinstadtluft! Aber auch Heimatluft! Sie weht doch am weichsten.«

»Werden Sie länger hier bleiben?«, fragte sie, um dem Gespräch eine neue Wendung zu geben.

»Ich habe drei Monate Urlaub, um mich erst einmal von dem Klima drüben zu erholen. Ich komme über Berlin. Was man dort über mich beschließt, steht noch dahin. Wir beim Konsulatdienste müssen uns gefallen lassen, wie die Schachfiguren hin und her geschoben zu werden.«

»Zieht es Sie wieder in die Ferne? Es ist eine Gewissensfrage allerdings.«

»Die zu beantworten leicht und schwer fällt.«

»Ich kann mich nicht hineindenken. Die Ferne behält, mein' ich, immer etwas Lockendes, Verführerisches! Sie bleibt eine Sirene!«

»Und wenn man fast alle Wurzeln daheim nach und nach gelöst hat, die einem noch die Heimat teuer machten ... ich stehe ja allein in der Welt!«

»Und die Jugendfreundin?« Ein warmer, gütiger Strahl ging von ihrem Antlitz zu ihm hinüber. Ein eigener Glanz, vor dem er unwillkürlich die Augen schloss. Dann aber sah er groß und offen auf. Er reichte ihr die Hand und sagte.

»Haben Sie herzlichen Dank! Man wird so vergesslich!« Es sollte humoristisch klingen. Doch der Ausdruck seines Gesichts strafte ihn selbst Lügen. Dann aber hatte er sich wiedergefunden. Im leichten Plaudertone fuhr er fort: »Ich sehe hier mit Vergnügen einen Bekannten wieder!« Er deutete auf das Buch.

»Sie kennen das Liederbuch?«

»Das Werkchen wie den Verfasser!« lächelte er.

»Ach, das ist ja interessant! Er hat Geist, dieser Herr Hans Fehlschlag. Aber noch höher steht mir seine Gemütswärme. Es sind Lieder darin, die mich immer wieder tief erregen.«

»Als sein Freund darf ich wohl in seinem Namen für diese ehrliche Anerkennung Dank sagen?«

»Da müssen Sie mir noch mehr erzählen! Bitte, bitte!«

»Ich lernte ihn bei der Überfahrt vor sechs Jahren kennen. Wir schlossen auf dem Schiffe rasch uns aneinander. Trotz seiner Schrullen war er doch ein brauchbarer

Kamerad. Er hatte Unglück in der Liebe gehabt. Das gibt Kitt!«

»Wenn man selbst Schiffbruch darin erlitt! Nicht?«

»Eigentlich wahr! Doch es machte sich auch ohne dieses Zugeständnis.«

»Ein echter Diplomat!«

»Übrigens ist dies gar nicht sein wahrer Name, möchte ich noch einfügen. Die Liebe hatte ihn wohl betrogen, da sah er düster drein. Sein ganzes Leben erschien ihm wie ein Fehlschlag. So nahm er diesen Namen an. Ganz poetisch, was?«

»Erzählen Sie nur weiter! Mehr von ihm! Durch seine Lieder ist er mir ja längst kein Fremder mehr!«

»Gott, eine furchtbar einfache Geschichte! Wie so viele verlaufen! Nur dass nicht jeder gleich seine Schmerzen in Liedern aushaucht! Er erzählte sie mir in einer wundersamen Sternennacht hoch auf dem Atlantischen Ozean. Dieser Umstand mag mich wohl damals bestrickt haben, dass ich mitempfand, als ob mir selbst dies alles über den Weg gelaufen wäre.«

»Weiter, weiter!«

»Sieh, sieh! Was solch ein Dichter doch Gewalt über Frauenseelen gewinnt!«

»Sie sind grausam! Fahren Sie fort!«

»Sie werden bitter enttäuscht sein, verehrte Frau! Sicherlich!«

»Auf diese Weise kommen wir aber nicht weiter. Man merkt, dass Sie der Diplomatie Ihre schwarze Seele verschrieben. Worte, Worte, und damit weiß man den anderen künstlich hinzuhalten.«

»Ich will Sie nicht unmutig sehen. Hören Sie denn. Und weil Sie mich der vielen Worte anklagen, so will ich es kurz machen.«

»So gefallen Sie mir!«

»Dieser Hans Fehlschlag teilt in mancher Beziehung mein Los. Jedenfalls ging er auch über das Wasser, weil es ihm in der Heimat zu eng ward. Mit einem Nachbarkinde war er zusammen in einer Kleinstadt aufgewachsen. Einem Mädchen! Er gab etwas von seiner Jungenhaftigkeit hin, sie opferte ein Stückchen Mädchentum. So gingen ihre jungen Seelen Hand in Hand. Er holte ihr die Äpfel von den Bäumen und nicht nur in dem elterlichen Garten!«

»Ganz wie bei uns!«

»So ist es! Ganz wie bei uns! Er half ihr bei den Schularbeiten, besonders im Rechnen, das ihre starke Seite nicht war.«

»So machten wir es ja auch! Ist das seltsam!«

»Nicht? Es mag wohl oft im Leben vorkommen!« »Und dann wurden sie größer ...«

»So ist es! Unterschiedslinien des Geschlechts begannen, sich zwischen beiden bemerkbar zu machen. Sie ward eine Dame, da er noch immer als ein sogenannter dummer Junge einherging. Das geräuschvolle Leben des elterlichen Hauses nahm sie mehr und mehr gefangen. Er kam von der Schule und bezog eine Universität. Er hatte sich mit heißem Herzen ein Ziel gesetzt, er trug ein

Ideal im Herzen. Und dieses zeigte die lieben Züge seiner Jugendgenossin. Kehrte er in den Ferien heim, so sahen sie sich wohl ab und zu. Doch zu einer engeren Aussprache kam es nicht mehr. Er war ja der Sohn minderbegüterter Eltern, und sie schritt in diesen Jahren wie eine Königin in Pracht und Schönheit einher. Hoffte er wohl? Er tat es. Er vermeinte, dass er sie sich doch noch erringen könne. Jeder neue Schritt vorwärts ließ ihn sein hohes Ziel auch näher erscheinen. Das war sehr simpel gedacht! Nicht wahr, verehrte Frau?«

»Was fragen Sie mich dies?«

»Weil ... nun, weil Sie so starkes Interesse für meinen Freund vorhin bezeugten.«

»Weiter, weiter!«

»Und weiter? Nun ja, jede Geschichte muss ja auch logischerweise einen Schluss haben! Hans Fehlschlag, wir wollen an diesem Namen festhalten, stand mitten im Assessorexamen, da traf ihn die Nachricht, dass das Elternhaus des Mädchens einen schweren geschäftlichen Verlust erlitten hatte, dass das Schlimmste zu erwarten sei. Es hat ihm damals das Herz zusammengekrampft, dass er nicht helfen konnte, rat- und tatenlos beiseite stehen musste. Jetzt aber das Mädchen zur Mitwisserin seines Herzensgeheimnisses zu machen, das erschien ihm so ungeheuerlich, dass er noch tiefer in sich verschloss, was sein ganzes Wesen füllte. So schwieg er und bestand sein Examen. Er ward sogar ausgezeichnet. Der Minister deutete ihm gelegentlich eines Balles an, dass seine Zukunft im Lande gesichert wäre. Und er ließ dieses Land ... seine Heimat!«

»O mein Gott!«

»An jenem Tage, da er erfuhr, dass sie sich einem anderen mit Hand und ... Herz versprochen hatte, da stand sein Entschluss fest. Er hat ihr nie den wahren Grund gestanden. Es hätte doch keinen Zweck mehr gehabt. Sie sollte in Frieden ihr Glück genießen!«

»Ihr Glück!« Wie ein Hauch glitten ihr die Worte von den Lippen.

»Er war feige genug, nicht persönlich Abschied von ihr zu nehmen. Er tat es schriftlich. Vielleicht hätte er sich auch verraten. Und das durfte doch nicht sein!«

»Es war zu spät!«

»Er ging nach Berlin. Dort trat er beim Konsulat ein. Harte Arbeit folgte. Dann sandte man ihn über das Meer. Die Ferne sollte ihm Vergessen bringen. Und als auch diese nicht Wort hielt, als inmitten aller Pracht des Südens, im Rausche glänzender Feste und schöner Frauen das Bild der Heimat, das Bild seiner ersten Liebe nicht weichen wollte, da ward er zum Dichter. Er dachte wie Goethe. Im Liede wollte er sich frei von dem machen, was seine Seele noch immer quälte und beengte. So entstand dieses Buch. Was seine Lippen ihr nie gestanden, hier im Liede fand er den Mut, ihr alles zu sagen. Unter fremdem Namen ließ er seine Lieder nach Europa ziehen. Und sie haben auch bei ihr Eingang gefunden. Lieb sind sie ihr geworden, weil eine Seele zu ihr spricht, die wie ein Echo aus der Jugendzeit an ihr Herz rührt.« »Aus der Jugendzeit!«

»Als er eines Tages las, dass sie den Mann verloren, dass sie wieder frei sei, da litt es ihn nicht mehr lange unter fremder Sonne. Als seine Zeit abgelaufen war, machte er sich auf und kehrte zurück, noch immer im dummen Herzen schmerzliches Sehnen, bebende Hoffnung.«

Ein leises Schluchzen drang durch die Stille. Keiner sprach ein Wort. Dann fuhr er leiser fort:

»Und nun bin ich wieder hier! Drüben reckt noch der alte Apfelbaum seine Wipfel in die blaue Luft wie damals, da wir in seinen Zweigen saßen und uns Märchen erzählten und Träume spannen. Über uns beide ist das Schicksal grausam hingerauscht. Es nahm und gab. Aber es hat doch nicht die Erinnerungen an eine reine Jugendzeit in uns ertöten können. Diese hat uns niemand rauben können.«

»Niemand, Ernst!«

»Und bei dieser Jugendzeit, da ... da lass mich anklopfen. Wir sind beide einsam geworden. Wir werden nicht mehr in den Apfelbaum steigen. Aber unter seinem Schatten können wir wieder jener Tage gemeinsam gedenken, die noch ohne Kampf und Fehle waren. Über die Meere hat's mich heimgetrieben. Soll ich wieder umkehren? Sag du's mir, Lucie! Soll ich?«

»Bleiben sollst du und der Heimat Treue wahren!«

»Der Heimat und dir!«

Und er zog das zitternde Weib an seine Brust.

Am Brunnen.

Weich und voll des Duftes, den Wald und Garten und Wiesen durcheinander weben, streicht heute die Luft

von den Bergen nieder in das offene Land. Freudehei-
schende, sinnbetörende echte Pfingstluft! Wie gesättigt
von Schönheit, Blütenpracht und Liedern! Pfingstzau-
ber! Der scheint auch über das blonde Mädchen gekommen zu sein, das da am Fenster eines Gartenhauses
sitzt, wechselnd die hellen Augen auf ein Buch gesenkt
und dann wieder hinaus über die Baumwipfel zu der
auf dem Horizont leicht blauen Wellenlinie eines fernen
Bergzuges.

Durch das Haus zieht ein lockender Geruch von frischem Kuchen und Birkenreis. Der Mutter Hantieren in
der Küche und dem Flur hallt zuweilen herauf. Im Garten steht der Vater und bastelt an einem hohen Rosen-
stock herum. Dazwischen klingt das Zirpen und Singen
der Vögel aus den Gärten, Kinderlachen tönt von der
Gasse – der Zauber des Pfingstheiligabends geht durch
die Welt!

Und er rührt auch an das Herz der blonden, lieben Gestalt am Fenster. Als käme eine unsichtbare Macht und
hebe ihr das flechtenumwundene Köpfchen empor,
lenkte ihre Augen ab von dem Buche, hinaus in die grüne, duftende Welt, die heute nur von Liebe, von beseli-
gendem Glücke zu predigen scheint. Und das Buch sinkt
in den Schoß zurück. Die Gedanken kommen und gehen. Immer weiter zurück. Ein helles Zwitschern macht
sie für einen Herzschlag aufsehen. Aus dem Neste im
Winkel des braungetönten Tragbalkens unter dem Gie-
beldache hat sich soeben das eine Rotkehlchen aufge-
schwungen und schwebt nun in die goldene Abendluft
hinein. Und zugleich hallt jetzt über die Gärten fort ein
Jubel von hellen Kinderstimmen. Er kommt aus jenem

Gassenwinkel, wo so ein paar stille Wege zusammen-
stoßen und der alte Laufbrunnen wie verträumt in das
halb bemooste Steinbecken niederrieselt. Auf der Bank
dicht dabei da war einst ihr Lieblingssitz, damals, als sie
selbst noch ein Kind mit langen Zöpfen war, die es mit
jedem Jungen im Laufen und Springen aufnahm, mit jedem – vor allem mit dem Volkmar Dietsch, ihrem besten
Spielkameraden. Der hatte die Lene Winter wohl auch
gern, denn so manchmal sonderte er sich von den anderen Jungen ab, um mit ihr allein durch Wiesen und Gärten zu toben, ihr im Herbste die saftigen Birnen über den
Zaun aus fremden Gärten zu holen, die sie dann aber
beide christlich teilten, nachdem sie übereingekommen
waren, dass es zwar ein Unrecht sei, dass aber solch ein
kühn erbeutetes Obst weit besser noch munde, denn alles ehrbar erhaltene.

Wieder hallt über die Gärten das klingende Lachen, der
brausende Jubel! Richtig! Jetzt kehrten ja die Jungen mit
den frischen Lärchenbäumen aus dem Walde heim, die
pfingstliche Brunnenschmückung vorzunehmen. Das
war uralter Thüringer Brauch, noch aus Heidenzeit her,
alle öffentlichen Brunnen zum Feste gar lieblich herzu-
richten.

Den Jungen fiel die Aufgabe zu, die frischen Bäume
sich von dem Forstwart im Walde anweisen zu lassen
und diese dann auf niedrigem Wagen aus dem Walde
herbeizuschaffen. Die Mädel hingegen mussten Girlanden winden, Ketten aus bemalten, ausgeblasenen Eiern
herstellen, hübsche Verse auf das Fest auf Papier fein
säuberlich malen und solche dann in einem Kranz befestigen. So wohl ausgerüstet erwartete man gegen Abend

am Brunnen den Zug aus dem Walde, der nun mit Hurra und Jubel empfangen wurde. Wie strahlten da die Augen! Wie röteten sich die Wangen! Heiliges Vorfeiern des Festes! Fast noch schöner denn das Fest selbst! Und nun schallte wieder gleicher Jubel herüber von dem alten, lieben Brunnen, mit dem für sie so viele Erinnerungen verknüpft waren. Das blonde Mädel am Fenster fiel in Sinnen.

Am Brunnen! Da hatte es eigentlich zuerst angefangen. Sie war ein zehnjähriges Mädchen gewesen, er an drei Jahre älter. Damals, es war just auch am Pfingstheiligabend, da hatte sie beim Einsetzen der Lärchen am Brunnen tapfer mit Hand angelegt, dafür hatte er ihr geholfen, die Girlanden und Kränze zu befestigen. Die Jugend schlägt rasch ohne viele Worte Brücken von Herz zu Herz. So war es auch hier gewesen. Von jenem Abend an trafen sie gar oft zusammen, wenn daheim die Schulpflichten erledigt waren. Das ist mal wieder so ein Paar, sagten die Leute, was der eine nicht weiß, das weiß der andere! So ging die Rede. Doch sie klang nicht unfreundlich, vielmehr schlich sich fast stets etwas wie geheime Freude mit hinein.

Einmal am Pfingstfeste war die Lene mit zur Pfingstbraut erwählt worden. Im hellen Kleide, auf dem blonden Haar so stolz ihren Kranz von frischem Birkenlaub! So zog sie nach alter Sitte vor einer Reihe von Häusern draußen in der Vorstadt herum. Vor jedem Hause bildeten die Brautjungfern einen Kreis um sie, singend drehte man sich im Reigen, worauf der Dank der Hausbewohner sich in irgendeiner hübschen Form bekundete. Auch vor das weinumsponnene Haus, in dem die Eltern

Volkmars wohnten, hatten die Gespielinnen die Pfingst-braut geführt. Da war ihnen ein reicher Lohn zuteilge-worden. Es war das letzte Haus gewesen. Nun ging man nach Hause. Die Lene in Gedanken. Warum hatte er sich denn nicht blicken lassen. Gerade heute nicht? Sie hatte sich im Stillen darauf gefreut, dass er seine tolle Spiel-kameradin einmal so sittsam sehen sollte. Der dumme Junge!

Aber als sie an jenem Festabend zwischen den Gärten noch ein Weilchen hinstrich, fühlte sie sich plötzlich von hinten angefasst. Aus der Hecke war Volkmar herausge-sprungen. Er sah ordentlich rot und verlegen aus, da er sie anredete.

»'n Abend, Lene!« Und dann suchte er ihr ein kleines Päckchen in die Hand zu drücken. »So nimm doch!«, fuhr er hastig fort. »Es ist doch für dich!«

Mit etwas erstaunten Augen sah sie ihn an, er blickte jetzt noch verlegener an ihr vorüber. Dann hatte sie das Päckchen enthüllt. Ein Paar Stückchen Schokolade wa-ren darin.

»Willst du mir das schenken?«

Er wurde puterrot.

»Ja! Willst du's nicht haben? Ich wollte dir eine Freude machen!«

»Schönen Dank!« Mit Vergnügen hatte sie bereits das eine Stück in Angriff genommen. »Hm! Die ist gut! Aus-gezeichnet! Aber wie kommst du denn dazu?«

Da hob er den Blick zu ihr empor. Eine neue Blutwelle schoss über sein Gesicht, da er endlich halblaut sagte:

»Weil du ... weil du heute so hübsch aussahst! Darum!«

»Hast du mich denn gesehen?«

»Ich stand hinter der Gardine! Du warst die Schönste von allen!«

Und als schämte er sich dieses Eingeständnisses, schoss er plötzlich von dannen. Seit jenem Pfingstabend wusste die Lene, dass der Volkmar ihr etwas wert sei.

So gingen die Jahre hin. Beide waren aus der Schule gekommen. Sie trug lange Kleider, er hatte in Süddeutschland eine Hochschule aufgesucht. Er wollte Jurist werden, hatte er ihr damals beim Abschied gesagt. Ab und zu flatterte mal ein lustiger Kartengruß von ihm in ihr Haus. Ganz unverfänglich in Worten, wie ein Kamerad dem andern schreibt. Aber sie konnte im Geheimen sich doch nicht verhehlen, dass sie sich nach diesen Lebenszeichen zuweilen recht lebhaft sehnte.

Da hatte er eines Tages wieder vor ihr gestanden, als er in den Ferien den Eltern einen Besuch abstattete. Wie hoch gewachsen, wie gebräunt er aussah! Und wie prächtig ihm der Schmiss auf der einen Wange doch stand! Und einen Blick hatte er jetzt, der – sie musste es sich heimlich eingestehen – ihr das Blut höher in Wallung versetzt hatte.

In diesen Ferien war es gewesen, da hatten beide in Gesellschaft einiger Familien einen weiteren Ausflug ins Gebirge unternommen. Man hatte gesungen und gescherzt, in der Wirtschaft droben im Walde ein paar Stunden flott getanzt, und als der Mond über den Bergen emporstieg, da war man wieder unter Singen hinabgezogen. Es war wohl nur Zufall, dass Lene und

Volkmar die letzten blieben. Der Pfad tauchte just in ein wildes, enges Tal, über dessen Felsschroffen der Mondglanz nur drüber hinhuschte, ohne die Tiefe zu berühren, da bot er ihr seinen Arm. Und sie nahm ihn ruhig und beglückt.

Es war so lustig, ihm zuzuhören! So drollig und übermütig erzählte er von seinen tollen Studentenstreichen. Gar nicht mehr schüchtern wie einst, fast ein wenig herausfordernd in Worten und Blicken. Vielleicht war das so Studentenart. Aber da kam ein Augenblick, dass sie sich doch nicht enthalten konnte, ihm zu entgegnen:

»Du bist doch anders geworden, Volkmar!«

»Wenn man erst in die Welt kommt, dann ändert man auch seine Ansichten etwas.«

»Und da meint ihr, ihr werdet nur die Sieger auf der Welt? Ihr braucht nur so gnädig zu winken, und die armen Mädchen, die gehen wie die hungrigen Fliegen auf den Leim? Da kennst du sie doch schlecht! Das mag in eurer Studentenstadt vielleicht üblich sein – wer noch ein wenig auf sich hält, der weiß, was er zu tun hat.«

»Weißt du nicht, was Uhland einmal singt: ›Ihr armen Mädchen dauert mich!‹ Siehst du, Lene, kein Mädchen ist im Grunde ihres Herzens böse, wenn der Mann einmal Mut zeigt. Das mag wohl ein Naturgesetz sein!« Er lachte sie an, und zum ersten Male tat ihr sein Lachen weh.

»Was du da sagst, ist Unsinn! Du denkst eben schlecht von den Mädchen, weil du wahrscheinlich als Student keine besseren kennengelernt hast!« Sie sah ganz zornig aus.

»Wie hübsch du aussiehst, wenn du böse sein willst!«

»Schäme dich!« stieß sie empört hervor, und ihre Augen blitzten zornig.

Darüber hatte er sie bereits umschlungen. Er bog ihren Kopf leicht zurück und presste für einen Herzschlag lang seine Lippen auf die ihren.

»Und du bist mir doch gut!«, jubelte er.

»Niemals!«, rief sie. »Niemals!« Sie entwand sich seiner Umarmung und stürmte den Vorangegangenen nach.

An diesem Abend waren sie wie Fremde auseinandergegangen. Keine Karte hatte sie je wieder aufgesucht. Auch in die Heimat war Volkmar nicht wieder gekommen. Um Neujahr herum erfuhr sie durch die Eltern, dass er sein Examen als Referendar gut bestanden habe. Dann war alles wieder still. Und nun musste dieser Pfingstheiligabend die alten Erinnerungen wieder heraufbeschwören!

Sie hatte sich vom Fenster erhoben. Mit durstigen Zügen sog sie die weiche, würzige Luft ein. Drüben die blauen Berge – wer da hinüber könnte! Die Sehnsucht, die Sehnsucht! Sie wusste um diese Stunde selbst nicht recht, nach was, wohin, sie fühlte nur unter leichtem Erschauern, dass es ihr plötzlich so eng, so bang ums Herz geworden; als müsse sie hinaus, als warte irgendwas auf sie. Drüben zwischen den Gärten war es stiller geworden. Die Brunnenschmückung war gewiss bereits vorüber.

Nun war sie im Garten unten. Der Vater hatte seinen Gang zum Abendschoppen wohl schon angetreten. Nirgends zeigte sich jemand. Lene trat aus einem Seiten-

pförtchen in die schmale Gasse, welche zwischen Hecken zu dem alten Brunnen leitete.

Nun hielt sie vor dem Brunnen. Wie fröhlich er ihr ent-
gegenlachte, als wollte er ihr sagen: »Gedenkst du noch
der Tage, da du selbst mich schmücktest? Komm, setz
dich her zu mir, wir wollen plaudern von alten Tagen!«

Und Lene ließ sich auf der Steinbank neben dem Brunnen nieder. Ein paar kleine Mädchen waren noch hier.
Von den übrig gebliebenen Girlanden hatten sie sich ein
jedes ein Kränzchen aufgesetzt. Ein Stück des grünen
Gewindes hielt das eine noch in den Händchen und
schaute mit kindlich bittenden Blicken Lene an. Endlich
fand es den Mut:

»Darf ich dir den Kranz aufsetzen«, fragte es leise. »Du
siehst so hübsch aus! Bitte, bitte!« und Lene wehrte sich
nicht lange, sondern ließ es still geschehen. Nach einer
Weile entfernten sich die Kinder. Seltsam bewegt blieb
Lene allein zurück. Wie heimliches Träumen war es über
sie gekommen. Sie vernahm das Zwitschern der
Schwalben in der Luft und merkte gar nicht, wie der
Abend sich immer tiefer auf das Land senkte. Wie ein
Gang ins Jugendland war es ihr geworden. Den Blick
gesenkt, saß sie da. Da fuhr sie empor. Traum? Wahrheit? Eine Stimme schlug an ihr Ohr – eine Stimme, die
sie einmal verletzt hatte, und nach der sie sich doch so
sehr zurückgesehnt hatte.

»Lene! Lene!« Bebend erklang es wie Bitte, Flehen um
Vergeben, wie heimlicher Jubel.

»Du hier, Volkmar?«

»Ja, weil ich dich suchte, weil ich dich all die Zeit gesucht habe, seit damals, da ich im tollen Übermut dir so weh tat, weil ich wusste, dass ich dich heute hier finden würde. Und nun versinken lange Jahre wieder zurück! Wieder sehe ich eine geschmückte Pfingstbraut vor mir, wie damals: Meinem Herzen die Schönste, Teuerste, Liebste, und heute komme ich und will dich fragen, ob die Jugendgenossin, die Pfingstbraut von damals meine Braut werden will, damit ich wieder gut machen kann, was ich ihr Böses antat. Lene, liebe, liebe Lene, sage ja! Am Brunnen fing es einst an – am Brunnen soll es sich auch für immer entscheiden!«

Leise strich der Abendwind durch das Gewinde in den buntgeschmückten Lärchen, leise rieselte der Brunnen in das grünbemooste Becken nieder, neben dem zwei Menschenkinder Hand in Hand saßen, bereit, nie wieder eins vom andern zu lassen.

Die Wildkatze.

Über dem eng sich hinauf schluchtenden Waldtale ruht die feierliche Stille eines klaren, heißen Sommernachmittages. Fast unbeweglich steht die Luft. Ein heimliches Flimmern scheint über die Wipfel der Eichen und Buchen hinzugehen, welche bis in den Grund hinab das Tal einhüllen. Da und dort blickt aus den grünen Wänden ein Stück rotliegendes Gestein heraus, während hoch über den Waldrändern droben in zerrissenen Schroffen und Zinnen wild und malerisch Felshänge zum Tale niedergrüßen.

Über einen dieser rauen Felsaltane wölbt sich ein starker, wilder Holunderbusch, dessen rote Beeren in der

Sonne gleißen und leuchten. Und noch ein anderes gleißt und schimmert in dieser versonnenen Einsamkeit. Das sind die grünlich schimmernden Augen und roten Lippen eines jungen Mädchens, das da lang hingestreckt, den von wirren Haaren umschatteten Kopf in die Hände gestützt, lauernd die Blicke über das Tal und den Waldrand drüben schweifen lässt. Die spitzen, weißen Zähne nagen an einem grünen Pflanzenstängel. Dann und wann schließt die Schöne die fast runden Augen. Dann leuchtet nur noch die halb entblößte Brust, von welcher das tief ausgeschnittene Hemd nachlässig hinabgeglitten ist. Es muss wohl wie Sommerträumen über das junge Weib gekommen sein. Zuweilen fliegt ein eigenes Lächeln über das stark gebräunte Gesicht. Und dann schließt es wieder die Augen. Nur die merkwürdig feinen Nasenflügel beben, und die weiße Brust hebt sich noch stürmischer wie im ungebändigten Freiheitsdrange.

Sie wendet ein wenig seitwärts den dunkelumrahmten Kopf. Drunten in der Tiefe ruht das weite Land. Dort unten bringen sie jetzt den Segen der Felder ein. Dort unten war es beim Heuen. Der letzte Wagen war bereits auf dem Heimwege. Sie saß noch ein paar Augenblicke am Raine, sich zu verschnaufen und ihre Überkleider, die sie abgelegt hatte, wieder anzulegen. Da fühlte sie sich um den Leib gefasst. Eine feine, weiße Hand. Ein funkelnder Ring daran. Das war die Hand des jungen adligen Sohnes der reichen Herrschaft. Heiße, girrende Worte drangen plötzlich an ihr Ohr. Ein Paar Lippen suchten ihr Gesicht. Sie wehrte sich. Vergeblich! Ein heiseres Lachen. Wieder die Hand, die jetzt ihren Kopf zwingen wollte. Da biss sie zu. Und dann floss neben dem Ringe ein rotes Bächlein zur weißen Manschette. »Wildkatze«! Hörte sie es fluchen. Dann war sie frei. –

Frei von seinen züngelnden Liebesnöten, frei von Arbeit und Pflichten! Denn noch am selbigen Abend war ihr der Dienst vom Gutsinspektor schroff gekündigt worden. Da war sie vom Schloss und Hof für immer gegangen. Die Mutter war tot, der Vater ein verliederter Trunkenbold: Was sollte sie noch daheim? Seine Schläge abwarten, dass sie nun vor die Tür gesetzt worden war? Ha! Lieber die Freiheit! Da und dort würde für sie schon etwas abfallen. Sie war ja nicht ungeschickt in manchen Dingen. So hatte sie ein Nomadenleben begonnen, und wenn sie mal keinen Unterschlupf fand – nun der Wald war groß, und seine Geheimnisse waren ihr seit den Kindertagen, da sie in ihm herumgestreift war, vertraut worden. In Busch und Klippen war sie seit Jahren daheim. Jede Felsenschlucht kannte sie. Sie sprang und kletterte, dass kaum ein Bursche ihr gleich tun konnte. Darum hieß sie im Dorfe allgemein nur die Wildkatze.

Seit drei Tagen hauste sie nun wieder hier droben in ihrer geheimen Felsenburg. Durch Busch und Dorn ging der Aufstieg. Kriechend hieß es, die letzte Strecke zurückzulegen. Dann öffnete sich plötzlich ein gähnendes Loch. Da hinunter! Einen Gang entlang. Da hatte sie sich in der Ecke ein Lager nach und nach zurechtgemacht und die unterirdische Behausung, so weit es ging, behaglich hergerichtet. Hier fand sie niemand, da niemand sie hier droben ahnte. Eine Gemiedene und Verdammte sollte sie sein. Als ob da unten im Lande die Sünde nicht auch Haus für Haus saß. Auch im Schlosse, über dessen getürmten Dache heute eine Fahne wehte. Hahaha! Der Geburtstag des »gnädigen« jungen Herrn! So gnädig hatte er sich zu der armen Wildkatze herabgelassen! Und diese Gnade hatte sie undankbar und rau zurückgewiesen! Sie sah wieder den Ring blitzen und wie das frische rote Blut ihm über die Manschette tropfte! Hahaha!

Da hielt sie plötzlich den Atem an. Ihre Augen öffneten sich weit. Fest und suchend hafteten sie drüben an der gegenüberliegenden Felswand des Tales, wo sich zwischen hohen Bäumen ein holpriger Weg langsam und in Windungen zur Talsohle niederzog. Hatte sie sich getäuscht? Das war doch wie der Schatten eines Mannes gewesen? Jenes Mannes, der nichts von ihr wissen wollte, der die arme Wildkatze höhnte und von sich stieß, und dem sie doch alles hingeben könnte, Leib und Seele, wenn er nur fordern würde. Dem sie es geben musste, weil ihre ganze Erdenseligkeit davon abging. Als Kind hatte sie schon halb unbewusst empfunden, dass der Sohn des Großbauern Reinhard ihr einst gefährlich werden müsste. Auch sein Blut war stürmisch, wie das ihre, auch aus seinen Augen schoss es manchmal so wild und unstet auf, wie aus den Ihrigen. Da hatte sie wohl in ihrer Dummheit gemeint und geglaubt, das Geschick habe sie beide füreinander bestimmt, bis dann mit dem Erwachen der Vernunft alles wie ein Traum zerstob. Auf dem Tanzboden hatte er sie nie berührt. Und sie hatte doch gemeint, einmal müsse die Stunde kommen, in der er sie nehmen werde und forttragen. Wohin? Was würde sie danach fragen? Ihn halten, seine Küsse trinken, alles in seinen Armen vergessen, dieses arme, grausame Leben! Weiter wollte sie nichts.

Und nun sah sie ganz genau ihn dort drüben aus dem Walde treten. Jetzt schritt er längs der roten Felswand hin, die die eine Seite des Bergpfades einsäumte. Wie straff und hurtig er ging! Seine hohe Gestalt, wie er zuweilen den Kopf aufwarf! Und nur durch eine Schlucht getrennt von ihm! Ganz allein mit ihm in dieser traumverlorenen Waldeinsamkeit! Heiß kam es über sie. Sie richtete sich ein wenig empor. Die Rechte höhlte sich vor dem Munde. Dann rief sie laut, wie von innerem Jubel angetrieben, über das Tal hinüber:

»Günther!« Und noch einmal: »Günther!!!«

Und dann blieb er wirklich stehen und ließ wie verdutzt seine Blicke wandern. Doch sie schienen ihre Gestalt noch immer nicht zu finden. Da sprang sie empor, warf die Arme jauchzend in die Luft und wiederholte nochmals den Ruf. Da zuckte er zusammen. Sie sah es ganz genau. »Günther!«, schrie sie. Ihre eine Hand winkte. Sie wusste kaum selbst noch; was sie eigentlich tat. Die Sommerluft, die Einsamkeit mussten wohl daran schuld sein.

Da lachte er laut. »Wildkatze!« entgegnete er. Dann setzte er seinen Weg fort, ohne sich noch einmal nach ihr umzusehen.

Mit starren Augen, wie gebannt, blickte sie ihm nach, bis seine Gestalt wieder im Waldesschatten eintrat und verschwand. Da brach sie auf der Felsenplatte zusammen. Ihre irrenden Hände wühlten sich in die nackte Brust ein, sie rauften im Haar, und endlich schlug ihr

Kopf nieder in die vor sich hingeworfenen Arme, und sie brach in leises Wimmern aus, während ihr Leib wie von Fiebern geschüttelt zuckte und sich wand. – – – –

Ein paar Wochen später feierte das Dorf, aus dem die Wildkatze stammte, Erntefest. Im Wirtshaus ging es diesen Abend hoch her. Pauken und Trompeten lärmten, mit blitzenden Augen und geröteten Wangen schwangen sich die Paare im wilden Reigen durch den mit Girlanden und Fahnen geschmückten Saal. Langsam sank unterdessen draußen der Abend auf das Land und die Hütten. Als es ganz dunkel geworden war, da sah man seitwärts draußen eine fantastisch gekleidete Mädchengestalt an einem der Fenster stehen und mit heißen Augen dem Tanze drinnen folgen. Es war die Wildkatze. Ein paar Burschen hatten sie bereits erkannt. Ihre lachende Aufforderung, sich doch auch unter das tanzende Volk zu mischen, hatte sie abweisend und mit finsterer Miene beantwortet.

Sie hatte nur Augen für den einen, und wenn der sie nicht holen würde, so würde sie draußen harren und harren, bis der Morgen tagte, um dann wieder hinauf in die Berge zu steigen. Dieser eine aber sah sie nicht, ahnte wohl kaum ihre Gegenwart. Der hatte nur ein Mädchen im Auge, das an der Seite eines anderen saß, ab und zu jedoch zu ihm hinüberschielte, als wollte es damit sein stilles Einverständnis ihm bekunden. Der Bursche an ihrer Seite nagte finster an der Unterlippe und schien offenbar Lust zu verspüren, den geheimen Gegner zur Rede zu stellen.

Wieder hatte er seine Tänzerin zum Platze geführt, als Günther auf diese zutrat, um sie nun selbst aufzufordern. Doch der Begleiter schien es ihm zu verweigern. Die Wildkatze sah nur, dass Günther ein paar spöttische Worte dem Rivalen schien zuzuschleudern, und dass dieser aufsprang, den vor ihm Stehenden zu packen. Doch die Umgebung hinderte ihn daran. Es gab ein kurzes Wortgemenge, bis die wieder ansetzenden Töne Frieden und Ruhe brachten.

Der Wildkatze war es, als würge eine unsichtbare Hand ihr am Halse. Hier stand sie nun seit Stunden, und jede Fiber schlug dem Manne entgegen, der da drinnen suchte höhnisch das Mädchen eines andern sich zu erobern. Immer heftiger rang sich in ihr der Entschluss empor, die Flucht zu ergreifen, diese Stätte zu verlassen, deren Bilder ihr bald die Tränen in die Augen trieben. Schon war sie ein Stück die Straße nach dem nahen Walde langsam hinabgeschritten, da schlug erneuter, wilder Lärm an ihr Ohr. Vor der Tür des Wirtshauses war sichtlich ein harter Kampf entstanden. Wachsende Stimmen, dumpfe Laute und gellende Weiberrufe! Im Nu war sie heran. Jetzt erblickte sie mitten im Gewoge Günther im Ringen mit dem Burschen, dessen Schöne verzweifelnd die Hände wand und immer aufs Neue die Hilfe der Umstehenden anrief.

Da mit einem Male blitzte etwas Blankes, Scharfes durch die matt von einer Lampe erhellte Luft. Dann ein gellender Schrei. Die Wildkatze sah, wie der Bursche mit einem Schrei zurücktaumelte, endlich prall niederfiel. »Er ist gestochen! Fasst ihn! Mörder!« So wirbelte es durcheinander, während ein Teil der Zuschauer sich eng um den Sterbenden scharte, der mit zackigen Bewegungen wie nach Luft und Leben zu greifen schien.

Starr, versteint hielt noch immer Günther in der Nähe. Da fühlte er mit einem Ruck seine Hand erfasst. Die Wildkatze stand dicht neben ihm.

»Komm! Komm! Sonst fassen sie dich!« Er schaute ihr wie abwesend ins Gesicht. Er schien noch immer ihren Warnungsruf nicht zu verstehen. Da hatte sie ihn noch fester gepackt und zerrte ihn aus dem wirrenden Knäuel heraus, bis beide im Schatten eines alten Baumes hielten. »Jede Minute kann dir die Freiheit kosten! Ich führe dich! Komm mit!«

»Was willst du mit mir?«

»Dich retten!« Ein tiefer, heißquellender Blick suchte sein Gesicht. Da ließ er sich ruhig führen. Erst ein paar Schritte noch langsam, dann aber in fliegender Eile, bis das Dorf weit hinter ihnen lag. Hinauf in den Bergwald ging die Flucht. –

Marienfäden zogen durch die goldige Herbstluft. Drunten im Lande glühten die rotwangigen Äpfel in den Bäumen, der Wein reifte an den Spalieren der Häuser. Wie ein Singen und Klingen erklang das heimliche Wehen der Winde. Aus der Höhle war soeben die Wildkatze herausgekommen und hatte sich auf ihrem Lieblingssitz über dem Tale niedergelassen. Wie in Blut und Gold lag der weite Wald getaucht.

»Er schläft!«, flüsterte sie. Dann kreuzte sie wie zum Gebet die Arme über der Brust, die sich in heimlicher Freude stürmisch hob und senkte. »Mein, mein! Nun doch mein! Ganz mir gehörig! Mit Leib und Seele!« Sie schloss halb wie in Seligkeit die Augen für ein paar Herzensschläge lang. Dann blickte sie wieder verträumt über das Waldtal hinaus. Acht Tage hielt sie nun den Geliebten vor aller Welt verborgen. Seit jener Schreckenstat war das ganze Dorf auf den Beinen gewesen, den Mörder aufzusuchen. Allerlei Gerüchte schwirrten einher. Der Staatsanwalt stand mit leeren Händen dabei und setzte schließlich eine hohe Belohnung für die Ergreifung des Schuldigen aus. Doch kein Tag brachte die Lösung des Geheimnisses. Günther Reinhard blieb verschwunden.

Auf einmal stutzte die Wildkatze. Ihr feines Gehör hatte leises Zusammenschlagen von Büschen vernommen. Auch wie ein verhaltenes Gemurmel war es aus dem Walde hinter ihrem Rücken gekommen. Im Nu war sie aufgesprungen und kroch nun auf allen Vieren in das Gewirr, das ihren Schlupfwinkel barg. Nur wenige Sekunden, und dann glitt ihr Leib wie ein Schatten hinab in die Höhle. Sie warf sich über den noch immer schlafenden Burschen, sie bedeckte ihn mit zehrenden Küssen, dann riss sie ihn jäh empor.

»Auf, auf, Günther! Du bist verloren, wenn nicht ein Zufall uns gnädig ist!«

Er blickte sie wie fassungslos an. Doch sie drängte zum Aufbruch. »Du musst hinaus! Sie sind schon nahe. Der Jäger von der Schlossherrschaft führt die Rotte. Das ist sein Werk! Blut will Blut!«

Ein eiserner, grimmiger Zug stand jetzt in ihrem Gesicht.

Schon waren sie in die Höhe geklettert und krochen zu dem Holunderbusche auf der Felsplatte. Da tönten Stimmen hinter ihnen. »Wir haben sie! Gefangen! Nun gibt's kein Entwischen! Die Höhle ist leer! Draußen sind sie!«

Stieren Auges hielt die Wildkatze den Blick auf das Gebüsch geheftet. Marternde Seelenangst spiegelte sich in ihrem Gesicht. Jetzt vernahm man ganz deutlich das Herannahen von Tritten. Da schlug sie noch einmal ihre Arme um den Burschen. Ihre Brust drängte sich dicht an ihn, ihre Lippen saugten sich noch einmal an den seinen fest. »Dich sollen sie nicht kriegen! Sie wollen dich töten! Nimmermehr! Geh' in die Freiheit! Leb' wohl! Für immer, für immer, Günther! So heiß hat dich keine geliebt denn ich!« Im nächsten Augenblick hatte sie ihn mit einem kurzen Ruck rückwärts über die Felskante gestürzt. Dann ganz unten in der Tiefe ein hartes Aufklatschen. Dann war alles still. Sie warf sich nieder und wühlte das Gesicht in die zuckenden Hände. So fanden sie die Häscher. Den sie aber suchten, der stand bereits vor dem ewigen Richter.

Der Bachfriedel.

Sein eigentlicher Name war Markus Friedel. Da aber sein stolzes Anwesen ein Stück abseits des Dorfes dicht am Rande eines hier in den Fluss einfallenden Baches lag, so trug der Bauer wie seine Vorgänger in der Familie im ganzen Dorfe nur den Namen Bachfriedel. Sein Besitz war der angesehenste in der Gemeinde. Doch auch sein Auftreten, seine ganze Gestalt deuteten auf ein Herrengeschlecht hin, das sich durch Überlieferungen seiner Macht und seines Einflusses bewusst geworden war. Mehr denn einmal war dem Bachfriedel seitens der Gemeinde das Vertrauensamt eines Schulzen angeboten worden. Doch jedes Mal hatte er stolz die ehrende Wahl abgelehnt. »Ich muss Hände und Rücken freihaben«, hatte er dann jedes Mal gesagt. »Ich gehe meinen eigenen Weg und kann und mag nicht die Fahne drehen, wie der Wind weht.« Dabei war er geblieben.

Er wusste, dass er auch ohne den Titel eines Ortsschulzen doch der erste im Dorfe war. Dienerten auch die Bauern nicht vor ihm, da jeder auf eigener Scholle saß, so fühlte er doch in jedem Blicke, dass sie ihn wie in stillschweigendem Übereinkommen als ihr heimliches Oberhaupt achteten.

Sein Weib lag längst unter dem grünen Rasen nahe der spitztürmigen Kirche. Es hatte mit dem Jungen, den sie dem hochgestaltigen Manne geschenkt, ihr Leben hingegeben. An eine neue Heirat hatte der Bachfriedel nicht wieder gedacht. Er hatte die Heimgegangene lieb gehabt und übertrug nun alles, was sein verschlossenes Herz an dieser Empfindung noch barg, auf seinen heranwachsenden Jungen. Der war wieder ganz seine Statur. Auch das gesicherte Wesen war ein väterliches Erbteil. Nur die Augen, die schauten zuweilen sanfter drein. Die erinnerten den Alten an die Heimgegangene. Um dieser Augen willen war ihm der Junge noch fester ans Herz gewachsen.

Schulmeister Gutjahr im Dorfe hatte ihm den ersten Unterricht erteilt, und dann war der Junge vom Vater nach der nächsten Kreisstadt in eine bessere Schule gesandt worden. »Ich will nicht mit ihm hoch hinaus«, hatte der Alte gleichsam zur Entschuldigung für sein Tun eines Abends im Gemeindewirtshause erklärt, »aber ich fühle, dass wir alle heute nicht mehr genug lernen können. Auch für unseren Bauernstand. Die Welt drängt vorwärts, und wer da nicht Schritt halten kann, fällt um und wird zertreten.«

Da hatten die dicken Bauernschädel erst ein klein wenig vor sich hingeguckt, dann aber war ein beifälliges Knurren hörbar geworden, ja einige hatten sogar den Mut gefunden, durch ein energisches Kopfnicken ihre uneingeschränkte Zustimmung zu erkennen zu geben. Der Bachfriedel! Der hatte da wieder einmal den Nagel auf den Kopf getroffen! 's war ja in der Tat jetzt manchmal mit den alten Kenntnissen nicht mehr auszukommen! Überall Neuerungen: neue Namen, Dungmittel, Maschinen! Ja, der Bachfriedel!

Sein Junge, der Berthold, wuchs heran, ein starker Erbe eines starken Geschlechtes. Als er die Stadtschule durchlaufen hatte, schickte ihn sein Vater noch ein paar Jahre in die Welt, sich umzuschauen und für seinen Stand als Landwirt neue Kenntnisse einzusammeln. Dann kehrte er heim, dem Vater fortan tüchtig zur Seite zu stehen. Das kam bei der Größe des Anwesens dem Bachfriedel gar gut gelegen. Vier Augen sahen ja mehr denn zwei.

Wenn jetzt Vater und Sohn am Sonntag beim dritten Läuten, ein jeder das dickleibige Gesangbuch unter dem Arm, nebeneinander zur Kirche schritten, dann freute sich mancher des stolzen Männerpaares. Manch Mädchenauge blickte ihnen nach, wenn auch die Blicke mehr dem jungen Bachfriedel galten. Doch der Berthold schien von alledem nichts zu merken. Er grüßte nur da und dort, weil es so guter Brauch war und weil manche Jugenderinnerungen ihn mit den Mädchen verbanden. Wenn er aber auf dem Heimwege seinem alten Lehrer

Gutjahr begegnete, so löste er sich von des Vaters Seite, um dem alten Herrn freundlich die Hand zu drücken und mit der ihn stets begleitenden Tochter einige Worte zu wechseln.

Gertrud Gutjahr war eine hohe, blonde Gestalt, in deren frischen Zügen sich neben den Reizen der Jugend eine gewisse Herbheit geltend machte. Wer sie so dahinschreiten sah, hätte schwerlich geahnt, dass das niedrige Dach einer schlichten Schulmeisterwohnung sich über ihr aufbaute. –

Es war an einem Sonntagnachmittag. Im Sonnenscheine lag die breite Dorfstraße fast wie ausgestorben. Auf einer grünen Holzbank saßen im Vorgarten ihres Hauses der Bachfriedel und Berthold. Beide hatten sich ihre Pfeifen angezündet und stießen abwechselnd blaugraue Dampfwolken in die stille Sommerluft. Die Unterhaltung ging nur tropfenweise, schleppend. Vielleicht war es die drückende Schwüle, die jedes Blatt an Baum und Strauch so müde hängen ließ. Endlich brach der Alte das Schweigen. »Der Ulrich soll morgen früh in die Stadt fahren, die Fracht von der Bahn holen.«

»Ja! Da kann er gleich beim Händler anfragen. Die beiden Kälber sind stark genug.«

»Hm! Ja, das kann er!«

Wieder eine Pause. Irgendwo schlug ein Hofhund an. Dazwischen vernahm man das Quietschen eines Brunnenschwengels. Berthold nahm die Pfeife aus dem Munde, drückte mit dem Daumen auf die halb niedergebrannte Füllung und sagte:

»Die Roggenernte wird diesmal gut, Vater!«

»Hm, ja, wir können zufrieden sein!«

Warum nur die Unterhaltung heute nicht recht zustande kommen wollte? Als läge etwas dazwischen eingekeilt, etwas Unausgesprochenes, Lastendes. Nach einer Weile fing Berthold wieder an:

»Übrigens, was ich sagen wollte – der alte Gutjahr möchte gern, dass wir ein Stück Wiesenland mit abmähen lassen. Er will unsere Leute dann selbst bezahlen.«

»Hm, hm! Kann er. Wenn er weiter nichts will!«

Der Bachfriedel war aufgestanden und an die Gartenplanke getreten. Er hielt jetzt die Pfeife in der Hand. Ein kaum bemerkbares Zittern ging über ihn. Er ließ die grauen Augen still über die Dorfstraße ein paar Mal gleiten. Dann wandte er sich halb nach seinem Jungen um.

»Hm, was ich sagen wollte – hm, es wäre mir lieb, wenn du bei öffentlichen Gelegenheiten Gutjahrs Mädchen weniger bemerktest. Das fällt auf. Das liebe ich nicht. Schließlich setzt die sich noch Raupen in den Kopf. Das täte mir leid. Du aber machst dir's dann selbst schwer, wenn du mal ernsthaft daran denken solltest. Du weißt, ich habe nichts gegen den Alten, noch gegen seine Tochter – aber hm, ich will mein Haus rein wissen – hm! Das ganze Dorf steht hinter mir. Das guckt auf uns. Ich wollt's dir schon längst sagen. Wenn's mal so weit ist, dann – hm! Klopfe an die richtige Tür. Wer bei Schulmeisters einkehrt, der muss sich tief bücken.« Es sollte ruhig klingen, doch zitterte die Erregung durch seine Worte.

»Ich weiß nicht, Vater –«

»'s schon gut! Ich meinte nur so. Und was ich für richtig halte, dabei bleibe ich. Du kennst mich ja.« Er öffnete die Gartentür und schritt langsam die Straße hinab zum Gemeindewirtshause.

Berthold sah ihm nach. Sein Gesicht war auf einmal ernst und blass geworden. Ein finsterer Zug brach sich Bahn, der diesem sonst so freundlichen Gesicht fremd stand. Langsam erhob er sich und trat in das Haus ein. Nach einer Weile verließ er es wieder und wandte sich draußen zum nahen Bache, den er nun tief in Gedanken aufwärts zum Walde verfolgte. – –

Ein paar Wochen später war es, dass einige Dorfweiber, welche mit Leseholz aus dem Walde heimkehrten, ihre Schritte vor dem Hause des Bachfriedel hemmten, um dann später im Dorfe drunten weiter zu erzählen, wie drinnen Vater und Sohn in heftigen Wortwechsel geraten wären. Zum ersten Male und zum – letzten!

»Also trotz meines Verbotes? Mich zu hintergehen! Hä! Im Walde muss man euch suchen, weil ihr das helle Sonnenlicht nicht vertragen könnt?«

»Wir hatten nichts zu scheuen, Vater!«

»Mir diese Schande?!«

»Schande wär's, wenn ich es leugnete! Ich wäre doch zu dir gekommen, um dir zu sagen, dass ich keine andere nehmen kann, keine als die Gertrud! So wahr Gott lebt!«

»Hähä! Wem ist dies Haus? Mein! Mein ist es! Merk dir das! Darum habe ich auch noch ein Wort da mitzureden! Wer hier über diese Schwelle einziehen will, der zieht über meine Schwelle! An mir geht der Weg vorbei!«

»Mach, was du willst, Vater! Bei mir steht's fest!«

»Hahaha! Fest!«

»Wir lassen nicht mehr voneinander!«

»Braucht ja auch nicht! Immerzu! Aber auf Bachfriedels Hof kommt die nimmer herein! Ich such' mir die Tochter aus!«

»Reichere findest du, eine bessere nicht! Allen ist sie über. Von diesen Bauernmädchen mag ich keine!«

»Bist doch selbst ein Bauer!«

»Bin auch stolz darauf! Aber du selbst hast mich in die Welt geschickt. Das hat mich innerlich anders gemacht.«

»Armer Leute Kind aufzufüttern, dazu habe ich nicht ein Lebelang gearbeitet.«

»Sie ist reicher denn die anderen! Und zum Füttern kommt sie nicht. Sie hat arbeiten gelernt.«

»Mach, was du willst. Du kennst meine Meinung. Schulmeister und Schneider mögen zusammen freien. In Bachfriedels Haus kommt mir keine von dieser Sorte!«

»Vater!«

»Richte dich danach! Sonst ist's aus. Dann mach' ich einen Strich darunter. Der Schulfuchs aber soll sich hüten, den Kuppelpelz sich zu verdienen!« –

Das war vor Tisch gewesen.

Noch an demselben Nachmittag trat der Bachfriedel in das Anwesen des alten Gutjahr. Er hatte es in seinem Leben nur zweimal betreten, damals, als er seinen Jungen zum Unterricht brachte, und dann wieder, als er ihn wieder abmeldete.

Der grauhaarige Schulmeister stand just im Vorgärtchen und bastelte an seinen Rosenstöcken herum, da plötzlich der Bachfriedel durch die Gattertür eintrat.

»Herrgott, der Bachfriedel!«, rief, er erstaunt. »Da hat doch Gertrud recht gehabt, als sie heute Morgen sagte: ›Vater, heut kriegen wir noch Besuch!‹ Sie hat öfter solche Ahnungen. Na, so was! Was gibt's denn?«

Der Bachfriedel sah finster drein. Das schien erst jetzt der Schulmeister zu bemerken. Verdutzt und dann erschrocken blickte er gutmütig dem Bauer ins Gesicht.

»'s ist doch nichts Schlimmes passiert?«

»Ich möcht' Euch allein sprechen. Drinnen, nicht hier!«

»Na, dann kommt nur. Gertrud hält gerade Strickstunde. Wir sind ganz allein.«

Den Stuhl, welchen der Schulmeister dem Bachfriedel anbot, nahm dieser nicht an.

»Was ich hier zu tun habe, ist kurz und kann im Stehen abgemacht werden.«

»Wie Ihr wollt.« Ein aussteigender Zug von Ängstlichkeit machte sich in dem guten Gesicht des alten Schulmeisters bemerkbar.

»Warum ich komme, das ist, dass Ihr Eurem Mädchen verbieten werdet, fernerhin meinen Jungen in ihre Netze zu locken. Dass Ihr aber die Hand dazu gegeben habt, das setzt Euch tief herab.«

Staunen, Schreck und dann ein ganz fernes, heimliches Aufleuchten malte sich in dem ehrlichen Antlitz des Schulmeisters.

»Mit meiner Gertrud?«, stammelte er.

»Tut nicht, als ob Ihr nichts davon wüsstet!«

»Bei Gott! Kein Sterbenswörtchen, Bachfriedel!«

»Also ganz im geheimen haben sie es gehalten? Nun, an der Hauptsache kann das nichts ändern. Ihr müsst doch selbst einsehen, dass die beiden unmöglich sich zusammentun können. Wer ich bin, das wisst Ihr. Jedes Kind weiß es. Darum hab' ich mein langes Leben nicht geschafft. Ihr werdet es Eurer Tochter verbieten. Ich nehme Euch beim Wort.«

Jetzt erst hob der alte Schulmeister das Haupt. Sein Blick fiel zur Wand, auf das von Immergrün umrahmte Bild seiner Seligen. Damals hatte es auch harte Kämpfe gekostet. Heiße Tränen waren geflossen. Und endlich hatte doch die Liebe gesiegt. Die Liebe! Daran dachte er in diesem so schweren Augenblicke. So hob er denn langsam den Kopf und schaute ein paar Herzschläge den reichen Bachfriedel an. Dann sagte er mit leiser, milder Stimme:

»Bachfriedel! Und die Liebe?! Die Liebe? Sie ist das größte Wunder und das grüßte Glück auf Erden! Wer ohne Liebe wandelt, wandelt im Schatten. Ich hätte es auch bald einmal erfahren!«

Ein hartes Lachen war die Antwort.

»Zum Pfarrer habt Ihr nicht studiert! Darum bin ich nicht hier. Duldet Ihr das Verhältnis weiter, dann kann der Junge sehen, wo er ein anderes Unterkommen findet. Wir sind dann geschieden. Lieber mag er Einspänner bleiben, als eine Kirchenmaus mir ins Haus bringen!«

Der Schulmeister zuckte zusammen. Seine Lippen bebten. Er rang sichtlich mit einer Antwort.

»Wollt Ihr's abstreiten?«, fuhr der Bachfriedel fort, »Kirche und Schule haben ja immer zusammengehört.«

»Arm sein war noch niemals Schande!« Etwas wie aufsteigender Zorn spielte aus den Augen des alten Schulmeisters. »Den Spott konntet Ihr zu Hause lassen! Euer Junge ist alt genug, um zu handeln, wie er es vor seinem Herzen verantworten kann.«

»Ihr weigert also mir die Unterstützung?«

Gutjahr zuckte stumm die Achseln.

»Nun: Ich habe stets meine Äcker frei von Unkraut gehalten, ich denke, auch noch mein Haus frei davon halten zu können! Das mögt Ihr dem Mädchen sagen. Vielleicht hilft ihr das von dem Traum, Herrin im Hofe des Bachfriedel spielen zu wollen!«

Ohne Gruß schritt er aus der Stube und dem Hause. Der alte Schulmeister war auf einem Stuhle zusammengebrochen. Zuweilen irrten seine Augen hinüber zum Bilde der heimgegangenen Frau, und dann kam es bebend von den Lippen: »Die Liebe! Die Liebe!« So fand ihn Gertrud noch, als sie nach einer halben Stunde zu ihm ins Stäbchen trat. - - -

Noch an demselben Abend klopfte es an die Stubentür des Bachfriedel, der einsam in einer Sofaecke saß und stumm vor sich hinbrütete. Selbst die Pfeife war ihm heute ausgegangen. Auf sein »Herein« trat Gertrud in die bereits in leises Dämmerlicht gehüllte Stube.

Sie sah blass aus und ihre Lippen schienen heute noch fester aufeinander zu liegen. Gerade, den Kopf starr erhoben, so blieb sie an der Tür stehen. Der Bauer war unwillkürlich in die Höhe gefahren und sah sie mit weit geöffneten Augen an, als traue er noch immer nicht seinem Blicke. Eine schwüle Pause entstand. Er sah es dem Mädchen an, dass es nach Ruhe und Beherrschung rang.

Jetzt aber strich Gertrud sich mit der Rechten über das Haar, wie dies ihre Art stets war, dann kam es kalt und ruhig von ihren Lippen:

»Ihr seid heute bei meinem Vater gewesen, um diesen der Kuppeldienste anzuklagen? Was zwischen mir und Berthold seit Jahren bestanden hat, davon hat er bis heute kein Sterbenswörtchen gewusst. Er hat nichts dazu getan, wie Ihr es nicht habt wehren können. Die Liebe fragt nicht bei anderen an, ob sie darf, ob es recht ist, sie kommt ungerufen, sie ist da und wächst von Tag zu Tag, macht uns dieses Leben erst zur wahren Freude. Ob Ihr sie jemals erfahren habt, weiß ich nicht. Das aber weiß ich, dass Ihr uns niemals auseinander bringen könnt. Das kann nur einmal der Tod.«

»Oho! Meinst du? Das kommt auf eine Probe an!« Der Bauer war ein paar Schritte unwillkürlich ihr näher getreten. Sie aber blieb ruhig stehen und fuhr fort:

»Die Probe ist bereits gemacht! Berthold hat mir vorhin erklärt, dass er nicht von mir lassen wird, und solle er von Hans und Hof herunter.«

»So! Hat er das gesagt? Hm! Er wird es sich wohl noch überlegen.«

»Er wird sein Wort halten. Ich kenne ihn besser denn Ihr.«

Der Bachfriedel war unwillkürlich zusammengezuckt. Seine Hand tastete nach der Tischplatte.

»Also soweit hast du ihn umgarnt?«

Ein mitleidiges Lächeln glitt über ihr blasses Gesicht. Sie hob still die Augen und sah den Bachfriedel ein paar Sekunden fest an.

»Umgarnt?« Es klang so bitter weh! »Vielleicht! Er hat mich, und ich habe ihn. So mag's wohl gekommen sein. Ihr nennt's umgarnen, die Menschen mit Herzen aber nennen es Liebe.«

»Ich werde das Garn durchschneiden, verlass dich drauf. So wahr ich der Bachfriedel bin.«

»Gebt Euch keine Mühe! Es ist durchschnitten!«

»Waaas?« Er sah sie völlig verdutzt an.

»Nicht um Euretwillen! Ich tu's um seinetwillen. Ich will für ihn denken und handeln. Ich will denken, es könnte doch mal eine Stunde der Not und Sorge kommen, da er es bereuen müsste, um meinetwillen seine Heimat verlassen zu haben, dass es ihn mit Sehnsucht nach dem Hause trieb, in dem er groß geworden, in dem er nun konnte als Herr schalten und walten. So will ich denken für ihn. In ein paar Tagen verlasse ich heimlich unser Dorf. Niemand wird erfahren, wohin ich mich wandte, auch er nicht. Fern von ihm will ich versuchen, in der Arbeit sein Bild zu vergessen. Vielleicht gibt mir Gott die Kraft, dass ich es schaffe.« Es schien, als überfiel sie ein leichter Taumel. Doch als der Bauer ihr näher trat, da raffte sie sich wieder empor, ihn stumm abwehrend.

»Dem Berthold sagt heute nichts davon. Er könnte mich festhalten!« flüsterte sie.

Ein seltsamer Zug war auf dem rauen Gesicht des Bachfriedels heraufgestiegen. Fast wie ungläubig starrte er auf das blasse Mädchen.

»Und – du wolltest das tun? – Wenn – aber –«

Sie schien seine Gedanken zu erraten. Mit einem mitleidigen Ausdruck wehrte sie ihn ab.

»Ihr braucht nichts zu befürchten. Ich werde stark sein. Die Liebe wird mir die Kraft geben. Um seinetwillen!«

»Wenn ich dir für deine Reise vielleicht – – man braucht doch draußen – –«

»Erspart mir und Euch die Beleidigung! Almosen brauche ich nicht, am wenigsten von Euch! Aber eins soll noch gesagt sei», ehe ich dieses Haus für immer verlasse.« Sie richtete sich hoch auf und blickte den Bachfriedel vernichtend an: »Arm ist in Euren Augen unser Haus, dessen stilles Glück Ihr nun zertreten habt. Unkraut sind wir aber nicht! Niemals gewesen! Wohl aber möget Ihr vor Gott ein Unkraut sein, das er noch einmal ausjäten wird, wenn die rechte Stunde dazu gekommen ist!«

Sie warf ihm einen letzten Blick zu, unter dem er den seinen niederschlug. Dann war sie draußen. Wollte er ihr nacheilen? Seine Augen hafteten noch an der Tür, dann aber trat er ans Fenster. Drüben längs der Garten-

planke sah er noch ihren Schatten in dem Abenddäm-
merlicht verschwinden. – – – – –

Gertrud Gutjahr hatte Wort gehalten. Die Woche war
noch nicht zu Ende, da drang das Gerücht von Haus zu
Haus, dass sie weit fort in die Welt gegangen sei. Den
wahren Beweggrund ahnte niemand. Am nächsten
Sonntag sah man den alten Bachfriedel mit Berthold wie
immer zur Kirche schreiten. Sie gingen ganz steif und
still nebeneinander. Auch dem alten Schulmeister schüttelte diesmal Berthold nach der Kirche nicht die Hand.

Ein paar Wochen später feierte das Dorf seine Kirmes.
Tags vorher hatte Berthold einen Brief erhalten. Auf
dem Wege zum Felde hatte der Briefträger ihn gleich an
Berthold gegeben. Der alte Bachfriedel war an diesem
Tage mal nach der Kreisstadt gefahren. Als er am Abend
wieder heimkehrte, fand er auf dem Tische der Wohnstube ein verschlossenes Schreiben. Es sagte ihm, dass
sein Junge in die Welt gegangen sei, Gertrud zu suchen.
Dass der stolze Bachfriedel keinen Sohn mehr habe.

––––––

Über zwanzig Jahre waren seitdem ins Land gegangen.
Den alten Schulmeister hatte man eines Tages in die Erde gelegt. Noch manch anderer war aus der Reihe der
Dörfler hinübergewandert. Ein neues Geschlecht saß
zum Teil auf den Hufen. Über den Scheitel des Bachfriedels war auch die Flucht der Jahre nicht spurlos hingerauscht. Er war schneeweiß geworden, und die Steife
seines Rückens hatte sich gebeugt. Ein Großknecht führte seit Jahren den wirtschaftlichen Betrieb. Für wen der
Bachfriedel eigentlich noch schaffte, das wusste nie-

mand. Denn einen Sohn und Erben besaß er nicht mehr. Das hatte er oft genug öffentlich ausgesprochen. Dafür aber hatte sich ein tiefer, finsterer Zug in seinem Gesicht fest eingegraben. Da hatte das Schicksal Geschichte eingeschrieben.

Nun war es wieder einmal Frühling geworden. Die Stare schwatzten wieder in den Zweigen, Veilchen blühten im Grunde und längs der Hecken. Die ganze Luft war wie erfüllt von junger Schöpferkraft. Bachfriedel stand am Zaune seines Vorgartens, als ein heller Jodler ihn aufblicken ließ. Er kam vom Walde droben.

Wenige Minuten später eilte in weiten, übermütigen Sprüngen eine schlanke Jünglingsgestalt längs des Bachs hinab und hielt dann vor dem Haus des Bauern. Den leichten Lodenhut ziehend, fragte der junge Mann höflich:

»Entschuldigen Sie! Wo ist hier im Dorfe das Haus von dem alten Bachfriedel?«

Jetzt erst fasste der Gefragte den Fremden fester ins Auge – – – und dann kam ein Zittern über die gebeugte Greisengestalt. Was war dies? Wohl klang die Stimme des Fremden etwas ausländisch. Aber die Augen? Die ganze Gestalt! Standen denn die Toten auf? Er musste sich festhalten. Alles um ihn her begann zu wirbeln. Endlich hatte er sich gefasst.

»Kommen Sie doch herein!« Er öffnete die Gartentür, bot dem jungen Mann die Hand, und als er diese in der seinen hielt, da kam es wie ein Ruck durch seinen Leib. »Der Bachfriedel?«, stammelte er. »Ja, ja! Hm! Der – – der bin ich selbst!«

Da glitt die Hand des Fremden aus der seinen. Dieser trat einen Schritt verwirrt zurück.

»Verzeihung! – – Ich habe kein Recht, hier zu weilen – – ich komme nicht im Auftrage – – nur Neugier – – weiter nichts? Glauben Sie es mir! Ich studiere auf dem Polytechnikum in Charlottenburg, benutzte nun die Ferien, mir einmal die Heimat meines Vaters anzusehen, von der er uns so oft und schön erzählt hat. Wir sind nämlich vier Geschwister. Mein Vater hat eine Farm drüben in Amerika. Als ich von der Schule kam, da hat er mich nach Deutschland geschickt, damit ich hier mein Glück suchen soll, wie er es drüben gefunden hat.«

»Weiter, weiter!«

»Weiter? Dass ich nochmals um Verzeihung bitte – doch Sie selbst haben mich ja – – –«

»Und Ihr Name?«

Da geht es über das hübsche, frische Gesicht des Jünglings wie ein trauriger Schatten. Er scheint noch zu zögern, sein Auge sucht das des vor ihm ängstlich harrenden Greises, dann erwidert er leise:

»Markus Friedel!«

Da dringt ein Schrei aus der Brust des Bauern. Sein eigener Name! Sein Enkel! Ganz der Junge, den er einst um seiner Liebe willen von Haus und Hof verstieß! Aus der Heimat! Um der Mutter dessen, der da in junger Kraft jetzt vor ihm steht.

»Markus Friedel!« kommt es mechanisch von den Lippen des Alten. Seine Brust arbeitet, und endlich bricht ein Schluchzen ihm aus tiefster Seele. Die Natur, so lange zurückgehalten, schreit in ihm nach Erlösung aus Qual und Pein. »Markus Friede!!« wiederholt er noch einmal, als könnte er sich nicht genug tun am Klang seines eigenen Namens.

»Hierbleiben! Hierbleiben!« – – – Weiter vermag er nichts zu sagen. – – –

Markus Friedel, der Enkel, ist bei dem Großvater über die Ferien geblieben. Das gab ein Aufsehen unter den Alten des Dorfes, welche sich noch der fernliegenden Ereignisse entsinnen konnten.

Auf Wunsch des Bachfriedel hat dann der Enkel nach Hause geschrieben, dass das Haus am Bache dringend einen jüngeren Bachfriedel nötig hätte, und der Alte hatte mit zitternder Hand noch darunter gefügt: »Komme bald, damit meine Augen Dich noch sehen können.« –

Der Berthold ist dann auch mit Frau und Kindern in die alte Heimat zurückgekehrt, nachdem er seine Farm drüben verkauft. Seitdem hat man den alten Bachfriedel zuweilen wieder lachen sehen.

Mit Krone und Stern.

Einsam über die tief verschneite Hochstraße des Waldgebirges wandert rüstig ein Mann. Die Pelzmütze ist etwas trotzig zurückgeschoben, sodass ein paar Strähnen lichtblonden Haares über die braune Stirn sich hervorstehlen. Ein dicker, wollener Schal schützt den Hals, die Hosen stecken in den Schaftstiefeln, während die Rechte einen derben Knotenstock gleichmäßig in Bewegung setzt. Zuweilen bleibt er stehen und lässt die blauen Augen über die glitzernden Bergwände schweifen. Und dann atmet seine Brust höher auf wie im geheimen Wonnegefühl lang entbehrten Genusses. Tief in den Augen glimmt es auf wie im Feuer froher Erwartung und dann wieder wie innere Befreiung. Er schwingt den Stock im weiten Bogen ein paar Mal durch die Luft, er reckt die Arme empor, als wolle er Berge, Wälder und den ihm zur Seite unter vereister Schneedecke brausenden Wildbach mit eins umfangen. Etwas wie Jugendlust, Jugendübermut ist über ihn gekommen. Er stößt einen hellen Jauchzer aus, dass es wie ein Schrecken durch die zottelbärtigen Tannen links und rechts geht.

Und weiter setzt er seinen Weg fort. Droben im Gebirgspass, wo die Straße aus Franken herüber nach Thüringen sich windet, da hat er vor einer Stunde noch für kurze Zeit Rast gemacht, am braunen Kachelofen sich durchzuwärmen. Fuhrleute haben da miteinander gesessen und haben geschwätzt, wie es ihre Art ist. Was sie auf der Reise erlebt und gehört. Da ist ihm auch wieder an die Ohren geschlagen, was ihn wieder heimgetrieben zu seinem Weibe, von dem er sich vor fast Jahresfrist im gesteigerten Groll schied.

Von der Annemarie des Zimmermanns Völker ist die Rede gewesen, die so herzhaft und tapfer in den Teich ihrem Jungen nachgesprungen ist, der da beim Eislauf eingebrochen war. Ein erst siebenjähriges Bürschchen, aber so tollkühn und verwegen, wie es einst der Vater als Junge soll gewesen sein. So hat's im Dorfe geheißen. Sie hat ihn gerettet, hätte aber bald ihr eigenes Leben dabei eingebüßt. Nachbarinnen haben sie gepflegt, der Pfarrer ist oft bei ihr gewesen, und von der fürstlichen Herrschaft auf dem Schlosse oben ist nicht nur Stärkewein in das Haus gewandert, eines Tages ist die kinderlose Fürstin selbst im niedrigen Stübchen erschienen und hat sich an das Bett gesetzt, der tapferen Mutter ihre Achtung zu erweisen.

Als dies der Zimmermann droben im verschneiten Rathause vernommen, da ist es ihm plötzlich feucht in den Augen aufgestiegen. Mit dem einen Rockärmel ist er sich heimlich über das Gesicht gefahren, hat seine kleine Zeche bezahlt und ist auf und davon geeilt, als jagten Feinde und Verfolger hinter ihm drein.

Und nun tanzen die Schneeflocken wieder wie Millionen schimmernder Blütensterne um ihn her, wirbeln durch die Lüfte, hangen sich an Rock, Mütze und Bart.

Einmal bleibt der einsame Wanderer wieder stehen. Dann fliegt ein Lächeln über sein Gesicht. Herrgott! Feiert man denn nicht heute in seinem Heimatsdorfe das Fest der drei Könige? Natürlich! Dass er auch daran nicht eher gedacht! Wie doch die Jahre geflohen sind! Wie oft ist er nicht einst auch als einer dieser drei Weisen aus dem Morgenlande durch die verschneiten Dorfgassen gezogen, mit Krone und Stern die altgewohnten Sprüchlein aufsagend und lachenden Gesichtes die üblichen milden Gaben heischend. Und mit Krone und Stern hat ja dann auch die Liebschaft mit der Annemarie angefangen! Wie dies alles in dieser Stunde wieder so lebhaft, greifbar in seinem Erinnern heraufsteigt!

Er war schon ein recht flügger Bursche, da er zum letzten Male mit der buntpapiernen Krone neben den beiden anderen heiligen Königen einherschritt. Auch den Stern, aus güldenem Flitter zurecht geschnitten, trug er an einer langen Stange. Vor dem Hause des Oberholzhauers Martin war es gewesen, als sie ihre artige Komödie soeben gespielt hatten. Es dämmerte bereits ein wenig über der Gasse. Da trat die Annemarie heraus und schenkte jedem eine Gabe. Doch während seine Königskollegen sich bereits weiter die Gasse hinab wandten, war er noch stehen geblieben. Die Augen dieses Mädchens hatten es ihm schon längst angetan. Dicht war er an sie herangetreten, und dann hatte er plötzlich sie heiß an sich gezogen, seinen Mund auf den Annemaries drückend. Im nächsten Augenblicke aber klatschte ein leichter Schlag auf seiner Backe. Er hielt sie aber noch immer fest, da er fragend und mit steigerndem Zorne sie anschaute:

»Hüte dich!« stieß er hervor. »Ich bin ein König! Und Könige dulden nicht, dass man sie schlägt!«

»Von einem Mohren lasse ich mich nicht küssen!« lachte sie jetzt und sah ihn ganz seltsam, aber nicht böse an.

»Galt es nur dem Mohren?«

Sie erwiderte darauf nichts. Doch in ihren Augen stieg ein nur schwer verhaltenes Leuchten auf, und tiefe Röte schoss dann über das liebe Gesicht.

»Dann denk nicht an den Mohren, denk nur an mich, Annemarie!«, hatte er stürmisch gerufen. Und im nächsten Augenblicke presste er noch einmal seine Lippen auf die ihren, um dann seinen Kameraden nachzueilen. Sie aber hatte diesmal stillgehalten. Kein erneuter Schlag traf seine Backe. Wohl aber stand Annemarie noch eine ganze Weile vor der Tür, den Heiligen drei Königen nachzuschauen, ehe sie wieder mit versonnenem Lächeln in das Haus zurücktrat.

Noch im Mai desselben Jahres hatten sie sich unter der Linde eines Abends versprochen, wenige Wochen später hielt der junge Zimmermann bei dem Vater seines Mädchens an, und mit der Dorfkirmse fiel auch ihre Hochzeit zusammen. Nun waren sie ein Paar, und wie das Dorf im Stillen sagte, wohl das schönste im Orte. Sie besuchten weiter den Tanzboden, denn Jugend lässt sich mit der Ehe nicht begraben, und wer die beiden zusammengehen und tanzen sah, der wusste, dass hier zwei Menschenkinder das Glück fest in den Händen hielten. Ein Glück, das sich noch steigerte, als nach Jahresfrist Annemarie dem lachenden Manne einen Jungen entgegenhielt. Sein Junge! Sein Ebenbild! Das sagten nicht nur die Sippe und Freundschaft, das schaute ihm mit blonden Haaren und blauen Augen jeden Morgen aufs Neue an.

So waren sechs Jahre hingegangen, fast im Fluge, wie es den tapferen, fleißigen Eheleuten zuweilen bedünken wollte. Der kleine Rudolf hatte sich zu einem strammen Bürschchen entwickelt, dem bald kein Baum mehr zu hoch, kein Bach zu breit war. Ostern war er in die Schule gekommen und schritt nun jeden Morgen stolz mit Tafel und Schwamm zu dem Hause des Kantors, wo sich im unteren Stockwerk der Unterrichtsraum befand.

Einmal, da alle drei zu Mittag um den Tisch saßen, sagte plötzlich der kleine Rudolf:

»Das war aber ein feiner Herr, der heute mit Mutter sprach!«

Robert Völker blickte fragend seine Annemarie an. Es entging ihm nicht, dass über deren Gesicht eine leichte Blutwelle schoss. Gleich darauf erwiderte sie:

»Es muss wohl ein Herr vom Schlosse gewesen sein! Er stand plötzlich am Hofzaune und beobachtete mich, da ich die Wäsche aufhing. Ich tat, als sähe ich ihn nicht, bis er plötzlich sprach, ob ich noch vielleicht die alte Thüringer Tracht besäße. Ich wollte nicht unhöflich sein, und so antwortete ich, warum er dies wissen möchte? ›Dann hätte ich einen sehr großen Wunsch auf dem Herzen!‹ Der wäre? Er sah mich jetzt ganz freundlich an und erwiderte, dass er mich dann gern malen würde. Ich ließ vor Schreck fast die Klammern aus der Schürze fallen. Er aber lachte laut und meinte, das wäre gar nicht so gefährlich. Er brauche eine schöne Frauengestalt und die habe er in mir gefunden. Da war's nun an mir, ihn brav auszulachen. Er aber blieb ganz ernst dabei und meinte, dass er nicht in mich so plötzlich drängen wolle. Er sei Gast des Fürsten auf dem Schlosse und würde sich glücklich schätzen – ja, so drückte er sich aus! – wenn ich ihm seine Bitte erfüllte. Viel Zeit sollte ich ihm nicht groß opfern.«

»Verrückt! Das wirst du nicht tun! Hörst du, Annemarie! Das ganze Dorf lachte mich aus, wenn ich es duldete.«

»Was geht's das Dorf denn an, Robert? Ein Unrecht finde ich nicht dabei!«

»Unrecht oder nicht: Ich bin gänzlich dagegen!« Robert stand vor der Zeit vom Tisch auf und begab sich in den

Garten. Auf seiner Stirn war es wie erste Wolkenschatten heraufgestiegen.

Nur wenige Tage später, da er von dem Neubau, an dem er arbeitete, heimkehrte, sah er von Weitem aus der Tür seines Häuschens einen Herrn heraustreten. Dieser wandte sich noch einmal um, drohte schelmisch mit dem Finger und zog dann tief den Hut, wie man es nur vor Damen tut. In Robert sprang bei diesem Anblick etwas wie ein Feuerfunke in das Hirn. Als er an dem Fremden vorüberging, maß er ihn mit einen herausforderndem Blicke. Dieser aber schien sich gar nicht um diesen stummen Angriff zu kümmern. Er lächelte vielmehr vor sich hin, wie es einer tut, der seiner Sache sicher ist.

»Der Maler war hier? Gestehe es!« heischte unsanft und grollend Robert sein Weib an.

»Und wenn er es gewesen? Wär' das ein Grund, mich so anzufahren? Ich hab' ihn nicht gerufen, das weißt du doch selbst. Und wer höflich hier bei uns einspricht, den kann man unmöglich wie einen Bauern behandeln.«

»Ich sah ihn herauskommen ... und das hat mich wild gemacht! Du musst mich verstehen, Annemarie!«

Da sie fühlte, dass er nach seiner Art bereits Abbitte tat, fuhr sie fort:

»Er war hier, hat sogar gesagt, dass die Fürstin sich freuen würde, wollte ich nachgeben. Er hat mir so reizende Zeichnungen gezeigt, droben aus den Bergen, aus unserem Walde, Robert, und während ich diese betrachtete, da ... ich kann nichts dafür, hat er mich ritsch, ratsch, in sein Zeichenbuch gebracht!«

»Das ist Diebstahl! Das hättest du dir verbitten müssen! Aber die Eitelkeit ist euch allen angeboren!«

Es war kein gemütlicher Abend, der dieser scharfen Auseinandersetzung folgte. - - -

Ungefähr eine Woche später ging Robert für einige Zeit hinüber nach der nahen Hauptstadt, wo sich ihm günstige Arbeit für den Sommer geboten hatte. Es war verabredet worden, dass er alle ein oder zwei Wochen wolle über Sonntag herüberkommen, nach dem Rechten zu sehen. Von dem Maler und dessen Vorhaben war beim Abschiednehmen nicht mehr die Rede gewesen.

Die Sehnsucht nach Weib und Kind musste wohl seine Kräfte verdoppeln. Robert arbeitete fast für zwei, und wenn die Axt in die Balken hineinsauste, so dachte er an seinen Jungen, dass dieser auch einmal ein tüchtiger Zimmermann werden solle. Denn das müsse ihm ja im Blute liegen. In der zweiten Woche war noch ein Arbeiter aus seinem Heimatdorfe auf dem Bau erschienen. Warum ihn nur immer dieser Kerl so eigenartig anzwinkerte? Wie oft gab's ein Flüstern, und dann schielten noch mehr zu ihm herüber. Und eines Abends im Wirtshause ward Robert ungewollt Ohrenzeuge, wie der andere aus dem Dorfe den horchenden Kameraden erzählte, dass da ein Maler jeden Tag in das Haus ginge, die schöne Frau Annemarie zu malen. Stundenlang bliebe er bei ihr. Über die Straße höre man zuweilen das helle Lachen der beiden, doch Frau Annemarie voran.

Da war Robert Völker aufgesprungen. Mit einem Satze stand er vor dem Erzähler. Seine Augen schienen aus den Höhlen zu treten. Er sah fürchterlich in seinem Zorne aus.

»Gesteh, dass du lügst?«

Der andere zuckte die Achseln.

»Ich lasse mich nicht zum Lügner machen; am wenigsten von dir! Willst du aber meinen Rat, so sage ich dir: Hüte dein Haus! Da tätest du besser dran, als andere zum Lügen zwingen zu wollen. Weiter sag' ich nichts!«

Am andern Morgen war Robert Völker vom Bau verschwunden. Noch demselben Abend aber stand er vor seiner Frau, kreideweiß, bebend.

»So ist's wahr? Du gibst es zu?«

»Ich habe nichts zu verheimlichen noch zu vertuschen! Er hat mich gemalt!«

Beim Handgelenk hatte er sie gepackt. Wie aus aufgewühlten Tiefen kam seine heisere Stimme:

»Er hat dich gemalt? Trotz meines Verbotes?!«

»Dein Verbot habe ich nicht ernsthaft aufgefasst. Es wäre auch zu dumm gewesen! Ich brauche meine Augen vor dir nicht niederzuschlagen!«

»Annemarie!«

Sie sah ihn groß und offen an.

»Du bist ein ganzer Narr! Lass mich los, wenn ich nicht schreien soll!«

Da gab er sie frei. Noch denselben Abend packte er seine Sachen. Am nächsten Morgen verließ er sein Haus. Er werde für sie und den Jungen sorgen, das solle sie nicht kümmern. Doch den Schimpf vor dem Dorfe könne er nicht ertragen. Er ginge fort, um erst überwinden zu lernen. Starr, mit glanzlosen Augen hatte sie ihn angehört, dann, als die Haustür hinter ihm sich geschlossen hatte, sank sie auf den nächsten Stuhl, schlug mit dem Kopf auf den Tisch und schrie hinaus. – – –

Der Sommer hatte sich in Winter gewandelt, ein neues Jahr war herangebrochen. Robert hatte gute Arbeit in einer anderen Hauptstadt jenseits des Gebirges gefunden. Eines Tages beim Mittagessen flüsterte ein Arbeiter, der auch aus seinem Orte war, ihm zu:

»Du, heut hab' ich deine Frau gesehen!« Und als Robert im plötzlichen Erbleichen ihn anstarrte, da setzte er lächelnd hinzu: »Brauchst nicht gleich zu erschrecken. Ich hatte in dem Ausstellungssaal zu tun, da bin ich an den Bildern entlang geschlendert. Da habe ich sie gesehen! Wunderschön! Und einen Preis hat der Maler auch erhalten.«

Robert zitterte wie ein Kind. Noch denselben Nachmittag ging er in die Ausstellung, und als er nun in das liebe, bekannte Gesicht schaute, das ihn so hell anlachte, wie einst in der schönsten Liebeszeit, das zu fragen schien mit den frohen, lebensfreudigen Augen: »Was habe ich dir denn getan, dass du mich ließest?« – da schoss es heiß in seinem Herzen auf. Und dann sah er noch eins: in den Händen hielt Annemarie das kleine, goldene Kreuz, das er ihr einst als Verlobter geschenkt hatte. Wie im Traum taumelte er aus dem Gebäude hinaus. Noch denselben Tag kündigte er die Arbeit zum Bedauern des Meisters. Dann brachte den nächsten Abend die Zeitung die Nachricht von der Rettung seines Jungen durch Annemarie. Nun hielt es ihn nicht länger in der Fremde. Über das verschneite Gebirge ging es im Laufschritt. Am nächsten Spätnachmittag würde er daheim sein. Und sie würde ihn gewiss wieder in Gnaden aufnehmen, wenn er so ehrliche Reue zeige.

Und nun grüßt ihn aus der Tiefe sein altes Heimatsdorf, die Kirche, dort der erstarrte Laufbrunnen, die Schule, der Friedhof. Es ist gut, dass es dämmert, da sehen ihn doch die Leute nicht gleich. Er rückt die Mütze tiefer ins Gesicht und eilt um die Ecke in eine Seitengasse. Dort, wo ein Lichtschimmer aus einem Fenster bricht, das ist sein Haus, da wohnt sein ganzes Glück, sein Glück, das er lassen konnte um einer heißen Wallung willen. Und da biegen auch just die drei heiligen Könige zu dem Hause hinüber. Er bleibt stehen. Nun sind sie zu Ende. Die Tür öffnet sich.

»Annemarie!« er flüstert es leise für sich im heimlichen Sehnen. »Und wie blass du ausschaust!« Jetzt ist die kleine Komödie zu Ende, und die drei Weisen aus dem Morgenlande schreiten weiter nach der Hauptstraße zu, an ihm vorüber. Er aber setzt zögernd seinen Fuß weiter, der Gestalt zu, die noch immer den Jungen nachblickt, just wie damals, da er sich kühn ihre Liebe erobert hatte. Und da geht ein Zittern durch das Weib. Nur einen Schritt weicht sie zurück, dann weitet sie ihre Arme:

»Robert!«

»Darf ich wieder kommen? Willst du mich wieder aufnehmen? Ich tat dir bitter Unrecht! Heute weiß ich's!«

Statt aller Antwort hängt sie an seinem Halse und schluchzt tief auf.

»Robert! Wie lange bliebst du aus!«

»So lange, bis es mich wie ein Finger Gottes anrührte, dass mir die Augen aufgingen!«

Drinnen im Stäbchen sitzt sie auf seinem Schoße. »Der Rudolf ist mal ins Dorf. Es stört uns niemand. Und nun kann ich's dir auch sagen, was mich immer bedrückte. Ich hätte es um deinetwillen vielleicht nicht tun sollen ... das mit dem Maler! Aber es ging alles in Ehren zu, er war ein so lustiger, lieber Mensch ... nichts ist passiert ... und wäre der Böse herangetreten ... siehst du, Robert: Dafür hielt ich doch dein liebes Kreuz in den Händen. Da konnte nichts mich anrühren ... nur dein blinder Zorn regte mich damals zum Widerspruch. Was hatte ich denn davon, dass er mich malte?«

»Schön bist du geworden, Annemarie! Als ich dein Bild sah, deine guten, lieben Augen ... da hielt's mich nicht länger in der Fremde. Da fühlte ich, wie bitter unrecht ich dir tat, dass ich damals an dir zweifeln konnte! Und dann las ich in der Zeitung, wie tapfer du meinen Jungen rettetest! Siehst auch so blass aus! Und nun weiß ich erst, was ich an dir besitze, Annemarie! Was ich mir einst so mutwillig errang ... damals ... da ich mit Krone und Stern vor dein Haus zog und dich zum ersten Male küsste!«

Sonnenwende.

Durch das Saaltal zog einsam, leis vor sich hinsummend, ein blonder, junger Mann. Zuweilen blieb er für ein paar Minuten stehen, blickte wie mit verklärten Augen in die blühende Pracht hinein, um dann still seinen Weg fortzusetzen. Dieser führte auf der Sohle des Tales zwischen hohem Riedgras hin, das von Millionen bunter

Blumen heute durchweht sich zeigte. Ab und zu drängte sich dichtes Buschwerk dazwischen; mächtige deutsche Pappeln, weit ausladend, wölbten sich darüber. Hüben und drüben leuchteten die Uferhöhen, hier in sonnigen, kahlen Kalkfelsen, dort von Waldinseln bedeckt. Zuweilen schob sich der Turm eines hellen Dorfkirchleins dazwischen, oder von steiler Bergwand grüßte trauernd ein längst geborstener Rittersitz in malerischen Ruinen hernieder. –

Einmal blieb er wieder stehen, schnürte den Rucksack fester und ließ die Augen talauf und -ab schweifen.

»Zum Dichter möchte man heute werden«, murmelte er, »wenn man nicht bereits etwas auf diesen wenig einträglichen Posten abonniert hätte. Schöner konnte der Frühling nicht Abschied nehmen, denn wie er es heut tut. Letzter Frühlingstag! Aber man soll nicht grübeln und trauern. Vorwärts! Heißt die Parole!«

Buntbemützte Musensöhne aus dem nahen Jena, von großen Hunden begleitet, schritten singend an ihm vorüber. Er lauschte ihnen nach, bis ihre flotten Weisen sacht in der Ferne verschwammen. Währenddem rollte die Sonne auf feuriger Bahn längs der Hügelwellen hin, der Fluss zu seiner Rechten gurgelte zwischen Schilf und Weiden eintönig hin, überall Leben, Bewegung, Duft, Klang und Farbenfreude. Der Wanderer blieb wieder stehen, brach von einer wilden Rosenhecke am Wege einige halb aufgeblühte rote Rosen, und betrachtete sie mit leuchtenden Augen. Und dann kam es plötzlich von seinen Lippen:

Sonnenschein auf Berg und Tal,
Rosenblühen überall,
Selig Leuchten ohne Ende,
Schönheitstrunkne Sonnenwende!

Er musste es ziemlich laut dahin geschwärmt haben. Denn plötzlich vernahm er nicht ohne Verlegenheit hinter einem rückwärts gelegenen Gebüsch einige durcheinanderwirrende Mädchenstimmen.

»Kinder! Ein Dichter ist in unser Tal herniedergestiegen! Still, still! Vielleicht verzapft er noch eine neue Offenbarung! – Wenn die Muse ihn küsst, sonst wird's gewöhnlich nichts! – Ich meine ein reeller Kuss – – Aber Martha! – Natürlich, unsere Gabriele fürchtet schon wieder eine Entgleisung! Ach, du lieber Gott! Nicht 'mal – – –«

Bei den letzten Worten war die kleine Mädchengesellschaft um das Gebüsch in den schmalen Fußpfad eingebogen, auf dem der junge Mann noch immer neben dem Rosenstrauch stand, eben damit beschäftigt, die abgebrochenen Blüten an seinem Lodenhute zu befestigen. Ein leiser Aufschrei aus erschrecktem Mädchenmunde, ein verstohlenes Kichern, dann schritt die kleine Schar Jenenser Schönen mit etwas queren Blicken an dem Wanderer vorüber! Nur eine von ihnen hielt die Augen still vor sich hin gerichtet, und als sie dem Wanderer nahe war, da hob sie ihren Blick wie von ungefähr empor, und unter langen, dunklen Wimpern fanden zwei Augen ihren Weg zu den seinen. Wenige Sekunden später war alles wieder seinen Blicken entschwunden. Nur etwas wie mühsam verhaltenes Lachen schlug noch einmal an sein lauschendes Ohr.

»Sonnenwende!«, flüsterte er, und dann fuhr er auf, wie von seiner eigenen Stimme erschreckt. »Erst läuft der Frühling Sturm auf mein Herz, und nun er scheiden muss, da gibt er seine Macht an zwei Mädchenaugen ab. Augen, die reden konnten! Unsinn, Walter Platner! Ein ander' Städtchen, ein ander' Mädchen! So will's alter Wanderbrauch! In jede vorüberhuschende Schöne sich vergaffen wollen, das heißt ja auf eine Herzerweiterung hinarbeiten. So, und damit basta!« – Und er begann ein Lied zu summen und setzte seinen Weg durch das Tal fort. –

Gestern noch in der Redaktionsstube, und heute dahinwandern dürfen durch dieses echt deutsche Flusstal! Seine Brust hob sich, seine Augen glänzten auf. Ein Jahrzehnt sank von seinem Leben zurück. Nun war er selbst wieder ein froher Student, einer der sangeslustigsten der Verbindung. Wie keck ihm die bunte Mütze saß! Und ein Glück hatte er bei den Mädchen, um das ihn zuweilen seine Kommilitonen heimlich beneideten. Doch sein Herz war frei geblieben, nur eine Fülle Lieder war aus diesen Tagen lenzfrischer Jugendwonne emporgeblüht, die er in einem Büchlein herausgegeben hatte, und die sogar Beachtung und ihm dann auch noch eine gutbezahlte Stellung bei einer größeren Zeitschrift eingetragen hatten. Wie hatte er sich aus seiner Arbeitsstube, in die nur durch einen Lichtschacht der gedämpfte Gruß des Tages mühsam drang, hinaus in die sonnige Freiheit gesehnt!

Er zog tief die balsamische Luft ein, er schwang den Knotenstock und lachte still für sich hin:

»Wahrhaftig, wie ein Junge komme ich mir vor, der in die Ferien stürmt, um nur so schnell wie möglich bei Mutters Fleischtöpfen zu sitzen. Meine Mutter heißt heute Natur, was mir den Schritt beflügelt aber Freiheit! Freiheit und – Unsinn! Aus den Augen, aus dem Sinn! Man kann doch auch 'mal mit offenen Augen träumen! Rosen und Mädchen: In diesen Junitagen blühen sie alle in gedoppelter Schönheit!« Und laut sprach er hinaus:

Viel Rosen blühn im Sonnenschein,
So wandern wir fröhlich in den Sommer hinein,
Grüßen die Heimat, schwingen den Hut:
Wandersleuten ist unser Herrgott gut!

Die Sonne stand schon tief, als Walter Platner aus den wildumbuschten Trümmern der Lobdaburg hervortrat und sich nun im Schuhe der Außenmauer zur Rast niederließ. Es sollte dies für heute sein letztes Ziel sein, ehe er im Städtchen drunten für diese Nacht vor Anker gehen wollte. Drüben im Westen ging die Sonne scheiden. Fast wie zögernd senkte sie sich zitternd zu den magisch aufschimmernden Bergwellen nieder. Aus dem Gebüsch ringsum drang der Duft der wilden Rosen, Vögel sangen im Abendscheine, leises Wehen ging einher. Manchmal schien es, als trüge der Wind Mädchenstimmen aus einem Garten unten in der Stadt herauf. Und dann lauschte der einsame Wanderer mit gedoppelter Aufmerksamkeit auf.

»Dass ich diese Augen nicht wieder vergessen kann!«, murmelte er einmal. »Eine rief: Gabriele! So kann nur sie heißen! Namen verbinden sich für mich mit ganz bestimmter Stimme und Gestalt. Gabriele!« Er schüttelte den Kopf, als wollte er weiterem Nachgrübeln energisch abwehren. »Was geht mich das Mädchen an? Morgen ziehe ich weiter, werde es niemals wiedersehen. Sei vernünftig, alter Junge! Goethe machte flugs ein Gedicht und löste damit seine arme Seele frei! Wills versuchen!« Und er starrte in die flimmernde Abendglut, und seine Seele hielt Feiertag. –

Kollernde Steine, Stimmengewirr und sich nähernde Schritte ließen ihn aufsehen. Bald darauf hielten einige Musensöhne dicht neben ihm. Sie schienen gleich ihm hier hinaufgestiegen zu sein, den Zauber dieser Abendstunde unter Trümmern zu genießen. Man ließ sich grüßend im Grase nieder, ein Wort gabs andere wieder, und als Walter Platner sich als zu derselben Verbindung zugehörig bekannte, da gab's ein Vorstellen, Händeschütteln und Nötigen, den heutigen Abend mit ihnen drunten verleben zu wollen. Flotte Jenenserinnen seien auch da, es werde ein lustiger Abend, und an Sonnenwendfeier solle es auch nicht fehlen.

»Einen Dichter muss es ja doppelt schmeicheln, wenn er erfährt, dass sogar Verehrerinnen seiner Muse sich darunter befinden!«, scherzte der eine Student.

»Du meinst Gabriele Meißner?«

»Wen sonst? Die Tochter unseres Anatomieprofessors! Der Alte hantiert mit dem Messer, sein holdselig Töchterlein verzapft Lyrik! Und für unseren neuen Freund hat sie besonders etwas übrig. Beim letzten Winterball hat sie mich stark in Verlegenheit gesetzt, dass sie mich um mein Urteil fragte, trotzdem ich – Pardon! – bis dahin nicht eine Zeile Platner gelesen hatte. Zu meiner Entlastung aber: Ich habe alles nachgeholt und werde heute Abend dem Dichter unten einen Ganzen kommen!«

Walter Platner hatte nicht lange überlegt. Ihm kam diese unverhoffte Einladung wie ein Fingerzeig des Himmels vor, den er beachten müsse, weil vielleicht ein Stück Lebensglück für ihn davon abhänge.

»Mit herzlichem Dank nehme ich als einsam fahrender Mann die Einladung an!«, rief er. »Doch unter einer Bedingung: dass ihr mich unter anderem Namen in den lustigen Kreis einführt. Es würde mir peinlich sein, eine sogenannte Verehrerin darunter zu wissen. So bleibe ich Müller oder Schulze, je nach eurer Mildtätigkeit. Einverstanden?«

»Angenommen!« hallte es durcheinander. »Das wird ja famos, wenn dann doch die Maske fällt!«

»Mit dem Gürtel, mit dem Schleier ...«, deklamierte ein anderer.

Die Sonne war längst hinter den verblassenden Höhen niedergegangen, als man die Wanderung nach dem im Abendfrieden ruhenden Städtchen endlich antrat. –

Walter Platner hatte erst nach seiner Ankunft im Gasthause sich eines Nachtquartiers versichert, sein Abendessen eingenommen, als er sich endlich in den Garten hinabbegab, aus dem ihm bereits fröhliches Lachen entgegentönte. Seine jungen Freunde von der Verbindung waren mitten im ausgelassensten Spiel mit einer Schar Mädchen, unter denen er mit raschem Blicke und hochschlagendem Herzen jene Schöne wiedererkannte, deren

Augen ihm heute drunten im Tale so eigenartig begegnet waren. Die Nacht herrschte schon lange unter den Lindenwipfeln des Wirtsgartens, der nur von wenigen schwach brennenden Laternen beleuchtet wurde. So fand er Zeit und Gelegenheit, sich erst in Ruhe die Spielenden zu betrachten.

»Herr Wirt, wie steht's mit dem Holzhaufen zum Sonnwendfeuer?« klang jetzt eine Stimme.

»Hinten am Berge ist alles bereit, meine Herrschaften,« entgegnete der Gefragte.

»Ich denke, damit hat's noch Zeit!« wurde von anderer Seite eingeschaltet.

»Natürlich, erst spielen wir noch eine Weile!« »Also, wer ist dran? Fräulein Meißner! Was soll der tun, dem dies Pfand – –« Der Redner wurde durch das Hervortreten Platners unterbrochen. Letzterer sah nur noch, wie einige Mädchen sich heimlich anstießen, zum Beweise, dass sie den Ankömmling wiedererkannten, dann hatten ihn bereits die Musensöhne fröhlich umringt.

»Famos, famos!« klang es durcheinander. »Meine Damen, gestatten Sie: Herr Walter Windheim – –«

»Verehrtes Mitglied unserer Verbindung – –«

»Legationsrat in spe – –«

»Zurzeit im Kolonialamt außerordentlich – –«

»Wahrscheinlich für Westafrika – –«

»Darf ich bitten: Fräulein Meißner – Fräulein –« Eine Reihe Namen schwirrten an das Ohr des jungen Mannes, der sich nach allen Seiten verbeugte und sich darauf zu der ihm zunächststehenden Dame wandte. Leicht lächelnd sagte er:

»Fräulein Meißner? Ich irre mich nicht: Wir sahen uns heute bereits schon einmal! Drunten – im Tale – wo die wilden Rosen blühen?« Sie hob ihre Augen. Wieder der gleiche tiefe Blick, der ihm alles Blut rascher zum Herzen trieb.

»Ich habe Sie auch gleich wiedererkannt,« sprach sie halblaut, als sollten es die anderen nicht hören. »Ich hätte Sie nicht für einen Juristen eingeschätzt, wenigstens nicht da unten – – bei den Rosen.«

»Verdammt«, dachte Platner bei sich, »dass ich mich verleugnen ließ.« Dann aber lächelte er und erwiderte:

»Man täuscht sich oft im Leben! Immer noch gut, wenn man dabei nicht gar zu schlecht wegkommt. Ich bedauere lebhaft, dass ich Ihnen in dieser Beziehung eine gewisse Enttäuschung bereiten musste.«

Sie antwortete nicht darauf, zumal auch beide jetzt ins Spiel gezogen wurden. Er war nach der ersten kurzen Unterredung mit ihr an ihrer Seite stehen geblieben und nahm jede Gelegenheit wahr, im Halbdunkel der Wipfel sie ins Gespräch zu ziehen. Er glaubte sogar mit seinem heißen Herzen zu fühlen, dass sie danach trachtete, ihren Platz an seiner Seite nicht zu wechseln und sich freute, so oft er nur das Wort an sie richtete. Ihr aber war's zuweilen, als hätte sie den hohen, blonden Mann schon lange gekannt und nach langer Trennung sähe sie ihn heute wieder. Die frische, freie Art seiner Rede, leise poetisch durchhaucht, berührte sie wie von einem Traume umsponnen, Neues und längst Vertrautes schien sich in seinen Worten zu verweben.

Die flotten Musensöhne waren durch das Erscheinen des Herrn »Assessors« in ihrer Lustigkeit noch erhöht worden. Man war wieder zu dem Pfänderspiel zurückgekehrt. Ein merkwürdiger Zufall aber wollte es, dass weder Gabriele noch Platner bisher zum Abgeben eines Pfandes herangezogen werden konnten. Kurz vor dem Schluss des Spieles sollte Gabriele aber doch noch ein Pfand der Einsammlerin einhändigen. Dann schloss man, und der pikantere Teil der Auslösung begann. Da beide nur mit dem einen Pfande daran beteiligt waren, so fanden sie jetzt noch mehr Gelegenheit, sich unbeobachtet zu unterhalten. Plötzlich aber sollte das Gespräch eine Stockung erfahren. Auf die Frage der Art des Auslösens eines neuen Pfandes hatte ein übermütiger Musensohn gerufen:

»Ein modernes Gedicht aufsagen und dann den Dichter küssen!«

Alles lachte. Stimmen wurden laut.

»Es ist ja kein moderner Dichter unter uns!«

»Schad't nichts! Dann gegen einen Baum ansagen und den küssen!« »Bravo! Bravo!«

Gabriele wandte sich an ihren Nachbar und sagte leise: »Was der Übermut alles verlangt! Meinetwegen!

In ein paar Stunden geht's in den Sommer hinein. Also ein Paar Reime auf kommende Sommerpracht!« Sie schritt gegen den nächsten Baum und begann zu deklamieren:

Rings grünes Waldgewoge,
Die Welt so licht, so weit,
Hoch über Bergeshäupten
Liegt Sommerherrlichkeit.

Ein selig tiefes Rauschen
Zieht aus dem Grunde auf:
Spann deine Flügel, Seele,
Und schwinge dich hinauf!

»Bravo, bravo!«, schallte es durcheinander. »Nun den Dichter küssen!«

»Das heißt den alten Lindenbaum,« lachte Gabriele und wandte sich zu dem nächsten Baume. In demselben Augenblicke aber, da sie zum Kusse sich anschickte, stand plötzlich Walter Platner vor ihr. Erschrocken prallte sie zurück, Ihre Augen richteten sich fast stehend auf ihn.

»Was soll das?«

»Dem Spiel sein Recht! Ich trage nicht die Schuld, aber ich bin der – Dichter! Ein kleines Maskenspiel!« Der laute Beifall der heiteren Studenten ließ ihn aufblicken. Noch einen Blick auf das Mädchen vor ihm – und er beugte sich plötzlich und berührte mit seinen Lippen ihre Hand.

»Verzeihung!«, stammelte er. »Der lauten Menge zu genügen.«

Ein Tanz im Saal schloss sich an das Spiel an. Doch so oft auch Platner versuchte, Gabriele zu gewinnen, war sie stets mit einem anderen davongeflogen. Fast missmutig hatte er sich in den einsamen Garten zurückgezogen, als mit einem Male im Hintergrunde lichte Flammen aufschlugen. Das Sonnwendfeuer war entzündet. Jubelnd drängte sich alles heran. Plötzlich sah er sich neben Gabriele. Ein Paar Herzschläge lang blickte sie ihn an. Dann sagte sie:

»Sie zürnen mir? Sicherlich!«

»Und Sie mir auch, dass ich der arme Dichter bin?«

Statt aller Antwort sah sie ihn freundlich an. »Sonnenwende! Wollen Sie sie mit mir feiern?«

Da schlang er seinen Arm um sie, und beide wirbelten um die immer höher schlagende Feuerglut.

»Sonnenwende!«, flüsterte er und sah sie im Tanze werbend und bittend an.

»Ja, Sonnenwende!«, flüsterte sie und schmiegte sich leis und fester an ihn. Und dann holten beider Lippen heimlich nach, was sie am Lindenbaume vorhin versäumt hatten.

Sonnenwende ...

Aschermittwoch.

Draußen vor dem Tore steht ein wenig zurückgezogen von den anderen Wohnstätten ein schmales Häuschen.

Es ist das Heim des einstigen Holzhauers Klett. Nach dem Tode der Eltern hausen nur noch die Schwestern Martha und Maria darinnen. Den Vater brachte man eines Abends todwund heim; ein fallender Stamm hatte ihn getroffen. Die Mutter aber hatte die zehrende Krankheit dahingerafft; sie war stets eine stille Frau gewesen, die als Erbteil das mitgebracht hatte, was seit

Generationen Opfer um Opfer in ihrer Familie gefordert hatte.

Als die beiden Schwestern nun allein waren, da hatten sie sich mit ganzer Kraft auf die Arbeit für eine Puppenfabrik des Städtchens geworfen. Nebenbei hatte Martha die Führung des kleinen Hausstandes übernommen, so lange, bis sich auch bei ihr Anzeichen der Krankheit einstellten, welche die Mutter vor der Zeit ihnen genommen hatte. Der Arzt riet strengste Schonung an. Da hatte die Nachbarin, die kinderlos geblieben war, sich angeboten, die wenige Hausarbeit des Morgens zu verrichten. Nun konnte Martha neben der Schwester stillsitzen, um eifrig Puppenhemdchen Stück für Stück anzufertigen. Ein paar Jahre hatte sie sich nun schon mühsam hingeschleppt; da war es beim Anbruch dieses Winters heftig über sie gekommen.

Nun lag Martha bereits seit November nebenan in dem einfensterigen Stübchen zu Bett, die blauen Augen fiebrig glänzend und auf den Wangen jenes verräterische Rot, welches das Volk so wehmütig-poetisch mit »Kirchhofsrosen« bezeichnet. Sie aber hoffte, hoffte mit dem heiligen Glauben, der alle Kranken dieser Art vor ihrer Auflösung wie ein weicher Himmelstrost noch einmal überfällt. Der kommende Frühling, der musste ihr Heilung bringen. Das wusste sie, daran klammerte sie sich.

Je mehr aber Martha mit ihrem Leibe sich dem Leben abwandte, umso voller, üppiger war die jüngere Maria in diesen Jahren erblüht. Sie hatte das Dunkle, Heiße, Lebenheischende vom Vater mitbekommen. Wenn sie mit ihrem Korbe durch die Gassen zur Fabrik elastisch schritt, sich weich in den Hüften wiegend, so blieb wohl manches Männerauge an ihr in heimlicher Bewunderung hängen. Und wenn sie dann und wann sonntags den Tanzboden betrat, so genoss sie Triumphe einer Königin. Es ging etwas Bannendes, heiß Umstrickendes von ihr aus, ein Durst, ein Schrei nach Lebensgenuss und Liebe.

Wie das so eintönig doch heute wieder von dem grauen Himmel herniederstockte! Maria saß in der größeren Stube am Fenster und stichelte emsig an einem grellbunten Seidengewande. Seitlich auf der Kommode lagen ein Samtmieder und eine fantastische Flitterkrone. Fastnacht war ja heute, und da wollte sie glänzen; Männerarme sollten sie heiß und werbend umfangen, Männeraugen sich in ihrem Anblicke verzehren. Gefallen wollte sie allen; nur ihr Herz, das gehörte dem einen, der vor Jahresfrist ein stattlicher Husar geworden war und den sie heute Abend auf Urlaub erwartete. Wenn er erst loskäme, da sollte mit der Hochzeit nicht mehr allzu lange gewartet werden. Mit der Hochzeit!

Maria hob bei diesem Gedanken plötzlich wie schuldbewusst den dunklen Kopf und lauschte in den Nebenraum, dessen Tür halb offen stand. Aber die Schwester schlief ja. Die brauchte gar nicht erst zu wissen, was sie heute Abend vorhatte. Es würde ihr doch nur Kummer bereiten.

Da regt es sich nebenan. Ein leiser Ruf lässt sie aufstehen und nach der Schwester schauen. Diese streckt ihr die magere Hand entgegen.

»Komm her, Maria! Setz dich einen Augenblick zu mir; du holst's ja mit der Arbeit bald wieder ein. Ich habe so schön geträumt. Ich war fast wie im Himmel! Und denk dir nur: Er war auch da, der Robert ... stattlicher geworden ... aber erkannt hat er mich gleich ... war so freundlich und gut zu mir, wie damals, da ich ihm mein Herz schenkte ... vor zwei Jahren ... ehe er in die Fremde ging! Vielleicht kommt er nun doch wieder ... nächsten Frühling ... wenn ich erst wieder aufstehen darf ... wenn ich ganz gesund bin!« Ein schwaches Lächeln überzieht ihr fiebriges Gesicht, und sie drückt der Schwester Hand fester. »Ach, der dumme Husten!« Abgewandt hat Maria der Schwester zugehört. Seltsam fliegt es über ihr Gesicht. Als der Hustenanfall vorüber ist, fährt die Kranke fort: »Robert König! Wie stolz das klingt! Es muss eine Seligkeit sein, seine Königin zu werden! Dann sollst du es auch wieder besser haben, Maria, nicht mehr so viel arbeiten ... wie jetzt ... für zwei! So, und nun gib mir die Bibel; ich möchte lesen, damit ich dich nicht länger aufhalte.«

Maria ist aufgestanden, hat ihr die Bibel aus der Nebenstube geholt und begibt sich dann wieder ans Fenster.

»Sie quält mich mit ihren Worten, und ich bin doch unschuldig daran! Ich bin nicht zur Verräterin an ihr geworden, nahm nur hin, was ich nicht mehr abweisen konnte.« Eine Weile starrt sie in das Flockengetriebe, dann setzt sie ihre Nadelarbeit fort.

Aus der Nebenstube aber erklingt leise eine hoffende Stimme.

Marias Augen gehen unruhig hin und her. Als wieder ein Hustenanfall die Lesende unterbricht, da ruft sie bittend: »Du solltest dich schonen, das Sprechen strengt dich an!«

Nach einer Weile ein heimlich klingendes Lachen; dann vernimmt Maria:

»Ja, du wirst mit deinen Augen deine Lust sehen und schauen, wie es den Gottlosen vergolten wird!«

Maria hält in ihrer Arbeit inne; sie fährt sich wie verwirrt über die Stirn, scheue Blicke nach der Krankenstube werfend. Drinnen sinkt das Vorlesen zum Gemurmel herab. Dann noch einmal klingt es laut wie ein befreites Aufjauchzen: »Denn er hat seinen Engeln befohlen über dir, dass sie dich behüten auf allen deinen Wegen. Dass sie dich auf den Händen tragen, und dass du deinen Fuß nicht an einen Stein stößest.« Maria hört, wie die Kranke sich im Bette lebhafter regt. Wie im eigenen Selbstgespräch flüstert sie vor sich hin. Und einmal vernimmt die Horchende deutlich nur das eine Wort: »Königin!« Und dann nach einer Weile: »Ach ja, das wäre schön! – So – schön!« Dann wird's ganz still. Wieder ist die Schwester in Schlummer gesunken.

Sie schläft noch, da der Abend sich längst auf die Erde niedergesenkt hat. Ein paar Mal hat sich Maria leise zur Tür geschlichen, den Atemzügen der Kranken zu lauschen. Dann beginnt sie, sich zum Fastnachtsfest zu schmücken. Wie der volle Busen sich gegen das schnürende Mieder bäumt, als wolle das Herz springen im Vorgefühl nahender Lust! Und nun die Flitterkrone auf, unter der ihr Haar sich wie dunkle Schlangen hervorkräuselt, um die Schläfen irrt und in den gewölbten Nacken sich verliert! Ja, sie ist schön, heute Abend doppelt schön! Jeder Aufblick in den Spiegel sagt ihr dies mit gesteigerter Macht und Überzeugung.

Noch einen Blick in den Spiegel, dann noch einen in die Nebenkammer; schnell huscht sie hinaus. Draußen hängt sie sich den weiten Thüringer Mantel über, dann schleicht sie ganz leise aus dem Hause. Drüben bei der Nachbarin pocht sie flüchtig an, lässt sich bewundern und empfiehlt der alten Frau, doch heute Abend noch einmal nach der Schwester zu sehen. Dann hinaus in das Flockengetriebe!

Die Nachbarin ist nach einer Stunde in das Häuschen der Schwestern gegangen. In der dunklen Stube hat sie sich auf den Fußspitzen bis zu der Kammertür geschlichen. Neben dem Bette brannte die Nachtleuchte. Mit geschlossenen Augenlidern lag Martha da, schlafend und im Antlitz den Ausdruck stillen Glückes. Da ist die Nachbarin wieder hinübergehuscht.

Es mochte gegen Mitternacht sein, als Martha erwachte. Sie rieb sich die Augen. Hatte sie denn vorhin geträumt? Oder mit wirklichen Augen gesehen? War nicht eine herrliche Erscheinung mit einer bunten Krone im dunklen Haar an der Tür gewesen und hatte herüber nach ihr geblickt? Schön wie eine Königin? Und das Angesicht fast wie die eigene Schwester? Es war wohl nur ein Traum gewesen?

»Maria!« Keine Antwort. Es war wohl schon spät und die Schwester hatte sich oben im Giebelstübchen zu Bett begeben.

Martha richtete sich mühsam auf. Eine so sonderbare Unruhe quälte sie. Aber rufen wollte sie doch nicht. Es würde auch wieder vorübergehen. Es ging ja überhaupt viel besser denn früher. Noch ein paar Monate, da war der Frühling da, da wollte sie aufstehen, in die warme Luft gehen ... in den Wald ...

Wieder dies aufkeimende Angstgefühl! Sie tastete nach dem Nachttisch, auf den sie gegen Abend die Bibel niedergelegt hatte. Darinnen wollte sie wieder lesen.

Sie zitterte ein wenig, als sie das schwere Buch zu sich heranzog. Und noch ehe dies vor ihr zu liegen kam, da glitt ein zusammengefalteter Brief aus den Seiten. Schon wollte Martha das Schreiben wieder hineinlegen, da fiel ihr Blick auf die Schriftzüge. Und dann fuhr es ihr wie ein Schlag durch den Leib. War das nicht seine Hand, die es geschrieben? Seine, die einst so manches Mal liebe Worte gesandt, die nun seit Jahr und Tag sich nicht mehr geregt hatte!

Mit bebenden Händen entfaltete sie das Schreiben. Von ihm!

»Heißgeliebte Marie!

Ich habe nun doch drei Tage Extraurlaub erhalten und komme zu Fastnacht gegen Abend an. Ich freue mich unbändig, Dich wieder in meinen Armen zu halten, Dir von den Lippen all Deine Liebe zu küssen. Sehnsucht ist ein dummes Ding. Und schön wirst Du aussehen, wie eine Königin! Ich zähle schon die Stunden und grüße Dich bis dahin vieltausendmal als Dein getreuer

Robert König.«

Ein weher Schrei hallte durch das einsame Gemach, schrill, herzzerreißend. Das letzte Abschiedswort an dies Leben! Mit hartem Aufschlag fiel die Bibel über die Bettdecke zur Diele nieder. Die linke Hand zerknitterte das Papier, während die Rechte wie anklagend sich zum Himmel emporhob.

Noch ein Schütteln, ein verwehendes Zittern, dann war alles still. In der großen Stube tickte die Wanduhr eintönig hin und her, und draußen rieselte es in dichten Schleiern hernieder.

Gegen Morgen war es, da Maria heimkehrte. Robert hatte sich bis in den Hausflur mit eingedrängt. Da hielten sie sich fest umschlossen und tranken Leben und Liebe in verzehrenden Küssen. Endlich aber schob sie den Geliebten sacht hinaus.

»Wenn sie es hörte, Robert! Ich könnte sie nie wieder anblicken! Geh, geh!«

»Auf Wiedersehen morgen!«

»Ja, ja! Auf Wiedersehen! Morgen! Gute Nacht, Robert!«

Leise fiel die Tür ins Schloss. Draußen hängte Maria den Mantel wieder an die Wand, dann machte sie Licht. Im nächsten Augenblick trat sie in die Krankenstube.

Schlief Martha? Ein Schritt näher! Die Augen starr, weit aufgerissen, als könne sie etwas Unerhörtes nicht fassen, die Rechte anklagend zum Himmel erhoben, wachsbleich, so lag die Schwester vor ihr. So war sie aus dieser Welt hinüber in die Ewigkeit gegangen. Ohne ein letztes Wort; ohne Versöhnung.

»Martha! Martha! Vergib mir!«

Mit einem wilden Schrei brach die Fastnachtskönigin neben der Bibel vor dem Totenbette zusammen.

Draußen unterdessen brach im Osten zögernd die Morgendämmerung des Aschermittwochs an, der graue, trübe Abschluss aller tollen Ausgelassenheit und hungriger Lebensfreude.

An der Reling.

Wie ein stolzer, weißschimmernder Riesenschwan durchfurcht ein Dampfer die blauen Wogen des weit sich dehnenden Atlantischen Ozeans. Es ist ein »Deutsch-Ostafrikaner«, welcher, von Hamburg ausgehend, Menschen und Güter an verschiedenen europäischen Häfen aufnahm, um sie nun, nach einem Anlaufen noch in Neapel, hinüber zu den einzelnen Landen und Gebieten des dunklen Erdteiles zu führen.

Vor gut einer Stunde ist der rote Sonnenball aus der Tiefe der wallenden Flut aufgestiegen und füllt nun alles mit seinem wundersamen Lichte zwischen Himmel und Wasser. Auf dem Hauptdeck ist's um diese Morgenstunde noch recht still. Die Klappsessel und Korbstühle stehen verwaist nebeneinander. Da und dort liegt ein vergessenes Buch darauf, mehr vom Anfassen denn vom Lesen ein wenig abgenutzt. Es träumt sich so behaglich in diesen Stühlen, während die Hand, dem Stuhlbesitzer einen gebildeten Anstrich zu geben, gehorsam das Werk irgendeines Modeschriftstellers halten muss! Hier am Deck, längs der Stuhlreihen und an der Reling, der Schutzbrüstung, welche das Deck umzieht, spielt sich tagsüber bis tief in die Nacht das Leben an Bord ab, bis die Sterne heraufgezogen sind und das geheimnisvolle Meeresleuchten beginnt. Gegen die Reling gelehnt, starrt man hinaus über das ewig bewegte Meer, lauscht seinem Atem, sucht nach aufkommenden Schiffen, wenn eine Rauchsäule, ein wachsendes Segel am Horizonte sichtbar wird, und denkt der fernen Heimat, wenn es wieder in der Ferne allmählich verschwindet.

Ein wundersamer Platz zum Sinnen und Träumen, die wandernde Sonne auf ihrer himmlischen Reise mit dem Auge zu begleiten, bis sie wieder zitternd hinabtaucht, und nun über die Flut, den Himmelsraum darüber Purpurwellen schießen, eine Sinfonie von Farben in unsäglicher Pracht und Schönheit anhebt!

In diesen einsamen Morgenstunden ist's am schönsten droben auf Deck. Die Mehrzahl der Passagiere birgt sich noch in den Kabinen. Der Tross dienender Kräfte an Bord ist mit Scheuern und Putzen beschäftigt, rückt die Tassen zum Morgenkaffee oder Tee drunten im Speisesaal in Schlachtordnung oder ist sonst wie tätig, ehe die verschiedenen Decks und Versammlungsräume sich zu beleben beginnen.

Längs des Decks erster Klasse, Backbordseite, wandeln drei schwarzgekleidete Männer in frommer Morgenandacht auf und nieder, portugiesische Missionare, für die afrikanische Kolonie bestimmt. Manchmal hält der eine oder andere im Gange inne und blickt über die unbegrenzte Wasserbahn, über welche das junge Tagesgestirn immer breitere Feuerströme ausgießt. Der Anblick der Natur in ihrer reinen Schönheit bannt seine Seele doppelt.

An der Reling steht, leicht angelehnt, ein hoch und schlank gewachsener junger Mann. Ein freies, offenes, fast rosiges Gesicht mit auffallend großen mattblauen Augen, die Klugheit und Herzensfreundlichkeit verkünden. Ein fuchsblondes Bärtchen ziert Kinn und Oberlippe. Ein ganz licht gestreifter Anzug schließt sich eng um den elastischen, muskelgestärkten Körper. Das kurz geschorene Haar deckt eine blaue Seemannsmütze. Er ist seit Hamburg fast immer der erste des Morgens auf Deck. Erst seit Lissabon, wo mit einem Trupp portugiesischer Offiziere und buntem Auswanderertross auch die drei schwarzen Missionare das Schiff betraten, erhielt er als Frühaufsteher Gesellschaft. Doch die frommen Männer stören ihn nicht weiter. Fast wie Trappisten geben sie sich im Verkehr. Ein kurzer Gruß, ein leises, bescheidenes Kopfneigen ... dann sind sie wieder mit ihrem Gott allein, ihrer Andacht, ihren Hoffnungen und stillen Entsagungen. Und er kann weiter träumen, sich berauschen an Schönheitspracht, an schwellender Jugendkraft.

Ein Leuchten geht durch seine mächtigen Augen. Er strafft sich empor, seine Rechte grüßt das funkelnde Meer, die italienische Weise, welche er bisher halblaut vor sich hinsummte, tönt jetzt wie ein Jubel von seinen Lippen. Die Männer Gottes hören es ja nicht. Die wandeln drüben steuerbordlinks und murmeln ihr Gebet. Nur sein Ohr vernimmt das heraufbrausende Lied, das lauschende Meer und der große, schaffende, ewige Geist dort oben. »Aber, Onkel Dimetri! Du bist ja so lustig?«

Ein Knirps von ungefähr acht Jahren steht in holländischer Soldatenuniform hinter ihm und blickt mit seinen runden, braunen Kulleraugen ihn halb verwundert, halb belustigt an.

Der Angeredete dreht sich um. Ein Lächeln fliegt über sein jungmännliches Gesicht.

»Ah! Guten Morgen, Hans! Natürlich bin ich lustig! Kann man denn anders sein? Er hebt den kleinen Burschen mit steifen Armen hoch vor sich hin. »Da, Bengel, schau hinaus! Das ist das weite Weltmeer, das seit ungezählten Jahrtausenden unsere kleine Erde umbraust, und da droben, da lacht und leuchtet wie im Feiertagsglanze der ewige, herrliche Himmel ...«

»Der ist noch älter als alles Wasser und alle Erde!«, schaltet altklug und bestimmt der kleine Mann ein.

»So, so? Woher weißt du denn dies?«

Groß schaut ihn der Bube an.

»Aber, Onkel Dimetri! Da drin wohnt doch der liebe Gott! Der hat doch erst die Erde und das Meer gemacht. Hast du das nicht gelernt?«

»Hast recht, hast recht, mein Junge!« Und dann drückt er plötzlich den Kleinen an seine Brust und küsst ihn auf den frischen Mund. »Wie konnt' ich nur nicht gleich daran denken?!«

Der Junge ist ihm aus den Armen geglitten und steht nun stramm und militärisch grüßend vor ihm.

»Guten Morgen! Siehst du, bald hatten wir das vergessen.«

»Richtig, unsere Abmachung!« Er schlägt die Hacken zusammen, richtet sich steif auf und legt die drei Finger der rechten Hand an die Schläfe. »Guten Morgen, Herr Hauptmann!«

Ein seliges Lächeln verklärt das liebe Gesicht des Jungen.

»Onkel Dimetri, das musst du aber auch jeden Morgen so machen! Nicht? Siehst du, deshalb stehe ich ja auch immer so früh auf, weil ich weiß, dass du der erste draußen bist. Die anderen sind alle Langschläfer ... nur wir beide ... ach, ja! Dann die drei Schwarzen .. aber die rechne ich nicht ... die wollen nichts wissen von einem Soldaten.«

»Nun gar von einem so tapferen, wie du bist! Was, Hans?«

»Nein, das bin ich nicht ... aber werden will ich's einmal, Onkel Dimetri. Wenn ich groß geworden bin! Wir waren länger als ein Jahr jetzt in Deutschland ... weißt du, wegen der bösen Engländer. Ach, Papa hat so oft traurig ausgesehen und einmal hat er geweint ... alles hat geweint, wo wir wohnten ... Sie haben nämlich unser liebes Haus verbrannt ... alles zerstört ... vielleicht auch, wo Mutter begraben ist ... Darum haben sie alle geweint ... aber das weiß ich, wenn ich erst so groß bin wie du, Onkel Dimetri, dann schlage ich alle Engländer tot und die anderen jagen wir aus dem Lande. Brauchst gar nicht zu lachen! Das habe ich mir fest vorgenommen. Papa weiß es auch schon! Siehst du, und der hat nicht gelacht wie du ... der hat mich auf den Schoß genommen und hat mich geküsst und hat gesagt: ›Recht so, Hans!‹ hat er gesagt. Ja! Und dann hat er noch gesagt, aber ganz heimlich und leise: ›Das Burenland müsse wieder frei werden und durch uns!‹ durch uns, Onkel Dimetri!«

»Hat er das gesagt, Hans? Und hat er dich geküsst? Nun, siehst du, Junge, das will ich auch tun.«

Er hebt den Knaben in die Höhe. Augen tauchen strahlend in Augen.

»Ja, ja! Sag auch ich, Hans! Wenn du groß wirst ... dann, dann!« Und er küsst den Jungen herzlich. »So, und nun komm, kleiner Hauptmann! Nun wollen wir mal auf die andere Seite patrouillieren, ob da vielleicht der Feind steht. Komm!«

»Die Engländer, Onkel Dimetri?«

»Nicht so laut doch, Junge! Engländer sind wirklich an Bord.«

»Wollen wir sie nicht töten?«

»Heute noch nicht, Hans! Auch morgen nicht! Wenn du groß geworden bist, reden wir einmal darüber. Komm!«

Er fasst den Kleinen an, und so wandern sie hinüber Hand in Hand zur anderen Seite des Oberdecks. Die drei Missionare sitzen in ihre Gebetbücher vertieft auf einer Bank und schauen gar nicht auf. Plötzlich stockt der Schritt des jungen Mannes. Er tritt dicht an die Reling und blickt scharf hinüber nach Süden.

Dann hebt er seinen kleinen Begleiter auf den Arm.

»Hans!«

»Na? Was denn?«

»Ich will mal sehen, ob du schon etwas in der Schule gelernt hast. Wie viele Erdteile gibt's?«

»Fünf!«

»Richtig! Und in welchem liegt euer Burenland?«

»In Afrika!«

»Bravo! Wieder richtig! Nun sieh mal dort hinüber ... dort, wohin ich jetzt mit dem Finger zeige. Na, kannst du was erkennen?«

Der Kleine blickt eine Weile forschend über das blaue Wellengewoge, dann sieht er den Frager mit leuchtenden Augen an.

»Ja, Onkel Dimetri! Erst dacht ich, 's war ein Schornstein, dann wieder ein Schloss auf einem Berge, wo die alten Könige wohnen ... weißt du, mit so langen weißen Bärten ... auf dem Kopfe eine goldene Krone ...«

»Und in der Hand Zepter und Reichsapfel!«, lacht der junge Mann.

»Ja, ja, so ist es ... so steht's auch in meinem Buche. Jetzt aber sehe ich, es ist wohl ein hoher Felsen dort drüben ...«

»Gewiss, Junge! Ufer ist's ... Ein Felskap ... Afrika, Junge, Afrika!«

»Afrika? Onkel Dimetri, ist das wahr? Wirklich, Afrika? Wo unser ... Wirklich?«

»Wirklich und wahrhaftig, Hans!«

Der Junge reißt sich stürmisch aus den Armen los und gleitet zu Boden. Sein Gesicht glüht, die schönen braunen Augen verraten eine Welt von Empfindungen.

»Afrika?!«, ruft er, »Das muss ich Papa sagen, aber gleich. Wir kommen doch immer näher ... siehst du, Onkel Dimetri, da kann er vielleicht unser Burenland schon von Weitem sehen ... das Er so lieb hat ... wo unser Haus ... die Mutter ... komm, komm mit hinüber!« Er packt den jungen Mann bei einer Hand und reißt ihn stürmisch mit vorwärts. Sie klettern eine steile Treppe hinab zu dem zweiten Deck, hier zwischen Rahen, Taurollen, Rettungsbooten und Kisten hindurch, bis zu dem Eingang der Kabinen zweiter Klasse.

»Papa scheint noch nicht auf«, sagt der Kleine halb enttäuscht. »Da muss ich ihn aber holen. Adieu, Onkel Dimetri! Ich komme hernach wieder. Hörst du?«

Er verschwindet, während »Onkel Dimetri« eine nahe Treppe emporsteigt, welche zu dem Log führt. Hier an der Reling zu stehen und in das Kielwasser hineinzublicken, in welchem sich Seil und Flügelschraube des Log unaufhörlich im Wirbel drehen, die Knotenzahl der Fahrt zu bestimmen, das bereitet ihm seit Beginn der Fahrt ein großes Vergnügen.

Dicht am Log steht eine schlanke, blonde Mädchengestalt, im tiefen Sinnen hinein in das fort und fort sich erneuernde aufschäumende, quirlende Wogengetriebe starrend. Erst als der Ankömmling dicht hinter ihr ist, wendet sie sich hastig um. Ein leises Erröten fliegt über das schmale Gesicht, in dem ein paar tiefblaue Augen verträumt ruhen.

»Guten Morgen, Fräulein Gabriele! Auch schon auf? Wir sind ein Paar Frühschwalben, wie's mir scheint.«

»Guten Morgen, Herr Doktor!« Sie reicht ihm ihre Hand, welche er freudig und lebhaft drückt. »Aber sagen Sie lieber nur ›Frühaufsteher‹! Die Erinnerung an den schönen Sonnenuntergang gestern Abend zog mich

317

so bald wieder hierher. Die halbe Nacht musst' ich daran denken. Und dann träumte ich so dummes Zeug zusammen. Da war ich froh, als der Morgen heraufkam. Mit der Schwalbe aber stimmt's nicht. Schwalben verlassen, wie wir, die Heimat, wenn es herbstelt. Aber sie kehren doch wieder ... sie werden ihr nicht ungetreu ... wie ich!«

»Im Herzen sind Sie's ja auch nicht!«

»Das wäre auch unnatürlich! Aber ich gehe doch fort ... lange fort ... wer weiß: vielleicht für immer. Eine Waise, die keinen festen Boden hat, zieht in ein fremdes Land ... fremde Kinder zu unterrichten ... und wenn sie mich dann deutsch umplappern ... ich weiß es ... dann wird mich die Sehnsucht doppelt nach der alten Heimat anfassen. Können Sie sich das nicht ausdenken?«

»Eigentlich nicht! Erschrecken Sie doch nicht gleich. Ich bin trotzdem kein Barbar, möchte es wenigstens doch in Ihren Augen nicht sein. Was kann denn ein armer Kosmopolit dafür, wenn sein Herz nirgends feste Wurzeln schlug, wenn ihm überall Heimat dünkt, wo die Freiheit wohnt, wo die Schönheit ihm in Natur und Kunst entgegenatmet? Ich bin monatelang einsam durch den Kaukasus geritten und fühlte mich heimisch und wohl in schweigender, majestätischer Öde; über ein Jahr ging ich wissenschaftlichen Zwecken im fernen Afrika nach ... und Afrika ward mir Heimat. Sie können es nicht fassen? Und doch ist's so! Bedenken Sie doch! Meine Mutter eine Altrussin, mein Vater ein deutscher Gelehrter zu Rom, ich bald hier, bald dort erzogen, ein halbes Dutzend Sprachen wie meine Muttersprache beherrschend ... wie kann's da wohl anders kommen?«

»Wie schade!« Sie sah ihn fast mitleidig an.

»Vielleicht, Fräulein Gabriele! Vielleicht auch nicht. Ich kann nicht mal von einer eigentlichen Muttersprache bei mir reden. Je mehr aber ein Mensch sich in die Denk- und Fühlweise anderer Völker vertieft, ihre Sprache mit zu der Seinigen macht, umso leichter und sicherer gräbt er auch vieles ab, was ihn sonst fest mit der eigenen Heimat verband. Ich habe für meine Person keine Heimat mitbekommen. Dafür aber Tatendurst und Jugenddrang. Der Gedanke, mich irgendwo, irgendwie binden zu sollen, raubt mir fast den Atem!«

Sie hatte sich bei seinen letzten Worten ihm halb abgewandt und blickte wie in eigenen Gedanken wieder auf das rastlos wirbelnde Log in dem zuckenden, strudeln- den Wogengemisch. Er folgte ihren Blicken, indem er sich neben sie an die Reling lehnte. Eine kleine Pause war eingetreten. Als ob diese ihr peinlich werden könn- te, unterbrach sie das eingetretene Schweigen.

»So ruhig atmet das weite Meer«, sagte sie, ohne auf- zublicken. »Nur das winzige Ding da unten zappelt und wirbelt unaufhörlich.«

»Zählt Knoten auf Knoten!«

»Oder Stunde um Stunde ... wie ein unruhiges Men- schenherz!«

»Es ist so schön von Ihnen,« entgegnete er heiter und suchte ihr blasses Gesicht, »dass Sie alles beseelen mit Empfindungen. Da drüben,« er deutete auf das erhöhte erste Deck, »da wimmeln so viele Larven umher, gähnen hinter den Büchern, heucheln Andacht, wenn die Sonne untergeht und rollen verzückt die Augen, wenn der Pfiffikus Mond aus dem Wasser steigt. Im Grunde rührt gar nichts an ihr Herz. Nur wenn die Trompete zu Tisch ruft. Dann herrscht wahre Begeisterung. Aber die Natur bleibt den meisten ein Buch mit sieben Siegeln. Wenn's die Bildung nicht verlangte, würden sie mit Freuden die Masken abwerfen.«

»Seien Sie doch nicht so hart und ungerecht, Herr Doktor!«

»Ich bin ja auch sonst fein still, Fräulein Gabriele, so artig und sittsam, besonders abends im tadellosen Smoking. Aber bei den Wilden in Afrika war's mir oft wohler. Naturkinder! Sie hatten doch einen Gott, den sie verehrten. Ob's nun die Sonne war oder ein Brotbaum: einerlei! Sie empfanden doch Dankgefühl und Andacht! Die Götter da drüben tragen zumeist ganz andere Namen!«

»Was soll ich Ihnen darauf erwidern?«

»Nichts! Nichts, als dass Sie mir versprechen, mir Ihre beglückende Zuneigung zu erhalten, zu dulden, dass ich manchmal herüberkomme, Sie zu ärgern, zu langweilen, zum Widerspruch zu reizen ... weiter nichts! Wollen Sie das, Fräulein Gabriele?«

»Ob ich will?« Sie sah ihn offen und innig an. Dann reichte sie ihm ihre Hand. »Kommen Sie, wenn Sie's herüberzieht. Das Log und eine heimatlose Lehrerin heißt Sie stets herzlich willkommen! Ist mir's doch immer, wenn ich neben Ihnen an der Reling plaudere, als hätte ich noch ein Stück Heimat unter den Füßen.«

Er hielt ihre Hand noch in der Seinigen. Nun beugte er sich galant und drückte rasch einen Kuss auf ihre Finger.

»Tausend Dank! Wenn ich's auch nicht verdiene! Hören Sie die Trompete von Jericho blasen? Es geht schon wieder einmal zum Essen. Auf baldiges Wiedersehen!« Er verbeugte sich leicht und verließ das Deck.

Sie wandte sich nicht noch einmal nach ihm um. Mit ernsten, wie nach innen gekehrten Augen starrte sie hinab auf die Logschraube.

»Stunde um Stunde!«, flüsterte sie. »Bis er von dannen geht!« –

Es war um die Mittagsstunde, als die kleine Schiffskapelle zur Feier des heutigen Sonntags auf dem Hinteren Oberdeck, sodass auch die Passagiere der zweiten Klasse die Klänge vernehmen konnten, ihre lustigen Weisen ertönen ließ. Heiliges und Unheiliges durcheinander, und so jedem etwas bringend. Hüben wie drüben promenierte man, plauderte, lachte und freute sich des goldenen Tages, in dessen leis flimmernde Südluft die frischen, hellen Töne wie Lerchenwirbel hin ein flatterten.

Gabriele saß bequem in einen Korbstuhl hingelehnt. Ein Buch, halb zugeklappt, ruhte in ihrem Schöße. Die Hand, welche es hielt, war hinabgesunken, ohne dass sie es eigentlich empfunden hatte. Selbst als ihre ernsten Augen noch scheinbar über die Druckzeilen glitten, waren ihre Gedanken bereits auf die Wanderung gegangen, heimliche Flüchtlinge, welche still aus dem Bann fremder Fantasie in ihr eigenes Traumland hinüberhuschten. Und willig folgte sie ihnen. Vielleicht war die Musik daran schuld! Vielleicht auch ein anderes. Sie fragte, und forschte nicht danach. Sie gab sich willenlos dem Zauber dieses Träumens hin. Die ersten Tage hatte sie es bewusst und willensstark abgeschüttelt, dass immer wieder sein Bild all ihr Denken kreuzte. Sie hatte sich gescholten und belächelt. Dann aber war sie machtlos geworden. Die Heimat hinter sich, eine dunkle Zukunft vor sich, warum sollte sie sich länger in Selbstqual verzehren? Warum nicht wenigstens in diesen kurz bemessenen Tagen einem heimlichen Glücksgefühl sich hingeben, es auskosten, bis alles zischend niedersank, wie ein Meteor in ewige Wassertiefe? Der Schmerz, die Leere und Öde blieben ja doch nicht aus.

Die Plauderstunden an der Reling, goldene Sonnenuntergänge ... süße Mondnächte ... wenn die hüpfenden Wellen Silbergrüße zu ihnen heraufsandten, tiefes, seliges Schweigen der endlosen Weite sie beide, wie mit weichen Armen unsichtbar umfing! Dass er das Klopfen ihres Herzens nicht vernahm? Die heimlichen Tränen sah, welche ihre vereinsamte Seele weinte?! Aber er blieb immer derselbe: heiter, offen, vertrauend, ritterlich und anteilnehmend.

Und dann jener Abend! Schiffsbau ward angesagt. Die Musik schmetterte ihre luftigen, prickelnden Weisen. Hüben und drüben ward getanzt. Sie stand abseits im Dunkel am Log. Da kam er! Aufgeräumt, strahlend, vollste Jugend ausströmend. Nur einen Pflichttanz mit seiner Tischnachbarin habe er sich »geleistet«, lachte er, dann sei er herübergeeilt. Nun solle sie mit ihm tanzen, nicht so der Freude sich entziehen. Ihr Herz stünde nicht danach. Dann wollte er auch nicht, war seine Entgegnung. Doch zuschauen, das sollte sie ihm nicht abschlagen. Beim nächsten Walzer lag sie doch an seiner Brust und Schiff, Meer, Sternenhimmel, Heimat, Zukunft: Alles verschwamm zu einem einzigen überseligen Taumel unsäglichen Glückes.

Horch! Klang jetzt der gleiche Walzer herüber wie an jenem Abend?

Unwillkürlich wandte sie in ihrer liegenden Stellung den Kopf seitwärts. Dann ging es wie ein leichter Schauer über sie. Da oben stand er an der Reling erster Klasse neben jener schönen Belgierin, deren schwermütige, braune Augen er ihr einmal begeistert geschildert hatte. Mit der Begeisterung eines künstlerisch empfindenden Mannes wohl! Aber daran dachte Gabriele jetzt nicht. Sie empfand nur etwas wie stechenden Schmerz. Er sah so übermütig aus, sie fühlte ordentlich, wie Geist und Fantasie bei ihm sprudeln mochten, obwohl sie seine Stimme nicht vernahm. Seine Stimme, welche noch in ihr nachtönen würde ... nach Jahren ... wenn Hunderte Meilen sich zwischen sie und ihn legen würden ...

»Tante Gabriele! Tante Gabriele!«

Der kleine Hans war es, welcher aufgeregt sich ihr näherte. »Hast du's denn noch nicht gesehen? Ein Vogel ... ich glaube wohl, eine Schwalbe wird's sein ... hat sich verflogen. Da unten sitzt sie auf den Tauen ... sieh doch nur einmal auch hinunter! ... sie muss einen kranken Flügel haben ... ein Stückchen stiegt sie fort und dann ist sie gleich wieder da! Na, jetzt siehst du sie gewiss?«

»Freilich, Junge! Und wirklich eine Schwalbe! Das arme Tierchen!«

»Nicht wahr? Ja, sie ist krank. Weißt du, Tante, ich werde sie fangen und dann bringe ich sie dir oder dem

Onkel Dimetri ... und dann pflegen wir sie, bis sie wieder gesund ist. Meinst du nicht?«

»Die lässt sich nicht so leicht fangen, Hans! Ihre Furcht treibt sie fort, ehe du ihr nahe bist.«

»Ach was! Ich sage dir, Tante, ich fange sie doch.« Und vertraulich setzte er hinzu: »Siehst du, die Engländer müssen ja auch wieder aus dem Burenlande! Ha! Papa sagt so oft, es geht schließlich alles, wenn man nur will! Also, ich bringe dir die Schwalbe!«

Er stolperte die steile Treppe hinab zum Zwischendeck und schlich sich auf den Fußspitzen näher zu dem noch immer auf einer Taurolle rastenden Tierchen. Gabriele verfolgte lächelnd jede seiner Bewegungen. Dieses kleine Zwischenspiel hatte wie ein Sonnenschein trübes Gewölk zerteilt. Von den anderen Passagieren achtete keiner auf des Kleinen Feldzug. Jetzt war er heran. Ein zuckender Griff – husch! Da saß das Tierchen bereits auf dem Bordrand. Hans wandte sich nun nach Gabriele, hob den Zeigefinger empor und lächelte verschmitzt, als wollte er sagen: Das erste Mal kann's jedem passieren, jetzt aber soll's mir schon gelingen. Ein Haufen Holz lag gegen den Bordrand an dieser Seite des Schiffes aufgestapelt. Auf dieses kletterte jetzt der Kleine geschmeidig wie eine Katze.

Gabriele wollte ihm zurufen, abzustehen von seinem Versuche, den Vogel einzufangen; doch das Schauspiel selbst übte einen bannenden Eindruck auf sie.

Hans schob sich in Höhe der Bordumrandung lautlos vor. Dann hielt er einen Augenblick inne. Das Tierchen hockte kaum noch anderthalb Fuß vor ihm, den kleinen dunklen Kopf meerwärts gerichtet.

Und nun ... Gabriele sah nach dem ausgestreckten Arm des Jungen ... im nächsten Augenblick war der letztere verschwunden. Hatte er das Gleichgewicht verloren, war einer der Holzstämme ein Stück ins Rollen gekommen?

Sie war aufgesprungen und mit gellendem Schrei zur Treppe geeilt.

»Rettet, rettet! Der kleine Hans ist ins Meer gestürzt!«

Die Musik brach jäh ab. Gruppen erregter Menschen stauten sich auf allen Seiten.

»Wo? Wo?« vernahm sie eine Stimme.

Gabriele kannte sie nur zu gut.

»Dort, dort!« Wie eine Verzweifelte stieß sie es aus, mit dem Arm die Richtung weisend.

Sie sah noch, wie droben *Dr.* Hellmann sich durch die Menge drängte, seinen Rock von sich schleuderte ... dann ein Sprung ... Aufklatschen im Wasser ... der Retter teilte die Wellen, um seinen kleinen Hauptmann dem Tode zu entreißen.

Der Dampfer hatte bereits gestoppt. Einige Matrosen waren dabei, ein Rettungsboot klar zu machen. Sonst herrschte tiefstes Schweigen. Wie eine erschütternde Lähmung war es über alle gekommen. Gabrieles Hände aber hatten sich zu heimlichem, heißem Gebet gefaltet.

Das Rettungswerk war gelungen. Gabriele hatte den bewusstlos gewordenen Knaben mit tränenfeuchten Augen dem verzweifelt harrenden Vater in den Arm gelegt und war ihm dann zur Kabine gefolgt, dort ihm behilflich zu sein. Nur ein Blick, ein langer, dankbarer, traf den tapferen Retter, der sich lachend schüttelte und dann den beglückwünschend Herandrängenden schleunigst durch die Flucht entzog. Das Schiff aber setzte wieder seine Fahrt fort durch die aufrauschenden Wogen; die Sonne sendete mittägliche Feuerströme nieder, und der reine, tiefblaue Himmel spannte sich wie ein leuchtender Triumphbogen über Afrika und Europa, zwischen deren felsstarrenden Uferklippen es ostwärts nun hinein in das Mittelländische Meer ging.

Der Schiffsarzt hatte ein starkes Fieber bei dem Kleinen festgestellt und mit dem Vater desselben dankbar die von Gabriele sofort angebotene Pflege angenommen.

Es war gegen Abend. Der Kranke war in einen tiefen Schlaf verfallen. Auf Bitten des Vaters hatte Gabriele eingewilligt, für kurze Zeit ihm ihr Amt abzugeben. Aufatmend trat sie hinaus, frische Luft zu schöpfen. Wie magnetisch zog es sie hinauf zum Log, ihrem Lieblingsplätzchen. Als sie droben um die Ecke bog, sah sie einsam Dr. Hellmann dort stehen.

»Herr Doktor! Lieber Herr Doktor!«

Weiter kam sie im Überschwange ihres Empfindens nicht. Sie hatte seine beiden Hände in Ergriffenheit gefasst und schaute ihn bebend, dankbar und glücklich an.

»Es war so schön von Ihnen ... so edel! ...«

Er lachte sie an, strahlend in heiterer Jugendfrische.

»Was denn? Was denn, Fräulein Gabriele? Der kleine Kopfsprung heute Mittag etwa?«

Sie nickte nur. Sie konnte nicht weiter reden. Nur ihn anschauen, wie er so aufrecht, in strahlender Kraft vor ihr stand.

»Er läge jetzt unten«, murmelte sie endlich, »im Meeresgrunde, wenn nicht Sie ...«

»Unsinn! Jugend schwimmt immer oben! Mir hat die Abkühlung außerordentlich wohl getan, und dem Kleinen wird sie hoffentlich eine Lehre fürs Leben sein. Aber Sie, Sie sollten für rotere Backen bei sich sorgen.«

Er ließ teilnahmsvoll seine hellen Augen auf ihrem Antlitz ruhen, aus dem die erste Erregung wieder verschwunden war und einer Blässe Platz gemacht hatte.

»Mir ist's ganz wohl«, sagte sie leise und abwehrend und senkte dann den Blick.

»Und unser Hans? Ich darf ja wohl so sagen?«

»Er fiebert stark. Doch der Arzt tröstet ... er ist ja ein derber Junge ... und wird Ihre edle Tat nicht mit Undank lohnen. Der einsame Vater müsste verzweifeln!«

»Wer teilt die Wache mit dem Vater?«

»Ich!«

»Ich sollte mich schämen! Meine Frage war so überflüssig! Nun tun Sie Ihr Bestes, damit wir beide uns dann des Werkes freuen können.«

Sie sah zu ihm auf, ruhig, aber es war ein Blick, der aus der Tiefe einer stillen großen Seele zum Lichte drang. Und vor diesem Blicke fühlte er etwas wie scheue Andacht und Bewunderung.

»Sie sind gut, viel zu gut ... zu mir, zu allen! Die Welt will heute anders angefasst sein. Sie glaubt nicht mehr recht an Adel und Größe einer Seele!«

Sie wandte sich zum Gehen.

»Leben Sie wohl! Mich drängt's doch wieder zu unserem kleinen Kranken.«

»Wacht er auf, ist er frei von Fieber ... Fräulein Gabriele, grüßen Sie den kleinen Hauptmann von dem langen ›Onkel Dimetri‹. Hören Sie!«

»Es soll mein erstes sein. Ich verspreche es Ihnen!«

Sie reichte ihm die Hand, die er lebhaft an seine Lippen führte.

»Auf baldiges Wiedersehen, Fräulein Gabriele!«

»Auf Wiedersehen!« – – –

Auf Gabrieles dringenden Wunsch hatte der Vater des kleinen Hans endlich eingewilligt, dass sie auch die Nachtpflege bei dem Fieberkranken übernehmen durfte, während der Vater eine noch leer stehende Kabine bezog. Der Arzt war gegen zehn Uhr abends noch einmal gekommen, um nach dem Patienten zu sehen.

Gabriele fragte ihn nicht, doch ihre Augen hingen bangend an den Lippen des dunkelbärtigen Mannes. Er sah ernst aus, als er sich endlich der Pflegerin zuwandte.

»So ein Kind schwebt zwischen Himmel und Erde gleichsam«, sagte er halblaut. »Alles tritt gleich stärker und impulsiver auf. Erkranken wie Gesunden. Aber wir müssen hoffen, Fräulein! Die Hoffnung ist ja eine der wunderreichsten Güter, welche die Natur den Menschen ins Herz pflanzte.«

Er reichte ihr die Hand zum Nachtgruß.

»Heute Nacht heißt's für Sie dauernd wach bleiben! Sollte irgendetwas Auffallendes in dem Zustande des Kleinen sich bemerkbar machen – Sie wissen ja, ich bin in der Nähe. Gute Nacht!«

Leise ging er hinaus. Gabriele war allein. Allein mit einer jungen Menschenblüte, um deren Besitz in diesen Stunden zwei Mächte rangen, das Licht und die Finsternis, das Leben und der Tod. Der Tod! Sie schauderte unwillkürlich zusammen. Sie hatte noch nie an einem Krankenbette gewacht, in dem ernsthaft der Kampf um eine Seele tollte. Wie angezogen, blickte sie plötzlich in die Ecke zu Häupten der Bettstelle, als müsse sie dort bereits den bleichen, grimmen Mahner Tod schauen, der mit stumm erhobener Hand ihr wehrte, ihr bedeutete, dass sie kein Anrecht mehr auf dieses fieberzuckende, kleine blonde Menschenkind habe.

In stiller Verzweiflung sank sie auf den Sitz am Bett nieder.

Rundum war alles bereits still geworden. Sie vernahm nur das dumpfe, schwere Stampfen der Maschinen, das heimliche Gurgeln und klatschende Anschlagen der Wellen draußen, dazwischen das Ächzen und Murmeln des mit dem Fieber ringenden Knaben.

»Hans, mein lieber, kleiner Hans!«, flüsterte sie mit bebender Stimme. »Nicht wahr, du bleibst hier ... du gehst nicht fort ... Die Welt ist ja so weit, so schön ... und das Leben ...«

Sie fuhr sich krampfhaft ans Herz. Ein stechender Schmerz hatte sie geschüttelt.

Der Kleine riss die Augen auf. Diese glitten über sie hin, irrten im Raume umher, ein Paar halb artikulierte Laute ... eine hastige Bewegung der Hand, als wolle er die Schwalbe fangen ... Dann fielen die Lider wieder halb nieder, er wandte sich zur Seite und ächzte weiter.

Gabriele war leise aufgestanden und an das kleine runde Fenster getreten.

Sie sah den Mond auf dem weiten, unermesslichen Wasser liegen, sah das Kommen und Gehen der Wellen ... eine immer die andere drängend, überschlagend, vernichtend ... Das Leben, das Leben! Jede Welle ein Menschensein, daran sich Hoffnungen knüpfen, für heute, für morgen, solange ein Herz noch das bisschen Menschenuhrwerk im Gange hielt. Leben heißt wandern, heißt hoffen! – –

»Onkel Dimetri!« Der Kleine stieß es in seiner Fieberfantasie heraus.

Sie schrak zusammen, Waren ihre Gedanken nicht eben bei ihm gewesen? Bei ihm, an dem heimlich ihre Seele hing im Wachen und Träumen, von dem sie nicht mehr loskommen konnte ... nicht mehr wollte?

Und dicht neben ihr ringt ein Menschenkind mit dem grausamen Würger Tod ... neben ihr ... in deren Herz zur Stunde konnte ein anderes Empfinden aufbegehren ... und in einer anderen Kabine wacht ein einsamer Vater ... dem die Heimat zerstört, die Frau genommen ... und betet und steht zu dem Allmächtigen droben, dass er ihm sein Letztes, sein Einziges erhalten möge ... sein Liebstes, das man ihr anvertraut hat!

Sie wendet sich um, sie fällt vor dem Bette nieder und vergräbt das tränenüberströmte Antlitz in dem Deckkissen.

Nicht mehr denken, alles selbstische Fühlen abtun, still hinnehmen, was beschieden wird, damit die lange, graue Öde ihres Lebens nicht alle freudige Schaffenskraft in ihr ertöte ... aufraffen ... vergessen ... vergessen!

Sie krampft die Hände zum Gebete zusammen ... von dem Gesicht des lieben kleinen Kranken wandern ihre Blicke zur niederen Kajütendecke ... Das Schreckgespenst des Todes ist entschwunden ... ihr ist, als schwebe sacht ein lichter Engel nieder ... als klänge es süß und weich wie Wiegenlied, wie Mutterliebe aus weiter, weiter Ferne ...

»Gott im Himmel! Nur mit dem einen Wunsche im Herzen komme ich zu dir: erhalte ihn, rette ihn! Nimm ihn nicht zu dir zurück; lasse ihn wachsen und gedeihen, denn auf sein Leben wartet noch einer, dem das Schicksal alles raubte ... auf mich aber, die ich klein dachte, harrt niemand. In dieser Stunde fühle ich, dass mein Herz jubeln wird, so du das Kind dem Vater wieder zurückschenkst, dem du es einst gabst, dass er nicht einsam durchs Alter gehe!«

Wie lange sie so gelegen hat, weiß sie nicht. Aber einmal ist's ihr, als streiche eine warme Hand ihr über den Kopf. Sie fährt empor, dann fällt ihr Auge auf den Kranken. Er atmet nicht mehr so stoßweise, ruhiger hebt sich die Brust. Das Fieber hat den Höhepunkt überschritten. Die Krisis ist vorüber.

Sie lauscht. Sie zählt die Atemzüge, sie tastet nach seiner Hand. So still, so friedlich wird's ihr ums Gemüt, als ginge ein leiser, seiner Sommerregen erfrischend nieder ... alles glänzte an Baum und Strauch ... Vögel tirilierten ...

Da schlägt Hans die Augen auf. Sie wandern wie suchend, fragend umher und haften endlich auf Gabriele. Der Atem scheint ihr zu stocken. Stumm, prüfend hält sie seinen Blick aus. Und dann kommt es leise von seinen Lippen:

»Tante Gabriele?!«

Sie fühlt die aufsteigenden Tränen, doch sie hemmt sie zurück. Lächelnd beugt sie sich über sein Gesicht.

»Willst du was?«

»Ich habe solchen Durst!«, flüstert er.

Sie möchte aufschreien vor Freude. Sie streichelt ihm sanft die Backen, dann netzt sie seine Lippen.

»Ist Onkel Dimetri auch da?«

»Nein, Hans! Aber er lässt seinen kleinen Hauptmann grüßen!«

Ein mattes Lächeln huscht über sein Antlitz. Dann fallen die Lider zu. Er schläft weiter in regelmäßigen, tiefen Atemzügen. Er ist gerettet!

Als am frühen Morgen der Vater mit dem Arzt in die Kabine treten, kann sie ihnen die Freudenbotschaft künden. Der Vater ist neben den schlafenden Jungen in den Stuhl gesunken und hält sacht die Hand des Kleinen in der Seinigen. Er kann nicht viele Worte machen, doch in seinen Zügen spiegelt sich eine heilige Freude wieder.

Der Arzt hat noch für ein paar Tage Bettruhe verordnet und verlässt nun die Kabine.

Gabriele steht am Fenster und blickt auf die rollenden Wellen, in denen die Morgensonne sich wie trunken badet. Eine seltsame Ruhe ist über sie gekommen. Sie würde am liebsten die Augen schließen und mit dem Schiffe all die Meere hinabschwimmen, bis zu dem Ende, wo ihr eine neue Heimat aufgetan werden soll; erst dort möchte sie erwachen ... wenn alles vorbei sei ... alles, an das sie all die Tage mit bitterem Schmerze denken musste.

Aber vorher ihm erst noch sagen, dass der kleine Hauptmann wieder gesunden, dass er nach ihm gefragt habe ... ja, das musste sie, das war ihre Pflicht. Er wartete sicherlich darauf ... droben am Log ...

Sie nickt dem Vater zu, der ihre Hand ergreift und sie drückt, als wolle er sie nicht mehr loslassen, dann schleicht sie leise hinaus.

Es ist noch still an Deck. Die kleine Treppe empor ... dort, an der Reling, da musste er stehen, sie fühlte es. Und dort hielt er und träumte in den lichten Morgen hinein.

Heute vernimmt er ihren leichten Schritt, ahnt ihr Erscheinen.

»Fräulein Gabriele?!«

Bei seinem Anblick geht ihr alle Fassung hin. Der stille Kampf dieser Nacht ... die tiefe Herzenswunde ... die glückliche Rettung ...

»Hans«, stammelte sie, »wird wieder gesunden ... noch ein Paar Tage ... er lässt auch seinen ›Onkel Dimetri‹ schön grüßen ... wenigstens sein Lächeln sagte dies!«

Ein Tränenstrom bricht aus ihren Augen ... sie tastet nach der Reling ... nach einem Halt. Doch schon hat der junge Mann sie gefasst.

»Gerettet?«, ruft er. Jubel und Tank zittern durch seine Stimme. »Nun dürfen wir uns beide unseres Werkes freuen! Aber nicht weinen! Lachen müssen Sie, wie ich es tue, wie Himmel und Meer rings um uns lachen. Gerettet? O, das ist schön! Fräulein Gabriele! Das ist ein Tag, an dem die Engel im Himmel sich freuen müssen. Und wir sollen es nicht?«

Er hielt sie in seinem linken Arm noch immer, und dann, in glücklicher, glückseligster Eingebung zieht er sie ein wenig noch fester an sich und küsst ihr die Tränen von den Augen fort.

»Nicht weinen, Fräulein Gabriele! Ich kann es bei Ihnen nicht sehen!«

Einen Augenblick noch, ein paar Herzschläge lang ruht sie nahe ihm mit halbgeschlossenen Augen. Dann zieht eine tiefe Blässe über ihr Gesicht. Heftig befreit sie sich, und ohne ihn noch einmal anzuschauen, wendet sie sich um.

»Fräulein Gabriele! Fräulein Gabriele! Tat ich Ihnen weh? Zürnen Sie mir denn?«

Sie schüttelt den Kopf, sie stößt wie gebrochen heraus:

»Nein, nein, niemals!«

In ihre eigene Kabine will sie hinab. Dort wirft sie sich auf ihr Bett nieder und lässt dem tiefsten Schmerze freien Lauf.

In dieser Stunde begrub sie einen goldenen Traum. – – –

Am dritten Tage nach dem Unfalle konnte Gabriele, an welche sich Hans jetzt mit besonderer Zärtlichkeit schmiegte, mit dem Kleinen das Deck wieder betreten. Sie hatte in der Zwischenzeit den Dr. Hellmann verschiedene Male wieder gesehen und mit ihm gesprochen, heiter und frei. Aber eine gewisse leise Zurückhaltung ihrerseits blieb für ihn doch fühlbar, deren Grund er sich in seinem starken, fröhlichen und stolzen Jugendgefühl nicht zu erklären vermochte.

Jetzt war sie mit dem Kleinen zum ersten Deck hinangestiegen. Denn jeder wollte heute dem Genesenden die Hand drücken, ihm eine Liebkosung angedeihen lassen. Wie ein gemeinsamer Schmerz bei dem Unglücksfall empfunden wurde: Eine gemeinsame Freude einte nun alles. Es war, als sei ein Druck von der gesamten Schiffsbevölkerung genommen worden. Hans ging aus einem Arm in den andern und Worte des ehrlichen Dankes musste nun auch Gabriele ernten, wie sehr sie auch abzuwehren bemüht blieb.

»Jetzt gehen wir auch noch zum Kapitän hinauf, nicht wahr, Tante Gabriele? Er muss doch wissen, dass ich wieder gesund bin.«

Sie nickte und stieg dann mit ihm zur Kommandobrücke empor, wo beide in den Wohnraum des Kapitäns eintraten und mit kräftigem Händedruck empfangen wurden.

Als beide nach einer Weile draußen die hochliegende Brücke betraten, riss sich Hans plötzlich los.

»Onkel Dimetri! Onkel Dimetri!«, schrie er laut, »da bin ich wieder und bringe auch gleich die Tante Gabriele mit.«

»Bist du wieder da? Bist wieder gesund, mein Herzjunge?«

Er hob den Knaben hoch in die Luft, küsste ihn und setzte ihn dann nieder, worauf er Gabriele die Hand reichte.

»Wenn Sie wüssten, wie ich mich nach Ihnen gesehnt habe! Geht's doch heute zu Ende. Lauf, Junge! Da unten steht dein Vater und sucht dich! Auf Wiedersehen, lieber, kleiner Hauptmann!« Er wandte sich wieder Gabriele zu. »Meine Koffer sind bereits gepackt. Gilt's doch bald Abschied nehmen. Bleiben Sie noch ein Weilchen mit hier oben an der Reling. Nirgends ist der Ausblick herrlicher, denn hier droben. Man schwebt fast wie ein Vogel in der Luft, und alle Wunder dieser zauberischen Landschaft steigen vor uns gleichsam aus blauer Meeresflut. Es gibt ja nichts Ergreifenderes, als Neapel zum ersten Male vom Schiffe aus schauen.«

Er blickte sie herzlich an. Ein Zug ernster Teilnahme glitt über sein offenes, gesundheitblühendes Gesicht.

»Wie blass Sie immer noch aussehen!«, fuhr er fort. »Übt denn das Meer auf Sie gar nicht seine Wunderkraft? Sehen Sie, da taucht bereits Ischia herauf, dort zur Rechten, mit der duftig-blauen Silhouette, das ist das Eiland des Tiberius, das wonnige Capri. Da tanzt man noch Tarantella, und glühende Augen lächeln den Fremdling an. Und weiterhin ... dort ... das ist die Sireneninsel. Als einst der arme Odysseus dort vorübersegelte, ließ er sich fest an den Mastbaum binden und Wachs in die Ohren stopfen. Ja, die Frauen! Sie bleiben doch das mächtigste Geschlecht auf unserem Planeten! Ah! Sehen Sie doch! Dort ... die kleine Rauchwolke ... das ist der Vesuv ... und wo es weiß schimmert, hingelagert in königlicher Pracht ... das ist Neapel! Neapel, die einzige, lustige, liederliche Stadt ... ihren Zauber muss man in vollen Zügen trinken ... aber nicht dabei ans Sterben denken, wie das Sprichwort so leichtfertig verkündet. Leben, sich baden, untertauchen in all diese quellende Fülle südlicher Schönheit! Sei mir gegrüßt, du Königin unter den Städten Italiens!«

Sie sagte nichts, sie hörte nur noch zu. Sie wusste, dass sie seiner Stimme niemals wieder lauschen würde. Und so, dicht aneinander an die Reling gelehnt, glitten sie mit dem Weißen, stolzen Schiffe hinein in dieses Wunderreich flammender Schönheit, beide wortlos geworden, beide nur noch staunend, fühlend, wenn auch ihr beider Fühlen durch eine Welt sich trennte. Hinein in den Hafen, hinüber zur Mole. Dort wird das Schiff die Anker niederrasseln lassen. Er ist fortgegangen, nach seinem Gepäck zu sehen, Abschied drunten zu nehmen. Langsam ist sie ihm nachgefolgt. Wie Blei liegt es in ihren Gliedern; wie ein Nebeldunst zittert es ihr über alles Leuchten und Flirren.

Dutzende von Booten und Gondeln umschwirren das Schiff. Gesang, Mandoline, Kastagnetten und Tambourin hallen empor; dazwischen das Rufen der Händler, das Flehen der Bettler. Auf dem Deck stehen die Passagiere, deren Fahrt noch weiter geht, und werfen lachend Landesmünzen ins Wasser, nach denen nackte Burschen flugs hinabtauchen. Alles sprüht Leben, Bewegung, Tätigkeit.

Gabriele fühlt ihre Hand erfasst. Hans ist's. Er schaut sie kummervoll an.

»Nun geht Onkel Dimetri fort, Tante! Macht's dich denn nicht auch traurig?«

Sie streicht ihm über den Kopf und zwingt sich zu einem Lächeln.

»So müssen wir hübsch zusammenhalten, Hans«, erwidert sie.

»Kommst du mit zu uns, Tante? Papa sagte, das wäre für mich das Allerallerbeste!«

Sie will antworten. Da sieht sie Dr. Hellmann den Weg durch die Menge sich zu ihr bahnen. Nun steht er vor ihr. Auch in seinen hübschen Zügen liegt ein Schimmer von Trauer.

»Ich hätte nicht geglaubt, wie schwer mir nun doch der Abschied werden könnte! Fräulein Gabriele! Was ich Ihnen an schönen und gehaltvollen Stunden schulde – lassen Sie's unausgesprochen sein. Ich sagte Ihnen einmal, ich hätte eigentlich kein Vaterland. In dieser Stunde ist's mir, als ginge ein Stückchen Vaterland doch für mich verloren! Leben Sie wohl, und gedenken Sie hin und wieder meiner – dann tun Sie es, bitte, in Freundlichkeit. Ich werde oft an Sie denken!«

»Leben Sie wohl! Und auch Sie ...« Doch sie bricht ab. Sie fühlt noch seinen Kuss auf ihrer Hand ... ein letzter Blick ... Dann wendet er sich um. Für immer!

Über den Hafen hinüber zum Kai trägt ihn eine Barke. Hans lässt sein Taschentuch wehen, sein Vater, welcher jetzt neben ihr steht, winkt ein paar Mal mit der Hand. Sie blickt nur starr dem entschwindenden Fahrzeuge nach. Sie fühlt im brennenden Schmerze, dass sie fortan einsam an der Reling stehen wird und im Geiste seine Stimme hören, dass sie sein Bild mit hinaus nehmen muss in das fremde Land ... heimlich ... für immer ... wohl bis zuletzt.

Flatternde Wäsche.

Der behäbige, weitbauchige Schrank mit den sorglich gefalteten und wohl verschnürten Stößen blendend weißer Linnenstücke zählte einst ebenso wie die Batterie gut geratener Kuchen an den Festtagen zu jenen Wirtschaftstaten, auf welche eine echte deutsche Hausfrau mit Recht stolz war. Unsere stürmisch vorwärtsdrängende Zeit mit ihren veränderten Anschauungen und neuen Zielen hat auch hier hinein kräftig Bresche geschlagen. Wie lange noch, und in den Großstädten wird man das eigene Waschen und Backen im Hause nur noch vom Hörensagen kennen. Für die Kleinen wird es dann anfangen wie fast alle Märchen und Sagen: »Es war einmal« ... Nur in den allerdings auch – nach Ansicht mancher großstädtischer Kaffeehausschwätzer – »kulturrückständigen« Provinzstädtchen und auf dem Lande, den gesund und frisch das Leben anpackenden Gutshöfen, da kennt man noch die eigenartige Poesie des Waschens und Backens im eigenen Heim. Denn eine solche bleibt es doch, wenigstens für die Jugend, trotz des bösen, aber nicht ganz unzutreffenden, wohlbekannten Sprichwortes:

>>Wenn die Frauen waschen und backen,
Haben sie alle den T.....im Nacken!<<

Aber es kommt doch in diesen meinetwegen schwülen Tagen Leben ins Haus, Lärm, Spannkraft, Erwartung, Bewegung, Hoffen, kurzum eine reiche Skala von Empfindungen wird ausgelöst. Es donnert manchmal, grollt Verhalten in der Ferne, schlägt wohl auch dann zuweilen ohne nennenswerten Schaden ein ... aber am Schlusse, leuchtet die duftende Wäsche, dampft der wohlgeratene Kuchen, dem Hause vom Keller bis zum Boden festliche Weihe gebend: Dann bricht voller Sonnenschein aus den strahlenden Augen der schaffenden Hausfrau und pflanzt wärmend sich fort von Gesicht zu Gesicht. Der >>Herr<< des Hauses atmet heimlich auf, die Kinder jauchzen ... es ist, als wehten aus jedem einzelnen Fenster bunte, lustige Fahnen, den hohen, Festtag der Welt zu verkünden.

Ich sagte, eine eigenartige Poesie umwittere ein deutsches Haus in den Tagen der Wäsche. Nicht für jeden und auch nicht überall. Vor allem nicht in den Häusern der Großstadt, wo man noch selbst die Sorgen und Mühen einer großen Familienwäsche auf sich nimmt. Früh, wenn's noch finstert, erscheint die Waschfrau – gewöhnlich heißt sie Mutter Lehmann, Budicke, Schulze mit oder ohne t und wohnt eine gute Stunde weit im Osten, Süden oder Norden – klopft an der Hintertür der Wohnung die knurrende Dienstfee heraus und verschwindet darauf mit dem Waschhausschlüssel im Keller. Zwischen Keller und dem fünfundeinehalbe Treppe hohen Boden spielt sich nun die Tragödie des Waschens ab. Tief unter der Erde schäumen in vollster Reellität des Wortes die Wellen, während Waschfrau und Küchenfee in seltener Einigkeit sich in der Heiligsprechung der Herrschaft dabei zusammenfinden. Der vorletzte Akt spielt sich auf dem halbdämmerigen Boden ab, wo man keine Gelegenheit leichtsinnig vergaß, mit dem Dachdecker, Schornsteinfeger oder Telefonarbeiter sich in ein sozialpolitisches Gespräch oder ein girrendes Fensterln einzulassen. In der Rollstube eines nachbarlichen Gemüsekellers verklingt dann die Poesie einer großstädtischen Wäsche.

Während der Tage aber, da die nassklatschende Wäsche melancholisch auf der Bodenleine baumelt, beherrscht ein Gefühl bangender Unsicherheit die Hausfrau. Stundenlang flieht ihre Nächte der Schlaf.

Ganz deutlich klappte unten die Haustür. Atemlose Pause. Sie hört ihr Herz schlagen und vernimmt draußen vorsichtige Schritte. Diese halten an. Aha! Man horcht, ob alles im gesicherten Schlafe ruht. Dann schlurrt's weiter hinauf ... immer weiter. Sie stößt den schnarchenden Mann an.

»Hujo!«

»Na! Wat is denn?«

»Bodendiebe ... ich hab' es janz deutlich jehört, ... meine Wäsche ... woll'n wir nich zur Polizei vielleicht schicken?«

»Fällt mir im Traum nich ein!«

»Hujo! Hörst'n nischt!«

»Rrrrrrrr.«

Gottlob! Als die Morgensonne durch die Bodenluken freundlich zwinkert, begrüßt sie die noch in vollster Parade aufmarschierte Wäsche der glückselig aufatmenden Hausfrau.

Das ist ein Ausschnitt Großstadtidyll. Draußen in den Provinzen mischen sich nicht solche dunkle Töne in die Poesie der Waschtage. Vor allem dort nicht, wo man statt des beschränkten Bodenraumes den lichten, weiten Garten zum Trockenplatz erklärt, ein Stück Rasenfleck an der Straße, eine Wiese, über welche im Frühling verwirrende Blütenpracht die wundersamsten Teppiche webt, auf welche der Herbst schwermütige Zeitlosen zu flüchtigem Leben weckt und hoch in den Lüften die Papierdrachen der Jungen dräuend stehen.

Hier draußen in Gärten und auf den Wiesen feiern deutsche Waschfeste in der flatternden Wäsche allerhöchste Poesie. Es ist ein so überaus herzerfreuender Anblick, wenn zwischen den blühenden oder fruchtbeschwerten Obstbäumen der sich aneinanderreihenden Gärten frische, leuchtende Wäsche leicht und lustig im Winde weht! Das erzählt von Menschenglück und Menschensorge, von der ersten Windel des jungen Erdenbürgers bis zum peinlich und säuberlich hergerichteten Totenhemdlein der müden Greisin.

Solch ein Gartentrockenplatz zur Frühlingszeit bietet einen reizvollen Anblick dar, heiter und herzbefreiend. Die blühende Wiese, blütenüberschüttete Baumkronen, taumelnde Schmetterlinge, blanke, weiche Mädchenarme, wandernde Sonnenstrahlen, blauer Himmel ... übermütiges Lachen, schwirrende Scherzworte, frisches, gesundes Hantieren ... und dazwischen das luftige Flattern schneeiger Linnenstücke: alles fließt zusammen zum weichen Akkord, mutet an wie junges Menschentum, als sei ein Stück schuldloses Paradies wieder auf die Erde gefallen. Und wenn dann der Wind einsetzt, mit immer volleren Backen und kräftigerem Odem sich hineinwühlt, bläst, reißt, schwenkt, wahre Sturmmelodien ertönen lässt, dass es die Wäschereihen auf und nieder flattert und klatschend wogt wie aufgescheuchtes, weißes Vogelvolk – dann lauert man fast auf den Augenblick, dass sich eine solche lichte Taube löse von der nur noch mühsam fesselnden Klammer, und nun jauchzend emporfliege wie ein befreiter Gedanke, wie ein lichter Frühlingstraum ... hoch hinauf, wo die Wolken segeln, der blaue Himmel sich öffnet und Scharen rosiger Engelein singen und rühmen von den Wundern und Schönheiten dieser Welt. – –

Ach! Von des Himmels Lächeln oder Weinen hängt ja für eine sorgende Hausfrau so viel ab, soll das Trockenfest draußen im Garten »programmmäßig« sich vollziehen. Wie lastet es auf ihrem Gemüt, zeigt sich am Tage vorher das Firmament bedeckt, bläst ein Wind aus Westen. Vom Fenster zum Wetterglase und dann wieder zum Fenster.

»Wann! Glaubst du, dass es morgen schön werden kann?«

»Wenn's so bleibt, Mathilde, regnet's nicht!«

»Ach, du hast gut lachen! Sieh doch nur: alles grau.«

»Aber Schatz, der Wind kann sich doch drehen!«

»Meinst du?« Wieder ein lang gezogener Seufzer. Am Abend wiederholt sich in ähnlichen Worten das Gespräch. Vorm Schlafengehen noch einmal.

»Schatz! Wie kann man sich nur so aufregen? Entweder 's regnet oder 's regnet nicht. Das ist doch furchtbar einfach.

»Ja, für dich! Aber wenn's nun wirklich regnete?«

»Einmal hört's auch wieder auf!«

»Du bist grässlich!«

»Bin ich immer! Guuute Nacht!« Am andern Morgen ist alles Blau und Gold in der Natur und tausend Glocken des Dankes läuten in der Brust der aufatmenden Hausfrau. Flugs nach dem Kaffee geht's hinaus in den Garten mit der Leine, dem Klammersack und den Waschkörben. Und nun ist alles hüpfende Tätigkeit, sprudelnde Lust. Jeden, der in den Weg kommt, möchte sie umarmen, und da dies nicht angeht, so muss es der Gatte mittags bei seiner Heimkehr büßen.

»Na, habe ich's nicht gleich gesagt?« lacht er. »Entweder 's regnet oder 's regnet nicht. Aber du hast's ja nicht glauben wollen!«

Flatternde Wäsche! Solch ein freier, von allen Seiten sichtbarer Trockenplatz bildet ebenso wohl Ziel und Gegenstand der Beobachtung unter verschiedensten Empfindungen, er gleicht aber auch in der wohlgeordneten Schlachtordnung, in welcher die einzelnen Wäschegattungen sich aneinanderreihen, geschlossen vorgehen,

Schulter an Schulter kameradschaftlich sich stützen, einem Kampffelde.

Manch neugieriges Frauen- und Pfauenauge streicht da mitunter forschend am Gartenzaun hin, Musterung unter der Wäsche eines jungen Ehepaares zu halten. Und dann hebt das Rühmen und Rümpfen an.

»Gott! Sehen Sie doch nur, meine liebe Frau Rentamtskommissär, wie simpel! Nicht mal Spitzen an den Hemden! Und diese groben Handtücher! Gardinen scheinen sie auch unter der Hand gekauft zu haben. Ganz altmodisches Muster! Meine sind im Jugendstil! Meine auch! Dabei tut die, als konnte sie die Nase nicht hoch genug tragen. Neulich erst im Kränzchen bei ... Sehen Sie doch nur dort ... zu naiv!« Kichernd gehen sie weiter.

In Schlachtordnung! Voran marschiert natürlich der Herr des Hauses. Mit weit ausgespreizten Armen hält er ganz vorn in der Front, als wollte er sagen: Das bin ich und das ist mein Reich, und wenn ich will ... na, überhaupt: »Er soll dein Herr sein!« Dahinter weht das Frauchen im Winde. Manchmal scheint's, als stieße sie heimlich und leise den Gatten an, und dann lachen sie beide so ausgelassen herzlich, dass ihre weißen Röcklein im Winde auf und nieder wogen. Schweres Geschütz, Wäschestücken größeren Kalibers, schließt sich an, umflattert und umtänzelt von leichter Kavallerie, besonders Fußvolk, Ganz hinten in der Gartenecke aber, da ist ein Allerheiligstes, profanen Augen möglichst entrückt. Da flattern heimlich jene Gegenstände, von denen der Volksmund sagt, dass sie gewisse Frauen »anhaben«, Frauen, von denen es in der Stadtchronik des durch seine nie gemachten blutigen Witze zu ungewollter Berühmtheit emporgestiegenen märkischen Städtchens Kalau boshaft heißt:

»Durch Bitten herrscht die Frau
Und durch Befehl der Mann;
Die erste – wenn sie will,
Der andre – wenn er kann!« – – –

Von meinem Arbeitszimmer aus blicke ich über eine lange Reihe grüner Obstgärten fort. Ganz hinten grüßt ein Dörflein mit Kirchturm und roter Dächerschar aus den Bäumen. Verblauende Hügelwellen rahmen das Bild ein. Bei jedem Aufblick vom Schreibtisch taucht mein Auge in dieses anheimelnde Landschaftsgebilde. Und ruht die Feder einmal für Minuten, dann lasse ich die Blicke auf und nieder in diesen schlichten, altfränkischen Gärten spazieren. Im Laufe eines Jahrzehnts habe ich da so manches kommen und gehen sehen. Aber auch die flatternde Wäsche hat mir mancherlei erzählt.

Er und sie, zwei Nachbarskinder! Zwei schmucke Häuschen und zwei daran anstoßende langgestreckte Obstgärten, nur durch eine lebendige grüne Hecke voneinander getrennt. Als der Blondzopf und der dunkle Krauskopf noch ganz klein waren, da mögen sie wohl mit abgekürztem Verfahren sich zum Spielen durch den Zaun hindurch besucht haben. Als ich beide kennenlernte, da standen sie gar oft hüben und drüben am Zaun unter den blühenden Bäumen. Sie lachten und sprachen und wurden auch manchmal ganz still. Und dann guckte sie wie verträumt in den blauen Himmel hinein, und er spielte mit der einen Hand im Geäste der Hecke oder beobachtete ein nestbauendes Vogelpaar. Dann aber lachten sie sich wieder an. Manchmal auch schien eine große, unverzeihliche Vergesslichkeit über sie zu kommen. Dann vergaßen sie ganz, die Hände wieder zu lösen, die sie sich über den Zaun bei der Begrüßung gereicht hatten.

Es ist denn auch alles so gekommen, wie es kommen musste. Er hat die Werkstatt seines Vaters übernommen, und vor Jahresfrist war Hochzeit. Als die junge Frau im vorigen Frühjahr ihre erste Wäsche im Garten unter blauem Himmel aufhängte, da half der fröhliche Ehemann ihr behände. Dann sah ich ihn nicht wieder in solcher Tätigkeit.

Nun ist wieder Frühling; die Sonne funkelt, und die Bäume werden bald ihre Blütenknospen sprengen. Vor ein paar Tagen flatterte wieder Wäsche in dem Nachbarsgarten. Auch der Mann stand mit unter den Bäumen, und sein Angesicht strahlte.

Die Linnenstücken des jungen Hauses hatten fröhlichen Zuwachs erhalten.

Denn mitten unter ihnen da flatterte vergnüglich im Morgenwinde ganz, ganz kleine kleine Wäsche!

Den Nachbarskindern hatte der Frühling eines seiner größten Wunder beschert.

Frühlingssegen.

Wer ein rechtes Sonntagskind ist und das Herz auf dem rechten Fleck hat, dem steigen jetzt aus allen Tiefen, aus Baum und Busch, aus Fels und Moos Wunder herauf; jeder Atemzug der Erde öffnet unzählige Augen zum Lichte, jeder Sonnengruß küsst ungezählte Keime wach. Zwischen Himmel und Erde ist alles mit Werdekraft erfüllt. Auch in das trübste Menschenherz stiehlt sich ein Hauch sieghaften Lenzesgrußes. Frühlingssegen bebt durch das deutsche Gemüt. Kalender, Amseln und wachsende Tageshelle künden uns den Frühling an. Horche an den Stämmen der Waldriesen, wie es drinnen rauscht und geheimnisvoll hinansteigt, beuge dein Ohr zur Erde, und du vernimmst ganz von ferne den weichen Fußtritt des Frühlings, und dann schaue in die Augen derer, welche dir draußen begegnen: Aus jedem Einzelnen grüßt es dich in schwer verhaltener Hoffnung und Wonne. Frühlingssegen!

In der wachsenden Erwartung dessen, das da kommen soll, liegt ein unbeschreiblicher Reiz. Als ich ein Kind war, als ich die ersten Male mit klopfendem Herzen mäuschenstill im Theater saß, da wog die halbe Stunde Wartens, ehe sich die Gardine hob, fast den Genuss auf, den mir dann das Spiel selbst bot. Das Stimmen der Instrumente, das Rauschen und Rascheln, Flüstern und Tuscheln, die mich von der bunten Welt noch trennende Leinwand, dies alles steigerte die Fantasie bis zum Siedepunkte. Ein Sonnabend Abend in kleinen Städten, wenn die Straßen reingefegt im letzten Tagesscheine liegen, da und dort plaudernde Gruppen halten, Spiel und Lachen verstummt, und die Kinder auf der Steintreppe sitzen und des kommenden Sonntags gedenken: Auch diese Stunde löst ähnliche Empfindungen aus.

Draußen stimmen jetzt Hunderte kleiner Wald- und Gartenmusikanten ihre Instrumente; aus Erde und Blätterwerk, Moos und Gestein steigt ein Düften herauf, ahnungsvoll, kraftstrotzend, lebensheischend, Lust verheißend. Auf mächtigen Wogen braust die Lenzsinfonie einher, Donner und Regen begleiten den Jubelgesang. Empor schnellt die Gardine: Deutschland feiert seinen Frühling wieder!

Nun ist die Zeit des Wanderns gekommen. Wohl glänzen die oberen Berge noch im schimmernden Weiß des winterlichen Schmuckes, aber Sonne und Märzwind arbeiten lustig Hand in Hand an dem Zerstörungswerke. Missmutig zieht sich der Winter immer weiter zurück. Drunten im Lande wandelt der Lenz schon flötend unter den keimenden Baumwipfeln hin, und Mädchenlachen kichert dazwischen.

Gemächlich schlendere ich durch das kleine Bergstädtchen. Da und dort steht ein Fenster auf, die linde Luft hineinzulassen. Man hört singen, Menschenstimmen in den vielfenstrigen Stübchen, Vogelstimmen aus den winzigen Bauern, die nun wieder draußen die Fronten der Häuser bedecken. Die Menschen, an denen man vorüberkommt, sehen so freudig aus, man möchte sich stumm die Hände reichen und ewigen Frieden schwören. Schon liegen die letzten Hütten hinter mir. Erst sacht, dann steiler sich hebend, steigt der Bergwald an. Zaunkönig, Drosseln, Finken und Meisen sind bereits tüchtig bei der Arbeit. Dazwischen schrillt zuweilen der helle Ton des Eichelhähers. Zwischen dem Immergrün der Tannen und Fichten hebt die Lärche sich schüchtern wieder mit jungem Spitzenkleide hervor. Auch die Birke zeigt ein unruhiges Wesen. Sie schüttelt zuweilen ihr wallendes Haar und dann stäubt es leise nieder. Von allen Seiten rauschen mir in jugendlicher Hast die erwachten Wildwasser entgegen! Wie sie sich gleichsam über-

stürzen in Sang und Rede! Eins will's dem andern zu-
vortun. Das ist ein Stürmen und Drängen, Jauchzen und
Kichern! Das klingt von den Felswänden zurück und
hallt lebenweckend durch die engen Täler und Schluchten. Die Bäume reiben sich den langen, lastenden Win-
terschlaf aus den Wipfeln, und einer rauscht dem andern die Kunde zu: Wach auf! Der Frühling ist wieder
da!

Alte Kinderspiele treten wieder in ihre Rechte; bald
schöpfen in der Osternacht die Dorfschönen schweigend
das gesegnete Wasser, das ihnen Jugend erhält und
Schönheit bringt. Ostereier leuchten aus dem Busch und
Rasen den suchenden Kindern entgegen, und in der alten Lutherstadt Eisenach rüstet sich alt und jung zum
»Sommergewinn« zu der Austreibung des Winters und
dem feierlichen Einzuge des Frühlings. Dort hinter den
blauen Bergen sehe ich jetzt in einer Einsenkung die
Türme und Zinnen der Wartburg, der Burg des Lichtes
und der deutschen Gewissensfreiheit aufragen. Lachend
gleist die Sonne über das alte Gemäuer. Ich meine das
kleine Burggärtlein zu schauen, an dessen Mauerrand es
sich so herrlich träumen und sinnieren lässt. Zu den Füßen der ehrwürdigen Feste ruht Eisenach, die stolz auf-
strebende Thüringer Bergstadt. Am Sonntag Lätare füllt
Jubel und Musik ihre Straßen. Da feiert die Stadt ihren
»Sommergewinn«. Ein Stück seitlich des wie ein Luftge-
bilde auf den blauen Himmel hingebeizten Wartburg-
bildes steigt der zackige Hörselberg ernst herauf. Ich sehe die Felsnase, unter deren überhängender Klippe sich
der Eingang zur Venushöhle birgt, in die einst Tannhäu-
ser hineinschritt, bis ihn die Sehnsucht fasste nach Men-

schenrede, nach dem Duft der Erdscholle, nach Lerchenwirbel, nach den Wundern des erwachenden deutschen Frühlings.

Wieder hat mich der Hochwald aufgenommen. Knacken im Dickicht und verhallendes Stampfen sagt mir, dass ich einen Trupp Rotwild in die Flucht schlug. Dort drüben über den freien Schlag nimmt es jetzt seinen Weg. Dann ist es verschwunden. Wieder umsprudeln mich Quellen, das leuchtende Moos sendet wie einen feinen Gruß der Erde herbfrischen Duft herauf, über mir in den Wipfeln spielt ein rotes Eichhornpaar. Dazu gesellt sich der Wechselgesang zweier Finken. Und als ich mich in täuschenden Tönen dazwischen mische, lassen die beiden kleinen Helden ihre süßen, schmetternden Stimmen noch sieghafter durch den sonnendurchleuchteten Wald hallen.

Zu meinen Füßen ruht Schloss Reinhardsbrunn, von Teichen, Lindenwipfeln und düsteren Bergen in einem dreifachen Kranze umschlossen. Zu allen Zeiten bist du schön! Und heute so recht ein Ort zum Träumen! Einst eine stolze Abtei und zugleich die Gruft der Thüringer Landgrafen, dann ein schlichtes Jagdhaus; durch Fürstenwort zu neuer Herrlichkeit erwacht, ein schimmernder Sommersitz der Herzöge, die so gern hier weilten, wenn Sommerglut draußen auf Land und Städten schwelte. Allen voran war Reinhardsbrunn der Lieblingssitz des »letzten Koburgers«, wie er sich selbst mit Vorliebe nannte, Herzog Ernst des Zweiten. Reinhardsbrunn und seine wildreichen Wälder waren ihm fest ans Herz gewachsen. Hier kehrte er zur Sommerszeit ein, von hier aus ging's hinauf in den Hochwald und war die

Jagd vorüber, so sah der mitteilsame Fürst, der so unerschrocken urteilte, der Freimut auch an seinen Gästen achtete, dem jeder Byzantinismus zuwider war, mit Vorliebe bei Tafel Männer der Künste und Wissenschaften. War er selbst doch einer der hinreißendsten Plauderer, der geistvoll, sprühend, vor einem freien Ausdruck nicht zurückscheuend, seine Gäste bis zuletzt zu fesseln und zu ermuntern wusste. Zur Sommerszeit kam er alljährlich nach Reinhardsbrunn, zur Sommerszeit kehrte er hier auch ein, als die Schwingen des Todes über seinem Haupte rauschten. Als die Linden dufteten, unter deren Schatten er so manchmal bei fröhlicher Tafel inmitten seiner Gäste geweilt, nahm Herzog Ernst Abschied von dieser Welt. In der Morgenfrühe eines schwülen Sommertages trugen seine Grünröcke ihn im feierlichen Geleite unter den trauernden Wipfeln der Waldstraße bis zur nächsten Bahnstelle Schnepfenthal, von wo der »letzte Koburger« wieder in die Heimat zurückkehrte, nach Koburg, mit dem er durch tausend trübe und frohe Erinnerungen verknüpft war. Seit zwei Jahren erhebt sich in Front des hellen Schlossbaues das Erzbildnis des Herzogs, im Jägerrock, wie ihn dieses liebliche Waldtal so oft schauen durfte. Seine nun auch heimgegangene Gemahlin hat es ihm setzen lassen.

Wenn ich die mir einst so lieb gewordene Fürstengestalt da unten in schwermütigen Herbsttagen einsam ragen sah, während jeder Windstoß die bunten, sonnenmüden Blätter von den Parkbäumen niederfegte, da schien es mir oft, als lausche der Herzog auf, ob nicht Hornruf durch die Täler herüberklänge. Da schien es mir, als ginge es wie Leben durch die Gestalt, die Hand griff wieder zur Büchse, der Arm straffte sich, aus den klugen Augen bräche das alte Feuer wieder herauf. Den Blick hinüber zur grünen Bergkette gewandt, segnete er seinen Wald, sein Wild, sein schönes Thüringer Land. Mit ihm ging der letzte deutsche Fürst für die Doppellande Koburg-Gotha hin. Wenn wieder die Linden im Park zu Reinhardsbrunn duften, unter denen einst die Mönche wandelten, da wird der junge Herzog Einzug halten, das deutsche Erbe anzutreten. Vertrauend und zutunlich, wie es der Eigenart des Thüringer Volksstammes entspricht, wird ihn das Land diesseits wie jenseits des Rennstieges empfangen. Und wenn er Einkehr in Reinhardsbrunn hält, unter dem Rauschen der Wasser, dem Sange der Vögel, wird der letzte Koburger sich aufrecken auf seinem Rasenplan und den Nachfolger segnen, dass er ein deutscher Mann werde, furchtlos und treu. Um der Lande willen, von denen Abschied zu nehmen ihm so schwer geworden.

Frühlingssegen! Er weht auch heute durch das stille Friedrichroda, über seine ernsten Waldberge, seine lichtgrünen Wiesen, durch welche der Bach zwischen weiß glänzenden Wäschestücken herniederquirlt. Was so lange vernagelt, verschlossen, verhangen war – heut ist alles weit geöffnet. Damit der frische Märzwind hindurchfege, in jeden Winkel fahre, in jedes Fenster sause. Die Götter und Göttinnen in den Vorgärten sind erwacht und suchen ängstlich die ohnehin nur kümmerliche Bekleidung wieder stilvoll zu glätten und zu ordnen, nachdem die unfrohe Strohhülle endlich gefallen ist. Mit ihren weißen Augen blicken sie erstaunt in den deutschen Frühlingshimmel, vielleicht auch »das Land der

Griechen mit der Seele suchend«. Denn das Klopfen, Hantieren, Rücken und Scheuern will sich gar nicht recht in die große Frühlingssinfonie einfügen. Thüringens gefeiertster Luftkurort ist emsig bei der Toilette. Denn nach dem Kalender ist diesmal nicht zu rechnen. Ein wunderlicher Geselle! Hat er doch Pfingsten fast in den Sommer hineingerückt! Mit den Zugvögeln aus dem Süden wandern auch bereits die ersten Stadtschwalben in das stille Reinhardsbrunner Tal hinein, den frischen Würzhauch der Bergwälder in lang ersehnten Zügen zu trinken. Da heißt es sich sputen.

Durch die auf und ab führenden Berggassen schlendere ich dahin. Wie eine Revolution ist es über den Ort gekommen. Freund meidet bereits den Freund. An die Gewehre! Auf die Schanze! So hallt unhörbar der Ruf. Der Frühling ist da! Vor mir tänzelt ein junges Weib die Gasse empor. Unter jedem Arm wippt ein frisch duftender Blechkuchen. Ein paar halbwüchsige Jungen strolchen hinterher. Sie gucken sich zuweilen bedeutsam an und lecken sich über die Mundwinkel. Den Weg nach Hause verfehlen sie sicherlich nicht. Und dazu singt und klingt es von allen Zweigen am Wege. Frühlingssegen!